Über den Autor:
Ben Berkeley, Jahrgang 1975, wurde als Sohn deutscher Einwanderer in Palo Alto geboren und wuchs in der Bay Area auf. Nach einem Psychologie-Studium beschäftigte er sich intensiv mit Medienpsychologie und den Auswirkungen digitaler Netze auf unsere Gesellschaft. Berkeley lebt in Santa Barbara, Kalifornien, und Tel Aviv, Israel. »Das Haus der tausend Augen« ist nach »Judaswiege« und »Ich bin dein Mörder« sein dritter Thriller.

www.benberkeley.com

BEN BERKELEY

DAS HAUS DER TAUSEND AUGEN

THRILLER

Besuchen Sie uns im Internet:
www.droemer.de

Originalausgabe März 2015
Droemer Taschenbuch

© 2015 bei Droemer Taschenbuch.
Ein Unternehmen der Droemerschen Verlagsanstalt
Th. Knaur Nachf. GmbH & Co. KG, München.
Alle Rechte vorbehalten. Das Werk darf – auch teilweise – nur mit
Genehmigung des Verlags wiedergegeben werden.
Redaktion: Antje Steinhäuser
Umschlaggestaltung: NETWORK! Werbeagentur, München
Umschlagabbildung: © Arcangel Images / Paul Gooney
Karten: Computerkartographie Carrle
Satz: Wilhelm Vornehm, München
Druck und Bindung: CPI books GmbH, Leck
ISBN 978-3-426-30422-8

2   4   5   3   1

Für die Generation meiner Tochter.

»Um die Nadel im Heuhaufen zu finden,
brauchen wir zunächst einmal den Heuhaufen.«

General Keith B. Alexander
Direktor der National Security Agency (NSA 2005–2014)

PROLOG

Carrie Lanstead tauchte unter. Die Schaumbläschen über ihr brachen das Licht der in die Decke eingelassenen LED-Lampen und glitzerten durch die Wasseroberfläche wie kleine Diamanten. Sie presste die Lippen aufeinander und dachte daran, wie gerne sie mit Feuer spielte. Nach dreißig Sekunden wurde die Luft in ihren Lungen knapp, aber sie zwang den Reflex nieder. Noch ein klein wenig länger, dachte sie. Nur ein klein wenig. Nach fünfundvierzig Sekunden dachte sie daran, wie ihr Leben wohl verlaufen wäre, wenn sie einen anderen Weg eingeschlagen hätte. Sie hätte niemals studieren können, zumindest so viel war sicher. Sie stammte aus Omaha, Nebraska, jetzt lag sie in der Badewanne eines Luxusappartements an der zwanzigsten Straße in Arlington. Nach einer Minute dachte sie an ihre Eltern, die sie zweimal im Jahr besuchte. Sie kaufte Hosen und T-Shirts für diesen Anlass bei Old Navy, damit ihre Eltern keinen Verdacht schöpften. Sie sollten wissen, dass es ihr gutging. Dass sich ihre Tochter nicht verändert hatte. Ihr Vater war ein cholerischer Gebrauchtmaschinenhändler, der seine Frau mehr liebte als seine

Tochter, und Carrie konnte es ihm nicht verdenken. Ihre Mutter war die perfekte Hausfrau. Nur der Hackbraten, den sie für Carrie zubereitete, weil sie glaubte, es wäre immer noch ihr Leibgericht, wurde von Jahr zu Jahr salzloser. Carrie mochte es ihr nicht sagen. Was hätte das für einen Sinn? Wie alles andere? Wie konnte man erklären, wofür es keine Begründung gab?

Nach einer Minute und fünfzehn Sekunden wurden ihre Füße taub, und Carries Gedanken kehrten ins Hier und Jetzt zurück. Die Diamanten glitzerten so wunderschön, das Licht schien ihr ferner als zuvor. Wie war sie nur in dieses Appartement gekommen? Wie hatte es so weit kommen können? Nach einer Minute und dreißig Sekunden begannen ihre Hände zu zittern, und Carrie dachte an Luft, nichts als Luft. Sie senkte ihre Handflächen zum Wannenboden hinab und drückte sich aus dem Wasser. Ein großer Schwall landete auf dem Badezimmerboden, und Carries Lungen schrien nach Leben. Sie bäumte sich auf und umschlang ihre Knie, bis sie aufhörte zu zittern. Dann nahm sie das Shampoo und den Conditioner vom Wannenrand und seifte ihre Haare ein.

Eine halbe Stunde später stand sie in einem blauen Abendkleid vor dem mannshohen Spiegel neben der Badewanne und zog den brombeerroten Lippenstift nach. Mit dem Absatz ihrer Schuhe schob sie die nassen Handtücher in der Pfütze vor der Wanne hin und her und stopfte sie dann in den Wäschesack hinter der Tür.

Es klingelte. Carrie warf einen Blick auf ihre schmale Armbanduhr, verließ das Bad und drückte den Türöffner. Er war pünktlich, was sie als gutes Zeichen wertete. Das erste Date in ihrer Wohnung war immer aufregend, egal wie viel Mühe sie sich gab, es zu verbergen. Sie füllte zwei Weingläser, die schon auf der marmornen Anrichte bereitgestanden hatten. Als es zum zweiten Mal klingelte, war Carrie bereit. Sie öffnete die Tür mit einem Lächeln.

Er hielt das Glas am Boden, wenn er es zum Mund führte, was Carrie verriet, dass er ein draufgängerischer Genießer war. Es verriet Männer wie Frauen gleichermaßen, wie sie ihr Glas führten. Carrie hielt es am Stiel, sie bevorzugte den Kampf mit dem Bajonett, außerdem spielte sie ihre Rollen stets so elegant wie möglich. Er war charmant, gab sich Mühe, sie zu verführen, genau wie Carrie es erwartete. Und er kannte die Regeln. Der Umschlag zur richtigen Zeit, kein falsches Wort, so wie Carrie es mochte. Und er war definitiv kein Cop, sein K-Street-Anzug kostete vier Monatsgehälter eines kleinen Staatsdieners. In der Gegend von Washington war die Polizei ohnedies kein allzu großes Problem, weil jeder wusste, wohin es führen würde, wenn sie das Gesetz wörtlich nahmen. Allesamt wären sie verhaftet, die Senatoren aus fernen Staaten im Hauptstadtexil und die Abgeordneten aus den Kleinstädten, wo die Hockey-Mom-Ehefrauen Maulbeerkuchen für die Wahlparty stifteten. Das Washingtoner Establishment waren die besten Kunden von Frauen wie ihr.

Als er Carrie zum Bett führte, spürte sie eine starke Hand an ihrer Taille. Er bettete sie auf die Kissen wie eine Königin, während er sie küsste. Seine Hand wanderte langsam ihren Oberschenkel hinauf. Carrie legte einen Zeigefinger auf seine Lippen und griff nach ihrem Weinglas. Sie prostete ihm zu. Er hatte seinen Wein fast nicht angerührt, was äußerst selten vorkam. Möglicherweise ein Alkoholiker, dachte Carrie, die gab es in Washington öfter, als man annehmen mochte. Er griff nach dem Reißverschluss ihres Kleids und zog ihn langsam nach unten. Carrie kicherte und ließ die Träger über ihre Schultern fallen.

Er fasste sie um die Hüften, küsste sie. Sanft streifte er den rauhen Stoff über ihr Dekolleté und schlug ihr brutal mit der Faust ins Gesicht. Warmes Blut rann aus den geplatzten Gefäßen ihrer Oberlippe. Der Schlag war so unerwartet gekommen, dass Carrie nicht einmal schrie. Während sie sich noch darüber wunderte, hielt er ihr mit seiner tellergroßen Hand den Mund zu, drückte ihr die Luft ab, hielt ihren Kopf wie in einem Schraubstock, unbeteiligt wie ein Farmer, der eine Katze ertränkt, gewissenlos und mit Gleichgültigkeit gegenüber der unterlegenen Kreatur.

Panik erfasste Carrie, lähmte sie für Augenblicke, und da hatte er bereits blitzschnell ihre Arme mit Klebeband an die Bettpfosten gefesselt, dann die Füße, dann ein Stück über ihren Mund geklebt. Die große Hand war verschwunden. Carrie wand sich in ihren Fesseln, aber sie gaben nicht nach, schnitten nur noch stärker in ihre Haut. Sie lag auf ihrem Bett – unfähig, sich zu bewegen, unfähig zu fliehen, unfähig, ihrem Schicksal zu entrinnen. Opfer, blitzte die Erkenntnis durch das dumpfe Dunkel in ihrem Kopf. Der Schweiß rann über ihr Nasenbein und tropfte auf den Klebstreifen über ihrem Mund, und wenn sie sich drehte, soweit sie konnte, spürte sie den kalten Hauch der Klimaanlage auf ihrem feuchten Rücken. Der Mann, mittelgroß, mittelbraun, mittelblond stand in seinem teuren Anzug in ihrer Küche und wog die Messer aus dem Messerblock in der Hand. Sie beobachtete ihn wie kurz zuvor die Diamanten auf dem Badewasser. Seltsam unbeteiligt, obwohl sie wusste, was folgen würde. Es waren die Warnungen ihrer Eltern, ausgesprochen am Sonntagstisch gegen die jugendliche Überzeugung, unsterblich zu sein. Die Warnungen vor der großen Stadt und dem, was sich in ihrem Innersten hinter der glitzernden Fassade verbarg. Dem Bösen. Der Bestie. Diesem Mann. Er griff nach ihrem Telefon und wählte eine Nummer. Ohne mit jemandem zu sprechen, legte er auf, zog sich aus und kam näher. Als er ihr das erste Mal in den Bauch stach, spürte Carrie die warmen Blutspritzer auf ihrem Gesicht noch vor dem Schmerz. Als er in sie eindrang, kotzte sie hinter ihrem Plastikknebel und wäre daran erstickt, wenn er ihn nicht heruntergerissen hätte. Kein Mensch konnte sich das vorstellen, die Schmerzen, wie sie sich wirklich anfühlten. Gewalt war Teil der Popkultur. Man sah sich das Blut im Fernsehen an und sah es doch nicht. Man glaubte zu wissen, was Schmerzen sind, und blieb doch vollkommen ahnungslos. Zweidimensionale Bilder waren abstrakte Blaupausen der Wirklichkeit. Nicht vergleichbar. Ihr Körper schrie, schrie, schrie, die Nerven versendeten Schmerz, Schmerz, Schmerz.

Eine Stunde später hätte sich Carrie alias Samantha Sweet gewünscht, er hätte sie verrecken lassen. Und sie hätte Omaha, Nebraska, nie verlassen. Aber dazu war es zu spät.

KAPITEL 1

The White House
1600 Pennsylvania Avenue, Washington, D. C.
2. Dezember, 09:11 Uhr

Gary Golay fischte einen Double Choc Brownie von der silbernen Etagere, die auf einer antiken Kommode unter dem Gemälde »Watson and the Shark« von John Singleton Copley stand. Er betrachtete die Fischer, die den Jungen vor dem Hai zu retten versuchten. Direkt vor der Tür zum Oval Office schrie ein Gemälde nach Rettung in aussichtsloser Lage. Copley zeigte anschaulich, dass die richtigen Beweggründe wichtiger waren als der Ausgang ihrer Mission. Die Fischer mussten es versuchen, koste es, was es wolle. Der Zusammenhalt einzelner Menschen war nichts anderes als der Zusammenhalt einer ganzen Nation. Der Präsident hatte es am ersten Tag des Shutdown aufhängen lassen, als Mahnmal für die Republikaner im Kongress, dass es diesmal um alles ging. Eugenia Meeks, die langjährige persönliche Sekretärin des Präsidenten, hatte ihr Gebäck darunter plaziert, damit jeder Republikaner die Botschaft verinnerlichte. Ihre Brownies hatten Tradition, seit sie das Senatsbüro des Präsidenten geleitet hatte, heute wurden die benötigten Mengen von der Küche des Weißen Hauses gebacken, nach ihren Rezepten, wie Eugenia betonte. Sie hob eine Augenbraue, weil Gary nicht gefragt hatte. Er machte ein schuldbewusstes Gesicht und wusste dabei genau, er würde damit durchkommen.

»Er liegt hinter dem Zeitplan«, sagte Eugenia Meeks.

»Ach was«, sagte Gary und betrachtete den saftigen Kuchen. Er hatte gute Neuigkeiten im Gepäck, er hatte keinen Grund, das Gespräch mit dem Präsidenten zu fürchten, obwohl man in letzter Zeit nicht immer wusste, woran man bei ihm war oder ob man noch auf seiner Liste stand. Seit er vor dem Wahlkampf für seine zweite Amtszeit nahezu alle Mitarbeiter ausgetauscht hatte, war niemand mehr sicher, auch Gary nicht, obwohl er schon länger dabei war als die meisten. Als Stellvertretender Stabschef war er für die Innenpolitik zuständig. Er hielt die Kanäle offen, besorgte die Stimmen, die sie für jede Gesetzesvorlage brauchten. Den Shutdown hatte Gary überstanden, was fast verwunderlich war. Und immerhin reichte sein Ansehen im Raum vor dem Oval Office noch für einen ungebetenen Griff nach Eugenias Gebäcketagere. Oftmals waren eine unvermeidbare Wartezeit vor dem innersten Sanktum des Weißen Hauses die einzigen ruhigen Minuten an einem bis auf die letzte Sekunde durchgetakteten Arbeitstag im Westflügel.

»Wie wäre es mit einem kleinen Tipp zur Großwetterlage?«, fragte Gary.

Eugenia warf einen skeptischen Blick auf seinen Brownie: »Sie wollen wissen, wie er gelaunt ist? Manchmal glaube ich, die aus dem Untergeschoss mischen bewusstseinsverändernde Drogen in den Teig«, sagte sie.

»Woher nehmen Sie die Gewissheit, dass sie nicht einfach unseren Kaffee vergiftet haben?«, fragte Gary.

»Wir haben Sensoren, die unsere Raumluft auf Anthraxsporen überwachen, vor der Tür stehen zwei Marines, und wenn ich eine Taste an meinem Schreibtisch drücke, wird der Westflügel abgeriegelt. Glauben Sie mir, Gary, unser Kaffee ist sicher.«

»Ebenso wie Ihre vorzüglichen Brownies, Eugenia«, sagte Gary und tat so, als betrachte er wieder das Gemälde mit den Fischern. Eugenia lächelte milder gestimmt. Sie würde ihm trotzdem niemals verraten, was ihn nichts anging.

Fünf Minuten später rauschte Präsident Ward an ihm vorbei, eingekeilt zwischen der Nationalen Sicherheitsberaterin und dem Stabschef, Garys direktem Vorgesetzten. Als er Gary sah, setzte er das breite Präsidentenlächeln auf, das er anknipsen konnte wie eine Schreibtischlampe, und zeigte weiße Zähne. Sein Blick fragte: Alles okay mit der Abstimmung? Verdammt noch mal, Gary, haben Sie die Stimmen? Es war die wichtigste Gesetzesvorlage seiner zweiten Amtsperiode, sein Geschenk an das amerikanische Volk. Sie sollten ihn als einen der Guten in Erinnerung behalten, nicht nur wegen der Gesundheitsreform. Gary sagte: »Guten Morgen, Mister President, ja, wir werden gewinnen.« Er sagte das an den Rücken des Präsidenten gewandt, der im Vorbeigehen ein Dokument unterzeichnete, das Eugenia ihm in einer schwarzen Ledermappe unter den Stift hielt.

»Gut gemacht, Gary, ich danke Ihnen!«, rief der Präsident auf dem Weg zu seinem täglichen Sicherheitsbriefing, sein Tross war schon fast aus der Tür.

»Danke, Mister President«, sagte Gary Golay der Vollständigkeit halber. Der National Security Privacy Act hatte ihn einige graue Haare gekostet.

»Sind Sie sicher, dass Sie sich nicht verzählt haben?«, fragte Eugenia Meeks.

»Der Präsident kann sich auf mich verlassen«, murmelte Gary Golay. Tatsächlich hatte er sich anstrengen müssen, genügend Republikaner umzudrehen und die eigenen Reihen geschlossen zu halten. Die Lobbygruppen der Internetfirmen mit ihren tiefen Taschen hatten nicht gerade geschadet. Insbesondere dem Hochtechnologiesektor drohten durch die weltweite Bespitzelung, die Amerika seit dem elften September betrieb, große Verluste. Irgendwann, so die Befürchtung, würden sich ihre Kunden abwenden und ihre Daten in anderen, weniger paranoiden Ländern speichern. Es ging um viel Geld. Sehr viel Geld. Es ging um eine Zukunftsindustrie. Hightech war das Automobil des 21. Jahrhunderts. Die Branche, die eine ganze Volkswirtschaft vom Weh ins Wohl zu steuern vermochte. Wenn man es nicht versaute. Und deshalb stand seine Armee seit zwei Stunden abstimmbereit in den überaus unübersichtlich angelegten Schützengräben des Kon-

18

gresses. Morgen war der Tag der Schlacht. Möglicherweise würde er den einen oder anderen Abtrünnigen zurück zur Herde treiben müssen, aber das wäre das geringste Problem. Absprachen galten immer noch, persönliche Zusagen waren das Letzte, was dieses Land überhaupt noch regierbar hielt.

»Nehmen Sie sich noch einen Brownie für den Weg«, sagte Eugenia, als er sich zum Gehen wandte. »Sie wissen doch, wie wichtig ihm die Vorlage ist.«

Das wusste Gary Golay tatsächlich. Und er wusste, was das Gesetz für seine Karriere bedeuten konnte. Der nächste Präsident würde einen neuen Stabschef brauchen. Kontroverse Vorlagen wie diese waren das Eisen, aus dem Chiefs of Staff geschmiedet wurden.

KAPITEL 2

St. Johns Place
Brooklyn, New York
2. Dezember, 09:56 Uhr (eine halbe Stunde später)

Ana-Maria Guerro legte einen Teigfladen direkt auf die Herdplatte und beobachtete, wie sich kleine Bläschen auf der Oberseite bildeten. Mit der gesammelten Erfahrung von über fünfzig Jahren wendete sie den Tortilla genau im richtigen Augenblick und betrachtete zufrieden die kleinen dunkelbraunen Röstflecken. Im Kühlschrank lagerten noch ein paar Tomaten und in dem Tontopf neben Marleys Decke einige rote Zwiebeln für eine Salsa. Avocado oder Hühnchen kamen nur sonntags in Frage, aber sie war eine Frau, die mit wenig zufrieden war und mit jedem Jahr weniger benötigte. Marley lungerte neben ihren Füßen herum, um ein Stück Brot oder eine Tomate zu ergattern. Er war der einzige Hund, den sie kannte, der Gemüse mochte, und er war ihr Ein und Alles, vor allem seit Ernesto gestorben war. Und seit der Sache mit der Wohnung. Die Fixsterne ihres Lebens drohten zu verblassen. Mit furchtlosen Fingern bugsierte sie den Fladen in ein rotes Plastikkörbchen, das sie vor Jahren bei einem Imbiss hatte mitgehen lassen, weil die dort in den Mülleimer wanderten. Ana-Maria Guerro sah nicht ein, warum man funktionsfähige Körbchen wegwerfen sollte. Genauso wenig wie alte Menschen. Ana-Maria Guerro war vierundsiebzig Jahre alt.

Um elf Minuten nach neun Uhr klingelte es an der Tür. Ana-Maria Guerro schlurfte in ihren Hausschuhen durch den winzigen Flur ihrer Zwei-Zimmer-Wohnung, vorbei an der schmalen Anrichte mit den Fotos. Sie hielt inne. Was wäre, wenn er einfach klingeln würde? Wenn er da stünde, als hätte es die Schläuche in seinen Armen nie gegeben, und auch nicht die Maschine, die Luft in seine Lungen gepumpt hatte? War es Ernesto, der klingelte? Oder war es ihr Sohn, den sie seit über zwei Jahren nicht mehr gesehen hatte? Nein, Raoul würde anrufen. Und selbst das käme einem Wunder gleich, schließlich war heute nicht einmal ihr Geburtstag. Ihre Träume spielten ihr wieder einmal einen Streich. Sie räusperte sich, weil sie fürchtete, ihre Stimme könnte brechen. Manchmal tat sie das beim ersten Satz des Tages. Das war Ana-Maria sehr unangenehm. Es schickte sich nicht, dass die Stimme brach, weil man niemanden hatte, dem man einen guten Morgen wünschen konnte. Dann drückte sie den Knopf an der Gegensprechanlage.

»Guten Tag, Mrs. Guerro, hier ist Pia Lindt.«

»Wer ist dort?«, fragte Ana. Also nicht Ernesto und auch nicht Raoul.

»Pia Lindt, Mrs. Guerro. Wir haben Ihren Namen vom Sozialamt.«

»Ich brauchte nichts, danke sehr«, sagte Ana-Maria und hängte den Hörer ein. In letzter Zeit kamen keine guten Nachrichten vom Sozialamt. Sie konnte heute keine schlechten Nachrichten mehr gebrauchen. Nur eine Tortilla mit Salsa und vielleicht etwas Sauerrahm. Es klingelte erneut.

»Mrs. Guerro? Ich komme von der Kanzlei Thibault Stein. Uns ist zu Ohren gekommen, dass Sie Schwierigkeiten mit Ihrem Vermieter haben. Vielleicht kann ich Ihnen helfen!«

»Wie sollten Sie mir schon helfen können?«, fragte Ana. Sie fragte sich inzwischen schon, warum sie das Klingeln überhaupt beantwortet hatte.

»Wir würden Sie gerne vertreten«, sagte die Unbekannte. Ana kannte die Anzeigen von Anwälten in den U-Bahnen und an den Bushaltestellen. Viele von ihnen waren auf Spanisch verfasst. »Hatten Sie einen Arbeitsunfall? Wir holen das Maximum für Sie heraus. Rufen Sie 0800-Arbeitsanwalt-Jetzt. Wir kämpfen für Ihr Recht!« Ana-Maria Guerro glaubte nicht an die Selbstlosigkeit von Anwälten, vor allem nicht, wenn sie Werbung auf Spanisch schalteten.

»Kostenlos«, fügte die Unbekannte vor ihrer Tür hinzu. Marley bellte ein dunkles Großhundebellen.

»Sie wollen mich kostenlos vertreten?«, fragte Ana-Maria.

»Ja, Mrs. Guerro. Wie gesagt, wir kommen vom Sozialamt.«

»Warum sollten Sie das tun?«, fragte Ana-Maria Guerro.

»Würden Sie mich rauflassen? Dann erkläre ich es Ihnen«, versprach die Unbekannte. Ana-Maria überlegte, warf einen Blick auf das Foto ihres verstorbenen Mannes und drückte den Türöffner.

Keine zwei Minuten später stand eine junge Frau vor ihrer Tür, die aussah, als wäre sie einer Telenovela entstiegen. Blond, vielleicht Anfang dreißig, kurvige, aber sehr attraktive Figur und sehr gut geschnittenes Kostüm, das sie vor zehn Jahren kaum besser hätte schneidern können. Sie sah aus wie eine Frau, zu der sie ihrem Sohn gratuliert hätte, wenn er nicht so ein erwiesener Nichtsnutz wäre.

»Sie sehen nicht aus wie vom Sozialamt«, sagte Ana-Maria durch den schmalen Spalt ihrer Wohnungstür. Marley hockte neben ihr auf ihrem Schwanz und schaute verängstigt aus den großen schwarzen Augen. Der Rhodesian Ridgeback reichte Ana-Maria fast bis zur Brust. Ihre Besucherin schien nicht eingeschüchtert, was bemerkenswert war.

»Vermutlich nicht«, sagte die junge Frau und streckte ihr eine perfekt manikürte Hand entgegen. Ana-Maria ergriff sie mit ihrer altersfleckigen und bemerkte in den Augen der jungen Frau, die kaum halb so alt sein dürfte wie sie, kurzes Erstaunen. Vermutlich hätte sie nicht gedacht, dass eine alte Frau weiß, wie man sich ordentlich die Hand schüttelt.

»Pia Lindt«, stellte sie sich erneut vor und reichte ihr

eine Karte, die aussah, als koste sie mehr als zwei Tortillas mit geschmorter Rinderschulter. »Thibault Godfrey Stein – Attorneys« stand darauf und eine Adresse in Manhattan. Feine Karte, feines Pflaster, feine Lady, dachte Ana-Maria, und ihre Skepsis wuchs.

»Wie ich höre, haben Sie Probleme mit Ihrem Vermieter?«, fragte Pia Lindt.

»Das kann man so sagen«, bestätigte Ana und blickte dabei zu Marley, die sich hinter ihren Beinen versteckte.

»Erst hat er mir sechstausend Dollar geboten, wenn ich ausziehe, später noch mehr Geld. Und jetzt klagt er wegen Marley. Sie bauen ein Luxus-Appartementhaus aus meiner Wohnung, das ist alles.«

»Hat Ihr Vermieter kürzlich gewechselt?«, fragte Pia Lindt.

»Früher hat alles dem Metzger gehört, der wohnte eine Straße weiter. Herzinfarkt. Und seine Söhne haben alles verscherbelt. Seitdem geht alles bergab.«

Pia Lindt zückte einen Kugelschreiber.

»Nicht so schnell«, sagte Ana-Maria.

Pia Lindt steckte den Stift wieder weg.

»Was heißt, Sie arbeiten kostenlos? Nichts ist kostenlos im Leben«, sagte Ana-Maria. »Glauben Sie mir, ich weiß das.«

»Normalerweise schon«, sagte ihre ungebetene Besucherin. »Aber manchmal gewinnt man auch etwas, wenn man nicht aufgibt. Und das haben Sie niemals getan, wenn ich dem Sozialamt glauben darf.«

»Sie meinen, so etwas Ähnliches wie ein Lottogewinn? Mein Ernesto hat jede Woche gespielt, über vierzig Jahre lang, und er hat nicht einen Penny gewonnen.«

»Vielleicht hat er nicht umsonst gespielt, Ana«, sagte Pia Lindt, die Frau mit der teuren Visitenkarte. »Thibault Stein wird Sie persönlich vertreten, wenn Sie möchten.« Sie sagte das, als wäre Moses höchstselbst vom Berg gestiegen.

»Lassen Sie mich Ihnen erklären, was wir vorhaben«, sagte die junge Frau. Ana-Maria öffnete die Tür. Zum Gewinnen, das wusste sie, gehörte nicht nur das Spielen, sondern auch das beherzte Zugreifen im richtigen Moment.

KAPITEL 3

Fort Meade, Maryland
Crypto City, Gebäude 22, Cubicle 04-22-5866
2. Dezember, 20:04 Uhr

Der Beamte mit der Personalnummer AF-523940-TTEE349 der National Security Agency saß in seiner dreieinhalb Quadratmeter großen Parzelle eines offenen Büros im vierten Stock. Er war gerade dabei, auf seinem Backup-System eine Archivierung zu starten, als er plötzlich auf seinem Hauptmonitor etwas Ungewöhnliches bemerkte. Seine Augen wanderten zu dem Kürzel aus roten Buchstaben, der sogenannten Flag, das ankündigte, dass neue Daten zu observierten Personen gesammelt wurden, die sofort bearbeitet werden mussten. Rote Flags gab es äußerst selten, fast immer handelte es sich dabei um Terroristen oder militärisch bedeutsame Zielobjekte. Der Mann tippte einige Takte in seine Tastatur, woraufhin ein Fenster mit den zu sammelnden Daten erschien:

```
AUDIO TRANSMISSION #013014FFF8523409
IDENTIFIED SUBJECT: Golay, Gary
IDENTIFIED SUBJECT: Golay, Emma
TIME OF RECORDING: 20:02-##:##
```

Die Aufgabe des Mannes, der an einem anonymen rechteckigen Arbeitsplatz saß, abgeschirmt durch dünne, aber effektive Plastikwände von seinen zweihundert Kolleginnen und Kollegen, mit denen er sich den vierten Stock des Gebäudes 22 teilte, war es, die vom System fortlaufend vergebene Nummer den entsprechenden Fällen zuzuordnen. Jeder einzelne Mitschnitt wies im besten Fall Dutzende von Querverbindungen zu anderen überwachten Personen oder E-Mail-Konten auf. Die Vernetzung des Systems, die Verschlagwortung, wie es Archivare in den letzten vierhundert Jahren vor dem Computerzeitalter genannt hätten, war der heilige Gral ihrer Arbeit. Einiges erledigten die Programme von selbst, aber bei den eiligen Fällen, den Staatsfeinden und den Terroristen, war manuelles Eingreifen erforderlich. So wie in diesem Fall, das signalisierte die rot leuchtende Schrift. Der Mann setzte Kopfhörer auf und schaltete sich live in die Konversation, um die Datei korrekt und möglichst vollumfänglich verlinken zu können. Bisher waren nur die beiden Gesprächsteilnehmer identifiziert, am Ende der Aufzeichnung würde er unzählige Fäden zu anderen Personen gesponnen haben. Der Mann hörte kein Rauschen, die modernen Mikrofone waren ausgereift und ermöglichten eine störungsfreie Übertragung. Es waren keine

Mikrofone der NSA, die das Gespräch für ihn belauschten, sie saßen in den Handys, die heutzutage überall auf den Restauranttischen lagen. Es waren Tausende Ohren, die für die NSA arbeiteten. Und sie hatten sie nicht einmal bezahlen und installieren müssen.

KAPITEL 4

The Velvet Restaurant and Bar at the Clairmont
23rd Street, Washington, D. C.
2. Dezember, 20:05 Uhr (zur gleichen Zeit)

»Wie wäre es mit einem Salat?«, fragte Gary.

»Nicht heute Nacht«, sagte Emma. »Dieser Abend ist ein Fleischabend.«

Gary hob eine Augenbraue, enthielt sich aber eines Kommentars. Über die riesige Speisekarte hinweg bestellte er eine Flasche Pinot Noir und einen Brotkorb bei einem Kellner, der für seinen Geschmack deutlich zu livriert daherkam.

»Ist heute Nacht eine besondere Nacht?«, fragte Gary.

»Ich würde sagen, heute Nacht ist die Nacht aller Nächte«, antwortete Emma verschwörerisch und gerade noch rechtzeitig, bevor die Livree an ihren Tisch trat, um die Flasche im 23-Grad-Winkel zur Inspektion anzubieten. Emma bedeutete dem Kellner, das Glas vollzuschenken, statt den üblichen Probierschluck abzuwarten.

»Das mit dem Korken ist eine Augenwischerei der

Franzosen«, versuchte sich Gary an einer Erklärung. »Vor allem, wenn man bedenkt, dass das Weingut seit zehn Jahren keinen Naturkork mehr verwendet.«

Der Sommelier nickte betroffen und trat einigermaßen entsetzt den Rückzug an.

»Glaubst du, er hält mich für einen Banausen?«, fragte Gary.

»Nein«, sagte Emma und trank einen sehr großen Schluck von dem Pinot. Ihr breites Grinsen verschwand hinter dem Glasrund und der tiefroten Pfütze. »Der Wein ist prima.«

»Wir haben nicht angestoßen!«, protestierte er.

»Es bringt Unglück, einen Tag vorher darauf anzustoßen.«

»Ich wollte auf uns anstoßen!«, sagte Gary.

»Du wolltest auf uns anstoßen?«, fragte Emma. »Was ist nur in dich gefahren?«

Gary betrachtete die Frau im schummrigen Licht des Restaurants. Er sah die Kette mit der silbernen Kralle, die eine große, schwarz schimmernde Perle in der kleinen Halsgrube unterhalb ihres Schlüsselbeins hielt. Er sah die schlanken Finger mit dem dunklen Nagellack. An ihrem zarten Handgelenk baumelte ein maskuliner Chronograf, der zu groß für sie war. Er sah ihren Mund, geschwungen und spöttisch.

»Gibt es einen Grund, warum wir nicht auf uns trinken sollten?«

»Nein«, sprach Emma in die Tiefe des Glases, und hätte Gary es nicht besser gewusst, hätte er schwören können, dass sie ihn verführen wollte. Sie war umwer-

30

fend in dieser Rolle. Dabei hatte er sich vorgenommen, es diesmal nicht so weit kommen zu lassen. Heute würde er die Zügel nicht aus der Hand geben. Er würde derjenige sein, der sie verführte.

»Wie geht es dem Präsidenten?«, fragte Emma, während sie die Karte studierte. Sie konnte schneller die Themen wechseln als er, und das sollte etwas heißen, schließlich arbeitete Gary im West Wing, wo es in einer Minute um das Verbot von Maschinengewehren und in der nächsten Sekunde um eine bemannte Marsmission gehen konnte.

»Gut«, antwortete Gary denkbar knapp. »Der Lammrücken ist sehr zu empfehlen.«

»Sagst du, weil du mit allen deinen Liebhaberinnen hierhergehst?«

Gary lächelte. Waren das noch Emmas Spottlippen? Oder ahnte Gary einen Anflug von Eifersucht hinter den grünen Augen?

»Soll mir dieses überhebliche Grinsen sagen, dass du die Stimmen hast?«, setzte Emma nach.

»Wo sollte ich deiner Meinung nach mit meinen anderen Liebhaberinnen hingehen?«, fragte Gary und klappte die Karte zu. »Und ja, ich habe die Stimmen. Glaubst du ernsthaft, sonst säßen wir am Abend vor der Abstimmung im Velvet?«

Das Handy in der Innentasche seines Jacketts kündigte einen drohenden Anruf mit zwei vorsichtigen Vibrationen an. Natürlich handelte es sich technisch gesehen bereits um einen Anruf, so dass die folgende Störung unausweichlich war. Gary seufzte. Er war sehr lange nicht mit Emma hier gewesen, und er hatte sich einiges vorgenommen für den Abend vor seinem wichtigsten Erfolg der letzten sechs Monate. Er zog das Handy heraus, auf dem Display stand »Christina«. Gary hob abwehrend beide Hände und beeilte sich aufzustehen.

»Wir müssen gehen«, sagte er, als er an den Tisch zurückkehrte.

»So? Was ist passiert? Haben sie sich an Christinas Popcorn überfressen?«

»So ähnlich …«, seufzte Gary und warf einen bedauernden Blick auf Emmas Beine unter dem schwarzen Kleid.

»Immerhin hatten deine Kinder dann mehr zu essen als wir«, sagte Emma.

»Christina hat uns etwas von dem Makkaroniauflauf übrig gelassen«, versprach Gary und half ihr in den Mantel.

»Wenigstens hatten wir einen schönen Wein.«

»Glaub nicht, dass ich dich so einfach davonkommen lasse«, raunte ihr Gary auf dem Weg nach draußen ins Ohr. »Immerhin sind es auch deine Kinder.«

»Wir werden schon einen Weg finden, unser Vorweihnachtsdinner gebührend ausklingen zu lassen«, sagte Emma. »Haben wir das nicht immer?«

Gary grinste. Er wählte Christinas Nummer und warf Emma den Schlüssel zu ihrem Wagen zu. »Du fährst, ich erkläre ihr die Strategie für besondere Sondernotfälle.«

KAPITEL 5

The White House
1600 Pennsylvania Ave., Washington, D. C.
2. Dezember, 23:12 Uhr (drei Stunden später)

Colin Ward saß zu nachtschlafender Stunde in seinem Büro am Schreibtisch und versuchte, trotz seiner Müdigkeit einen klaren Gedanken zu fassen. Sieben schlaflose Jahre brachten den konditionsstärksten Bullen an den Rand eines Burn-outs und graue Haare obendrein. Du kommst als Bulle und gehst als Greis, dachte Colin Ward. Er hatte die Beine übereinandergeschlagen, und neben seinen blankpolierten Lederschuhen lag das Manuskript einer Rede, die er morgen im East Room halten würde, wenn das Gesetz den Kongress passiert hatte. Die weißen Seiten lagen auf der dunklen Tischplatte, die ihn vom Denken abhielt, denn er mochte keine dunklen Hölzer. Aber es war ausgeschlossen, den Resolute Desk zu kritisieren, geschweige denn, ihn auszutauschen. Schließlich war der Schreibtisch einst aus dem Holz der HMS Resolute gefertigt und Rutherford Hayes als Geschenk von Queen Victoria übersendet worden. Das hässliche Monstrum war ein Stück Geschichte und lag damit außerhalb seines Einflusses. Ein kurzes energisches Klopfen, direkt gefolgt von dem Aufschnappen eines Türschlosses, signalisierte, dass sein Stabschef ihn sprechen musste.

»Guten Abend, Mister President«, sagte Michael Rendall. Er trug eine Mappe mit dem Emblem der NSA unter dem Arm.

»Hallo, Michael«, sagte Colin Ward. »Haben Sie sich je gefragt, warum ich mit dieser Monstrosität von Schreibtisch auskommen muss? Ich bin der Führer der freien Welt, aber die Inneneinrichtung meines Büros kann ich mir nicht aussuchen.«

»Er wurde aus dem Holz der HMS ...«

Colin Ward machte eine wegwerfende Handbewegung.

»Soweit ich weiß, hat Reagan den Schreibtisch im Gästezimmer der Wohnung aufstellen lassen. Und niemand sagt, dass Sie ...«

»Geschenkt«, unterbrach ihn der Präsident. »Hören Sie sich das hier an: ›Amerika wurde gegründet als das Land der Freiheit. Amerika ist ein Versprechen von Freiheit. Amerika ist ein Synonym für Freiheit.‹ Finden Sie das gut?«

»Freiheit ist unsere DNA, Mister President. Sie finden in diesem Land Menschen, die dagegen sind, den Verkauf von Maschinengewehren zu verbieten. Sie finden in diesem Land Menschen, die dagegen sind, Milch zu trinken oder das Recht auf Abtreibung zu gewähren. Aber Sie finden in diesem Land niemanden, der gegen die Freiheit ist. Es ist ein guter Satz, Mister President. Er hat in der Marktforschung sehr gut abgeschnitten.«

»Oder hier: Als in Berlin die Mauer fiel, atmeten die Menschen hinter dem Eisernen Vorhang auf. Weil die Überwachung der Staatssicherheit ein Ende fand. Heute kann Amerika aufatmen, denn heute findet die Online-Überwachung ein Ende. Der Kampf gegen den Terror wird fortgeführt. Mit aller Härte. Aber nicht mehr mit allen Mitteln. Weil nicht alles, was möglich ist, auch Recht ist. Heute fällt eine Mauer – auf der ganzen Welt. Und morgen wird Amerika wieder das Land der Freiheit sein.«

Colin Ward schwang die Füße von der antiken Tischplatte und beugte sich nach vorne: »Machen wir einen Fehler, Michael? Glauben Sie, dass es ein Fehler ist?«

»Die Geheimdienste behaupten das, Mister President.«

»Ich weiß, aber was meinen Sie?«

»Dieses Gesetz wird als Überschrift für Ihre Präsidentschaft in den Geschichtsbüchern stehen«, sagte Michael Rendall und verlagerte das Gewicht auf das andere Bein. »Auf die eine oder die andere Weise.«

Colin Ward biss auf dem Nikotinkaugummi herum, bis sich der betäubend scharfe Geschmack einstellte. Was, wenn das Attentat auf den Bostoner Marathon nach seinem Gesetz verübt worden wäre? Sie hätten ihn verantwortlich gemacht, ihn und seine demokratische Verweichlichung, seine Liberalität. Liberal war ein Schimpfwort geworden im Amerika der Tea Party, die seine Nation nach rechts gezwungen hatte. Die stolze

Nation, die beanspruchte, die moderne Demokratie er-
funden zu haben, drohte an einer Minderheitenmeinung
zu zerbrechen. Was, wenn es ein zweites Boston gab?
Schwarz wäre die Überschrift seiner Präsidentschaft in
den Geschichtsbüchern.

»Mister President?«, fragte Michael Rendall.

Colin Ward lächelte sein Präsidentenlächeln.

»Wir müssen über das Weihnachtssingen reden.«

»Weil es auf der Welt nichts Wichtigeres gibt?«, fragte
Colin Ward. »Zum Beispiel, dass wir den Glass-Steagall-
Act pulverisiert haben und die Banker von der Wall
Street uns wieder auf der Nase herumtanzen? Oder dass
wir nicht wissen, wie wir uns am Hindukusch zur Hintertür rausschleichen sollen, obwohl uns da nie jemand
haben wollte?«

Michael Rendall nickte.

Colin Ward seufzte: »Dann lassen Sie uns darüber
reden.«

Er legte die Rede beiseite. Es war ohnehin nicht mehr
aufzuhalten, oder nicht? Gary Golay hatte für ihn die
Büchse der Pandora geöffnet. Ein Teil von ihm hatte
gehofft, Gary würde scheitern. Und er wusste in dieser
Nacht nicht mehr, welchem Teil seiner widerstreitenden
Gefühle er trauen sollte.

KAPITEL 6

Mohican Road, Bethesda, Maryland
3. Dezember, 08:31 Uhr (am nächsten Morgen)

Auf dem Rücksitz tobte die Schlacht von Gettysburg, als Gary Golay seinen Dodge Durango auf den Bordstein vor der Schule lenkte. Er war spät dran, aber auf das tägliche Ritual, seine beiden Töchter in Ruhe zur Schule zu fahren, verzichtete er selten. Auch wenn es fast immer zu schweren verbalen Gefechten auf der Rückbank kam.

»Wir sind da«, rief Gary in der leisen Hoffnung auf einen Waffenstillstand.

»Was du nicht sagst, Dad«, zog ihn die dreizehnjährige Louise auf. Sie hatte die besserwisserische Phase nie überwunden, und Gary vermutete, dass die Pubertät kein Spaziergang im Park werden würde.

»Louise hat kein Recht, fies über meine Freunde zu reden«, hörte er die glockenhelle Stimme des Nesthäkchens. Mit acht Jahren war die Welt noch in Gut und Böse geordnet, so dass es im Grunde unvernünftig war, sich nicht von der Kindergeneration regieren zu lassen. Zumal Jo den Gerechtigkeitssinn ihrer Mutter geerbt hatte. Emma konnte es nicht ertragen, wenn Menschen Unrecht widerfuhr, und sei es an der Supermarktkasse. Ansonsten war Emma Golay allerdings ein harter Hund. Wie Josephine, seine Jüngere, auch.

»Louise, reiß dich zusammen. Und Jo, du darfst es dir nicht immer so zu Herzen nehmen, was deine Schwester sagt.« Es gab deutlich zu viele Frauen in Gary Golays Leben. »Und jetzt raus.«

»Erst, wenn Louise das zurücknimmt«, sagte Josephine, die niemand jemals bei ihrem vollen Namen nannte. Gary sah ihre verschränkten Arme vor sich, bevor er in den Rückspiegel blickte. Als Nächstes würde Louise die Flucht antreten, ihre Hand ruhte schon auf dem Verschluss des Sicherheitsgurts.

»Louise«, mahnte Gary. »Tu uns den Gefallen, okay?«

»Okay, Dad«, sagte Louise.

Gary drehte sich nach hinten um und setzte seinen strengsten Blick auf, seine Ältere rollte mit den Augen.

»Pete ist ein netter Kerl«, sagte Louise, löste den Gurt und griff nach ihrer Schultasche, an deren Schulterriemen unzählige Freundschaftsbändchen und Anhänger baumelten. Keine zwei Sekunden später fiel die Tür ins Schloss.

»Okay für dich, Jo?«

Seine jüngere Tochter war ein tapferes, schüchternes Mädchen, die es mitnahm, wenn es Streit in der Familie gab. Jo nickte: »Kommst du uns heute abholen?«

»Das werde ich nicht schaffen, Schatz. Aber Christina hat Moms Wagen behalten und sammelt euch nach der Schule ein, okay?«

Jo nickte erneut und starrte auf den Boden. Gary spürte einen vertrauten Stich in der Brust. Kümmerten sie sich genug um die beiden Mädchen? Oder wurden ihnen ihre eigenen Eltern fremd, weil beide arbeiteten und ein Teil der Kinderbetreuung an Christina hängenblieb, ihrem venezolanischen Kindermädchen? Christina war über jeden Zweifel erhaben, sie behandelte Jo und Louise wie ihre Schwestern. Eine Schwester war kein Ersatz für die Eltern, wusste Gary. Aber was hatten sie für eine Wahl? Heute zumindest keine.

»Na komm, dann sieh mal zu, dass du nicht zu spät kommst«, sagte er, während das schlechte Gewissen in ihm weiternagte.

»Okay«, sagte Jo und stieg aus dem Wagen. Ihr Schulrucksack mit dem weißen Einhorn sah groß aus auf dem kleinen Rücken. Groß und schwer. Gary Golay hoffte, dass das Gepäck nicht zu schwer war für seine Tochter. Dann rollte er vom Parkplatz der Schule auf die Straße und fuhr weiter auf den 190er, der ihn in die Stadt bringen würde.

Als er den Polizeiwagen hinter sich bemerkte, kontrollierte er seine Geschwindigkeit. Er war zehn Meilen zu schnell unterwegs, eine Ordnungswidrigkeit, mit der man im Berufsverkehr normalerweise durchkam. Trotzdem ging er vom Gas, er hatte nicht vor, sich seinen Tag von einem übereifrigen Beamten mit einem Ticket vermiesen zu lassen. Es versprach ein wunderbarer Tag zu werden. Er hielt sich rechts und dachte darüber nach, ob Emmas Terminkalender eine kleine Feier heute Abend zulassen würde. Sie würden mit den Kollegen die Abstimmung anschauen und ein paar Drinks nehmen und Roastbeef-Brötchen aus der Küche ordern. Es hatte selten genug etwas zu feiern gegeben im letzten Jahr. Ein kurzer Blick in den Rückspiegel verriet ihm, dass ihm der Streifenwagen noch immer folgte. Schön, dass die Polizei nichts Besseres zu tun hat, dachte Gary.

KAPITEL 7

Fort Meade, Maryland
Crypto City, Gebäude 21, Cubicle 06-08-1197
3. Dezember, 08:44 Uhr (zur gleichen Zeit)

Der Beamte mit der Personalnummer HW-468951-DZEE483 bearbeitete den zweiten Fall an diesem Morgen. Er bestätigte den Erhalt der Anordnung, verifizierte den Absender anhand seines kryptografischen Schlüssels und begann mit der eigentlichen Arbeit. Seine Aufgabe war es, bestimmte Dateien in den Datenbanken zu suchen und in die Systeme der Strafverfolgungsbehörden einzupflegen. Es war eine Sisyphus-Arbeit, denn die Systeme waren untereinander nicht immer kompatibel, so dass er in manchen Fällen die Dateien öffnen und den Inhalt manuell kopieren musste. Es war keine ungewöhnliche Aufgabe, es gehörte zum Standard-Repertoire der NSA, bei Anfragen vom FBI oder anderer Behörden unterstützend einzugreifen. Der Großteil ihres Materials unterlag der Geheimhaltung, aber wenn die entsprechenden Dokumente des Secret Surveillance Courts vorlagen, gaben sie weiter, was sie hatten. Dabei war es von Vorteil für die Sicherheit Amerikas und der westlichen Welt, dass die Geheimgerichte nicht gerade dafür berühmt waren, auf Einhaltung der Bürgerrechte zu pochen. Von 1782 Anfragen des Jahres 2013 hatten sie 1779 im Sinne der Geheimdienste entschieden. Ungewöhnlich an dem heutigen Fall war jedoch die Anweisung, die Herkunft bestimmter Daten zu verschleiern und die jeweiligen Referenznummern innerhalb des NSA-Systems zu löschen. Der Angestellte versicherte sich noch einmal der Authentizität der E-Mail und begann dann mit seiner Arbeit. Er würde den Fall niemals wieder auf seinen Schreibtisch bekommen. Dies war eine der Sicherheitsvorkehrungen der NSA, um dem Missbrauch der Überwachungssysteme vorzubauen. Nur in Ausnahmefällen bearbeitete dieselbe Person einen Vorgang zweimal, was dazu führte, dass niemand wusste, wen er eigentlich überwachte und warum. Wie Jungvögel, die von ihren Eltern Vorverdautes in den Schnabel bekamen. Manchmal Würmer, manchmal Körner, immer öfter die Plastikreste der Konsumgesellschaft. Letzteres machte die jungen Vögel krank, aber das wussten sie noch nicht, ebenso wenig wie ihre sorgenden Eltern. Satt machte die verbotene Frucht, über die langfristigen Folgen machten sich weder die Jungvögel noch die rangniederen Mitglieder der NSA Gedanken.

KAPITEL 8

Kings County Civil Court
Brooklyn, New York
3. Dezember, 08:55 Uhr (zur gleichen Zeit)

Die Gegenseite wurde von Arby, Klein and Caufield vertreten, was ein schlechtes Zeichen war. Sie waren teuer, was hieß, dass hinter der Kündigung von Ana-Marias Mietvertrag handfeste wirtschaftliche Interessen steckten. Satte Gewinne, fette Beute aus dem Kauf eines Hauses, das heute noch am äußersten Rand der begehrten Wohnstraßen lag und schon bald mittendrin stehen würde im ganz großen Business der Gentrifizierung. Nach dem Plan ihrer Gegner wäre es dann aufs feinste renoviert, gläserne Fahrstühle wären eingebaut, und es würde The 499 Brooklyn Gardens heißen oder so ähnlich. Ana-Maria Guerro war die Letzte, die ihrem Namen alle Ehre machte und Widerstand leistete. Die 9600 Dollar auf die Hand abgelehnt hatte, obwohl sie nicht wusste, womit sie morgen ihre Tortillas füllen sollte. Weil sie seit über dreißig Jahren in dieser Wohnung lebte und es nicht einsah auszuziehen. Weil ihre

43

Erinnerungen an jedem Quadratzentimeter der verblichenen Tapeten hingen und an jeder Fuge der knarzenden Dielen. Und weil es nicht recht war. Pia Lindt blickte hinüber zu der Vertreterin von Arby, Klein und Caufield. Erschienen war eine Senior Partnerin der Firma, die in ihrem dunkelgrünen Kostüm aussah wie ein kleiner Marine in Galauniform. Sie saß auf dem Stuhl hinter der Bank der Ankläger wie in einem Café am Columbus Circle und plauderte betont entspannt mit ihrem Auftraggeber, dem Mann, dessen Firma Ana-Maria entwohnen wollte. Pias Blick wanderte über Thibault Stein, der scheinbar in die Akte vertieft war, bis zu Ana-Maria, die nervös an ihren Nägeln herumknibbelte. In diesem Moment unterbrach sie die Ankunft des Richters. Der uralte Thibault Stein war als Erster auf den Beinen, gestützt auf seinen obligatorischen Gehstock, deutlich vor Pia und noch deutlicher vor den Vertretern der Anklage.

Als sie sich wieder setzten, beugte sich Thibault über Pia, die zwischen ihnen saß, zu Ana-Maria herüber und tätschelte ihr die Hand. Sie waren fast gleich alt. Die beiden hätten ein hübsches Pärchen abgegeben, fand Pia. Wenn auch ein sehr ungleiches.

Der Richter war ein schwerer schwarzer Mann in den Vierzigern. Da ihre Kanzlei ansonsten fast ausschließlich mit Strafprozessen beschäftigt war, kannten ihn weder Pia noch Stein persönlich. Sie hatte das dumpfe Gefühl, dass sich das bei der Senior Partnerin von Arby, Klein und Caufield anders verhielt.

»Dies ist die erste Anhörung. Ich gehe davon aus,

dass Sie Ihre Mandanten aufgeklärt haben? Auch, was die Möglichkeit eines Vergleichs vor Gericht betrifft?«, fragte Richter Cole. Er gab Thibault und der Gegenseite seine Erwartungshaltung deutlich zu verstehen. Richter an Zivilgerichten bevorzugten unkomplizierte Einigungen gegenüber den langwierigen Prozessen, die ihre Wartelisten verstopften.

Thibault stand auf: »Natürlich, Euer Ehren.« Er stellte den Stock aus, Richter Coles Blick blieb für den Bruchteil einer Sekunde daran hängen. Pia Lindt goss Wasser aus einer Karaffe in ein Glas. Paragraf 7 der Steinschen Prozessordnung lautete: »Ein leeres Glas hemmt den Strafverteidiger.« Sie hatte dafür zu sorgen, dass Steins Glas stets halb gefüllt war. Es bedeutete nicht etwa, dass Stein besonders optimistisch auf die Welt sah. Ein halbvolles Glas bedeutete vielmehr, dass man daraus entweder trinken oder nachschenken konnte. Beides führte zu einer unterschiedlich langen Pause, bei der sich das Gericht auf das zuletzt Gesagte konzentrierte. Pausen waren Stein bei seinen Prozessen sehr wichtig. Und seine Prozessordnung war ihm heilig. Es war eine Sammlung von Regeln, die Steins Assistenten im Schlaf beherrschen mussten. Es war das erste Dokument, das man von Thibault überreicht bekam, wenn man es tatsächlich geschafft hatte. Wenn man den Posten bekommen hatte, über den auf den Fluren von Harvard, Yale und Stanford nur geflüstert wurde. Thibaults Kanzlei war klein, sie bestand aus niemandem als Thibault Godfrey Stein und Pia Lindt. Aber sie war so exklusiv, ihr Kundenkreis so ausgewählt und die Fälle der letzten zwanzig Jahre so aufsehenerregend, dass ihr unter den Studenten, denen es nicht um das ganz schnelle und das ganz große Geld ging, ein legendärer Ruf vorauseilte. Es hieß, wenn man es zwei Jahre bei Thibault Stein aushielt, könne man sich die nächste Kanzlei aussuchen und direkt als Senior Partner mit einem mittleren sechsstelligen Jahresgehalt einsteigen. Pia Lindt war seit knapp vier Jahren bei Stein und konnte sich nicht vorstellen, warum sie mit einer Senior Partnerin von Arby, Klein und Caufield tauschen sollte. Eben eine solche arbeitete sich in diesem Moment am Vortrag ihres Antrags ab.

»Euer Ehren, es handelt sich um zwei separate Vorgänge, von denen jeder einzelne meinen Mandanten zur sofortigen Zwangsräumung der Wohnung von Mrs. Guerro berechtigen würde. Sie finden die Vorgänge im Appendix E bis F unseres Antrags.«

Richter Cole blätterte, und die Anwältin wartete, bis er die Stelle gefunden hatte. Stein lächelte.

»Erstens: Bereits am 13. April letzten Jahres wurde Mrs. Guerro die Änderungskündigung ihres Mietvertrags für die Wohnung zweites OG Mitte links seitens des neuen Eigentümers, der Connolly Construction Company, übersendet. Der neue Mietvertrag wurde von Mrs. Guerro nicht unterschrieben, ihm wurde jedoch auch nicht formal widersprochen. Er gilt damit als angenommen zum 1. Juni letzten Jahres und darf seitdem als gültige Vereinbarung zwischen beiden Parteien angenommen werden. Zweitens: Die Änderung der für Mieter verbindlichen Hausordnung vom 22. Juli letzten Jahres betreffend das Halten von Haustieren. Ich zitiere:

›Aufgrund von Hygienemaßnahmen im Interesse aller Mieter unserer Objekte ist ab sofort das Halten von Haustieren jedweder Größe und jedweder Art untersagt.‹ Mit angenommener Wirksamkeit der geänderten Hausordnung und einer von meinem Mandanten freiwillig eingeräumten Übergangsfrist von zwei Monaten darf hiermit angenommen werden, dass spätestens mit dem 1. 11. letzten Jahres ein eklatanter, anhaltender Verstoß seitens Mrs. Guerro gegen die gültige Hausordnung vorliegt. Die ordentliche Kündigung des Mietverhältnisses zum 1. 12. ist damit als rechtsgültig anzusehen.«

Sie legte die ordentliche Kündigung überaus ordentlich auf den ordentlichen Aktenstapel, als schlösse sie eine Tür. Endgültig. Mustergültig. Widerspruch zwecklos.

Der Richter blickte zu Thibault Stein, der daraufhin einen Schluck Wasser trank. Pia goss nach.

»Wir beantragen daher die sofortige Räumung der Wohnung seitens der Mieterin zum nächstmöglichen Zeitpunkt«, sagte die ordentliche Senior Partnerin ordnungsgemäß.

Thibault Stein stand auf, noch bevor sich die Gegenseite gesetzt hatte. Er stellte sich mitten in den Gang vor die Richterbank und wartete. Eine Sekunde, zwei Sekunden. Dann sprach er leise, aber mit seiner kräftigen Gerichtsstimme, die Pia ihm wegen seiner kleinen Statur und seines Alters anfangs nicht zugetraut hätte. Es schien ihr jedes Mal, als ob seine Stimme vor der Richterbank anders klang als in einem persönlichen Gespräch.

»Euer Ehren, davon ausgehend, dass Ihre und unsere Zeit knapp bemessen ist, kann ich annehmen, dass Sie mir etwas Spielraum einräumen würden, wenn ich verspreche, dem Gericht eine Menge dieser kostbaren Zeit zu sparen?«

Der Richter blickte auf und nickte. Seine Gesichtszüge waren weicher, als Pia gedacht hatte. Eine gängige Taktik von Thibault, die es dem gegnerischen Anwalt schwermachte, Einspruch einzulegen, vor allem, wenn er unerfahren war.

»Hinsichtlich Ihrer Ausführungen, Miss …«

Thibault griff zum Glas. »… entschuldigen Sie bitte, aber ich habe Ihren Namen vergessen, es muss das Alter sein … bitte verzeihen Sie …«

»Bosworth. Sarah Bosworth«, sagte die Anwältin von Arby, Klein und Caufield.

»Bosworth, Bosworth«, murmelte Thibault Stein zu sich selbst, obwohl Pia genau wusste, was kommen würde. Sie hatte die Akte zusammengestellt. Paragraf 2 der Steinschen Prozessordnung lautete: »Kenne deinen Gegner besser als deinen Fall.«

»Ihr Vater war Timothy Bosworth«, rief er auf einmal, als wäre der Blitz in die alte Eiche geschlagen. Richmond and Bosworth war eine der angesehensten Adressen in Manhattan, ihr Vater einer der Gründer. Ungefähr jeder Jurist an der Ostküste wusste das. Wäre es nicht so clever, hätte man es für den peinlichen Aussetzer eines alten Mannes halten können. Sarah Bosworth blieb nichts anderes übrig, als zu nicken. Stein wusste, dass sie ehrgeizig war. Und dass sie es ganz

48

sicher nicht nur durch die schützende Hand ihres Vaters zur Senior Partnerin bei Arby, Klein und Caufield gebracht hatte. Pia und Thibault Stein wussten das, aber der Rest im Saal wusste es nicht. Und was das Wichtigste war: Sarah Bosworth wusste es auch nicht. Da war ihr Selbstzweifel. Ihre Achillesferse.

»Grüßen Sie ihn von mir«, murmelte Thibault. »Aber zurück zu Ihren Ausführungen: Was die stillschweigende Übereinkunft zum neuen Mietvertrag angeht ...«

Thibault beugte sich zu Pia herunter, und sie reichte ihm das Wasserglas. Er trank einen kleinen Schluck und nickte ihr dankbar zu.

»Geschenkt«, sagte er dann in Richtung des Richters.

Sarah Bosworth starrte zu ihnen herüber.

»Was verstehen Sie unter ›geschenkt‹?«, fragte die Anwältin mit scharfer Stimme. Sie wollte jetzt zeigen, was sie konnte. Es wäre nicht nötig gewesen. Aber es zahlte auf Thibaults Konto. Und damit auf Ana-Marias. Das war alles, was zählte.

»Verehrte Miss Bosworth, geschenkt heißt geschenkt. Wir wissen doch beide, wie das jetzt ablaufen wird: Ich sage Ihnen, dass sie keinen rechtlichen Beistand hatte, dann werden Sie ausführen, dass sie bei der Stadt New York jederzeit einen solchen hätte anfordern können. Dann debattieren wir zwei Tage über die Verfügbarkeit dieser Information, wir laden Zeugen der Stadtverwaltung und welche Veranstaltungen der Mieterschutzbund veranstaltet hat, dann bringen Sie einen Kalender bei und eine Menge Tabellen, und am Ende einigen wir uns darauf, dass sie es hätte wissen sollen, vielleicht

sogar müssen, aber da sie es nicht wusste, einigen wir
uns auf den 1. 12. Und schlussendlich, nach für uns alle
kräftezehrenden Verhandlungen und drei überhöhten
Rechnungen Ihrerseits an Ihren Mandanten, werden
wir feststellen, dass dieser Mietvertrag heute seine Gül-
tigkeit besitzt, oder etwa nicht? Das war doch eben erst
der Grund, warum Sie diesen ganzen Schlamassel überhaupt eingereicht haben …«

Stake your claim. Nimm, was du kriegen kannst. Gericht ist Wildwest. Paragraf 6 der Steinschen Prozessordnung.

Sarah Bosworth konnte ihr Glück kaum fassen. Sie
hatte soeben die Hälfte dieses Prozesses gewonnen, indem sie ein Eingangsstatement verlesen hatte. Sie starrte
immer noch zu ihr herüber. Ganz so naiv war sie vielleicht doch nicht, dachte Pia.

Ana-Maria schluckte.

»Insofern«, schloss Stein, »geschenkt!«

Noch einmal griff er nach dem Wasserglas und trank
einen Schluck. Als er Pia das Glas zurückgab, bemerkte
sie das typische Lächeln vor einem Coup in seinen falti-
gen Mundwinkeln.

»Ich bitte den Gerichtsschreiber zu vermerken, dass
sich die Antragsteller durch Kopfnicken mit dem Pro-
cedere einverstanden erklärt haben, den per Änderungskündigung zum 1. 05. letzten Jahres geschlossenen Ver-
trag als gültig und rechtsbindend für beide Parteien zu
betrachten.«

Verkehrte Welt: Der Verteidiger gab dem Antragsteller vollumfänglich recht. Baue Fjorde, um den Deich zu

50

schützen. Noch einer der Paragrafen. Nummer 14, um genau zu sein.

Thibault blickte zum Richter, der ihm bedeutete fortzufahren.

»Ich habe uns eine Menge Zeit gespart, aber ich befürchte, Euer Ehren, dass ich es nicht auf Ihr Girokonto einzahlen kann. Ich gedenke nämlich, mein gesamtes Zeitguthaben in naher Zukunft abzuheben. Was den zweiten Antrag der Connolly Construction Company angeht, muss ich nämlich leider entschieden widersprechen.«

Sarah Bosworth stand auf: »Euer Ehren, der Mietvertrag der Connolly Construction Company wurde in mehr als hundert Verfahren der letzten zehn Jahre von mehreren Bezirksgerichten als rechtlich einwandfrei eingestuft, er benachteiligt Mieter nicht in unzumutbarer Weise, und jede Anfechtung der Einbindung der Hausordnung wurde abgewiesen. Ich kann gerne umfangreiches Material zusammenstellen, das Mr. Stein ohne jeden Zweifel davon überzeugen wird.«

Der Richter blickte wieder zu Thibault, der die Verträge natürlich auch geprüft hatte.

»Oh, da bin ich absolut sicher, Miss Bosworth«, sagte Thibault. »Nur will ich darauf gar nicht hinaus.«

Thibault drehte sich zum Richter, und die Metallspitze seines Gehstocks tockte zweimal auf dem Steinboden.

»Euer Ehren, ich gedenke zu beweisen, dass Marley, das ist der Rhodesian Ridgeback von Mrs. Guerro, was im Übrigen ein sehr großer Hund ist, gar kein Haustier im Rechtssinne ist«, sagte Thibault Stein.

KAPITEL 9

Mohican Road, Bethesda, Maryland
3. Dezember, 09:01 Uhr (zur gleichen Zeit)

Gary Golay beobachtete den Streifenwagen im Rückspiegel. Er folgte ihm immer noch, und egal, wie langsam Gary auch wurde, es schien, als wollte er ihn nicht überholen. Hatte er irgendetwas falsch gemacht? War eines seiner Rücklichter defekt? Oder fragte der Polizist in diesem Moment sein Kennzeichen ab? Er würde feststellen, dass der Wagen nicht als gestohlen gemeldet war – natürlich nicht, und Gary schalt sich im gleichen Moment für seine Paranoia. Als die Blaulichter aufflackerten und die Sirene erklang, schrak Gary dennoch zusammen. Was für ein Erbsenzähler! Ihn wegen maximal zehn Meilen zu viel auf dem Tacho anzuhalten, er hatte wirklich Wichtigeres zu tun. Trotzdem lenkte er den Wagen auf den Standstreifen, ließ ihn ausrollen und schaltete den Warnblinker ein. Selbst in Maryland konnte es nicht schaden, der Polizei Kooperationsbereitschaft zu signalisieren. Die Kriminalitätsrate in diesem Bezirk lag drei Punkte unter dem Landesdurchschnitt. Die höchste hatte Detroit Michigan, die niedrigste San José. Der Abgeordnete des achten Bezirks war Peter N. Waters. Zum dritten Mal wiedergewählt, Republikaner, ein Familienmensch. Gary wusste solche Sachen. Er hätte einen Spontanvortrag darüber halten können. Gary wartete.

Der Streifenwagen kam etwa zehn Meter hinter ihm zum Stehen. Aber der Beamte machte keine Anstalten, sein Fahrzeug zu verlassen, um den Strafzettel auszustellen. Gary hatte keine Ahnung, was er davon halten sollte. Er fischte sein Portemonnaie mit den Papieren aus dem Handschuhfach. Auf was wartete der? In diesem Moment klingelte sein Handy. Und dann hörte Gary die Sirenen. Was war hier los?

»Hier spricht Gary Golay«, meldete er sich.

»Gary, wann bist du heute im Büro?«, fragte der Pressesprecher des Weißen Hauses. Er wollte mit ihm die letzten Details zu der bevorstehenden Abstimmung und der anschließenden Pressekonferenz im East Room durchgehen. Gary blickte verwirrt auf das rotierende Blaulicht auf dem Wagendach hinter ihm.

»In etwa zwanzig Minuten.«

Etwas passte da nicht zusammen. Etwas stimmte hier nicht.

»Ich habe einen von diesen übereifrigen Polizisten an der Backe, den offenbar das Leben im Stich gelassen hat, denn er hat nichts Besseres zu tun, als unschuldige Bürger wegen Nichtigkeiten aufzuhalten. Und der sich jetzt alle Zeit der Welt lässt, mir den Strafzettel auszustellen.«

Die Sirenen kamen nicht von dem Streifenwagen hinter ihm. Sie waren weiter weg. Und es waren mehrere.

»Bis um zehn muss ich aber wissen, wen von den Abgeordneten ich für die Konferenz einplanen soll.«

»Kein Problem«, sagte Gary. »Das schaffe ich locker.«

Gary presste den Hörer ans Ohr und starrte weiter in den Rückspiegel.

»Okay.«

Es hörte sich an, als wäre halb Maryland hinter ihm her. Was geschah hier mit ihm? Mit wem wurde er verwechselt?

»Hör mal, ich muss Schluss machen«, sagte Gary und beendete den Anruf. Er wollte aussteigen und alles aufklären, dann konnte er es noch rechtzeitig ins Weiße Haus schaffen. Aber er wusste, dass es keine gute Idee wäre, jetzt die Tür zu öffnen. Was auch immer hier vor sich ging, ihm blieb nichts anderes übrig, als zu warten. In diesem Moment sah er sie. Eine Phalanx aus mindestens acht Streifenwagen, die mit hoher Geschwindigkeit und über beide Spuren des Highways verteilt von hinten auf ihn zurasten. Langsam, aber sicher wurde Gary nervös. Er legte sein Handy auf das Armaturenbrett und stellte fest, dass seine Hand zitterte. Er griff nach dem Lenkrad und beobachtete die Streifenwagen. Die ersten beiden rasten an ihm vorbei und bremsten. Auch hinter ihm quietschte das Gummi auf dem kalten Asphalt. Sie versperrten ihm den Fluchtweg. Dies war keine einfache Verwechselung, hier war etwas Größeres im Gange, erkannte Gary. Die Beamten stiegen aus den Wagen und richteten ihre Gewehre und Pistolen auf sein Fahrzeug. Es war seit einigen Minuten kein Auto mehr an ihm vorbeigefahren, dachte Gary. Angst. Sie haben den Highway abgeriegelt hinter mir. Wegen mir. Das Hemd klebte an seiner Brust unter dem Jackett, obwohl er die Heizung auf neunzehn Grad eingestellt hatte. Dann hörte er die Stimme, verzerrt durch den Lautsprecher auf einem der Wagendächer.

»Stellen Sie den Motor ab!«

Gary schluckte, als er den Zündschlüssel umdrehte. Bleib ruhig, Gary. Alles nach Lehrbuch, dann kann dir nichts passieren.

»Werfen Sie den Schlüssel aus dem Fenster, und steigen Sie aus dem Fahrzeug. Halten Sie Ihre Hände so, dass ich sie jederzeit sehen kann!«

Gary öffnete das Fenster und warf seinen Schlüsselbund auf die Straße. Er landete keine zehn Zentimeter von seinem Wagen entfernt. Als er die Autotür öffnete, dachte er an seine beiden Kinder, die in diesem Moment keine zehn Meilen entfernt Matheaufgaben lösten oder ein Bild malten.

»Halten Sie Ihre Hände so, dass ich sie sehen kann, und führen Sie sie dann zum Kopf!«, wiederholte die Stimme aus dem Lautsprecher noch einmal.

Gary bewegte sich langsam, wie in Zeitlupe. Die gesichtslose Stimme schien ihm unendlich weit weg. Seine Knie zitterten, als er die Straße unter seinen Schuhen spürte. Obwohl er sich nichts vorzuwerfen hatte, verspürte er Angst. Angst vor dem Grund hinter alledem. Es war ein unbestimmtes Gefühl, aber es drohte ihm den Boden unter den Füßen wegzureißen. Er stolperte in Richtung der Streifenwagen und hörte Schritte auf dem Asphalt. Sie kamen schnell näher. Ein Mann, der nach süßem Kaugummi roch, fesselte ihm die Hände auf dem Rücken. Und begann, sein Jackett abzutasten.

»Tragen Sie eine Waffe, Sir?«

»Nein, natürlich nicht. Officer, was wollen Sie von mir?«, fragte Gary.

»Ihr Name, Sir?«

»Gary Golay. Ich arbeite im Weißen Haus.«

Der Polizist mit dem Kaugummiatem war inzwischen bei seinen Beinen angelangt: »Und mein Arsch duftet nach Rosen!«

Zwei weitere Beamte umstellten seinen Wagen und öffneten alle Türen und den Kofferraum. Das durften sie nicht, es sei denn, sie hatten einen begründeten Verdacht. Gary war es egal, in seinem Auto gab es nichts zu finden außer dem Chaos, das seine Kinder auf dem Rücksitz hinterlassen hatten, und der vorschriftsmäßigen Warnweste.

»Gary Golay, geboren am 7. Dezember 1971 in San Diego, Kalifornien, wohnhaft 24 Lybrook Street in Bethesda, Maryland?«

Gary Golay nickte.

»Mr. Golay, Sie sind vorläufig festgenommen.«

Gary wusste nicht, wie ihm geschah. Das alles war ein einziges Missverständnis, es gab keine andere Möglichkeit. Er musste sich erklären, er musste ins Büro, heute war der Tag der Abstimmung.

»Was werfen Sie mir vor?«, fragte Gary. »Und kommt Ihnen mein Gesicht gar nicht bekannt vor?«

»Das klären wir am besten auf dem Revier, Sir«, sagte der Polizist und griff unsanft nach seinem Arm. Er schob ihn in Richtung der Streifenwagen.

»Ich muss ins Weiße Haus«, sagte Golay. »Der Präsident der Vereinigten Staaten zählt auf mich«, fügte er hinzu.

»Und der Kaiser von Uganda hat meine Nichte geschwängert und will nichts von dem Kind wissen«, sagte der Polizist. Zwei der Umstehenden lachten. Gary war nicht zum Lachen zumute. Er musste den Präsidenten anrufen, so schnell wie möglich. Das hier war ein Alptraum. Wenn er nicht persönlich dafür sorgte, dass es heute Nachmittag keine Abweichler gab, könnten sie ihre Mehrheit doch noch verlieren.

»Rufen Sie im Weißen Haus an. Bitte, tun Sie sich diesen Gefallen. Das alles hier ist ein riesiges Missverständnis.«

Der Polizist drückte ihn auf die Rückbank und grinste: »Klar werde ich umgehend unseren Oberbefehlshaber informieren. Gehört zum Standardprotokoll.«

KAPITEL 10

Kings County Civil Court
Brooklyn, New York
3. Dezember, 09:11 Uhr (zur gleichen Zeit)

Paragraf 9 der Steinschen Prozessordnung lautet: Gesetze sind Lyrik – für den vollendeten Genuss muss man sie interpretieren«, flüsterte Pia zu Ana-Maria. »Passen Sie auf, was jetzt passiert.«

Thibault Stein nutzte die Verblüffung des Richters, um sich zu räuspern.

»Marley ist kein Haustier, sondern ein waschechter Assistenzhund«, sagte er schließlich und griff nach dem Wasserglas.

»Euer Ehren!«, protestierte Sarah Bosworth und erhob sich. »Will der Herr Anwalt behaupten, Miss Guerro sei spontan erblindet und ihr Hund ebenso spontan zu ihrem Helfer mutiert, obschon dafür eine jahrelange Ausbildung Grundvoraussetzung ist?«

Thibault Stein schürzte die Lippen und blickte zu Richter Cole, ohne ein Wort zu sagen.

»Fahren Sie fort, Herr Anwalt«, beschied er. Sarah Bosworth setzte sich zähneknirschend.

»Mrs. Guerro ist nicht blind, Euer Ehren. Sie ist auch keine Diabetikerin, der ihr Hund bei einem Zuckerschock das Leben retten könnte …«

Der Richter hob eine Augenbraue, machte aber noch keine Anstalten, ihn zu unterbrechen.

»Mrs. Guerro ist einsam, Euer Ehren.«

»Einspruch, Euer Ehren!«, bellte die Anwältin und war schon wieder aufgesprungen. Sie war von Thibaults Kommentar über ihren Vater aufgestachelt wie ein Kaapori-Kapuziner bei der Abendfütterung. Und sie machte Fehler. Formell war ihr nichts vorzuwerfen, aber Pia konnte am Gesicht von Richter Cole ablesen, dass sie ihm auf die Nerven ging.

»Frau Anwältin, darf ich Sie daran erinnern, dass dies eine Anhörung und keine Verhandlung ist? Ich bin ebenso erstaunt wie Sie, aber wir werden uns zumindest anschauen, was die Gegenseite vorzubringen hat.«

Thibault trank einen Schluck Wasser.

»Und zwar in aller Ruhe«, fügte er ermahnend hinzu.

Thibault lächelte: »Danke, Euer Ehren.«

»Spannend dürfte es in jedem Fall werden«, sagte der Richter, während Pia das Glas auffüllte. Sie griff nach einem der vorbereiteten Schriftstücke, die fein säuberlich in braunen Schnellheftern vor ihr auf dem Tisch lagen. Allesamt in dreifacher Ausfertigung. Sie reichte Stein zwei davon und beobachtete Sarah Bosworths Brustkorb, der sich unter ihrem Kostüm hob und senkte, als hätte sie einen Fünfzigmetersprint hinter sich.

»Eine Studie der University of Notre Dame aus dem Jahr 2006 beweist, dass Einsamkeit und seelische Qual nicht nur die Lebenserwartung drastisch senkt, sondern zudem die Betreuungszeit älterer Menschen erhöht.«

Thibault gab die Akte einem Gerichtsdiener, der sie an Richter Cole weiterreichte, und warf die zweite vor Sarah Bosworth auf den Tisch.

»Menschen, die einsam sind, benötigen mehr Zuwendung durch Pflegepersonal, sie kosten unser Gesundheitssystem mehr als siebenhundert Milliarden Dollar im Jahr, Folgekrankheiten nicht eingerechnet.«

Thibault lief in dem höchsten Tempo, das sein steifes Bein und der Stock erlaubten, zurück. Pia hatte die zweite Akte schon in der Hand. Er griff danach und drehte sich um.

»Eine Studie der University of Texas: Tiere regen die Ausschüttung von Endorphinen an und haben einen größeren Einfluss auf die menschliche Psyche als die meisten Psychopharmaka.«

Wieder wanderte eine Akte zu Richter Cole, und eine weitere landete direkt vor Sarah Bosworth. Diesmal blieb Thibault vor dem Tisch stehen: »Reicht das?«

Sarah Bosworth stand auf und starrte Thibault in die Augen: »Euer Ehren! Wir reden von psychologischen Effekten, nicht von einem Hund, der mir dabei hilft, die Straße zu überqueren!«

»Wie schön, dass Sie selbst diesen Vergleich anstellen, Miss Bosworth. Genau dazu wollte ich gerade kommen.«

Thibault absolvierte seine Runde zum dritten Mal, während er fortfuhr: »Sie könnten fragen, warum denn eine Krankenkasse keine Hundebegleiter finanziert, wenn sie doch so erbaulich sind für das Wohlbefinden und die Gesundheit älterer Menschen, nicht wahr?«

Pia bemerkte, dass der Gerichtsdiener, der Thibault den Umschlag aus der Hand nahm, grinste.

»Wie Sie dieser von mir in Auftrag gegebenen Kosten-Nutzen-Analyse der Sloane School of Management entnehmen können, sollten sie das aber. Denn nicht nur bei einem Blinden überwiegen die Vorteile bei weitem die Anschaffungs- und Unterhaltskosten, sondern auch bei einem ganz normalen Hund wie Marley. Ohne damit konnotieren zu wollen, dass Marley gewöhnlich ist …«

Stein lächelte: »… laut meiner Berechnung kann Mrs. Guerros Krankenkasse mit einem Plus von fünfhundert Dollar rechnen, kalkuliert über einen Zeitraum von drei Jahren. Den Antrag auf Kostenerstattung über 45,81 Dollar für die Entwurmungskur und die Eingewöhnungsphase laut Beleg des Williamsburg Pet Shelters habe ich gestern für Mrs. Guerro eingereicht.«

Sarah Bosworth stand wieder: »Das kriegen Sie doch niemals bei der Krankenkasse durch!«, sagte sie. »Da könnte ja jeder Senior kommen und einen Hamster verlangen!«

Thibault blieb stehen und stützte sich auf seinen Stock.

»Nur dass diese Tatsache mit unserer Anhörung heute rein gar nichts zu tun hat, Euer Ehren«, sagte er und blickte dabei zu der Anwältin, die einen guten Kopf größer war als er. Pia verkniff sich ein Grinsen und schob die Akten zusammen.

»Sie …«, setzte Sarah Bosworth an, aber der Richter unterbrach sie.

»Heben Sie sich Ihre Argumente gut auf, Frau Anwältin. Es wurden legitime Ansprüche vorgebracht, dieser Fall geht vor Gericht«, sagte der Richter und schlug zweimal mit dem Hammer auf das Klangholz. »Bis zur Eröffnung eines ordentlichen Verfahrens wird die Räumungsklage ausgesetzt. Prozessbeginn ist von heute an gerechnet in …«, er kratzte mit dem Hammer über sein breites Kinn und betrachtete Ana-Maria, die zu klein für die Anklagebank war – ihre Füße erreichten nicht einmal den Boden.

»… in drei Monaten angesichts der angespannten Terminlage seitens des Gerichts. Sie dürfen Ihre Anträge auf Verfahrensbeschleunigung bei mir persönlich einreichen.«

Stein lächelte still. Sarah Bosworth machte Notizen. Pia grinste. Und Ana-Maria Guerro dachte daran, was für eine wunderbare Gefährtin Marley war. Sie hatte ihr drei Monate geschenkt.

KAPITEL 11

Bethesda, Maryland
3. Dezember, 09:25 Uhr (zur gleichen Zeit)

Gary Golay saß auf dem Rücksitz des Streifenwagens, die Hände in Handschellen auf seinen Knien, und begann, sich Sorgen zu machen.

»Officer, darf ich fragen, was Sie mir vorwerfen?«

»Sie dürfen das fragen, Mr. Golay, aber ich kann es Ihnen nicht beantworten. Hollywood-Mythos Nummer eins: Alle Cops, die jemanden verhaften, waren sowieso schon auf der Suche und fangen direkt an, Fragen zu stellen. Ich weiß nur, dass ein Haftbefehl gegen Sie vorliegt und dass Sie möglicherweise bewaffnet sein könnten, daher der Aufriss mit den Kollegen.«

»Sie wissen es nicht?«, fragte Gary ungläubig.

Der Polizist am Steuer schüttelte den Kopf, während er laut auf dem Kaugummi herumkaute.

»Gleich fragt er nach Miranda«, sagte sein Kollege auf dem Beifahrersitz und lachte.

»Ich weiß, dass Sie mir meine Rechte erst vorlesen, wenn ich verhört werde«, sagte Gary. Glaubten die, dass er vom Mond kam? »Wann kann ich telefonieren?«

63

»Sie haben das Recht auf einen Anruf!«, sagte der mit dem Kaugummi, der Redcliff hieß, mit einer sehr tiefen Stimme. Offenbar ein Filmzitat. Gary konnte es kaum glauben, dass die beiden Witze über seine Verhaftung machten.

»Nutzen Sie ihn weise«, sagte der andere.

»Ich habe kein Recht auf einen Anruf?«, fragte Gary.

»Nein, aber natürlich können Sie Ihren Anwalt anrufen, wenn Sie sich weiterhin kooperativ verhalten. Auch Ihre Frau. Haben Sie Kinder?«

Gary spürte einen Stich in der Brust. Er nickte.

»Dann dürfen Sie sogar zwei Anrufe mehr machen. Kindermädchen, Oma und Opa, wen auch immer.«

»Ich muss das Weiße Haus anrufen«, sagte Gary.

»Natürlich«, sagte Officer Redcliff und lachte.

»Wo bringen Sie mich hin?«, fragte Gary.

»Nach Virginia«, sagte Redcliff. »Schnelle Amtshilfe. Dort liegt der Haftbefehl gegen Sie vor, und es ist ja nicht weit.«

Hinter den Häuserdächern konnte Gary das Washington Monument ausmachen. Es sah weiter weg aus als sonst. Unendlich weit weg. Er musste herausfinden, was sich hier abspielte. Oder welche Verwechselung hier vorlag. Er musste Emma anrufen, die würde wissen, was zu tun ist. Das wusste sie immer, selbst in den ausweglosesten Situationen. Und sie arbeitete bei einer großen Firma in New York. Sicherlich kannte sie auch einen Anwalt. Er hatte das dumpfe Gefühl, dass er einen brauchen würde.

64

KAPITEL 12

Queens, New York
3. Dezember, 10:41 Uhr (anderthalb Stunden später)

Emma Golay saß im Konferenzraum des fünften Stocks eines schmucklosen Bürogebäudes am Rande des John F. Kennedy Airport und starrte ins Leere. Die Tabellen, die der Beamer an die Leinwand warf, verschwommen vor ihrem Auge, und sie konnte die Zahlenreihen kaum entziffern. Brauchte sie eine Brille? Sie fragte sich das seit längerem, und heute saß sie ganz hinten, auf einem der schlechtesten Plätze. Der Bereichsleiter für den Flugbetrieb präsentierte gerade die Ausfallzeiten des neuesten Mitglieds der Red Jets Familie, der fabrikfrischen Boeing 787, und es sah nicht gut aus. Fast alle Zahlen leuchteten signalrot. Sie schrieben Verluste, weil die Vögel ständig ausfielen. Die Referenten starrten auf die Zahlen, und die Abteilungsleiter stritten sich über die Zuständigkeiten. So lief es immer. Ihr Telefon vibrierte. Eine unbekannte Nummer. Nicht viele Menschen kannten diese Handynummer. Könnte ihren Kindern etwas passiert sein? Allerdings galt es bei Red Jets als unhöflich, während einer Besprechung das Telefon zu beantworten. Auch wenn es Emma egal war, was die anderen dachten, entschied sie sich dagegen. Respekt muss man sich verdienen. Falls den Kindern etwas passiert war, würde jemand auf die Mailbox sprechen, oder nicht? Emma konzentrierte sich wieder auf den Vortrag des Bereichsleiters. Es könnte einmal jemand die Frage stellen, was eigentlich die Rechtsabteilung zu den Ausfällen sagt, dachte Emma. Und ob wir nicht Regress bei Boeing anmelden können. Aber einer der Jungspunde aus der IT kam ihr zuvor. Emma war das recht. Keine Nachricht auf der Mailbox. So weit, so gut. Sie blickte aus dem Fenster und sah einem startenden Jumbo beim Steigflug nach. Wehmut flog bei Emma immer mit, sie liebte die Fliegerei. Wie schön wäre es, einmal wieder im Cockpit zu sitzen, dachte sie, als mitten in ihre Gedanken die Tür aufgerissen wurde. Ein junger Mann stürmte in den Konferenzraum. Er wedelte hastig mit einem Zettel in der Hand und sah viel zu nervös aus. Dann legte er ihn mit einer entschuldigenden Geste vor Emma auf den Tisch. Der Anruf auf ihrem Handy? Sie nickte ihm zu, um sich bei ihm zu bedanken. Erst dann warf sie einen Blick darauf. Niemand der anderen beachtete Emmas Assistenten, aber Emma gefror das Blut in den Adern. Anruf Gary – NOTFALL! stand dort, hastig heruntergekritzelt. Emma riss sich zusammen.

»Geben Sie denen noch fünf Minuten zum Diskutieren«, sagte sie leise zu ihm hinter vorgehaltener Hand. »Dann richten Sie ihnen aus, dass ich entschieden habe, die 787 aus allen Flugplänen zu streichen, bis Boeing die

Probleme in den Griff kriegt. Notfalls sollen sie die sechs Maschinen in Seattle auf den Hof stellen, damit sie merken, wie sauer wir sind.«

Der Assistent nickte und nahm ihren Platz am Kopfende des Tisches für sie ein. Emma hörte nichts mehr von den Problemen mit dem Dreamliner. Es war etwas mit den Kindern! Gary rief sie niemals im Büro an. Außerdem saß er im sichersten Gebäude des ganzen Landes. Es musste etwas in der Schule passiert sein. Sie griff nach dem Telefon und drückte, noch während sie nach draußen hastete, die Schnellwahltaste mit Garys Nummer.

KAPITEL 13

Fort Meade, Maryland
Crypto City, Gebäude 21, Cubicle 05-11-7451
3. Dezember, 10:58 Uhr (zur gleichen Zeit)

»Neue Verbindung gefunden« stand in dem Fenster auf dem Bildschirm vor dem Angestellten mit der Personalnummer RG-2378160HHDR942. Es bedeutete, dass zu einem aktiven Suchauftrag eine neue E-Mail-Adresse oder eine Telefonnummer gefunden worden war. Das Auffinden erledigte das System automatisch. Sobald ein Verdächtiger oder eine mit ihm bereits verknüpfte Person eine Telefonnummer wählte, tauchte auf einem der Tausenden von Bildschirmen ein solches Hinweisfenster auf.

```
SEARCHFILE #: 943455GG14257814BX
IDENTIFIED SUBJECT NAME: GOLAY, EMMA
IDENTIFIED SUBJECT PHONE 1: +1 917 XXXXXXXXX
IDENTIFIED SUBJECT PHONE 2: +1 301 XXXXXXXXXX
IDENTIFIED SUBJECT PHONE 3: +1 212 XXXXXXXXX
IDENTIFIED SUBJECT PHONE 4: n. a.
```

```
IDENTIFIED SUBJECT EMAIL 1: XXXXXXXXX@XXXXXXXXXX
IDENTIFIED SUBJECT EMAIL 2: XXXXXXXXX@XXXXXXXXXX
IDENTIFIED SUBJECT EMAIL 3: n. a.
IDENTIFIED SUBJECT EMAIL 4: n. a.
```

Es war vom System vorgegeben, dass er nur Teile der Telefonnummern sah und auch die E-Mail-Adressen nicht lesen konnte. Es diente seinem Schutz und dem der Verdächtigen, denn so war es ihm nicht möglich, Kontakt zu ihnen aufzunehmen, etwa, um sie zu erpressen. Zumindest wäre es erschwert, denn heutzutage genügte ja oftmals ein Name, um jemanden eindeutig zu identifizieren, und er kannte immerhin die Vorwahlen ihrer Telefonnummern. New York und Bethesda in Maryland. Dazu eine Handynummer. Wollen wir doch mal sehen, mit wem du telefoniert hast, murmelte der Angestellte und rief das zweite Fenster auf.

```
NEW CONTACT IDENTIFIED
TYPE: TELEPHONE CALL
TIME: 10:56
DURATION: 00:28
TELEPHONE NUMBER: +1 917 994456123574
```

Er griff zu seinem Becher mit Tee und trank, ohne einen Blick auf die braunen Stockflecken am Tassenrand zu verschwenden. Er war schon vor drei Stunden kalt gewesen. Mit der rechten Hand führte er die Maus über den Bildschirm und klickte sich in die Datenbank des Telefonanbieters. Oftmals konnten die Nummern keinen Namen zugeordnet werden, da es sich um Prepaid-Karten handelte. Terroristen und Verbrecherbanden liebten diese Dinger, denn sie versprachen Schutz vor Abhörmaßnahmen und galten immer noch als vermeintlich sicher. Der Teetrinker wusste es besser und staunte, als seine Abfrage ohne weiteres Zutun einen Namen ausspuckte: Pia Lindt. Und eine Adresse in New York. »Hallo Pia«, sagte er. »Schön, dich kennenzulernen.« Er drehte sich auf seinem Stuhl nach rechts, wo ein Computer stand, der mit dem regulären Internet verbunden war. Als er bei der NSA angefangen hatte, war es ihm ironisch vorgekommen, dass die Analysten bei ihren Recherchen auch auf Google und Co. zurückgriffen – heute wusste er, dass es nichts Besseres gab, um sich einen ersten Überblick über das Leben eines Fremden zu verschaffen. Und warum sollten sie bei der NSA Zeit, Geld und Mühe darauf verschwenden, etwas zu programmieren, was es längst gab? Und das die Privatwirtschaft mit ihren Milliardenprofiten ohnedies viel effizienter herstellen konnte? Alles andere, das Überwachen und das Überführen, kam später. Als er Pia Lindts Facebook-Profil aufrief, pfiff er durch die Zähne. Er mochte Blondinen. »Mit dir würde ich aber auch mal eine Runde zocken, Süße«, murmelte er, als er sich durch das Verzeichnis der Harvard Law School klickte. Nicht nur gutaussehend, sondern auch noch clever. Diese Sorte Blondinen mochte er besonders. Er wechselte wieder zu seinem NSA-internen Computer und klickte die Datei mit der Aufzeichnung des Gesprächs an. Es war eine Nachricht auf der Mailbox, deswegen hatte der Anruf auch nur neunzehn Sekunden gedauert, was ihm schon bei dem Datenbankeintrag aufgefallen war.

»Hallo Pia, hier spricht Emma Golay. Bitte rufen Sie mich zurück, ich brauche dringend Ihre und Thibaults Hilfe. Und rufen Sie mich nicht bei Red Jets an, sondern auf meinem privaten Handy. Die Nummer ist 914 7821565625. Es ist wirklich wichtig. Danke.«

Eine Goldgrube, frohlockte er. Er könnte nun tatsächlich diese Emma und ihre Pia anrufen, um sie zu einem Date zu überreden – was er natürlich nicht tun würde. Viel wichtiger war, dass sie auch noch freiwillig zugab, wo sie arbeitete. Und dass dieser Thibould mit drinsteckte. Wie schwer konnte einer zu finden sein, der Thibould heißt? Es kam äußerst selten vor, dass Terroristen heute noch so unvorsichtig waren. Oder so gut aussahen. Aber es war nicht an ihm, das zu entscheiden. Und auch wenn er Witze darüber machte, wusste er, wie wichtig sein Job für die Nationale Sicherheit war, und er nahm ihn ernst. Als Nächstes würde er versuchen, herauszukriegen, wer dieser Thibould war. Er knackte mit den Fingern, bevor er sich wieder dem zweiten Computer zuwandte.

KAPITEL 14

Arlington County Police Department
Arlington, Virginia
3. Dezember, 11:39 Uhr (eine halbe Stunde später)

Gary Golay saß in einem dieser kleinen Räume mit den Spiegeln an der Wand, von denen jedes Kind wusste, dass dahinter die anderen Polizisten herumlungerten, um sich das Maul zu zerreißen. Eine kleine, handelsübliche Digitalkamera stand auf einem Dreibein neben dem Tisch und starrte ihn an. Er trug keine Handschellen mehr. Das sei alles gar nicht üblich, die Geschichten über Verdächtige, die aus einem abgeschlossenen Raum in einem Polizeirevier flohen, allesamt übertrieben. Das sei alles bei ihnen noch nie vorgekommen. Das alles hatten sie behauptet, als sie ihn nach einer halben Stunde, die mit dem Ausfüllen von Formularen und dem Abnehmen von Fingerabdrücken draufgegangen war, endlich seine Anrufe hatten erledigen lassen. Nur, um ihn direkt danach in diesen Raum einzuschließen und zu verschwinden. Irgendjemand hatte ihn gefragt, ob er ein Wasser wolle. Das Einzige, was

Gary wollte, war herauszufinden, warum er hier war. Und genau auf diese Frage hatte er immer noch keine Antwort bekommen. Gary dachte an die aufmunternden Worte von Michael Rendall, dem Stabschef. Es würde sich alles aufklären lassen, er solle einfach die Fragen beantworten und sich dann auf den Weg ins Büro machen. Noch sei niemand umgefallen, Gary habe herausragende Arbeit geleistet, und der Präsident sei ihm sehr dankbar. Aber natürlich könne das Weiße Haus nicht in eine laufende Ermittlung eingreifen, zumal ja auch noch gar nichts vorgefallen war. Ob sie ihm denn gesagt hätten, in welchem Fall sie ihn als Zeugen vernehmen wollten? Verdammt noch mal, hatte Gary in den Hörer schreien wollen, genau das war ja das verdammte Problem. Natürlich hatte das niemand getan.

Weitere zwanzig Minuten seiner kostbaren Zeit später wurde die Tür aufgeschlossen, und der Officer ließ zwei Männer eintreten. Einer trug einen grauen Anzug mit ausgebeulten Taschen, der Zweite einen blauen mit Nadelstreifen. An ihren Gürteln hingen goldglänzende Embleme, die Unheil verkündeten.

»Mister Golay, wir sind Ihnen sehr dankbar, dass Sie sich die Zeit für uns nehmen«, sagte der Graue und setzte sich ihm gegenüber. Auf der Nase seines Teiggesichts zogen rote Äderchen tiefe Furchen. Ein Trinker, auch wenn er nicht nach Pfefferminzbonbons roch.

»Das ist doch selbstverständlich«, sagte Gary entgegen seinen Empfindungen. »Aber hätten Sie mich nicht einfach anrufen können?«

Der Nadelstreifen lehnte betont lässig an der Wand: »Möglicherweise wäre uns das nicht schnell genug gegangen, Mister Golay ...«

»Aber ich wäre doch jederzeit ...«

»Sie sind ein vielbeschäftigter Mann, Mister Golay. Man kennt Sie aus den Talkshows. Die Leute aus dem Fernsehen kommen nie, wenn man sie anruft.«

»Ich schon«, sagte Gary.

»Sie schon«, bestätigte der Nadelstreifen und starrte auf seine Fingernägel.

»Mr. Golay, wir sind vom FBI«, sagte der Graue.

»Ihre Marken haben Sie verraten«, sagte Gary. »Und wenn Sie jetzt endlich die Güte hätten, Ihre Fragen zu stellen? Ich habe eine Abstimmung für den Präsidenten zu gewinnen.« Ein Bundesverbrechen? Er wohnte in Maryland. Ein anderer Staat. Ihm wurde schlecht.

»Natürlich, Mr. Golay«, sagte der Graue und griff nach der Kamera auf dem Stativ.

»Sie erlauben doch?«, fragte er.

Gary hob beide Hände.

»In Ordnung«, sagte der Graue.

Endlich kam Licht ins Dunkel dieser ganzen mysteriösen Prozedur, dachte Gary. Es konnte nur besser werden, wusste er. Er atmete ein.

»Kennen Sie diese Frau?«, fragte der Nadelstreifen, der plötzlich ganz nah hinter ihm stand. Wie in Zeitlupe legte er eine Reihe von Bildern auf den Tisch vor Gary, mit bündigen Kanten und jeweils dem gleichen Abstand zueinander. Das erste Bild zeigte ein Bett, möglicherweise ein Hotelzimmer, auf dem eine nackte Frau lag,

74

mit dem Rücken zum Fotografen. Wie sollte er eine Frau erkennen, deren Gesicht er nicht sehen konnte? Beim zweiten Bild krampfte Garys Magen. Der Bauch der jungen Frau war über und über mit Messerstichen bedeckt. Es mussten mindestens zehn sein. Und das Blut lief aus den Wunden in kleinen Rinnsalen, die in den Senken ihrer Haut Pfützen bildeten. Einige waren verschmiert. Sie mussten sie umgedreht haben. Und dann sah er ein Foto mit ihrem Gesicht. Dort, wo ihre Augen gewesen waren, starrten zwei tiefe, blutige Höhlen. Gary würgte und drehte sich zur Seite. Er hustete heftig und spürte den Schleim in seiner Nase. Aber er übergab sich nicht. Als er sich wieder gefangen hatte, hielt ihm der Nadelstreifen ein Stofftaschentuch vor die Nase.

»Mister Golay! Kennen Sie diese Frau?«, fragte der Graue.

Wie sollte man eine Frau erkennen ohne ihre Augen?, fragte sich Gary Golay, während er das Taschentuch auf Mund und Nase presste, als könnte er den Geruch des Bildes von sich fernhalten. Er blickte noch einmal auf das Foto der Ermordeten. Wäre es möglich?

»Mister Golay! Wo waren Sie am 26. November zwischen acht Uhr abends und Mitternacht?«, fragte der FBI-Beamte.

Gary überlegte fieberhaft. Er konnte es ihnen nicht sagen. Beides konnte er ihnen auf keinen Fall sagen. Oder wäre es besser? Er musste nachdenken. Wie war es möglich, dass sie ausgerechnet auf ihn kamen? Es musste Hunderte geben, oder nicht? Er hatte mit dem

75

Mord nichts zu tun, was sollte schon passieren? Denk schneller, Gary! Sag etwas, Gary.

Gary Golay nahm das Taschentuch vom Mund und atmete tief ein. Es roch nicht nach totem Fleisch in dem kleinen Raum mit der Kamera. Er starrte in das Objektiv. Er wartete darauf, dass ein Alarmsignal in seinem Kopf ihn davon abhielt, das Einzige zu tun, was ihm einfiel. Und auf einmal war Gary Golay nicht mehr so sicher, ob sie ihn nur als Zeugen hatten vernehmen wollen. Was, wenn er jetzt aufhörte, ihre Fragen zu beantworten? Würden sie ihn einsperren? 26. November, wo könnte er am 26. November gewesen sein? Er konnte nicht schneller denken. Die leeren Augenhöhlen der jungen Frau auf dem Bett starrten ihn an. Für die Toten spielte Zeit keine Rolle mehr, aber Gary musste jetzt Zeit kaufen.

»Ich möchte meinen Anwalt sprechen«, sagte Gary. Es war das Einzige, was ihm einfiel, auch wenn er immer noch nicht wusste, ob er überhaupt einen brauchte.

»Er will seinen Anwalt sprechen«, sagte der Nadelstreifen. Es klang höhnisch.

KAPITEL 15

Arlington County Police Department
Arlington, Virginia
3. Dezember, 12:53 Uhr (anderthalb Stunden später)

Gary Golay blickte auf den leeren Plastikbecher vor sich. Wie konnte sich eine Kehle vom Nichtssagen so trocken anfühlen?

»Bitte bringen Sie mir noch ein Wasser«, sagte Gary zum zehnten Mal innerhalb der letzten Stunde.

Der FBI-Agent in Nadelstreifen hielt ein weiteres Foto direkt vor sein Gesicht. Sie durften ihn nicht unter Druck setzen, seit er nach seinem Anwalt verlangt hatte. Zumindest nicht direkt. Doch in keinem Gesetz stand offenbar, dass die Polizisten sich nicht miteinander unterhalten durften.

»Er hat sie regelrecht abgeschlachtet«, sagte der im grauen Anzug.

Es war unmöglich, das Foto nicht anzusehen, wenn es direkt vor dem eigenen Gesicht baumelte. Die tiefen Höhlen. Er stellte sich vor, wie sie gelächelt hätten, wenn die junge Frau noch leben würde. Carrie Lanstead.

»Eine Übertötung. Als hätte er sie mit dem Messer gleich mehrfach abstechen wollen, so oft hat er ihr die Klinge in den Leib gerammt.«

Ein weiteres Foto. Gary hatte längst alle Fotos gesehen, die das FBI in der Akte gesammelt hatte. Es wurde nicht einfacher. Ihre Füße sahen aus, als wäre sie eine ganz normale schlafende Frau. Sie lagen friedlich unter einem Stück Bettdecke. Wie die von Emma. Oder von Jo. Oder von Louise. Gary wäre schlecht geworden, wenn ihm nicht schon längst speiübel gewesen wäre.

»Bitte geben Sie mir noch ein Wasser«, wiederholte er.

In diesem Moment hörte er das Türschloss. Er blickte auf, an der Linse der Kamera vorbei, die dokumentierte, wie gut ihn das FBI behandelte, dass hier alles nach dem Lehrbuch ablief. Neben dem baumstammdicken Arm des schwarzen Officers vor der Tür stand ein kleiner, sehr alter Mann mit einer Haut durchscheinend wie Papyrus und lächelte.

»Ich denke, das wäre ein guter Anfang«, sagte der Mann in dem dunkelblauen Anzug, ein Zweireiher mit Weste, an deren linker Seite die Kette einer Taschenuhr baumelte. Er war klein, viel kleiner, als man sich seinen Anwalt wünscht. Hinter ihm betrat eine blonde Frau in einem deutlich günstigeren Kostüm von der Stange den Raum. Sie mochte Mitte oder Ende dreißig sein, möglicherweise auch noch ein wenig älter. Sie gehörte zu dem Typ Frau, der diesbezüglich so schwer einzuschätzen war wie der Zuckergehalt von Limonade. Gary fand die Taschenuhr albern. Niemand brauchte heutzutage noch eine Uhr, außer zum Pulsmessen beim Joggen. Der alte

Mann hatte eine knollige Nase, die aussah wie eine Ingwerwurzel, und auffällig große Ohren. Irgendwo hatte er einmal gelesen, dass die Nase und die Ohren die einzigen Körperteile sind, die im Lauf eines menschlichen Lebens nicht aufhören zu wachsen. Demnach war das Männchen tatsächlich so alt, wie es aussah.

»Natürlich«, sagte der Nadelstreifenanzug vom FBI. Aha, dachte Gary. So scheint das also zu gehen.

»Ich vermute, Sie wollen mit Ihrem Mandanten unter vier Augen reden, Mr. Stein?«, fragte der FBIler in Grau.

»Natürlich«, sagte Garys Anwalt, der also Stein hieß. Und offenbar war er den beiden FBI-Beamten namentlich bekannt. Er hatte gewusst, dass es eine gute Idee gewesen war, Emma mit der Anwaltssuche zu beauftragen. Emma war in ihrer Ehe schon immer die Gerissenere gewesen, vor allem, was die Menschenkenntnis anging.

Gary atmete tief ein. Die blonde Frau lief zu der Kamera und drückte auf einen Knopf. Das rote Licht erlosch.

Der alte Mann setzte einen Stock aus Ebenholz vor jeden Schritt und folgte seiner Assistentin bis zu dem Tisch, an dem Gary saß.

»Mr. Golay, ich bin Thibault Stein. Ihre Frau hat mich angerufen und mich gebeten, Sie zu vertreten, sofern Sie einverstanden sind.«

»Ich …«, stammelte Gary.

Der FBI-Beamte kam mit dem Wasser zurück und stellte es vor Gary auf den Tisch. Der Zweite lehnte mit verschränkten Armen an der Wand. Gary begegnete dem unmittelbar bevorstehenden Verdursten mit drei großen Schlucken.

»Natürlich«, sagte er.

»Gut«, sagte der alte Anwalt, und seine Assistentin zog eine Mappe aus ihrer Ledertasche, die sie vermutlich von ihren Eltern oder ihrem Freund zum Examen geschenkt bekommen hatte. Sie legte einen teuren europäischen Kugelschreiber neben das einseitige Dokument, auf dem der Briefkopf der Kanzlei prangte. Gary unterschrieb. Was blieb ihm schon für eine Wahl. Und er musste zugeben, dass den alten Mann mit dem Stock eine gewisse Aura der Unbesiegbarkeit umwehte, die ihm in seiner Situation wie eine Heilsverkündung erschien.

»Wir brauchen einen Raum«, sagte sein Anwalt mit einem Nicken zu der verspiegelten Scheibe hinter der Kamera.

»Natürlich«, seufzte der graue Anzug. »Wenn Sie darauf bestehen.«

»Natürlich«, lächelte sein Anwalt.

»Eine reine Vorsichtsmaßnahme, Mr. Golay«, sagte die blonde Frau. »Ich bin Pia Lindt, Steins Assistentin.«

»Das hatte ich mir schon gedacht«, sagte Gary.

»Wenn Sie glauben, das bedeutet, dass ich ihm den Stift halte, haben Sie sich getäuscht«, sagte sie und kramte in der braunen Aktentasche nach ihrem Handy, das in diesem Moment klingelte.

»Bitte entschuldigen Sie«, sagte Pia Lindt und wies den Anruf ab. Thibault Stein warf ihr einen amüsierten Blick zu, als sie Gary zur Tür geleitete.

80

KAPITEL 16

The White House
1600 Pennsylvania Avenue, Washington, D. C.
3. Dezember, 12:59 Uhr (zur gleichen Zeit)

President Wards Zähne mahlten ohne Pause, aber das Nikotinkaugummi hatte sein wundervolles Gift längst abgegeben. Seit einer Stunde stritten das State Department und das Wirtschaftsministerium über die Haltung der USA zur Krise in Georgien, und sie hatten sich keinen Millimeter angenähert. Außerdem anwesend waren seine wichtigsten Sicherheitsberater, wie immer, wenn irgendeine Situation auf der Welt mit Russland zu tun hatte. Alte Denkmuster sowie die Pfründe, mit am Tisch zu sitzen, waren Bürokratien nicht abzugewöhnen. Es verhielt sich mit ihnen ganz ähnlich wie mit Steuern. Waren sie einmal etabliert, gingen sie nie mehr weg. Wie ein Teerfleck auf einer weißen Leinenhose.

»Wir können die Gefahr nicht ignorieren, dass Russland auch noch Georgien annektiert. Zakharov kann einfach nicht zulassen, dass die NATO Staat um Staat näher an Moskau rückt«, sagte Außenminister Dexter Reed.

»Das würden sie sich nicht trauen«, entgegnete Wirtschaftsminister Trevor Higgs. »Dafür steht zu viel für sie auf dem Spiel. Ich rate Ihnen abzuwarten, Mr. President. Rufen Sie die deutsche Bundeskanzlerin an, und pflichten Sie ihr vollumfänglich bei, dass es am besten ist, erst einmal nichts zu unternehmen.«

»Es wäre ein klarer Bruch des Völkerrechts«, entgegnete der Außenminister, dessen hochroter Kopf wirkte, als könne er jeden Moment zerspringen, wobei der rote Kopf zu ihm gehörte wie zum Präsidenten die Anstecknadel mit dem Star-Spangled Banner. Dexter Reed brauchte möglicherweise einen Bypass, President Ward hingegen brauchte ein frisches Nikotinkaugummi, weil er seiner Frau versprochen hatte, dass er als Präsident aufhören würde, zu rauchen. Er hatte nicht mehr viel Zeit, ihr diesen Wunsch zu erfüllen.

»Was meinen Sie?«, fragte seine Nationale Sicherheitsberaterin Caroline Watson. Er vertraute ihr mehr als allen anderen bei diesem Meeting. Sie vertrat die Nachrichtendienste: CIA, NSA und ein paar weniger bedeutsame. Gewöhnlich war sie die bestinformierte Person in jedem Raum.

»Nach allem, was wir wissen, hält Zakharov die Hunde an der Leine«, sagte die Fünfzigjährige mit ihrer Fistelstimme. Keiner der Männer hatte den Anstand bewiesen, ihr einen Platz auf dem Sofa freizuhalten. Colin Ward fielen solche Gesten auf, aber er scherte sich nicht darum. Er versuchte herauszufinden, ob Caroline

Watson tatsächlich so dürr war, dass man sie hinter einem der Kugelschreiber mit Präsidentenlogo verschwinden lassen konnte.

»Zumindest bis jetzt noch«, fügte Caroline Watson hinzu. »Allerdings mehren sich laut unseren Geheimdienstberichten die Forderungen der Hardliner, sich die Schwarzmeeranrainer zurückzuholen und endlich eine rote Linie gegenüber der NATO zu ziehen.«

Colin Ward legte den Stift auf den Beistelltisch, bevor sein Hantieren auffällig wurde, und strich sich über die Krawatte, die statt seiner Frau heutzutage eine Pressemitarbeiterin für ihn heraussuchte.

»Die Deutschen sollen froh sein, dass wir ihre Autos und ein paar ihrer wundervollen Maschinen kaufen. Ich rufe Zakharov an und warne ihn davor einzumarschieren. Wenn seine Truppen die Grenze überschreiten, gräbt er das Kriegsbeil aus, und das werden wir nicht tolerieren.«

»Danke, Mister President«, sagte der Chor seines 11-Uhr-30-Meetings und erhob sich. Die Audienz war beendet. Sie verließen das Oval Office durch die Tür zum Flur, und zeitgleich mit dieser öffnete sich die zu seinem Vorzimmer.

Eugenia Meeks wusste immer, wann seine Meetings endeten. Sie hatte eine kleine Anzeige auf ihrem Schreibtisch, die das Öffnen der Türen anzeigte. Es war keine digitale Anzeige auf ihrem Computer, sondern ein kleines Licht neben ihrer Schreibtischlampe. Es sah aus wie ein Relikt aus den Telefonschaltstellen der sechziger Jahre.

»Mister President, hätten Sie eine Minute für den Stabschef?«

»Natürlich, Eugenia. Schicken Sie ihn rein.«

Er öffnete eine Schublade des Resolute Desks und kramte nach den Nikotinkaugummis, die er für Notfälle dort versteckt hatte.

»Guten Morgen, Mister President«, sagte Michael Rendall.

»Hallo, Michael«, antwortete Colin Ward. »Sie haben nicht zufällig ein Nikotinkaugummi bei sich?«

»Natürlich, Mister President«, sagte er. Die meisten der direkten Mitarbeiter des Präsidenten hatten entsprechende Vorräte angelegt, denn es konnte sich als unschätzbarer Vorteil erweisen, dem Präsidenten manche Nachrichten erst nach einer kleinen Giftration zukommen zu lassen.

»Was gibt es?«, fragte der Präsident kauend und ließ sich auf den Drehstuhl fallen.

»Mister President, es ist vielleicht besser, wenn Sie sich das selbst ansehen«, sagte Michael Rendall und griff zur Fernbedienung. Er schaltete den Fernseher ein, der auf einer Kommode am anderen Ende des Raumes stand. CBN zeigte Helikopteraufnahmen von Streifenwagen, die offensichtlich eine Verhaftung vornahmen. Nichts Außergewöhnliches.

»Gary Golay befindet sich in Polizeigewahrsam, Mister President«, sagte Michael Rendall. »In Arlington.«

Colin Ward verschluckte sich an dem Kaugummi. »Gary ist verhaftet worden?«

»Ich habe mit dem FBI-Direktor telefoniert. Momentan gilt es offiziell noch als Befragung, aber die Beweislage scheint ziemlich eindeutig zu sein.«

»Das kann nur ein Missverständnis sein«, sagte Colin Ward und stand auf. Er lief zu dem Fernseher und stellte sich dicht davor.

»Das dachte ich auch, Mister President. Schließlich kennt Gary kaum jemand besser als ich, aber ...«

»Was wollen Sie damit sagen?«, fragte Colin Ward scharf. »Herrgott, er ist einer von uns. Ich kenne ihn seit Jahren, seit dem ersten Wahlkampf. Wir haben zusammen den Käseigel und den Wir-lieben-Käse-Tanz in Wisconsin überlebt und so viel Bier getrunken, dass uns im Flugzeug schlecht wurde. Was werfen sie ihm vor?«

Michael Rendall trat neben ihn und legte die Hände ineinander: »Manchmal denke ich, vielleicht kennen wir andere Menschen nicht wirklich. Er steht unter dem Verdacht, eine Prostituierte ermordet zu haben.«

»Unmöglich!«, rief der Präsident. »Ich kenne Gary.«

Er lief zu seinem Schreibtisch und drückte eine Taste auf dem Telefon: »Eugenia, ich möchte mit dem Leiter des FBI-Büros in Arlington sprechen. Jetzt gleich.«

Michael Rendall folgte ihm auf dem Fuße. »Ich glaube, das ist keine so gute Idee, Mister President«, sagte er mit leiser Stimme. »Vielleicht möchten Sie erst einmal abwarten, ob überhaupt Anklage erhoben wird?«

Präsident Ward blickte ihn verständnislos an: »Natürlich möchte ich das nicht, Michael. Natürlich möchte ich herausfinden, was überhaupt passiert ist.«

»Warten wir doch erst einmal die Beweise ab«, schlug Michael Rendall vor, »und dann sehen wir weiter.«

Der Präsident setzte sich auf die Ecke des Schreibtischs und starrte zur Decke.

»Ich bitte Sie, Mister President: Vertrauen Sie mir.«

Eine Fliege schwirrte um die Schreibtischlampe, und Colin Ward traf eine Entscheidung. »Also gut, Michael. Was kommt als Nächstes?«

»Wir müssen herausfinden, wie wir trotzdem die Abstimmung gewinnen. Die Republikaner behaupten, er hat das alles nur inszeniert, damit er nicht erwischt wird.«

»Das ist doch vollkommen absurd«, entgegnete Präsident Ward. »Er arbeitet seit Monaten an der Vorlage.«

»Das weiß ich, Mister President. Aber glauben Sie, dass es die Wähler von Mitch Stark aus Pottawattamie, Iowa, interessiert? Glauben Sie, dass es die Leute von WOX Daily News interessiert?«

Colin Ward nickte. Und kaute an seinem nächsten Streifen. Wenn die Ultrakonservativen nach Recht und Ordnung riefen, setzte bei vielen Republikanern die Angst vor der nächsten Wiederwahl den gesunden Menschenverstand außer Kraft. Colin Ward wusste das. Und musste deshalb zugeben, dass sein Stabschef recht hatte. Für den Moment waren ihnen die Hände gebunden.

KAPITEL 17

Stratton Middle School
Mohican Road, Bethesda, Maryland
3. Dezember, 13:19 Uhr (zwanzig Minuten später)

Emma Golay reiste gerne schnell, nur nicht aus den heutigen Gründen. Nach einem nur mit viel Glück erreichten Flug und der nervenzehrenden Autofahrt stand sie vor dem Klassenzimmer ihrer älteren Tochter. Ihr Herz klopfte lauter als ihr Finger an der Tür. Sie öffnete, bevor sie es sich anders überlegte, und fand sich plötzlich vor einer Klasse dreizehnjähriger Schüler wieder, die sie anstarrten. Auf dem Tisch der Lehrerin stand das Modell einer Pflanzenzelle aus Plastik. Emma nickte der Asiatin entschuldigend zu und suchte nach Louise. Sie musste nicht lange suchen, denn ihre Tochter war aufgestanden. Dritte Reihe von hinten, direkt am Fenster. Emmas Herz schlug noch etwas heftiger angesichts der Neuigkeiten, die sie ihr überbringen musste. Ihre Tochter stand erstarrt an ihrem Platz, Panik im Blick. Natürlich. Sie musste denken, dass einem von ihnen etwas passiert war. Was nicht falsch war. Aber natürlich war niemand gestorben. Sie musste es ihr schnell sagen, sie in den Arm nehmen, ihr versprechen, dass alles gut würde. Deshalb war sie gekommen. Christina wartete mit dem Auto auf dem Parkplatz der Schule. Emma hatte etwas unternehmen müssen, bevor die Gerüchte auf dem Schulhof die Runde machten. Sie wollte auf Louise zulaufen, aber sie stand bereits vor ihr, Tränen in dem glatten unschuldigen Gesicht. Emma schloss ihre Tochter in die Arme und sagte: »Es ist niemandem etwas Schlimmes passiert, Schatz. Aber wir müssen jetzt nach Hause fahren. Morgen kannst du wieder in die Schule, okay?«

Eine gut kalkulierte Lüge. Hoffnung.

»Was ist los, Mom?«, fragte Louise mit zitternder Stimme. Natürlich wusste sie, dass die Executive Vice President Operations der Red Jets Corporation sie nicht zum Keksebacken von der Schule abholte.

»Es ist alles in Ordnung. Hol deine Sachen, ich erkläre euch alles im Auto.«

Vermutlich bemerkte Louise an Emmas Stimme und der Angst in ihren Augen, dass – entgegen ihren Beteuerungen – gar nichts in Ordnung war. Als sie ihre Tochter dabei beobachtete, wie sie ihr Mäppchen einräumte und die Hefte in die Schultasche steckte, wuchs ein Kloß in Emmas Hals. Dann nahm sie ihre ältere Tochter bei der Hand, und sie machten sich auf den Weg zu Josephine. Heute war ein Tag, an dem die Familie zusammenstehen musste. An Tagen wie diesen ist Familie das Einzige, was zählt. Weil sie möglicherweise das Einzige ist, was einem bleibt, dachte Emma Golay und streichelte ihrer Tochter durchs Haar. Ihre Gedanken wanderten zu Gary. Und der Anklage. Sie fragte sich, wie es ihm wohl gehen mochte. Der großen Liebe ihres Lebens. Dem Vater ihrer Kinder. Der garantiert kein Mörder war.

KAPITEL 18

Utah Data Center
Bluffdale, UT
3. Dezember, 13:29 Uhr (zur gleichen Zeit)

Der Code, der die Aufzeichnung ausgelöst hatte, wusste nicht zwischen einem Anwaltsgespräch und einem Abendessen bei Kerzenschein zu unterscheiden. Er war nicht dafür konzipiert worden, gerichtsverwertbare Beweise zu sammeln, sondern eine möglichst große, allumfassende Datenmenge der beobachteten Personen. Die Maßgabe war es, den größtmöglichen Heuhaufen anzulegen, um in Zukunft möglichst viele Nadeln finden zu können. Natürlich unter Einhaltung der gesetzlichen Vorgabe, dass Daten nur von solchen Menschen gespeichert werden, die über drei Ecken mit terroristischen Aktivitäten in Verbindung gebracht werden können. Am 11. September 2001 verloren in den brennenden Türmen des World Trade Centers 2753 Opfer ihr Leben. Zusammen hatten sie schätzungsweise 104 614 direkte Verwandte, 245 017 Geschäftskontakte und 165 180 Freunde. Diese 514 811 Menschen kamen zusammen auf 95 754 846 Kontakte. Beim Boston Marathon 2013 mit über 23 000 Teilnehmern explodierten zwei Bomben. Kurz: Kein Amerikaner war nicht über höchstens drei Schritte mit mindestens einem Terroropfer bekannt. Für das Ausspähen des Rests der sogenannten freien Welt hatte diese Einschränkung ohnehin zu keinem Zeitpunkt gegolten.

Das Utah Data Center war 2013 in Betrieb genommen worden. Es umfasst 140 000 Quadratmeter und verfügt heute über eine Speicherkapazität von acht Exabytes. Das Gespräch, dessen Aufzeichnung eine kleine Code-Zeile in diesem Moment veranlasste, belegte weniger als ein Quadrillionstel dieser Speicherkapazität. Und doch könnte es eine Nadel darstellen, die es in Zukunft zu finden galt. Morgen oder in zehn Jahren. Aus dem einen oder einem ganz anderen Grund. Der Codezeile war es einerlei.

KAPITEL 19

Arlington County Police Department
Arlington, Virginia
3. Dezember, 13:34 Uhr (zur gleichen Zeit)

Als sich die Tür zu dem kleinen Besprechungszimmer schloss, fühlte sich Gary Golay besser. Es hatte keine verspiegelten Scheiben an den Wänden und keine Kamera, deren kleines Licht neben der Linse ihn anstarrte. Der Tisch in der Mitte war quadratisch, an den Rändern schlug das Plastik Blasen. Es gab nur zwei Stühle, so dass sich die Assistentin des Anwalts an die Wand lehnen musste. Thibault Steins Stock schlug gegen das metallene Tischbein, als er den Stuhl mit einem lauten Quietschen zurückschob und sich hinsetzte. Gary nahm ihm gegenüber Platz, und die Assistentin zückte einen Stift. Er atmete ein und fragte sich, ob sich jetzt alles zum Guten wenden würde.

Der uralte Anwalt schob eine teure Visitenkarte aus dickem Leinenpapier über den billigen Tisch. »Thibault Stein, Attorneys« prangte in altmodischen Kapitälchen in der Mitte. Er fragte sich, ob er genug Geld hatte für die teuren Visitenkarten. Anwälte aus New York verlangten zuweilen mehr als tausend Dollar die Stunde. Er verdiente 172 000 im Jahr – was nicht wenig war, aber auch nicht besonders viel, wenn man bedachte, dass die Schule seiner beiden Töchter schon 60 000 im Jahr verschlang. Was ein Glück, dass ich Emma habe, dachte er zum gefühlt 94 583. Mal an diesem schwarzen Tag. Im Notfall würde er die Familienkasse anzapfen müssen, denn sie strich über das Doppelte ein. Gary Golay befühlte nachdenklich den Stahlstich und die handgeglätteten Kanten.

»Wie geht es Ihnen, Gary?«, fragte Thibault Stein. »Ich darf Sie doch Gary nennen, oder?«

Er hatte das Gefühl, der Anwalt würde ihm direkt in die Seele blicken. Gary zuckte mit den Schultern.

»Wie soll es mir schon gehen?«, fragte er.

»Natürlich«, sagte Thibault. »Sind Sie anständig behandelt worden?«

»Den Umständen entsprechend, schätze ich«, sagte Gary.

»Welche Umstände?«, fragte Stein und lächelte.

»Na …«, stammelte Gary verständnislos. »Das alles hier …«

»Ich kann keine Umstände erkennen, weshalb man Sie anders behandeln sollte als jeden anderen Bürger dieses Landes, Gary.«

»Sie meinen, weil …«

Der alte Anwalt blätterte durch eine Akte, während er sprach: »Bisher sehe ich hier, dass die Polizei von Arlington County auf Ihren Namen im Zusammenhang mit einer Mordermittlung gestoßen ist. Offenbar hatten Sie zu der Dame telefonischen Kontakt.«

Gary schluckte. Er hatte nicht mit Carrie telefoniert. Seit mehr als drei Jahren nicht mehr. Er hatte sie in einer anderen Zeit gekannt, unter anderen Umständen.

»Sagen Sie, Gary, was haben Sie den Beamten erzählt?«, fragte Thibault Stein. Sein verdammter Anwalt.

»Ich habe gar nichts gesagt«, sagte Gary.

Der Stift der Assistentin, Pia Lindt, kritzelte etwas auf Papier. Es hörte sich seltsam laut an.

»Gar nichts ist gut«, sagte Thibault Stein.

»Ich habe nach meinem Anwalt verlangt«, sagte Gary.

»Als Ihnen klarwurde, dass ...«

»Ich habe nicht mit dieser Frau telefoniert«, sagte Gary. »Wann soll ich mit ihr telefoniert haben?«

»Ich habe nicht gesagt, dass Sie mit ihr telefoniert haben«, sagte Stein. »Sondern dass es telefonischen Kontakt zwischen Ihnen gab in der Nacht, als sie starb. Sie hat Sie um Viertel vor zwölf auf dem Handy angerufen. Zwei Stunden vor ihrem errechneten Todeszeitpunkt.«

»Zeigen Sie mal her«, sagte Gary und griff nach der Akte in Thibaults faltiger Hand. Er reichte sie ihm mit einem undurchsichtigen Lächeln. Was hatte das alles zu bedeuten? Gary las. Und da stand es schwarz auf weiß: Ein Anruf von ihrem Festnetzanschluss auf seinem Handy. Er wusste, dass sie mit unterdrückter Nummer anrief. Und Carrie wusste, dass er niemals ans Telefon ging, wenn die Rufnummer nicht angezeigt wurde. Sie hatte seine Mailbox erreicht. Und keine Nachricht hinterlassen. Aber sie hatte ihn angerufen. Das war gegen ihre Verabredung. Sie hätte ihn niemals anrufen dürfen. Und das hätte die Carrie, die er einst kannte, auch niemals getan. Gary begann wieder zu schwitzen.

»Ich habe nicht mit ihr telefoniert«, sagte Gary.

Die faltige Hand nahm ihm die Akte aus der Hand, und Stein beugte sich nach vorne. Gary konnte die Altersflecken auf der rauhen Haut um seine Augen zählen.

»Aber Sie kennen sie, nicht wahr, Gary?«, fragte er.

Garys Rücken wurde erst warm, dann kalt. Er rutschte auf dem Stuhl hin und her. Er war ein ausgebuffter Verhandler, aber kein besonders guter Lügner. Der erfahrene Anwalt würde längst seine Schlüsse aus seiner Reaktion gezogen haben, aus dem Rutschen und dem Zögern. Gary nickte.

»Das ist schlecht«, sagte der Anwalt, als ob Gary das nicht selbst wusste. Die Frage war, was das bedeutete. Die Stille am Tisch war unangenehm, wie bei einem Streit zwischen Eheleuten, die sich nichts mehr zu sagen hatten.

»Wollen Sie mich nicht fragen, ob ich sie umgebracht habe?«, fragte Gary.

»Natürlich ist das die letzte Frage, die ich Ihnen stellen möchte«, sagte der Anwalt.

»Tatsächlich?«, fragte Gary.

»Tatsächlich«, sagte sein Anwalt.

»Sie wollen nicht wissen, ob ich es war?«

»Doch«, sagte Thibault. »Aber es ist nicht Ihre Aufgabe, es mir zu sagen. Die Polizei muss es mir beweisen, dass Sie es waren. Genauso, wie sie es Ihnen beweisen muss.«

»Aha«, sagte Gary. Was blieb dem hinzuzufügen? Eine Neonröhre über dem Tisch flackerte in die Stille.

»Haben Sie ein Alibi für den betreffenden Abend?«, fragte sein Anwalt, und der Stift seiner Assistentin kratzte weiter über das Papier.

Die Neonröhre flackerte wieder, was Garys Nervosität noch weiter steigerte. Es war die Frage, über die er seit Stunden nachdachte. Seit sie ihm die Bilder von Carrie gezeigt hatten in dem Raum mit der Kamera und den verspiegelten Scheiben. Er war von einer Konferenz der Partei zurückgefahren. Mit dem Auto. Alleine. Hätte er es nach Arlington schaffen können? Vermutlich. Er hatte eine kurze Pause an einer Tankstelle eingelegt und war eingeschlafen. Vermutlich länger als eine Stunde. Vermutlich hatte niemand gesehen, wie er geschlafen hatte auf dem dunklen Parkplatz.

»Nein«, räumte Gary schließlich ein. »Reicht das der Polizei als Beweis?«

»Nicht zusammen mit dem, was sie bisher auf den Tisch gelegt haben«, sagte sein Anwalt.

»Das ist gut«, meinte Gary.

»Das kommt darauf an«, sagte Thibault Stein und steckte sich seinen Kugelschreiber in den Mund. Es musste eine langjährige Angewohnheit sein, etwas Lästiges, wie der Tick, sich am Ohr zu kratzen oder die Nase zu rümpfen, wenn man sich konzentrierte. Es war das erste Zeichen von Schwäche im Auftreten seines Anwalts. Gary hoffte, dass es nichts mit ihm zu tun hatte.

»Worauf kommt es an?«, fragte Gary.

»Darauf, was sie noch ausgraben«, sagte Thibault und erhob sich.

»Was geschieht jetzt?«, wollte er wissen. »Was unternehmen wir jetzt?«

»Natürlich gehen wir«, sagte der Anwalt und klopfte mit dem Stock gegen die Tür.

»Wir gehen?«, fragte Gary.

»Haben Sie angenommen, dass ein ordentlicher Haftrichter Sie als unbescholtenen Bürger, bei dem keinerlei Fluchtgefahr besteht, hier festsetzt? Wegen eines Telefonats, das Sie nachweislich nicht einmal angenommen haben?«

Die Tür wurde von außen geöffnet, und Thibault verschwand.

»Ich gehe nach Hause?«, fragte Gary Pia Lindt.

»Erst einmal gehen wir zum Haftrichter«, klärte Pia ihn auf. »Sie werden noch bis morgen das Vergnügen haben.« Sie deutete auf die kahlen Wände und meinte das Gefängnis des Polizeireviers.

»Und dann?«, fragte Gary. »Wie schätzen Sie meine Chancen ein?«

»Wie Ihnen Thibault schon erklärt hat: Alles hängt davon ab, was sie noch alles ausgraben. Wir sollten herausbekommen, warum das FBI so schnell auf den Plan getreten ist und woher die so schnell an die Telefonprotokolle kamen. Irgendetwas geht hier ganz und gar nicht den üblichen Behördengang.«

Das Gefühl hatte Gary Golay allerdings auch. Er dachte nicht mehr an die Abstimmung im Kapitol, die in nicht einmal drei Stunden auf der Tagesordnung stand. Und keiner der drei Anwesenden hätte jemals für möglich gehalten, was die Polizei über einen Menschen ausgraben kann. Wenn eine Nadel im Heuhaufen zur nächsten wies. Und der Heuhaufen längst im Schober gebunkert war, die Halme nach Längen sortiert.

»Morgen sind Sie wieder bei Ihrer Familie, Gary«, sagte Pia Lindt, als ihm ein Polizist erneut Handschellen anlegte.

»Und wir werden alles daransetzen, dass es so bleibt«, fügte sie hinzu, als Gary aus dem Raum geführt wurde.

KAPITEL 20

Haus der Familie Golay
Lybrook Street, Bethesda, Maryland
3. Dezember, 19:04 Uhr (fünfeinhalb Stunden später)

Louise und Jo schwiegen. Es war das stillste Essen, das es im Haus der Golays gegeben hatte, seit Emma ihnen eröffnet hatte, dass sie zukünftig in New York arbeiten würde. Im Rücken der beiden lief P-SPAN ohne Ton. Die Abstimmung über Garys Gesetzesvorlage. Es war nicht mehr wichtig, aber Emma wollte trotzdem wissen, wie es ausging. Wenn sie es nicht anschaute, bedeutete das, dass sie nicht daran glaubte, dass morgen alles wieder so war wie früher. Die Kinder reagierten auf die schlechten Nachrichten nicht mit Zorn, sondern mit Apathie, genau wie Emma Golay, der es nicht gelang zu tun, wonach sie sich fühlte. Aufstehen, kämpfen, weitermachen. Den beiden Mädchen sagen, dass morgen alles vorüber wäre. Was laut Pia Lindt sogar wahrscheinlich war. Emma hielt nichts für gefährlicher in diesem Moment als eine falsche Versprechung. Wenn Papa nicht morgen zurückkam, egal aus welchen Gründen. Weil etwas geschah, das Thibault Stein nicht für möglich hielt. Weil der Richter einen noch rabenschwärzeren Tag hatte als Gary und Emma. Sie konnte ihnen dann nicht mehr vermitteln, was die Zukunft bringen würde. Und Emma hatte Angst, dass es ihre Kinder brechen könnte. Weil sie Angst davor hatte, dass es sie zerbrach. Es gibt Beweise, die Gary mit der Tat in Verbindung bringen, hatte Pia Lindt gesagt. Welche Beweise?, hatte Emma gefragt. Sie hatte es ihr nicht sagen dürfen. Was konnte Gary in Verbindung mit einem Mord bringen? Was konnte ihren Mann, ihre große Liebe, in die Nähe einer so grausamen Tat rücken? Sie betrachtete die Kinder und erschrak: Sie dachte tatsächlich darüber nach, ob er es getan haben könnte. Sie dachte darüber nach, ob er eine Gefahr für ihre Kinder war. Es war nur ein Gedankenblitz gewesen, für den Bruchteil einer Sekunde hatte er ihr Gehirn gestreift, das Undenkbare. Und es traf sie wie ein Vorschlaghammer gegen die Schläfe. Schon der Vorwurf begann, sie zu verändern. Schon der Vorwurf begann, alles zu verändern. Emma Golay spürte es. Aber sie wollte dagegen kämpfen, sich wehren. Es nicht zulassen, dass etwas ihre Familie bedrohte, von dem sie wusste, dass es nicht sein konnte. Jo pikste ein Stück Pollo al Limone auf die Gabel. Ihr Lieblingsessen, um das Emma Christina gebeten hatte. Nur Christina konnte Christinas Pollo al Limone kochen. Nahrung für die Seele ihrer Kinder. Soul Food. Normalität. Alles kommt wieder in Ordnung! Auf dem Fernseher beobachtete Emma Golay, wie der Stimmenzähler umsprang. Die Gegner hatten gewonnen. Gary hatte seine Abstimmung verloren. Und schon jetzt war klar, dass morgen nichts mehr sein würde wie früher. Weil Gary Golay niemals ein Verlierer gewesen war. Emma kämpfte dagegen an, aber eine einzelne Träne sammelte sich in ihrem Augenwinkel. Sie tat, als würde sie eine Fliege verscheuchen, und wischte sie weg. Weinen würde sie, wenn sie nachher alleine im Bett lag und sich fragte, wer ihr Mann eigentlich war.

KAPITEL 21

The White House
1600 Pennsylvania Avenue, Washington, D. C.
3. Dezember, 23:11 Uhr (vier Stunden später)

Colin Ward schlüpfte in die Frotteebadelatschen mit Präsidentenlogo und schlappte im Bademantel durch ihr Schlafzimmer. Bis zum Fernsehzimmer war es ein Stück den Gang hinunter, auf dickem Teppich, der sich durch die weiche Sohle anfühlte wie ein schwankendes Schiffsdeck. Er empfand es als Ironie der Geschichte, dass sich Präsidenten im Weißen Haus fühlen mussten wie Hotelgäste eines der Fünf-Sterne-Plus-Hotels im Nahen Osten. The White House Resort and Spa. Komplett mit Zimmerservice, Eiscreme nachts um vier, soviel du willst, und dem Hotellogo auf Frotteelatschen und dem Bademantel. Er gab seiner Frau einen Kuss, bevor er sich neben ihr auf das sehr weiche Sofa fallen ließ, das dankenswerterweise ohne gesticktes Präsidentenwappen auskam. Sie druckten es auf sein Service, auf die Servietten, auf die Sitze in der Air Force One und auf seine Kaffeebecher, aber nicht auf seine Möbel, die streng ge-

102

nommen nicht seine Möbel waren. Ihre eigenen Möbel hatten die Wards seit zwei Jahren nicht mehr gesehen, aber der Secret Service versicherte stets, dass in ihrem Haus in einem Vorort von Chicago alles zum Besten stand. Es wurde dreimal in der Woche gereinigt, obwohl niemand dort lebte. Er fragte sich, ob es eine gute Idee wäre, dort eine obdachlose Familie unterzubringen, aber vermutlich war es das nicht. Es gab gute Argumente gegen jede gute Idee, die er im Laufe von zwei Amtszeiten gehabt hatte. Man konnte als Präsident froh sein, wenn man zwei oder drei große Veränderungen bewirkt, jeder Anspruch, der darüber hinausging, hatte in dieser stolzen Demokratie als Utopie zu gelten.

Caryn stellte den Ton ab: »Ihr habt den Privacy Act verloren?«

Sie war noch nie um ein direktes Wort verlegen gewesen, was der Grund war, warum er sie geheiratet hatte. Colin betrachtete ein Urlaubsbild seiner Familie. Caryn und die Kinder am Strand. Buntgestreifte Badetücher ohne Präsidentenlogo. Eine glückliche Familie. Das war neun Jahre her.

»Ja, leider«, sagte Colin Ward und trank einen Schluck von dem hotelexklusiven Lager, das sie seit zwei Jahren im Weißen Haus brauten. Eine der guten Ideen, die er hatte durchsetzen können, dachte Colin Ward und hätte lachen müssen, wenn es nicht so lächerlich wäre. Sein selbstgebrautes Bier hatte ihm mehr positive Schlagzeilen beschert als alle seine Gesetzesvorlagen zusammen.

»Was ist passiert?«, fragte Caryn und drehte sich zu ihm. »Gary hatte doch die Stimmen, oder nicht?«

Sie schlug eines ihrer schlanken Beine unter das andere. Wenn er nicht so müde wäre, dachte Colin Ward, und seine Miene versteinerte sich.

»Gary ist verhaftet worden«, sagte er mit gepresster Stimme. »Und dann sind sie umgefallen wie die Scheiß-Pappsoldaten.«

»Nicht möglich!«, rief seine Frau. »Warum in Gottes Namen sollten sie Gary verhaften?«

»Hast du keine Nachrichten gesehen?«, fragte er und knibbelte am Etikett der Bierflasche.

»Ich war in Florida, schon vergessen?«, sagte Caryn. »Und dein Personal pflegt mich nicht über deine Probleme zu unterrichten, vor allem, wenn sie wichtig sind.«

»Caryn, ich …«

»Komm mir nicht so, sag mir lieber, was passiert ist, und was du dagegen zu unternehmen gedenkst.«

Colin Ward trank noch einen Schluck Bier und wünschte sich, dass sie den Ton des Fernsehers wieder anstellte. Er wusste, was ihm blühte, und das Schlimmste daran war, dass sie recht hatte.

»Sie haben ihn im Rahmen einer Mordermittlung verhaftet«, sagte Colin Ward.

»Gary? Das kann nur ein Missverständnis sein«, sagte seine Frau. Ihre Empörung war nicht gespielt.

»Natürlich«, sagte Colin Ward und kratzte sich an der Brust. »Es wird sich alles aufklären.«

»Aber die Abstimmung ist verloren«, sagte Caryn. »Unsere Bürgerrechte wurden soeben die Toilette runtergespült.«

»Caryn, du kannst mir glauben, dass niemand enttäuschter ...«

»Und zwar für die nächsten acht Jahre«, unterbrach
ihn seine Frau. »Mindestens!« Sie redete sich in Rage bei
einem Thema, das ihr wichtig war. Es gab nichts, was
Präsident Ward heute Abend besser gebrauchen konnte.

»Sie haben dagegen gestimmt, weil sie denken, was
ist, wenn doch was dran ist an den Vorwürfen gegen
Gary. Wenn all seine Argumente nur ein großangelegtes
Täuschungsmanöv...«

»Bullshit!«, sagte Caryn Ward und stand auf. Sie
drückte den Ausknopf am Fernseher statt auf der Fernbedienung. Colin Wards Abend war gelaufen. »Und
was machst du wegen Gary? Hast du deine Leute schon
darauf angesetzt?«

»Caryn, es ist nicht so einfach. Es würde aussehen
wie ...«

Sie stand vor dem Fernseher mit den Händen an den
Hüften: »Wie was, Mister President? Wie was genau?
Wie Vetternwirtschaft?«

Colin Ward nickte. Wenn sie ihn Mister President
nannte, stand es schlecht um eine schnelle Versöhnung.
Niemand war besser darin, wenn es darum ging, seinen
offiziellen Titel möglichst verächtlich auszusprechen.

»Bullshit!«, rief sie. »Du hast vergessen, was wichtig
ist. Du weißt nicht mehr, was du tust, und es kotzt mich
an, mit ansehen zu müssen, wie aus dem stolzen Mann
an meiner Seite ein mickriger Bürokrat geworden ist!«

Colin Ward wusste, dass sie sich dafür später im Bett
entschuldigen würde, aber es traf ihn trotzdem. Er

105

genoss es durchaus, mit sich selbst darüber zu flachsen, aber wenn die Wahrheit offen ausgesprochen wurde, tat sie weh. Er war nicht der Präsident geworden, der er hatte sein wollen. Aber er wusste einfach nicht, was er ändern sollte. Und keiner seiner Leute hatte eine bessere Idee. Auch Caryn nicht. Deshalb würde sie sich entschuldigen, wenn der erste Ärger verraucht war. Aber Colin Ward wusste, dass die Enttäuschung bleiben würde. Er hatte seine Frau enttäuscht, er hatte viele seiner Wähler enttäuscht. Und was am meisten wog: Er hatte sich selbst enttäuscht. Präsident Ward trank einen weiteren Schluck Bier.

»Sie würden sich das Maul zerreißen bis nach Thanksgiving, und sie würden mich mit Nixon vergleichen«, sagte er schließlich. Der Nixon-Vergleich zog meistens. Caryn verachtete keinen Präsidenten mehr als Nixon.

»Mit deinem gescheiterten Privatsphäre-Gesetz wirst du Nixon, was die Bürgerrechte angeht, locker in den Schatten stellen. Und glaube nicht, dass dir ein wenig Einsatz für Gary Golay da noch schaden könnte.«

»Nixon war besser als Harding«, sagte Colin Ward.

»Harding war ein Schlappschwanz«, sagte seine Frau und warf ihm die Fernbedienung in den Schoß. Was auch immer sie damit sagen wollte, für sie war die Diskussion beendet.

KAPITEL 22

Arlington County
Arlington, Virginia
4. Dezember, 16:04 Uhr (am nächsten Tag)

Gary Golay blinzelte, als er in die Sonne vor den schmucklosen Betonklotz trat. Dann brach die Hölle los. Die Reporter stürzten sich auf ihn wie ein Schwarm Hornissen im Beuterausch. Mikrofonbewehrte Arme drängten sich ihm entgegen, schwarze Uniformärmel mit dem Emblem der Arlington County Police hielten dagegen, so gut es ging. Er spürte, wie sich die Menge um ihre kleine Gruppe schloss, sie zusammentrieb. Die Spiegel der Digitalkameras klackten, die grellen Handleuchten der Fernsehkameras blendeten ihn.

»Mr. Golay, werden Sie in Ihren alten Job als Stellvertretender Stabschef zurückkehren?«

»Kannten Sie das Opfer, Mr. Golay?«

»Bekennen Sie sich schuldig, Mr. Golay?«

Ihre Stimmen verschwammen in seinen Ohren zu einem einzigen großen Strudel. Er hätte keine von ihnen beantworten können, selbst wenn er gewollt hätte. Pia

Lindt drängte ihn von hinten in Richtung eines riesigen schwarzen Wagens, der mit laufendem Motor am Bürgersteig stand. Ein Mann, der noch älter als Thibault Stein sein mochte, hielt den Schlag offen.

Die Sitze des antiken Rolls-Royce Phantom VI rochen wie ein alter Lederkoffer aus Murphys Antiques and Collectibles, und die Türen waren bei weitem nicht so schallisoliert, wie man es bei einem Wagen dieser Preisklasse erwarten durfte. Eine Reporterin kreischte vor Garys Fenster auf der linken Seite und schlug auf das Wagendach. Es klang nicht anders als bei einem Mittelklassejapaner Baujahr 1992. Erst als Thibaults Fahrer Gas gab und sich der Rolls mit der Grazie eines Elefanten in Bewegung setzte, verstummten die Aufmerksamkeit heischenden Schreie der Journalisten. Der normale Verkehrslärm wirkte auf Gary beruhigend. Normalität schien nicht mehr normal zu sein in seinem Leben. Die große Frage war, was das war, sein neues Leben. Er suchte Pias Blick, die in der Mitte zwischen ihm und dem alten Anwalt saß. Sie nickte aufmunternd.

»Der erste Schritt ist geschafft, Gary«, sagte sie. »Seien Sie froh, dass wir so schnell einen Richter aufgetrieben haben.«

»Ich bin Ihnen dankbar, darüber müssen Sie sich keine Sorgen machen«, sagte Gary.

»Nein, das müssen wir nicht«, sagte Thibault Stein und reichte ihm ein Fax. »Hierüber dafür umso mehr.«

Gary überflog die wenigen Zeilen und schluckte: »Wo haben die das her?«, fragte er.

»Ist es wichtig, wo sie es herhaben?«, fragte Pia Lindt.

»Ich denke schon«, sagte Gary. Es handelte sich um eine Auflistung seiner Verabredungen mit einer gewissen Samantha vor sechs Jahren. Insgesamt fünf an der Zahl und damit jeder einzelne Kontakt, den Gary Golay jemals zu einer Prostituierten gehabt hatte. Escort, hätte ihn Carrie alias Samantha Sweet damals korrigiert.

»Vielleicht haben Sie recht«, sagte Thibault Stein. »Entsprechen sie der Realität? Oder schiebt Ihnen jemand das alles in die Schuhe?«

In Garys Schädel hämmerte jemand mit einem Presslufthammer auf dem Betonboden seiner gut versiegelten Erinnerungen.

Niemand konnte wissen, dass er sich mit Carrie verabredet hatte. Er war vorsichtig gewesen. Sehr vorsichtig. Übervorsichtig. Er hatte darauf geachtet, dass ihm kein Reporter folgte, wenn er sie besuchte. Er hatte sogar ein zweites Handy gekauft. Nur für die Besuche bei einer Frau, für die er sich noch vor dem ersten Mal geschämt hatte. Es war eine harte Zeit gewesen für ihn und Emma. Nach dem ersten Kind war alles beim Alten geblieben, sie liebten sich zweimal die Woche, manchmal nach einem romantischen Dinner im Restaurant, manchmal zwischen zwei Terminen in einem Hotelzimmer. Mit Jos Geburt verdoppelte sich die Komplexität, Kinder und Partnerschaft unter einen Hut zu bekommen, nicht, sie potenzierte sich. Gary und Emma fanden kaum noch Zeit füreinander. Sie schliefen selten miteinander, und wenn, fühlte es sich stumpf an, ihre Sexualität erstickte zwischen den Stillpausen und den Bedürfnissen eines eifersüchtigen Kleinkinds. Sie brauchten einfach Zeit, dachte Gary. Aber als die Zeit nichts nützte, dachte er an andere Frauen. Er stellte fest, dass er den Kolleginnen am Kopierer nicht mehr auf die Beine starrte, weil er sich auf Emmas freute. Er stellte fest, dass er sich ausmalte, wie es wäre, mit der Kampagnensprecherin des Senators durchzubrennen. Gary Golay dachte in diesem Moment, dass professionelle Hilfe das Einfachste wäre. Das, was ihm fehlte, zu substituieren, ohne die Zukunft seiner Familie aufs Spiel zu setzen. Eine Professionelle würde keine Ansprüche stellen, sie würde ihn nicht erpressen, sie würde einfach in dieser schweren Zeit für ihn da sein, ihn vor den größten Dummheiten bewahren und dann wieder aus seinem und Emmas Leben verschwinden. Das Tragische an der Geschichte war, dass es funktioniert hatte. Er hatte Carrie fünfmal besucht, sie hatten das getan, worauf sie sich geeinigt hatten, und waren ihrer Wege gezogen. Gary glaubte, dass Carrie ihn sogar gemocht hatte. Was natürlich Unsinn war, aber er wollte es glauben. Auch wenn es jetzt keine Rolle mehr spielte.

»Gary?«, unterbrach Pia Lindt seine Gedanken.

»Hm?«, fragte Gary.

»Glauben Sie, dass Ihnen hier jemand etwas in die Schuhe schieben will? Oder stimmen die Daten?«

Möglicherweise war er ja der naheliegendste Verdächtige. Aber nicht der Täter. Oder war er tatsächlich Opfer eines Komplotts? Gegner hatte sich Gary in den letzten Jahren zur Genüge geschaffen. Mächtige Gegner. Auch solche, die vor nichts zurückschreckten. Er musste nachdenken.

»Ich glaube, beides«, sagte Gary schließlich und erzählte ihnen seine Geschichte.

KAPITEL 23

Haus der Familie Golay
Lybrook Street, Bethesda, Maryland
4. Dezember, 17:18 Uhr (eine Stunde später)

Emma Golay stand in der Küche ihres Hauses und starrte auf den schwarzen Wagen, der auf ihre Auffahrt bog. Gleich würde sie Gary gegenübertreten, und sie wusste nicht, wie sie mit ihren widerstreitenden Gefühlen umgehen sollte. Sie wusste nicht, was sie sagen sollte, sie wusste nicht, wie erfolgreich die ständigen Medienberichte über ihren Mann ihr Gehirn bereits gewaschen hatten. Sie wollte ihn einfach nur in den Arm nehmen, sein Parfum riechen, seine Bartstoppeln spüren und das Gefühl genießen, dass alles in Ordnung kommen würde. Nur leider war sich Emma Golay da nicht mehr so sicher. Sie war es gewohnt, Entscheidungen zu treffen. Sie war eine Frau, die ihr Schicksal stets selbst in der Hand gehabt hatte. Die Jets mit Hunderten Passagieren geflogen hatte, für deren Leben sie verantwortlich gewesen war. Und jetzt drohte ihr alles zu entgleiten. Sie war nicht mehr Herrin der Lage. Es schien ihr, als entschieden andere über die Zukunft ihrer Familie. Und das konnte sie nicht ertragen.

Der Kies wehrte sich knirschend unter dem Reifengummi, als der Wagen bremste. Emma Golay stand mit verschränkten Armen in der Eingangstür. Der dunkel brummende Motor des fahrenden Anachronismus erstarb, und die linke, von ihr abgewandte Hintertür öffnete sich, quälend langsam. Als hätte Gary Angst, ihr gegenüberzutreten. Oder war es nur die Müdigkeit nach einer Nacht hinter Gittern? Emma Golay beobachtete, wie sich Gary aus dem Rücksitz schälte. Er stand vor der untergehenden Sonne. Dann rannte sie auf ihn zu und umarmte ihn. Er küsste ihren Kopf. Sie hielten sich für einen langen Moment in den Armen. Sie hörte, wie der Wagen angelassen wurde und langsam davonrollte. Sie waren alleine. Zu zweit. Wieder vereint. Es war ein Anfang, oder nicht?

»Du riechst nach Kernseife«, flüsterte Emma Golay.

»Ich liebe dich, Emma Golay«, sagte er. »Es ist wichtig, dass du das weißt«, fügte er hinzu.

Sie wandte sich ab und zog ihn an der Hand in Richtung Eingang. »Lass uns reingehen«, sagte sie.

»Wo sind eigentlich die Kinder?«, fragte er Emma, als sie durch die Haustür traten. Er stellte seine Aktentasche, die sie ihm offenbar wieder ausgehändigt hatten, auf einen Stuhl am Esstisch.

»Ich habe sie mit Christina ins Schwimmbad ge-

113

schickt«, sagte Emma und goss einen schwarzen Tee in ein großes Glas mit Eiswürfeln und Zitronenscheiben. »Ich dachte, etwas Ablenkung und Normalität könnte ihnen nicht schaden.«

»Sie wissen nicht, dass ich nach Hause komme?«, fragte Gary und klang enttäuscht.

»Ich wollte ihnen nichts versprechen, das ich möglicherweise nicht halten kann«, sagte Emma wahrheitsgemäß.

»Hast du an mir gezweifelt?«, fragte Gary.

»Nein, natürlich nicht«, log Emma und beeilte sich, die Karaffe mit dem Tee auf die Spüle zu stellen. So musste sie ihm nicht in die Augen sehen. Das Misstrauen war ein Meuchelmörder, es kam schleichend, um dann umso brutaler zuzuschlagen. Es war ein schreckliches Gefühl.

»Ich brauche etwas Stärkeres«, sagte Gary. »Du nicht?«

»Es ist fünf Uhr nachmittags!«, zitierte Emma eine Hausregel, die besagte, dass starke alkoholische Getränke erst nach 20 Uhr zulässig waren.

»Wenn man bedenkt, dass ich dreizehn Stunden in einer Zelle verbracht habe, und diese Zeit als geklaut betrachtet, wäre es vier Uhr nachts«, sagte Gary und goss Single Malt zu fünfundsiebzig Dollar die Flasche in das Glas mit dem Eistee. Er hatte nicht einmal so unrecht. Andererseits hatte sie keine dreizehn Stunden in einer Gefängniszelle verbracht, und demnach ging Garys Rechnung für sie nicht auf. Emma nahm ihm die Flasche aus der Hand und griff nach einem Glas aus dem

114

Küchenschrank. Wenn schon, dann wollen wir mit Stil untergehen, dachte sie. Sie trank einen Schluck von der scharfen Flüssigkeit und spürte die Wärme in ihrem Magen. Wider die Vernunft tat die kleine Betäubung ihr gut. Die Sekunden in ihrer Küche vergingen schweigend und fühlten sich an wie Minuten. Emma zählte die Eiswürfel in Garys Glas, während er trank. Es waren acht.

»Gary?«, fragte sie schließlich leise.

Er blickte auf, und zum ersten Mal seit der neuen Stunde null in ihrem Leben, Garys Verhaftung, sahen sie sich direkt in die Augen. Es war ein schöner Moment und ein schauerlicher zugleich. Denn was Emma in seinen Augen sah, war Angst. Nicht Verärgerung oder Wut. Nicht Enttäuschung oder Resignation. Und wenn er Angst hatte …

»Gary?«, fragte sie noch einmal und nahm seine Hand. Er zuckte nicht zusammen, als sie danach griff.

»Hast du die Frau umgebracht?«

Er ließ ihre Hand fallen, aber er wich ihrem Blick nicht aus. Jetzt sah sie Enttäuschung. Hatte sie ein Recht, diese Frage zu stellen? Oder zerstörte sie mit ihr alles, was sie sich aufgebaut hatten? Emma wusste es nicht, aber sie wusste, dass sie nicht weitermachen konnte, ohne ihm diese Frage zu stellen.

»Im Fernsehen sagen sie, dass ihr telefoniert habt …«

Ihre Stimme drohte zu versagen.

»… in der Nacht, als sie …«

Diesmal griff er nach ihrer Hand.

»Emma«, sagte er. Noch leiser als sie zuvor, kaum hörbar. Stattdessen hörte sie das Klirren der Eiswürfel am Glasrand.

»Emma, sieh mich an.«

Sie suchte vorsichtig seinen Blick. Vielleicht hatte sie Angst davor, was sie zu sehen bekam, vielleicht schämte sie sich für ihre Frage. Es war nicht wichtig. Garys Augen sahen aus wie immer. Warmherzig und intelligent. Nur die Angst war nicht verschwunden. Was bedeutete diese Angst? Wovor hatte er Angst? Er hatte nichts zu befürchten, wenn er es nicht getan hatte, oder nicht? Sie lebten in den Vereinigten Staaten von Amerika, es gab Gesetze, Gerichte, eine unabhängige Jury.

»Emma, ich habe diese Frau nicht umgebracht«, sagte Gary. »Bitte glaub mir. Bitte gib mich nicht auf. Ich weiß nicht, was hier geschieht, aber ich habe sie nicht umgebracht«, sagte er.

»Das heißt, ihr habt nicht miteinander telefoniert? Und du kanntest sie nicht?«

Emma hörte das Schloss an der Haustür. Die Kinder und Christina kamen zurück. Gary beeilte sich, einen Schluck zu trinken, und Emma hätte schwören können, dass er sich mit dem Handrücken eine Träne aus dem Augenwinkel wischte, bevor er das Glas zum Mund führte.

»Hallo, wir sind zurück!«, rief Christina mit ihrem spanischen Akzent. Emma folgte einem Reflex und drückte Garys Hand. Wir reden später, sollte es bedeuten. Und: Ich glaube dir.

»Wir sind hier!«, rief Emma und hörte die schnellen Schritte ihrer Töchter im Flur.

»Daddy!«, rief Jo und rannte auf Gary zu. Emma beobachtete, wie er in die Knie ging und die Arme ausbreitete.

KAPITEL 24

Café Castro
43rd Avenue, Hyattsville, Maryland
4. Dezember, 20:31 Uhr (drei Stunden später)

Die Personalnummer RG-2378160HHDR942 der National Security Agency hieß im realen Leben Alfred Shapiro, wurde aber von allen Al genannt, sich selbst eingeschlossen. Es war sein freier Donnerstagabend, und er saß in einem kubanischen Café vor einer Flasche Bier statt des bei der Arbeit üblichen Tees und wartete auf seine Bestellung. Und darauf, dass Vera, die scharfe Venezolanerin, die die Tische abräumte, einen Blick zu ihm hinüberwarf. Manchmal klappte es, und normalerweise versaute er es erst, wenn den Mädels klarwurde, dass er im Schichtdienst arbeitete und niemals erklären durfte, warum er ständig ihre Dates verpasste.

»Einmal Arepas mit Bohnen und Käse für Al«, rief die Mittlerin zwischen Küche und Gästen, ein wenig zu laut, offenbar irgendwie frustriert. Das Castro Café war eine Mischung aus Restaurant und Schnellimbiss. Getränke brachte Vera zum Tisch, aber ihr Essen mussten sich die Gäste selbst holen. Vermutlich hatte das mit dem mathematischen Verhältnis zwischen Sitzenbleibern, die Tische blockierten, und Veras Gehalt zu tun. Zusätzlich räumte sie auch noch die Tische ab und garantierte, dass Al Shapiro wiederkommen würde, was er aufgrund ihrer offensichtlichen körperlichen Vorzüge für eine Killer-Strategie hielt. Er ging zum Tresen und zeigte seinen Bon. Die namenlose Frustrierte scannte den Barcode, und er bekam das Tablett mit den Maisfladen ausgehändigt. Es war nicht einfach, sich als Vegetarier in einem Washingtoner Vorort anständig zu ernähren. Je weiter man aufs Land Richtung Crypto City fuhr, desto unmöglicher wurde es. Es war einer der Gründe, warum er ein halb so großes Appartement und eine dreißigminütige Fahrt zur Arbeit akzeptierte. Neben Vera natürlich. Wobei Letzteres selbstverständlich ein Witz war, eine Illusion. Al gab sich Illusionen nicht hin. Zurück am Tisch, legte er sein Telefon neben das Tablett und rief die App von Capitolanimal auf. Mittlerweile las jeder, der auch nur im Entferntesten mit dem Politbetrieb in Washington zu tun hatte, den bissigen Blog von einem unbekannten Journalisten, der sich hinter dem Pseudonym Goldman verbarg. Jedenfalls hatte er gute Quellen und schrieb, wie ihm der Schnabel gewachsen war. Al biss in den Arepa und spürte den heißen Käse auf der Zunge. Er spülte mit etwas Bier nach, um die Hitze zu neutralisieren, ohne den Blick von dem Display abzuwenden. Natürlich wusste er, dass sein Arbeitgeber wusste, dass er auf einem ungeschützten Handy »The Animal« las, aber es war ihm egal. Sie konnten schlecht achtzig Prozent der Belegschaft feuern. Außerdem war es nicht illegal. Eine Meldung weckte seine Aufmerksamkeit. Er zog das Bild größer und entdeckte eine Frau, die er kannte. Sie stand hinter dem ehemaligen Stellvertretenden Stabschef des Weißen Hauses, belagert von einer Meute Journalisten. Nicht ehemalig, korrigierte sich Al. Aber das war wohl nur eine Frage der Zeit. Er kannte die Blondine, weil er sie für einen Vorgang im Büro recherchiert hatte. Und er erinnerte sich sogar an ihren Namen: Pia Lindt. Eine Anwältin aus New York. Er hatte sie nicht vergessen, weil sie auf ihrem Facebook-Profil wirklich niedliche Bilder von sich gepostet hatte. Und sie vertrat Gary Golay? Wenn er sich recht erinnerte, war der Name Golay sogar schon damals in einem NSA-Vermerk aufgetaucht. Er verbrannte sich zum zweiten Mal die Zunge an dem geschmolzenen Käse, als er auf den Artikel klickte.

KAPITEL 25

Kanzlei Thibault Stein
Upper East Side, Manhattan
8. Dezember, 09:18 Uhr (vier Tage später)

Pia Lindt saß in ihrem Büro und starrte auf das Display ihres Handys. Die Nachricht war um 03.18 Uhr abgeschickt worden, was nicht ungewöhnlich für Adrian war, schließlich arbeitete er als Koch. Pia liebte es, wenn sie morgens aufwachte und beim ersten Kaffee seine SMS lesen konnte. Einzig die Monothematik ihrer Gespräche in den letzten Wochen ging ihr auf die Nerven. Seit er um ihre Hand angehalten hatte, drehten sie sich um nichts anderes als die bevorstehende Hochzeit, und sie hatte Adrian mehr als einmal vorgeworfen, die größere Frau von ihnen beiden zu sein. Er bestand darauf, alles minutiös zu planen. Als gäbe es keinen wichtigeren Moment in einer Ehe als das anfängliche Versprechen die Zukunft betreffend. Dabei glaubte Pia, dass alles wirklich Wichtige später kam. Aber sie liebte ihn. So einfach war das. Und manchmal doch so kompliziert. Gerade hatte sie beschlossen, ihm den Gefallen zu tun und auf die Frage zu antworten, als sie den Stock ihres Chefs auf dem Holzboden der Empfangshalle hörte. Offenbar wollte er mit ihr reden, was ihr eine gute Gelegenheit gab, das Telefon wegzulegen. Sie schob die mahnende Nachricht unter den Stapel mit Gary Golays Fallakte und griff nach der Maus ihres Computers. Keine fünf Sekunden später hörte sie den Stock direkt vor ihrer offenen Tür und kurz darauf ein zweimaliges Klopfen. Er war ein Vorgesetzter alter Schule. Sie blickte auf.

»Kein Grund, so zu tun, als hätten Sie am Computer gearbeitet, Miss Lindt«, sagte Thibault Stein.

»Sie sind ja schlimmer als die NSA«, kommentierte Pia ehrlich erstaunt.

»Und Sie wissen ganz genau, dass es mir egal ist, wie Sie Ihre Arbeit erledigen, Miss Lindt«, sagte Thibault Stein amüsiert. Ihn freute es offenbar, dass er sie scheinbar hereingelegt hatte mit seiner provokanten Frage.

»Werden Ohren mit dem Alter nicht nur größer, sondern auch besser?«, fragte Pia.

»Unwahrscheinlich«, antwortete Thibault wahrheitsgemäß. »Darf ich?«, fragte er und deutete auf einen der beiden Besucherstühle vor ihrem Büro.

»Ich wäre auch gerne zu Ihnen gekommen«, sagte Pia.

»Dann kämen Sie mir vor wie meine Sekretärin«, sagte Thibault und strich eine unsichtbare Fluse von den Nadelstreifen seiner dunkelblauen Anzughose.

In diesem Moment klingelten die drei Telefone ihrer Kanzlei, auch das auf Pias Schreibtisch, was kein

Kunststück war, da sie nur eine Leitung besaßen. Alles an dieser Kanzlei war altmodisch: der namengebende Partner, die Umgangsformen, die technische Ausstattung bis auf Pias Computer und die Einrichtung, die aussah, als stamme sie von einem Baltimoreschoner. Sie hatten sogar einige Ausgaben des Yachting Magazines auf den kleinen Beistelltischen mit den geschwungenen Beinen und den Windrosenintarsien im Foyer, wobei Thibault der Einzige war, der den Witz dahinter erkannte.

»Und was glauben Sie, wer jetzt ans Telefon geht, Thibault?«, fragte Pia.

»Niemand«, antwortete Thibault Stein.

»Niemand?«, fragte Pia.

»Überlassen wir ihn erst der Warteschleife und dann dem Anrufbeantworter. Wenn wir bei Gericht sind, geht doch auch niemand ans Telefon.«

»Die Warteschleife spielt *Santa Claus is coming to Town*«, protestierte Pia.

»Und wenn schon«, grinste Thibault Stein, »das tut sie doch schließlich, seit ich das 1991 habe einrichten lassen.«

Das Klingeln hatte aufgehört. Pia seufzte und starrte auf den Knopf mit der blinkenden Leitung, die einen Anrufer in der Warteschleife anzeigte. Sie hatte einen Ohrwurm.

»Was halten Sie von ihm?«, fragte Thibault.

Pia hatte über diese Frage das halbe Wochenende nachgedacht und musste zugeben, dass es selbst heute, am Montag, noch eine gute Frage war.

»Ich weiß es nicht«, sagte sie. »Er erscheint aufrichtig, aber …«

»Sie wissen, wie sehr man sich täuschen kann«, vollendete Thibault ihren Satz.

»Und ich habe mich erkundigt, wie Sie es vorgeschlagen hatten.«

»Sie haben sich mit Ihrem Bekannten von der Staatsanwaltschaft getroffen?«

Pia nickte.

»Was hat er gesagt?«

Pia griff nach einem Stift und malte einen runden Kreis auf das leere Blatt Papier, das immer neben ihrem Telefon lag.

»Er hat gesagt, dass ihnen das FBI immer mehr Hinweise liefert, dass Gary Golay schuldig ist. Und dass es definitiv der am schuldigsten aussehende Unschuldige ist, den er je gesehen hat.«

Pia zeichnete ein großes X mitten in den Kreis.

»Für Staatsanwälte sehen Angeklagte immer schuldig aus, das liegt ihnen in der DNA. Hat er gesagt, welche Beweise das sein sollen?«

Pia schüttelte den Kopf und zeichnete einen Kranz aus Dreiecken um den Kreis: »Nur angedeutet. Angeblich gibt es Hinweise darauf, dass Golay auf merkwürdige Sexualpraktiken stand. Und dass die mit dem Mord in Verbindung gebracht werden könnten. Und etwas mit seinem Auto und einem Foto am Abend des Mordes. Alles im Konjunktiv, alles ohne Gewähr.«

»Er muss Sie sehr mögen, wenn er Ihnen all das steckt«, sagte Thibault.

»Er denkt, er kriegt mich ins Bett«, grinste Pia Lindt. »Und ich kann nicht behaupten, dass ich es nicht darauf angelegt hätte.«

»Miss Lindt, Sie wissen, dass das nicht zu Ihren Aufgaben gehört«, mahnte Thibault.

»Welchen Schaden hat es schon angerichtet? Wir gehen doch ohnehin nicht ans Telefon«, sagte Pia und legte den Stift zur Seite. »Und was machen wir jetzt?«

»Na, wir warten auf die Akten.«

Thibault beugte sich auf dem Stuhl nach vorne, wie es ältere Menschen tun, um aufzustehen. Pia griff nach ihrem Handy und starrte auf die Nachricht von Adrian. Wann können wir über die Gästeliste reden?, starrten sie die Zeilen vom Display ihres Handys an. Thibault wandte sich zum Gehen. Sie drückte das Handy an die Brust.

»Thibault?«, fragte sie.

Ihr Chef drehte sich um.

»Ich weiß nicht, ob es etwas zu bedeuten hat, aber er hat eine Formulierung benutzt, die mir nicht aus dem Kopf geht …«

»Ihr zukünftiger Freund, der Staatsanwalt?«

»Er hat gesagt: ›Das FBI liefert immer mehr Hinweise.‹ Als ob die nicht auf einmal, in Form einer Ermittlungsakte, eintrudeln, sondern nacheinander.«

»Tröpfchenweise«, murmelte Thibault Stein und kratzte sich am Kinn.

Pia nickte: »Und das spricht doch irgendwie dafür, dass die jemand füttert, oder nicht? Dass sie gar nicht von selbst darauf kommen, sondern ihrerseits die Beweise zugeschoben kriegen.«

»Und Sie meinen, es könnte sich lohnen, herauszufinden, wer die Quelle ist«, stellte Thibault fest.

Pia nickte erneut.

»Also gut«, entschied Stein. »Solange wir uns einig sind, dass eine solche Quelle noch lange nicht heißen muss, dass die Beweise gegen Gary Golay nichts wert sind.«

»Natürlich nicht«, sagte Pia zu seinem Rücken, er war schon halb aus der Tür. Sie hörte seinen Stock auf dem Holzboden des Foyers.

»Glauben Sie, dass er es war?«, rief sie ihm hinterher. Sie hörte, wie der Holzstock umdrehte.

»Ich glaube ihm«, sagte Thibault, als er ihr Büro zum zweiten Mal an diesem Morgen betrat. »Zumindest, dass er überzeugt ist, es nicht getan zu haben. Aber Sie wissen, dass es eine ganze Menge weiterer Optionen gibt: Verleugnung, Verdrängung, eine leichte Form von gespaltener Persönlichkeit. Er wäre kein Einzelfall in der Politik.«

»Mit anderen Worten, wir wissen es nicht«, sagte sie.

»Da haben Sie recht, Miss Lindt. Wir kennen Menschen nur so gut, wie wir glauben, sie zu kennen. Der Einzige, der unser aller Innerstes kennt, ist Gott.«

Pia zeichnete ein Fragezeichen neben den durchkreuzten Kreis, den sie vorhin beiläufig auf das weiße Papier gemalt hatte. Schuldig oder nicht, er war ihr Mandant. Sie mussten herausfinden, woher das FBI seine Informationen über Gary bekam. Und wenn es stimmte, was ihr neuer Freund bei der Staatsanwaltschaft behauptete, dann mussten es ziemlich persönliche Informationen sein. Das alles sprach für Garys nächstes Umfeld. Dort würde sie anfangen.

KAPITEL 26

Madison Avenue, Manhattan, New York
8. Dezember, 14:49 Uhr (fünf Stunden später)

Der Mann, dessen bevorzugte Waffe das Messer war, betrat das Kaufhaus am Haupteingang an der Madison Avenue. Sein grauer Kamelhaarmantel verdeckte die Pistole, die in seinem Hosenbund steckte. Er gehörte zu denen, die nicht einmal unbewaffnet auf die Toilette gingen, und er hatte dafür bessere Gründe als die meisten. Mit der Rolltreppe fuhr er bis in den dritten Stock, die Herrenboutique, die so gut sortiert war, dass er selbst hier eingekauft hätte, wenn er Ware von der Stange akzeptabel gefunden hätte. Er entdeckte den Mann vor einem Tisch, auf dem die aktuelle Jeanskollektion eines jungen Designers aus Los Angeles ausgelegt war.

Er näherte sich dem Mann lautlos. Schattengleich. Als er neben ihn trat, schreckte der Mann zusammen. Es war lächerlich. Lächerlich, weil er wusste, dass er kam, er hatte selbst um das Treffen ersucht. Lächerlich, weil der billige Anzug sich die Klamotten hier niemals leisten könnte. Ein Anfängerfehler. Er hasste Anfängerfehler.

»Schleichen Sie sich nicht so an«, sagte der Agent der Central Intelligence Agency. Der Mann im Kamelhaarmantel lebte davon, dass Intelligenz nicht zum Anforderungsprofil bei Neueinstellungen gehörte. Und weil er tat, was die Agency nicht tun konnte

»Was erwarten Sie?«, fragte der Mann im Kamelhaarmantel. »Ich dachte immer, dafür heuern Sie mich an.«

Der Agent seufzte: »Hören Sie«, sagte er. »Sie müssen verschwinden.«

»Verschwinden?«, fragte der Mann. »Verschwinden wie in: für immer?«

Der Agent nickte. Der Mann hatte immer gewusst, dass dieser Tag kommen würde. Es war eine zwangsläufige Folge dessen, was er tat. Es war die logische Konsequenz. Und er war darauf vorbereitet. Seine Honorare reflektierten dieses Risiko ebenso wie seine Lebensplanung. Das, was ihm wichtig war, seine speziellen Bedürfnisse, würden sich in Nicaragua sogar wesentlich einfacher befriedigen lassen. Er spürte, dass der Agent Angst vor ihm hatte. Das war ein gutes Zeichen. Denn er hatte nicht vor, sie billig davonkommen zu lassen. Sein Verhandlungspartner war die Regierung. Und er wusste, was sie zu verlieren hatten. Es gab keine bessere Ausgangslage.

»Reden wir über meine Rente«, schlug der Mann im

128

Kamelhaarmantel vor und griff nach einer Jeans. Er betrachtete sie von allen Seiten und legte sie schließlich zurück auf den Stapel. Dann lächelte er. Kein schlechter Tag, um seinen Ruhestand zu beginnen, dachte er.

KAPITEL 27

Haus der Familie Golay
Lybrook Street, Bethesda, Maryland
8. Dezember, 22:09 Uhr (am Abend desselben Tages)

»Schläfst du?«, fragte Gary in die Dunkelheit ihres Schlafzimmers.

»Ja«, antwortete Emma.

»Okay«, sagte Gary.

»Wie ein Baby«, fügte Emma hinzu. Die dicken Kissen schluckten alle Kraft in ihrer Stimme.

Er lauschte auf Anzeichen, wie schon den ganzen Tag. Anzeichen dafür, dass sie ihm misstraute. Anzeichen dafür, dass etwas kaputtgegangen war zwischen ihnen. Und er glaubte tausend Kleinigkeiten erkannt zu haben. Wie sie den Löffel gehalten hatte über der Kaffeetasse am Morgen, anklagend in seine Richtung. Wie sie die Kinder an ihm vorbeigeschleust hatte auf dem Weg zu ihrem Ablenkungsprogramm mit Christina. Wie widerwillig sie seinen Vorschlag akzeptiert hatte, dass die ganze Familie mit in den Zoo kam, weil sie ohnehin nichts tun konnten. In die Schule schicken

130

wollten sie die beiden noch nicht. Nicht, solange ihr Vater der Aufmacher aller Nachrichtensendungen war. Die Wahrheit war, dass Gary nicht wusste, ob er sich selbst noch vertrauen würde. Die Macht der Medien wirkte nicht nur auf die Öffentlichkeit, in der Familie potenzierte sie sich.

»Was denkst du?«, fragte Gary. Er spürte, wie sich ihre Beine unter der schweren Decke bewegten. Weg von ihm. Sie hatten noch nicht darüber gesprochen, was vorgefallen war. Natürlich über die Anschuldigungen und die Verhaftung und den möglichen Prozess. Aber noch nicht über die Vorwürfe gegen Gary, die zwischen ihnen standen. Für die Kinder war es einfacher: Ihr Vater war zurück zu Hause. Für Emma stellte sich die Frage, ob derselbe Mann zu ihr zurückgekommen war, der sich vor fünf Tagen von ihr am Frühstückstisch verabschiedet hatte.

»Was ist das für eine Frage, Gary?«, fragte Emma durch das dicke Kissen. Sie lag mit dem Kopf von ihm abgewandt, dämmerte es Gary. Aber ihre Stimme klang nicht feindselig. Eher traurig.

»Muss es so sein?«, fragte Gary. »Zwischen uns, meine ich.«

»Ich weiß es nicht«, sagte Emma. »Du bist der brillante Kopf von uns beiden, schon vergessen? Du müsstest es mir sagen.«

»Aber du bist diejenige, die immer weiß, was zu tun ist. Was sollen wir tun, Emma? Wie kommen wir aus dem Schlamassel wieder raus?«

Sekunden, die sich wie Minuten anfühlten, bekam er

keine Antwort. Das bedeutete, dass Emma nicht antworten wollte oder nicht wusste, wie es weitergehen sollte. Das wäre die schlimmste aller Möglichkeiten. Sie war sein Anker, sein Stützpfeiler. Sie waren ein Team, seit mehr als fünfzehn Jahren. Ohne Emma brach alles andere zusammen.

»Ich denke, wir müssen klären, ob du diese Prostituierte kanntest. Dann, ob du zu dieser Prostituierten gegangen bist, und dann das Warum. Dann sehen wir weiter.«

Da war sie wieder, Emma Golay, die Pilotin. Die nüchterne Analytikerin. Gary griff nach ihrer Hand unter der Bettdecke. Emma ließ es geschehen. Er streichelte die Adern auf ihrem Handrücken und die ersten, noch kaum merklichen Altersflecken, die er im Dunkel nicht sehen konnte, aber von denen er wusste, dass sie Emma störten. Es gab wenig, was Emma mehr auf die Nerven ging als diese Flecken, obwohl sie nicht einmal unschön aussahen, fand Gary. Graue Haare konnte man färben, gegen die Flecken war sie machtlos. Emma Golay hasste es, machtlos zu sein.

»Ich kannte Carrie«, flüsterte er. »Und ja, ich habe mit ihr geschlafen.«

Er streichelte die Flecken auf ihrer Hand, während er das sagte, und fragte sich, ob das geschmacklos war. Aber Carrie hatte nichts mit dem Alter seiner Frau zu tun, und die Geste der Berührung zählte mehr in diesem Moment.

»Wann war das?«, fragte sie. Er hörte, wie Emma ihren Kopf auf dem Kissen zu ihm drehte und schluckte.

132

»Vor sieben Jahren«, sagte Gary. Er spürte Emmas Atem auf seinem Gesicht.

»Kurz nach Jos Geburt«, murmelte Emma mehr zu sich selbst. Gary wollte sagen, dass es nichts mit ihr zu tun hatte, dass ihre Beziehung sich in dieser Zeit verändert hatte und dass es danach niemals wieder vorgekommen war. Aber ihm war klar, dass Emma das im Grunde wusste und dass es klüger war, zu schweigen. Sie musste selbst darauf kommen, wenn sie ihn verstehen sollte. Und wenn zwischen ihnen noch das Band geknüpft war, das sie ausgemacht hatte, dann würde sie es früher oder später verstehen. Garys Angst war nicht seine sexuelle Beziehung zu Carrie, sondern die anderen Sachen. Das, was folgen könnte, wenn seine schlimmste Befürchtung wahr wurde. Die Befürchtung, die er nicht einmal seinem Anwalt anvertraut hatte.

»Wie oft?«, fragte Emma. Ihre Hand lag immer noch reglos unter seiner.

»Fünf Mal«, sagte Gary.

»Warum nicht öfter?«, fragte die Pilotin. Eine gute Frage. Sie war viel wichtiger als die einfache Frage nach dem Warum.

»Weil wir nach einem halben Jahr wieder wir waren«, sagte Gary. »Es gab keinen Grund mehr«, fügte er hinzu.

»Du konntest schon immer mit Worten umgehen«, sagte Emma. »Gab es noch andere?«

»Nein«, sagte Gary.

Und wieder schwieg Emma für diese Sekunden, die sich wie Minuten anfühlten. Er begann, ihre Atemzüge zu zählen. Achtzehn. Neunzehn. Zwanzig.

»Okay«, sagte Emma schließlich.

»Okay?«, fragte Gary.

Sie griff nach seiner Hand und umschloss sie.

»Du hast die Wahrheit gesagt. Das ist ein Anfang«, sagte Emma. »Morgen sehen wir weiter.«

In diesem Moment wusste Gary, dass es keinen besseren Menschen gab als Emma. Ihm gingen kitschigere Gedanken durch den Kopf, als er sich jemals zugetraut hätte. Zumindest in den alten Tagen, vor der neuen Zeitrechnung. Und als er sie umarmte, wehrte sie sich nicht. Er wollte ihr erzählen, dass er mittlerweile von einem Komplott ausging. Möglicherweise sogar von einem, an dem höchste Regierungskreise beteiligt waren. Jemand hatte das Gesetz verhindern wollen. Oder konnte es ein Zufall sein, dass er ausgerechnet am Tag der Abstimmung verhaftet worden war? Wohl kaum. Aber heute Abend war nicht der richtige Zeitpunkt, um die zarte Bande, die er mit Emma geknüpft hatte, mit wilden Verschwörungstheorien zu belasten, die er nicht beweisen konnte. Morgen sehen wir weiter, hatte sie gesagt. Morgen würde er losziehen, um Antworten zu suchen. Direkt in der Höhle des Löwen. Er musste herausfinden, ob er dort noch Freunde hatte.

KAPITEL 28

Rutland Bar
Boston, Massachusetts
8. Dezember, 22:11 Uhr (zur gleichen Zeit)

Mia Lindt betrat die dunkle Eckkneipe mit den von innen vernagelten Fenstern genau zur richtigen Uhrzeit. Es war eine jener Kneipen, die spät zum Leben erwachten und die deshalb von Nachtschwärmern wie Sam Burke bevorzugt wurden. Natürlich wusste sie, dass sie ihn treffen würde. Nicht, weil er jeden Abend hierherkam, sondern weil sie ihn angerufen hatte. Ein wenig zu unfreundlich wie immer, wenn man ihn anrief, hatte sich Sam bereit erklärt, sie hier zu treffen, weil er ohnehin anwesend sein würde. Es klang nicht besonders einladend, aber wer Sam kannte, wusste, dass es nicht annähernd so unfreundlich gemeint war, wie es sich anhörte. Sam telefonierte nicht gerne. An den Wänden klebten alte Schallplatten, dazwischen die ein oder andere ungelenke Aktzeichnung. Sie erkannte den gebeugten Rücken auf dem Barhocker in dem immer gleichen, schlecht geschnittenen Kaufhausjackett auf den ersten Blick.

»Mary, bring der Dame doch bitte ein Peroni«, sagte Sam, als Pia neben ihm auf den Barhocker glitt. Die junge Frau hinter dem Tresen, deren Schulter ein riesiges, in Flammen stehendes Schwert zierte, stellte eine zweite Flasche italienisches Bier auf den Tresen und lächelte Pia zu. Neben Sams Bier stand ein ausgestopfter Gamskopf auf der Bar, auf dessen Geweih gelbe Zettel gespießt waren. Sam Burke prostete ihr zu. Er sah besser aus. Erholt. Nicht mehr so blass wie früher. Das Unileben tat ihm offensichtlich gut.

»Wie geht es Klara?«, fragte Pia.

Sams Miene verdunkelte sich binnen eines Augenblicks. Offenbar war sein Privatleben kein besonders gutes Thema, obwohl Pia beide kannte und sich die Frage nach Sams Ex- oder Freundin geradezu aufdrängte. Man wusste bei den beiden niemals, ob sie gerade auf der Welle eines Beziehungshochs schwammen oder wieder einmal versuchten, getrennte Wege zu gehen, wie es im Moment offensichtlich der Fall war.

»Schon gut«, sagte Pia.

»Macht nichts«, sagte Sam.

»Toller Laden übrigens«, sagte Pia, um das Gespräch am Leben zu halten. »Genau das Richtige für einen Harvard-Professor.«

»Du meinst, weil wir gesetzt sein sollten und Bart tragen? Du musst dir die Toilette ansehen, bevor du gehst. Sie haben Griffe über den Spülkästen angebracht.«

»Ist es eine Unisex-Toilette?«, fragte Pia und grinste.

»Natürlich«, sagte Sam und trank einen Schluck aus

der eiskalten Flasche, über deren Etikett das Kondenswasser in kleinen Bächen perlte. Kälter ging es kaum. Und es schmeckte so gut, dass Pia glauben wollte, dass Sam den Laden wegen der Getränketemperaturen als Stammkneipe auserkoren hatte. Und natürlich, weil er ganz in der Nähe lebte.

»Ich bin nicht wegen der Toiletten den weiten Weg gefahren, Sam«, sagte Pia. Er hatte lange beim FBI gearbeitet, musste sich aber nicht mehr die Gunst der Oberen sichern. Er war einer der profiliertesten Ermittler gewesen und unterrichtete heute klinische Psychologie. Er war ein unabhängiger Experte. Sam war die beste Quelle, die Pia eingefallen war, um herauszufinden, was ihre Gegner im Schilde führten.

»Ich weiß«, sagte Sam und bestellte sich noch ein Bier. Dann erzählte Pia ihm die Geschichte von Gary Golay.

»Natürlich habe ich von dem Fall gehört«, sagte Sam nach einer Viertelstunde Vortrag. »War ja nicht zu übersehen.«

»Und was denkst du?«, fragte Pia, die das dritte Bier trank und sich langsam heimisch genug fühlte, um die Waschräume zu inspizieren.

»Dafür bist du den ganzen Weg nach Boston gefahren?«, fragte Sam und bestellte das sechste Peroni bei der Lady mit dem Flammenschwert.

»Wir wissen nicht, wo das FBI seine Informationen herbekommt«, sagte Pia. »Sie zaubern ständig etwas Neues aus dem Hut. Heute Mittag haben sie uns einen ganzen Berg Akten in die Kanzlei geschickt, der uns Wochen beschäftigen wird. Thibault hat sogar zwei Anwälte von einer anderen Kanzlei hinzugezogen, um das Chaos zu sichten. Offenbar haben sie herausgefunden, dass Gary pornografiesüchtig ist. Und dass er mehrfach Reisen in Städte gebucht hat, in denen Prostitution erlaubt ist. Und dass er jeweils für vierstündige Zeiträume sein Mobiltelefon abgestellt hatte. Und dass bei mindestens zwei dieser Reisen Prostituierte in den jeweiligen Städten umgekommen sind. Und so weiter und so fort.«

»Und du willst von mir wissen, woher das FBI diese Informationen haben könnte?«, fragte Sam Burke und tat, als könne er es immer noch nicht fassen. Pia nickte.

»Wo buchst du deine privaten Reisen?«, fragte Sam.

»Soll das ein Witz sein, Sam?«

»Durchaus nicht«, antwortete der Harvard-Professor und hypnotisierte den Gamskopf. Pia kam sich vor wie eine Studentin in einem seiner Proseminare.

»Meistens online«, sagte Pia. »Bei Dealadvisor oder bei Seatguru.«

»Ach was«, sagte Sam, ohne den Blick von dem Tierschädel zu nehmen.

»Und wo kaufst du deine Pornos?«, fragte Sam beiläufig. Pia wollte zum Protest ansetzen, aber Sam schnitt ihr mit einem direkten Blick das Wort ab.

»Online?«, fragte Pia.

Sam nickte. Ein weiterer Schluck Peroni.

»Und nach was sieht das deiner Meinung nach aus: Online-Verbindungsdaten, Kreditkartenabrechnungen, Handy-Telefonate?«

Pia schluckte. Natürlich hatte er recht. Aber es wäre illegal, oder nicht? Gary Golay war amerikanischer Staatsbürger, und die meisten dieser Verbindungsdaten lagen Jahre zurück. War es möglich? Nein, es war nicht möglich.

»Und welches Gesetz ist ganz zufällig nach der Verhaftung deines Gary Golay im Kongress denkbar knapp gescheitert?«, fragte Sam. Pia lief ein Schauer den Rücken hinunter.

»Das Gesetz zur Beschränkung der Datensammlungen der Geheimdienste, vor allem der NSA«, flüsterte Pia mit trockenem Mund.

»Wenn du an Zufälle dieser Größenordnung glaubst, würde ich dir was Stärkeres empfehlen als das da.« Er deutete auf ihr Peroni und grinste.

KAPITEL 29

The White House
McPherson Square Metro Station, Washington, D. C.
9. Dezember, 09:29 Uhr (am nächsten Morgen)

Gary Golay wartete, bis der langgezogene Warnton erklang, der das Schließen der Türen ankündigte. Erst in letzter Sekunde sprang er aus der U-Bahn, wie ein flüchtiger Verbrecher. Er setzte sich auf eine der Bänke unter den weißen Rundbögen und betrachtete die anderen Passagiere. Die Kapuze seiner Winterjacke schützte ihn davor, zufällig erkannt zu werden. Es war von Vorteil, ein Allerweltsgesicht zu haben, dachte Gary. Schon vor der Auffahrt zu ihrem Haus hatten die Paparazzi gewartet. Sie kannten die Regeln: Nicht näher als fünfzig Meter. Obwohl Gary sicher war, dass einige in den Nächten probiert hatten, Bilder von ihm oder den Kindern zu schießen. Sie waren ihm nicht nachgefahren, zumindest hatte Gary es nicht bemerkt. Trotzdem war es ihm sicherer erschienen, ab Rosslyn auf die U-Bahn auszuweichen. Erst nachdem er sein eigenes Konterfei auf der Seite drei einer Zeitung gesehen hatte, war ihm klargeworden, wie naiv er gewesen war. Vor allem, wenn man bedachte, wo er hinwollte. Die Journalisten würden immer die Bilder zu ihren Storys kriegen. Das Wichtigste im Moment war, ihnen nicht noch mehr Details über Gary Golay zu liefern. Futter machte die Bestie immer hungriger. Blieb es aus, konnte man Glück haben, und es fiel in den Winterschlaf. Er musste Zeit gewinnen. Den Prozess konnte er nicht verlieren, schließlich hatte er sie nicht umgebracht. So das Ergebnis des Familienrats.

Gary verließ die U-Bahn-Station direkt unter dem Veteranenministerium. Er lief über die Straße bis zum Personaleingang an der 15. Straße, immer an dem schwarzen Zaun des Weißen Hauses entlang. Niemand beachtete ihn. Eine Gruppe Touristen aus Asien lief hinter ihm vorbei, die Stimme ihrer Fremdenführerin quäkte aus billigen Lautsprechern. Asiaten mochten keine Ohrstöpsel, wusste Gary. Wären die Asiaten nicht so pingelig, was Viren und Bakterien anging, wäre SARS ein wesentlich größeres Problem. Er hatte einmal eine Projektion dazu gesehen, an seinem Schreibtisch, direkt hinter den weißen Mauern jenseits des Zauns. Seitdem verzieh er ihnen die Masken und die Phobie vor anderer Leute Ohrenschmalz. Eine Grundschulklasse querte johlend seinen Weg. Die ersten Kinder hatten ihre behandschuhten Händchen bereits um die Sprossen des Zauns geschlungen, als die letzten noch immer um die Füße ihrer Lehrerinnen tanzten. Der Strom schien kein Ende zu nehmen. Die Lehrerin lächelte entschuldigend.

Gary hatte nichts dagegen, weder gegen querende Kindergruppen noch gegen jedwedes anderes Zeichen von Normalität an diesem kalten Wintermorgen. Kurz vor der mannshohen Drehtür zog er die Karte aus der Tasche. »Willst du das wirklich machen?«, hatte Emma gefragt. »Ich muss«, hatte Gary geantwortet. »Schließlich arbeite ich immer noch da, oder nicht?«

Als er die Karte mit der digitalen Signatur an den Sensor neben dem Tor presste, hielt er den Atem an. Aber das vertraute Summen blieb aus. Ein kleines orangefarbenes Licht signalisierte, dass es ein Problem gab. Er rieb die Karte über den trockenen Stoff seiner Anzughose mit der naiven Hoffnung des Unschuldigen. Dann versuchte er es ein zweites Mal. Und tatsächlich erklang das vertraute Summen, und das verheißungsvolle grüne Licht leuchtete auf. Er arbeitete immer noch hier. Er war noch einer von ihnen. Gary drückte das schwere, gusseiserne Gatter nach innen, und die Drehtür gab nach. Eine der Wachen trat aus dem kleinen Häuschen, das als zusätzliche Sicherheit hinter der Drehtür postiert war.

»Guten Morgen, Reginald«, sagte Gary und nahm die Kapuze ab.

»Guten Morgen, Mister Golay«, sagte der Beamte und baute sich vor ihm auf.

»Gibt es ein Problem?«, fragte Gary.

»Kein Problem, Mister Golay. Ich muss Sie nur bitten, hier zu warten«, sagte Reginald. Sein Hemd spannte über der Brust, und seine Hand ruhte auf der Waffe. Allerdings tat sie das, seit Gary Reginald kannte.

»Ich bitte Sie, Reginald. Ist das wirklich notwendig?«, startete Gary einen zweiten Versuch.

»Natürlich kennen wir uns, Mister Golay. Aber Sie wissen doch, wie das ist, oder nicht? Es kommt gleich jemand, der Sie abholt.«

»Tatsächlich?«, fragte Gary. »Ist da drinnen bei Ihnen eine Lampe angegangen, als ich mit meinem Ausweis das Gelände betreten habe?«

»So etwas in der Art«, gab Reginald zu und deutete auf das kleine Häuschen. »Sie können gerne bei mir da drin warten.«

»Ich hoffe, so lange wird es nicht dauern«, sagte Gary und lehnte sich an die Mauer.

»Wie Sie meinen«, sagte der Wachmann und sollte mit seiner Einschätzung recht behalten.

Zwanzig Minuten und etliche bekannte Gesichter später, die bis auf wenige Ausnahmen mit einem scheuen Blick und einem kurzen Nicken an ihm vorbeimarschiert waren, wurde Gary erlöst. Steve Grevers, der Pressesprecher des Weißen Hauses, erschien und begrüßte ihn mit dem Handschlag eines Profischwimmers, der er einmal gewesen war. Dabei kam Gary in den Sinn, dass Steve der Letzte gewesen war, mit dem er telefoniert hatte, bevor seine Welt zusammengebrochen war.

»Hallo, Steve. Du glaubst nicht, wie schön es ist, dich zu sehen.«

»Wollen wir reingehen?«, fragte er mit einem Seitenblick auf die Straße, der Gary verwunderte.

»Gerne«, sagte Gary vorsichtig.

Steve klopfte an Reginalds Scheibe und fragte nach einem Besucherausweis.

»Ist das wirklich notwendig?«, fragte Gary, als ihm Steve die Plastikkarte mit dem großen roten »V« darauf um den Hals hängte.

»Deiner ist nicht mehr gültig«, sagte Steve mit einem entschuldigenden Schulterzucken.

»Arbeite ich nicht mehr hier?«, fragte Gary und versuchte, seinen Tonfall beiläufig klingen zu lassen. Dabei war das genau die Frage, wegen der er gekommen war.

»Ehrlich gesagt, weiß das niemand so genau«, sagte Grevers, während sie über den gepflasterten und gut gestreuten Weg in Richtung Seiteneingang liefen.

»Was soll das heißen, das weiß niemand?«, fragte Gary.

»Du bist nicht offiziell entlassen, wenn du das meinst«, wich Grevers aus, als er Gary in dem Besucherbuch am Eingang unterschreiben ließ.

»Wo gehen wir hin?«, fragte Gary, weil die Liste nach der Angabe eines Gebäudeteils fragte. Steve Grevers deutete mit dem Zeigefinger nach unten.

»Dachte ich mir«, sagte Gary und kritzelte sein Kürzel neben die Uhrzeit. Er bemerkte, dass sich Steve Grevers ständig nervös umschaute, ganz ähnlich wie er vorhin in der U-Bahn. Es ist kein Zufall, dass sie mir den Pressesprecher geschickt haben, dachte Gary, als sie die Treppe in den Keller hinunterliefen. Ein ranghoher General der Army kam ihnen entgegen, der Gary keines Blickes würdigte, obwohl sie mindestens zehnmal in den letzten zwei Jahren miteinander zu tun gehabt hat-

144

ten. Verdammte Arschlöcher, dachte Gary. Sie liefen am Krisenraum vorbei in die Katakomben des Weißen Hauses, was sich schlimmer anhörte, als es war. Die Wände waren grau statt weiß gestrichen, aber die Innenarchitekten hatten es durch geschicktes Setzen der Beleuchtung geschafft, dass man sich nicht fühlte wie lebendig begraben. Dies galt für den Fall, dass man nicht in Garys Situation hierhergeraten war. Das Untergeschoss wurde hauptsächlich für interne Besprechungen benutzt und war ein fester Bestandteil des Arbeitsalltags im Weißen Haus. Besucher waren hier jedoch normalerweise nicht zugelassen. Offenbar machte man für Gary eine Ausnahme. Er wusste nicht, ob das ein gutes Zeichen war. Steve Grevers' Schwimmeroberarme bugsierten ihn in einen kleinen Raum, der offenbar kurz zuvor noch benutzt worden war. Halbleere Glasflaschen mit Limonaden und Wasser standen auf dem Tisch in der Mitte, die Stühle waren eilig zurückgeschoben. Jeder musste weiter, niemand hatte Zeit. Alltag im Weißen Haus. Es war der Alltag, der bis vor einer Woche noch Garys gewesen war.

»Setz dich«, sagte Steve Grevers und deutete auf einen der Stühle.

»Sehr freundlich«, bemerkte Gary. »Vielleicht sagst du mir lieber mal, was los ist?«

Steve Grevers' Rücken verdeckte die gesamte Lehne des Stuhls. Die Krawatte wirkte viel zu klein auf dem riesigen Brustkorb. Gary hatte sich immer gefragt, ob sein sportliches Auftreten und seine Größe eine Rolle bei seiner Einstellung gespielt hatten. Wobei einige der besten Pressesprecher schon kleine Frauen und dicke Männer gewesen waren.

»Du bist radioaktiv, Gary«, sagte er. »Niemand will mit dir gesehen werden, niemand weiß, was zu tun ist.«

»Das kommt mir bekannt vor«, sagte Gary und rutschte unruhig auf seinem Stuhl herum.

»Wir sollten warten, bis er da ist«, sagte Steve und starrte auf seine Finger.

»Du meinst, bis der Präsident kommt?«, fragte Gary hoffnungsvoll.

Steve Grevers lachte: »Das hast du nicht im Ernst geglaubt, oder?«

»Man soll seinen Humor nicht verlieren, sagt meine Frau.«

»Wie geht es Emma?«, fragte Steve.

»Du bist doch echt ein Arschloch«, sagte Gary und krallte seine Fingernägel in das Lederimitat der Armlehnen. »Mein Leben geht vor die Hunde, mir wird ein Mord vorgeworfen, den ich nicht begangen habe, und du schleppst mich in den Keller und fragst, wie es meiner Familie geht? Tust so, als ob nichts gewesen wäre außer einem Problem mit meinem Scheißausweis? Ich hätte echt mehr von dir erwartet …«

Steve Grevers griff nach einer verschlossenen Wasserflasche und drehte den Deckel auf. Es zischte. Dann beugte er sich nach vorne.

»Nicht hier, Gary«, flüsterte er.

»Spinnt ihr jetzt alle?«, fragte Gary und schaute sich um. »Wir sind im Weißen Haus, ich meine, was soll das alles bedeuten?«

146

In diesem Moment klopfte es an der Tür, und Gary wusste von dem Schnaufen, das von außen in den Raum drang, wer Einlass begehrte. Ohne ein Herein abzuwarten, öffnete sich die Tür, und die massige Gestalt des Rechtsberaters schob sich durch die Tür.

»Brauche ich meinen Anwalt?«, fragte Gary.

Marty Montgomery fiel in einen der Stühle und ordnete mit der einen Hand Papier, während er sich mit der anderen über das Gesicht wischte: »Ich bin nur hier, um zu verhindern, dass irgendetwas besprochen wird, das dem Weißen Haus schaden könnte«, sagte er. »Betrachten Sie mich als Fliege an der Wand.«

»Natürlich«, sagte Gary und spürte, wie die Wut in ihm hochkochte. »Verdammt noch mal, mir sagt doch ohnehin niemand etwas. Nichts. Gar nichts! Er …«, Gary deutete auf Steve Grevers. »Er ist so kurz angebunden wie ein bissiger Schäferhund.«

Marty Montgomery machte eine wegwerfende Handbewegung: »Wenn ich mir die Bemerkung erlauben darf, Gary, dann wäre es besser, Sie wären nicht gekommen …«

Das war Gary mittlerweile auch aufgegangen, und dennoch hing der Satz wie Blei in der Luft. Es wäre besser, er wäre nicht aufgetaucht. Er war wirklich radioaktiv. Deshalb schirmten sie ihn ab. Deshalb ließen sie ihn vom Pressesprecher in den Keller schleusen und setzten ihm den Rechtsberater an die Seite. Es ging darum, zu verhindern, dass Gary durchdrehte. Eine Art kontrollierter Entzug, schoss es ihm durch den Kopf. Er darf noch einmal rein ins Weiße Haus, weil er sonst womöglich am Zaun randalieren könnte. Aber mehr wäre nicht drin. Nicht mehr in sein Büro, nicht mehr zu den Kollegen. Er strahlte wie das verdammte Tschernobyl. Jeder, der mit ihm in Berührung kam, könnte sterben.

»Ich bin radioaktiv?«, fragte Gary zu Steve gewandt.

»Für den Moment«, bestätigte er und hob entschuldigend die Hände. Hatte er nicht eben noch gesagt, sie könnten hier drin nicht reden? Vielleicht wäre es cleverer, es woanders zu probieren. Ganz sicher wäre das die bessere Idee gewesen, wusste Gary.

»Ich habe dem Präsidenten empfohlen, sich aus der aktuellen Ermittlung herauszuhalten«, sagte schließlich der schwitzende Montgomery. »Aber alsbald Sie entlastet sind, wird sich alles in Luft auflösen.« Seine linke Hand ließ imaginäres Magnesium verpuffen.

Wenn ich entlastet werde, dachte Gary, als er hörte, wie die Tür geöffnet wurde. Er starrte auf zwei Agenten des Secret Service und fragte sich, ob er doch noch aus dem Gebäude geworfen wurde. Aber sie waren nicht seinetwegen gekommen, stellte er kurz darauf fest. Gary Golay und Steve Grevers erhoben sich. Und mit einiger Verzögerung war auch Marty Montgomery auf den Beinen.

»Guten Morgen, Mister President«, sagte ihr Chor fast unisono, weil es alle, die im Weißen Haus arbeiteten, so oft sagten, dass sich ein eigener Rhythmus etabliert hatte.

»Gary«, sagte der Präsident mit dem Schreibtischlampenpräsidentenlächeln, und doch wirkte es für Gary in diesem Moment so authentisch, wie es nur das Lächeln eines Monarchen vermochte, der seinen verloren geglaubten Knappen zum Ritter schlägt. Gary wusste, dass ein solches Lächeln amtsimmanent war. Sie hatten es alle beherrscht, seit John F. Kennedy. Seit die Wahlkämpfe über das Fernsehen gewonnen wurden. Und Präsident Ward beherrschte es besonders gut. Er nahm ihn zur Seite, nur ein kleines Stück, so dass der Rechtsberater immer noch hören konnte, was sie besprachen. Es war ein wohlorchestriertes Zusammentreffen, wie alle Zusammentreffen des Präsidenten. Und doch war Gary sicher, dass es nur stattfand, weil der Präsident darauf bestanden hatte. Sie alle hatten versucht, es ihm auszureden, da war Gary sicher.

»Ich glaube kein Wort von dem, was über Sie behauptet wird, Gary. Und ich möchte, dass Sie das wissen.«

Gary nickte: »Danke, Mister President. Ich weiß das zu schätzen.« Er räusperte sich, weil er befürchtete, der Frosch in seinem Hals könnte die nächste Antwort verschlucken.

Präsident Ward lächelte.

»Ich habe ein Meeting im Krisenraum wegen der Georgien-Sache, deshalb kann ich nicht bleiben, aber ich wollte Sie nicht gehen lassen, ohne hallo zu sagen.« Er schüttelte noch einmal Garys Hand.

»Natürlich, Mister President. Gibt es etwa Pläne für einen Einmarsch?«

Beim letzten Satz war der Präsident schon fast wieder zur Tür hinaus.

»Wer weiß schon genau, was die Russen umtreibt?«, rief der Präsident auf dem Flur. Hinter ihm schloss einer der Secret-Service-Agenten die Tür. Gary fühlte sich besser.

»Ich muss dir noch etwas sagen«, begann Steve Grevers, als sie wieder saßen. »Und es wird dir nicht gefallen.«

»In letzter Zeit gefällt mir das wenigste, was ich zu hören bekomme«, sagte Gary und beugte sich nach vorne. Mit einem Seitenblick zum Rechtsberater vergewisserte sich Steve, dass sein Vorgehen keine Gesetze verletzte. Marty Montgomery deutete ein verschwitztes Nicken an.

»Das hier sind die Schlagzeilen der *Washington Times* und der *New York Post* von morgen früh. Ich konnte sie überzeugen, es bis heute Nachmittag zurückzuhalten, aber heute Abend werden es auch die Sender haben.«

Steve Grevers meinte die Blogs und die Fernsehsender, die Meinungsmacher. Die Zukunft der Medien, der Qualität zum Trotz. Gary griff nach dem Ausdruck, den ihm Steve über den Tisch geschoben hatte.

»Pornografie, Drogen, Prostitution: Das geheime Leben des Stellvertretenden Stabschefs«, lautete die Headline der *Post*. Und die Unterzeile machte es nicht besser: »Neue Dokumente belegen seine Sexsucht und das unbegreifliche Doppelleben des bis dato unbescholtenen Bürgers und Politikers Gary Golay.«

Gary Golay wurde schwarz vor Augen.

Als sie wenige Minuten später den Raum verließen, legte Steve eine Hand auf seine Schulter. »Vielleicht wäre es besser, du nimmst diesmal den Ausgang im Eisenhower«, schlug er vor und meinte das Gebäude an der Westseite des Weißen Hauses. Dort würde Gary weniger auffallen. Schließlich war er radioaktiv.

Den Zettel in seiner Jackentasche sollte er erst zehn Stunden später finden.

KAPITEL 30

Fort Meade, Maryland
Crypto City, Gebäude 21, Cubicle 05-11-7451
9. Dezember, 14:14 Uhr (vier Stunden später)

Alfred Shapiro hätte seine Mittagspause genießen können, wenn die Neugier nicht stärker gewesen wäre als der Appetit auf ein verkochtes vegetarisches Couscous in der Kantine. Zwar war es von dem Computersystem der NSA nicht vorgesehen, dass Mitarbeiter mehrfach den gleichen Fällen zugeteilt wurden; dies bedeutete jedoch nicht, dass es nicht möglich war, sich die Daten zu besorgen. Die NSA verteilte die Zugangsberechtigungen ähnlich wie Beförderungen. Nach ein paar Jahren ordentlicher Arbeit bekam man zusätzliche Recherchewerkzeuge freigeschaltet und konnte sie weitestgehend ohne Kontrollmechanismen nutzen. Was einem schizophren vorkommen könnte, wenn man das System nicht von innen kannte. Alfred Shapiro kannte das System, und er hatte einige gute Jahre hinter sich. Er hatte den Status eines Superusers, ebenso wie der bekannteste aller Whistleblower. Edward Snowden wurde auf den Fluren der NSA nicht einmal hinter vorgehaltener Hand erwähnt. Die Gefahr, auf einen Hardliner zu treffen, war zu groß. Aber Al Shapiro vermutete, dass einige der Kollegen ihn als Helden betrachteten, der das getan hatte, wozu sie zu feige waren.

Als Superuser konnte sich Al in den Datenbanken frei bewegen. Und er wusste, wonach er suchen musste. Nach der Blondine, die sich später als die Verteidigerin von Gary Golay herausgestellt hatte. Weil deren Handy auf der Anrufliste von Gary Golays Frau gestanden hatte, hatte das Programm ihr Telefon als Ziel identifiziert. Und zapfte es vermutlich seitdem routinemäßig an. Er rief die Datei auf.

```
SEARCHFILE #: 943455GG14247514TL
IDENTIFIED SUBJECT NAME: LINDT, PIA
IDENTIFIED SUBJECT PHONE #1: +1 917 994456123574
##HIGHLANDS-ACT##
IDENTIFIED SUBJECT PHONE #2: +1 212 554678211
##n. a.##
IDENTIFIED SUBJECT PHONE #3: n. a.
IDENTIFIED SUBJECT PHONE #2: n. a.
IDENTIFIED SUBJECT EMAIL #1:
IDENTIFIED GOLEM – CK-ID: AI-234-64564-3672357-3256
##n. a.##
IDENTIFIED PARAGLIDE-CK-ID: 234-ag-14657456-8456
##n. a.##
IDENTIFIED DANTE-CK-ID: pending
```

IDENTIFIED ZEBRA-CK-ID: pending
IDENTIFIED PEARS-CK-ID: pending

Al Shapiro griff nach dem Becher mit Tee und wunderte sich. Jemand hatte sich tatsächlich die Mühe gemacht, bei Pia Lindt einen Virus auf das Handy zu schleusen. HIGHLAND war der Codename für ein per Software infiltriertes Telefon. Es war noch nicht die Königsklasse dessen, was die NSA technisch zu bieten hatte, aber es war dennoch ein Griff in die Trickkiste. Pia Lindt konnte nicht mehr auf die Toilette gehen, ohne dass die NSA mithörte. Al klickte sich durch die letzten aufgezeichneten Gespräche, denn natürlich war ein Toilettengang von Pia Lindt nicht von staatlichem Überwachungsinteresse und wurde daher bereits softwareseitig erkannt und gelöscht. Niemand sollte sagen, dass die Privatsphäre der abgehörten Personen nicht respektiert wurde. Schließlich hatte einmal vor vielen Jahren, noch unter der Ägide des ehemaligen Präsidenten, der heute in Texas launige Bilder ausstellte, ein Geheimgericht das grundsätzliche Vorgehen abgenickt.

SEARCHFILE #: 943455GG14247514TL
RECORDING #: HGLD#2289.ab.234#v4.51
SOURCE: HIGHLANDS-INTERCEPT@+1 917 994456123574
TYPE: CONVERSATION
TIME: 13:44
DURATION: 00:31:04
IDENTIFIED SUBJECT #1: LINDT, PIA

IDENTIFIED SUBJECT #2: n. a.
IDENTIFIED SUBJECT #3: n. a.

Al Shapiro setzte den Kopfhörer auf und schaltete den Sound an. Er hatte keine Lust, sich das vom Computer erstellte Transkript durchzulesen, er wollte sie live hören. Was daran liegen mochte, dass sie niedlich aussah und Al in letzter Zeit kein Glück bei Vera gehabt hatte. Möglicherweise waren aber auch einfach seine Augen vom stundenlangen Starren auf einen lichthinterfluteten Bildschirm müde. Spielte es eine Rolle?

»Sie machen ihn fertig, so einfach ist das. Dafür brauchen wir nicht einmal einen Prozess«, sagte eine weibliche Stimme, von der Al vermutete, dass sie Pia gehörte. Er hatte sie sich ganz anders vorgestellt. Weniger hart. Ihm schien, als schwang ein ganz leichter skandinavischer Akzent in ihrem Timbre, möglicherweise ein deutscher. Al mochte die Deutschen nicht besonders, auch wenn er gegen ihren Fußball nichts einzuwenden hatte.

»Es hat noch niemals ein Gericht gebraucht, um einen Menschen schuldig zu sprechen, Miss Lindt.«

Der zweite Sprecher klang altmodisch. Al ahnte, dass es sich um ihren Chef handeln musste, einen recht prominenten Anwalt, dessen Namen herauszubekommen keine zehn Sekunden gedauert hatte. Offenbar hatte die Aufzeichnung noch niemand anständig archiviert. Nach der Mittagspause würde die Konversation auf einem der zahllosen Monitore in diesem oder dem Nachbargebäude auftauchen, und ein menschlicher Verstand würde sich darum kümmern, alles zu verschlagworten. Al hätte es selbst tun können, aber als Bearbeiter hätte er in der Datei einen kleinen digitalen Fingerabdruck hinterlassen, was es unbedingt zu vermeiden galt. Al hatte keine Ahnung, was er mit seiner Ahnung Pia Lindt betreffend anfangen würde, aber es konnte nicht schaden, von Anfang an eine gewisse Vorsicht walten zu lassen.

»Glauben Sie, dass das jemand durchgestochen hat?«, fragte Pia Lindt.

»Sie meinen, an die Presse gegeben? Was glauben denn Sie?«

»Natürlich«, sagte Pia nach einer kurzen Pause.

»Sam hat gesagt, dass eigentlich nur die NSA dahinterstecken kann, bei dem Berg an Daten, mit dem sie uns zuschütten.«

Jemand nieste und schneuzte sich. Auch das gehörte dazu, auch wenn es in Filmen niemals auftauchte. Nur in Hollywood verhielten sich die Abgehörten wie Schauspieler mit perfektem Skript.

»Das halte ich für eine ausgemachte Verschwörungstheorie«, sagte Thibault Stein, von dem Al Shapiro nun auch wusste, wie sein Vorname geschrieben wurde. Google korrigierte so etwas einfacher, als es einen Satz ins Polnische übersetzte. »Erstens leben wir immer noch in einem Rechtsstaat, und das Abhören von Amerikanern gehört nun mal zu den Kronjuwelen unserer Verfassung. Zweitens würden die doch niemals so etwas öffentlich machen, wenn sie es sich illegal beschafft hätten, oder?«

Al Shapiro hustete in seinen Teebecher und hätte sich beinah an dem zu heißen Getränk verschluckt.

»Immerhin wurde das neue Geheimdienstgesetz verhindert, oder nicht?«, fragte Pia Lindt.

»Schon. Aber wäre das nicht ein wenig sehr offensichtlich? Ich meine, was machen die, wenn wir damit an die Öffentlichkeit gehen?«

»Sie meinen, dass die NSA etwas damit zu tun hatte? Sie werden es einfach abstreiten.«

»Und was ist mit den Aufzeichnungen? Es müsste doch Aufzeichnungen geben über all die Überwachungen, oder nicht?«

Al klickte auf die Datei von Gary Golay. Die Frage könnte er Pias Boss gleich beantworten. Im Hintergrund der Aufzeichnung läutete eine Türglocke. Ein Stuhl wurde gerückt. Al starrte auf den Monitor, der eigentlich eine lange Liste der Abhöraktion gegen Gary Golay zeigen müsste. Er wusste noch genau, dass seine Frau Pia angerufen hatte. Aber die Datei war verschwunden. Er hörte, wie ein Hund bellte. Er klang wie ein sehr großer Hund.

»Mrs. Guerro«, sagte Pias Boss. »Wie schön, Sie zu sehen.«

»Komme ich ungelegen?«, fragte die Frau, die als Mrs. Guerro begrüßt worden war und die der Analyst später so in den Metadaten der Aufzeichnung vermerken würde, als dritte identifizierte Person.

»Vielleicht machen Sie beim nächsten Mal einen Termin?«, fragte Pia Lindt. Al hörte ein lautes Schnauben.

»Marley, lass das Telefon in Ruhe«, sagte Mrs. Guerro,

deren Stimme überaus verführerisch klang. Was Al jedoch nur am Rande bemerkte, denn er starrte noch immer auf die leere Liste in Gary Golays NSA-Akte. Es war, als hätte die Überwachung erst heute Mittag begonnen. Alle anderen Dateien waren gelöscht worden.

»Wir haben noch nichts Neues für Sie, Mrs. Guerro. Wir müssen abwarten. Aber ich kann Ihnen sagen, dass die Gegenseite mit äußerst harten Bandagen kämpft und dass ich nicht sicher bin, ob wir den Kampf gewinnen können.«

Es war nicht vorgesehen, dass Aufzeichnungen verschwanden, schließlich dienten sie dem FBI oftmals vor Gericht als verwertbare Beweise. Es sei denn … Al stoppte die Aufzeichnung und sah seinen Fingern zu, die, ohne tatsächlich etwas einzutippen, nervös auf der Tastatur trommelten, als könnten sie die Anweisungen seines Gehirns nicht verarbeiten. Es sei denn …

KAPITEL 31

The White House
1600 Pennsylvania Avenue, Washington, D. C.
9. Dezember, 16:21 Uhr (zwei Stunden später)

Colin Ward ging die Europäische Union in letzter Zeit tierisch auf die Nerven. Die nicht enden wollenden Spitzen gegenüber seinen Geheimdiensten waren dabei das kleinste Problem. Im Grunde fühlten sie sich zurückgesetzt, seit er den Fokus seiner Außenpolitik vom Atlantik zum Pazifik verschoben hatte. Die Europäer verhielten sich wie Kinder, die von einer Geburtstagsparty ausgeladen worden waren. Sie rannten in der Nachbarschaft herum, organisierten Gegenpartys und stachelten die anderen Kinder gegen den großen Bruder auf. Tatsächlich hatte man sie nur nicht mehr eingeladen, weil am Tisch nicht genug Platz für alle war. Sie wollten einfach nicht begreifen, dass sie nicht mehr zu den coolen Jungs gehörten. Colin Ward konnte sie gut verstehen, aber es änderte nichts an seinen Prioritäten. Und es half ihnen auch nichts, vor Wut mit den Füßen aufzustampfen. Gerade beschwerten sie sich über die

159

Situation in Georgien, die in einem Bürgerkrieg enden könnte. Während die Menschen im Begriff waren, auf die Straßen zu gehen, um für mehr Demokratie zu protestieren, telefonierten Berlin, Paris und Warschau mit dem Vater des Jungen, der die Party bezahlte. Dabei hatte die EU die Osterweiterung in den letzten Jahren übers diplomatische Parkett geschoben wie der Bräutigam die schöne Braut. Sie hatten gewusst, dass sie Russland ins Gesicht pinkelten, und sie hatten es lächelnd in Kauf genommen. Erst jetzt, wo es ernst zu werden drohte, bekamen sie kalte Füße. Wie immer.

»Unsere Leute berichten, dass sich sowohl der rechte Sektor als auch die Pro-NATO-Bewegung formieren. Sie rufen ihre Leute dazu auf, sich für Kundgebungen bereitzuhalten«, sagte der CIA-Direktor Terence Gestalt.

»Das deckt sich mit den Berichten der NSA«, fügte die Nationale Sicherheitsberaterin Caroline Watson hinzu. Sie wirkte so zerbrechlich wie ein Papierflieger. »Laut unseren Analysen des Internet-Traffics häufen sich die Aufrufe über Twitter und E-Mail.«

»Haben wir HIGHLAND-Aufklärung für alle Schlüsselpersonen?«, fragte Terence Gestalt, und Colin Ward fragte sich, warum der Krisenraum des Weißen Hauses in Filmen immer dargestellt wurde wie die klinisch reine Operationszentrale eines Atom-U-Boots mit ballistischen Raketen. Er war klein, wie alles im Weißen Haus, stickig, wie alles im Weißen Haus, und wesentlich weniger beeindruckend, wie alles im Weißen Haus. Immer, wenn Gestalt dabei war, roch es nach Fischbrötchen, was Colin Ward nicht verstand. Vermutlich lag es daran, dass er seit zwei Wochen versuchte, sich die Nikotinkaugummis im Krisenraum abzugewöhnen.

»Natürlich«, bestätigte Watson.

Präsident Ward ärgerte sich, dass er keinen Präsidentenkugelschreiber dabeihatte, um die Watson-Theorie noch einmal zu überprüfen, denn sie saß von ihm aus genau vor der großen Monitorwand mit den Bildern aus Tiflis. Es wäre perfekt gewesen, um ihre Silhouette hinter dem Stift verschwinden zu lassen. Stattdessen räusperte er sich: »Wäre es nicht eine gute Idee, diese jungfräuliche Demokratiebewegung zu unterstützen? Sie wissen zu lassen, dass sie für die richtige Sache kämpfen?«

»Mit Verlaub, Mister President, ich glaube, das wäre tatsächlich keine so gute Idee«, sagte Terence Gestalt. Caroline Watson richtete den dünnen Rücken auf.

»Aber ist es nicht das, was Amerika tut? Ist es nicht das, was uns ausmacht? Dass wir Demokratie unterstützen, wo immer sich ihr zartes Pflänzchen durch den harten Asphalt einer Diktatur kämpft?«

Die Stille im Krisenraum war unangenehm, zumindest für die anderen. Colin Ward wusste das, aber er sah es als seine Aufgabe, die bürokratischen Strukturen mit der Autorität seines Amtes herauszufordern, wann immer möglich, aufzubrechen.

»Darf ich offen sprechen, Mister President?«, fragte schließlich Caroline Watson. Er mochte sie, weil sie die Einzige war, die immer die Wahrheit aussprach, auch wenn es ihm weh tat. Deshalb hatte er sie auf den prominenten Posten der Nationalen Sicherheitsberaterin befördert, obwohl sie von niemand anderem gemocht wurde. Ihr Problem war, dass sie kein Teamplayer war. Selbst die Direktoren von NSA, CIA und der paar anderen Geheimdienste ihres Verantwortungsbereichs mochten sie nicht. Colin Ward sollte es recht sein. Die Reibung stellte sicher, dass keiner ausflippte. Colin Ward nickte ihr aufmunternd zu.

»Georgien ist streng genommen keine Diktatur, auch wenn die Wahlen bisher kaum unseren Standards entsprechen. Außerdem manövrieren wir uns möglicherweise in eine Position, aus der wir nicht mehr herauskommen. Und dann wären wir wieder kurz vor einem Kalten Krieg.«

»Sie meinen, wir stellen uns in eine Ecke mit den Europäern, die Situation eskaliert, Georgien setzt Waffengewalt ein, Russland stellt sich schützend vor seine Minderheit im Norden des Landes, und jemand wie Polen zieht die NATO-Karte?«

Caroline Watson nickte. Es hatte zwei Jahre gedauert, bis ihn die Militärs und die Geheimdienstleute, die sich als die eigentlichen Garanten von Amerikas Freiheit betrachteten, akzeptiert hatten. Der Politiker an der Spitze der mächtigsten Streitmacht der Welt kam immer als Amateur, wenn er sein Amt antrat. Mittlerweile galt Colin Ward in ihren Reihen als einer der besten strategischen Köpfe, und er wollte glauben, dass sie froh waren, ihn als Oberbefehlshaber auf ihrer Seite zu wissen. Auch wenn das amerikanische Volk das laut Umfragen ganz anders sah.

»Das heißt, wir tun nichts?«, fragte der Präsident.

»Nein, Mister President, das heißt es nicht«, sagte Caroline Watson und nickte Terence Gestalt zu, der wiederum dem diensthabenden Offizier des Krisenraums zunickte. Letzterer griff nach einer Computermaus, und auf der Bildschirmwand erschien eine PowerPoint-Präsentation.

»Unser Plan sieht vor, die Pro-NATO-Bewegung mit Smartphones und Computern zu unterstützen, Mister President. Wir haben über zwanzig Agenten vor Ort, die eng in die jeweiligen politischen Gruppierungen eingebunden sind und die dafür Sorge tragen werden, dass das Equipment optimal eingesetzt wird.«

»Wir sollen ihnen Computer schicken?«, fragte Präsident Ward ungläubig.

»Ja, Mister President. Wir haben mit den Kollegen von der NSA einige Geräte vorbereitet. Wir werden besser informiert sein als CNN.«

»Das wäre ja mal eine echte Novität«, ätzte Colin Ward.

»Und das Ziel all unserer Bemühungen der letzten Jahre«, fügte Caroline Watson hinzu, ohne auf die Bissigkeit seiner Bemerkung einzugehen.

»Dann war's das fürs Erste. Ich danke Ihnen allen.«

»Danke, Mister President«, antwortete der Chor.

Michael Rendall, sein Stabschef, stand als Erster auf, aber der Präsident hielt ihn zurück. »Bitte bleiben Sie noch einen Moment, Michael«, sagte er. »Sie auch, Caroline.«

Michael Rendall warf der Nationalen Sicherheitsbe-

163

raterin einen vielsagenden Blick zu, der Colin Ward nicht entging. Als auch der Diensthabende den Besprechungsraum verlassen hatte, stand der Präsident auf und stützte sich auf die Lehne seines Stuhls. Er fixierte Caroline Watson, während er sprach.

»Hat die NSA irgendetwas mit den Anschuldigungen gegen meinen Stellvertretenden Stabschef zu tun?«

Colin Ward wartete darauf, dass sich jemand dazu hinreißen ließ, auf Garys Beurlaubung hinzuweisen, aber niemand fiel darauf herein.

»Mister President, wenn Sie andeuten wollen, dass wir …«

»Ich will nichts andeuten, Miss Watson. Nur darauf hinweisen, dass ich davon ausgehe, dass an den Gerüchten in der *Times* nichts, aber auch gar nichts dran ist. Dass niemand Gary Golay abgehört hat, um das Gesetz zu verhindern. Weil das wäre ja ganz und gar ungesetzlich, oder nicht?«

»Mister President«, setzte Michael Rendall an, »ich kann Ihnen versichern, dass nichts davon der Wahrheit entspricht«, sagte er.

»Die NSA hält sich an das geltende Gesetz«, bestätigte Caroline Watson. »Ich werde mir den Vorgang noch einmal vorlegen lassen, aber ich bin mir sicher, dass nichts davon aus Fort Meade kommt.«

»Das will ich hoffen«, sagte der Präsident und ließ die Lehne des Stuhls los. »Es wäre nicht auszudenken, was passieren könnte, wenn uns das jemand nachweisen könnte«, fügte er hinzu.

»Natürlich, Mister President«, sagte Caroline Watson, während ihre dünnen Hände Papiere zusammensuchten. »Sie können sich auf uns verlassen.«

»Danke, Mister President«, sagte Michael Rendall.

Uns, dachte Colin Ward. Was heißt in diesem Zusammenhang *uns*?

Das Telefon am Kopfende des Tisches klingelte mitten in seine Gedanken.

»Mister President, Ihr 16-Uhr-30-Termin wartet seit einer halben Stunde«, sagte Eugenia Meeks. Es war eines der großen Rätsel dieses Weißen Hauses, woher sie stets wusste, wann einer seiner Termine endete. Selbst im Krisenraum, dem bestabgeschirmten, gegen alle feindliche Aufklärung geschützten Bunker für die geheimsten aller geheimen Besprechungen. Herrgott noch mal, von hier konnte ein atomarer Erstschlag angeordnet werden, und Eugenia war wieder einmal im Bilde.

»Der Energieminister?«, seufzte Colin Ward.

»Ebenjener, Mister President«, bestätigte Eugenia seine schlimmsten Befürchtungen. Das langweiligste Meeting des Tages. Die dreihundertvierundvierzigste Studie über den Nutzen erneuerbarer Energien ohne jede Chance auf eine Mehrheit im Kongress. Manchmal fragte er sich, ob die vielgerühmten Gründerväter der ältesten Demokratie der Welt tatsächlich einen so famosen Job gemacht hatten. Veränderungen waren kaum durchzusetzen, egal wie sehr der gesunde Menschenverstand sie gebot.

»Ich komme«, versprach Colin Ward und drückte die Taste zum Beenden des Gesprächs. Zwei Minuten würde der Energieminister verkraften. Zwei Minuten, in denen er einfach nur dasaß und an nichts dachte. Nichts.

KAPITEL 32

Haus der Familie Golay
Lybrook Street, Bethesda, Maryland
9. Dezember, 20:09 Uhr (drei Stunden später)

Gary Golay fuhr seit über zwei Stunden durch die einsetzende Dämmerung und wälzte dunkle Gedanken in seinem Kopf hin und her. Er wollte nicht ankommen, während der Tag noch hell und fröhlich war. Es passte nicht. Auch früher hatte er es nie vor Einbruch der Dunkelheit geschafft, und die Leere, die seinen Tag geprägt hatte, passte nicht zu ihm. Er wollte sie nicht akzeptieren, genauso wenig, wie er der Tatsache ins Auge sehen wollte, dass alles in die Brüche ging. Zwangsläufig. Noch weniger wollte er Emma in die Augen sehen und noch weniger seinen Töchtern. Er konnte nur erahnen, was sie über ihren Vater denken mochten, und wissen wollte er es schon gar nicht. Mittlerweile waren die Leitartikel im Internet erschienen. Sein Konterfei prangte auf allen großen Portalen, auf Twitter war #Golaygate einer der meistbenutzen Tags in Washington.

167

An der Haustür hingen rote Sterne und eine Lichter-kette. Emma schmückte ihr Zuhause für eines der wich-tigsten Ereignisse im Golayschen Familienkalender. Wie jedes Jahr. Weihnachten. Das Fest der Liebe. Er war ihr dankbar. Als er die Haustür aufschloss, hörte er den Fernseher im Kinderzimmer. Es war ein vertrautes Ge-räusch. Normalität. Die Spülmaschine in der Küche lief, aber das Untergeschoss war dunkel. Sein Schlüsselbund klirrte auf dem Glastisch, und Gary tastete nach dem Lichtschalter.

»Wer bist du, Gary?«, fragte eine leise Stimme aus dem Dunkel. Er schrak zusammen. Emma musste in der Tür zur Küche lehnen. Als sich seine Augen an das Dunkel gewöhnten, sah er das Weiße in ihren Augäpfeln.

»Emma«, flüsterte Gary. »Ich weiß nicht, was ich sagen soll.«

»Warst du auf diesen Webseiten?«, fragte sie, immer noch leise, ohne Anklage. Sie fragte es einfach. Die ein-fachste Frage. Natürlich. Hatte er Seiten mit sadoma-sochistischen Inhalten angeschaut? Nein, wäre die ein-fachste Antwort gewesen.

»Jemand will mich fertigmachen«, sagte Gary und griff nach dem Handy in seiner Tasche. »Jemand will uns fertigmachen, und das dürfen wir nicht zulassen.«

»Gary?«, fragte Emma noch einmal. »Warst du auf diesen Seiten?«

»Vielleicht sind es die Republikaner. Die Coch-Brü-der oder einer ihrer PACs. Ich weiß es nicht. Vielleicht ist es die NSA. Ich weiß es einfach nicht.«

»Gary«, sagte Emma. Nichts weiter. Eine Mahnung.

»Ich war vielleicht einmal auf einer solchen Seite. Weil ich bei dir dieses Buch gesehen hatte und schauen wollte, ob mich so etwas interessiert. *Shades of Grey*, das klang nach Abenteuer. Aber doch nicht so, wie es jetzt dargestellt wird.«

Emma schluckte.

»Ich bin kein sexsüchtiges Monster, Emma«, sagte er. »Und wer soll das wissen, wenn nicht du.«

Sie lachte nicht. Nicht einmal ein wenig. Er konnte es selbst in der Dunkelheit erkennen. Ihre Gesichtszüge veränderten sich nicht. Eingefroren. Eiskalt. Nicht seine Emma. Seine Hand fand das Handy in seiner Tasche und daneben einen Zettel. Er zog beides heraus, tastete nach dem Lichtschalter. Die Wandstrahler sorgten für ein warmes indirektes Licht. Emma sah aus, als hätte sie geweint. Emma hatte nur dreimal geweint, seit sie verheiratet waren. Als ihre Mutter gestorben war, als Louise geboren wurde und als sie ihren Ehering in einem Restaurant verloren hatte. Nichts davon hatte direkt mit ihm zu tun gehabt. Emma weinte zum ersten Mal wegen ihm, wurde Gary klar. Und es machte ihn traurig. Trauriger vielleicht als alles andere. Trotzdem warf er einen Blick auf den Zettel.

»Komm um 21 Uhr ins Riverside. Ich bin immer noch dein Freund«, stand auf dem Zettel. Keine Unterschrift. Jemand musste ihm im Weißen Haus den Zettel in die Tasche geschmuggelt haben. Steve Grevers? Oder Marty Montgomery? Er hatte noch einen Freund im Weißen Haus! Das war eine gute Nachricht. Er wollte Emma davon erzählen, aber er sah an ihrem Blick, dass ihm dafür keine Zeit blieb. Es war beinah halb neun. Er würde es schaffen, aber nur, wenn er sofort losfuhr. Es war der Strohhalm, den er so dringend gebraucht hatte. Außer Absolution von Emma. Die würde er nicht bekommen. Nicht, bevor er herausgefunden hatte, was wirklich vor sich ging.

»Ich muss los«, sagte er gepresst. »Und es tut mir leid.«

»Wenn du meinst«, sagte Emma.

Gary langte nach seinem Autoschlüssel auf dem Glastisch. Dann blieb er stehen und griff nach Emmas Arm. Er streichelte ihn sanfter, als er es für möglich gehalten hätte.

»Glaub an mich«, sagte Gary. »Bitte.«

»Louise hat gefragt, was Sexsucht ist, Gary«, sagte Emma.

Gary spürte, wie sich die Schlinge um seinen Hals immer weiter zuzog.

»Ich muss los«, sagte er schließlich und drückte ihre Hand.

»Vielleicht wäre es eine gute Idee, wenn du erst einmal ins Hotel gehst«, sagte Emma.

»Bitte, gebt mich nicht auf, Emma. Noch nicht«, sagte er auf dem Weg zur Tür. »Ich bringe das alles in Ordnung.«

Als die Weihnachtssterne von außen gegen die Tür schlugen, hatte Gary zum ersten Mal seit Tagen das Gefühl, sein Schicksal selbst beeinflussen zu können. Vielleicht war der Zettel in seiner Tasche das Messer, mit dem er die Schlinge durchtrennen konnte. Er musste es versuchen, koste es, was es wolle.

KAPITEL 33

Café Juliet
Brooklyn, New York
9. Dezember, 20:31 Uhr (zur gleichen Zeit)

Wir können nicht gewinnen, Judith«, sagte Pia. »Das ist unser Problem.«

Judith MacIntyre trank ihr Glas in einem Zug. Judith trank immer viel.

Sie war einen Kopf kleiner als Pia, schwarzhaarig und doppelt so laut.

»Ihr könnt einer alten Frau eine Räumungsklage nicht vom Hals halten? Was für Anwälte seid ihr, Frau Staranwältin?«

Pia starrte ins Glas. Sie hielten sich für eine der besten Kanzleien der Stadt. Umso tiefer konnte man fallen, und Judith hatte mitten in die schwärzeste Stunde ihrer professionellen Karriere getroffen.

»Nein, das können wir nicht«, sagte sie schließlich.

»Okay«, sagte Judith.

»Es ist nicht so, dass wir es nicht probiert hätten«, versuchte sich Pia zu rechtfertigen. »Wir können aufschieben, eine Menge Geld für Ana-Maria herausholen. Aber gewinnen, das können wir nicht.«

»Connolly Construction?«, fragte Judith.

Pia nickte und nahm einen weiteren Schluck von dem Weißwein, während Judith mit ausladenden Gesten ein neues Glas orderte.

»Was nützt dir das Geld, wenn du nichts damit anfangen kannst? Ana-Maria braucht kein Geld. Sie braucht ein Zuhause.«

»Du magst sie?«, fragte Judith.

Pia nickte erneut: »Sie ist eine feine alte Lady, die es nicht verdient hat, in ein Altenheim nach Jersey abgeschoben zu werden.«

»Okay«, sagte Judith und klammerte sich an das kalte Glas frischen Wein.

»Einfach okay?«, fragte Pia.

Judith grinste.

»Raus mit der Sprache!«, forderte Pia.

»Du trinkst zu wenig«, sagte Judith. »Die FDA empfiehlt, mindestens drei Liter Flüssigkeit am Tag zu sich zu nehmen.«

Sie streckte das Glas fordernd über den Tisch.

Pia folgte skeptisch: »Ich bin sicher, die FDA hat in einer Fußnote die Beimischung alkoholischer Getränke in die Drei-Liter-Empfehlung ausgeschlossen«, sagte sie.

»Wer hält sich schon an die Regeln der FDA?«, fragte Judith und trank.

»Also, was hat es mit dem Grinsen auf sich?«

»Brooklyn ist nicht gerade der aufstrebende Stern am

Altenheimhimmel«, sagte Judith. »Die meisten wollen einfach nur weg, in eine ruhigere Gegend.«

Judith arbeitete bei der Stadt. Das war der Grund, warum sich Pia mit ihr getroffen hatte. Thibault hatte ihr aufgetragen, Platz für einen Fjord zu schaffen, um die unausweichliche Sturmflut, die im Prozess gegen Ana-Maria Guerro drohte, abzuwettern. Paragraf 14 der Steinschen Prozessordnung. Ihr Fjord war eine Alternative für ihre Klientin. Eine neue Wohnung. Ana-Maria brauchte nicht viel. Aber sie brauchte ihre gewohnte Umgebung. Erneut streckte sie Pia das Glas entgegen. Sie fragte sich kurz, was Judith damit bezweckte. Vermutlich war es einfach ihre Art, sagte sich Pia und prostete ihr zu.

Judith lächelte. Sie wurde Pia unheimlich. Nicht auf eine unangenehme Art. Aber sie führte etwas im Schilde. Sie hielt mit etwas hinter dem Berg. Sie hatte ein Geheimnis. Pia erkannte, dass sie etwas mit ihrem Geheimnis zu tun hatte. Dass Judith im Begriff war, einen Deal auszuhandeln. Pia hatte keine Ahnung, worum es dabei gehen könnte.

»Allerdings gibt es ein soziales Projekt in der Gegend, keine zwei Straßen von Ana-Marias Wohnung entfernt«, fügte sie schließlich hinzu. »Ein Mehrgenerationenhaus. Jugendliche mit Problemen, die sich um die älteren Bewohner kümmern sollen, damit sie lernen, Verantwortung zu übernehmen. So in der Art.«

Die Hoffnung, das Versprechen. Das zentrale Element eines Vergleichs. Eines Deals. Für Anwälte war der Deal das eigentliche Ziel. Verurteilungen nutzten niemandem. Am allerwenigsten den Prozessbeteiligten, am zweitwenigsten den überlasteten Gerichten. Judith war auf einen Deal aus, und Pia hatte gegen einen guten Deal nichts einzuwenden.

»Klingt gut«, sagte Pia.

»Die Warteliste ist lang«, sagte Judith und grinste.

»Natürlich«, sagte Pia und hob seufzend das Glas.

»Natürlich ließe sich da möglicherweise etwas machen«, bekannte Judith erwartungsgemäß.

Pia starrte auf ihr Handy, das auf dem Tisch vor ihr lag. Seit einer Stunde zeigte es eine SMS von Adrian an, der wissen wollte, wann sie über die Tischdekoration reden könnten. Als ob es nichts Wichtigeres gäbe.

»Das hatte ich gehofft«, sagte Pia. »Die Drinks gehen auf mich.«

Ein Anfängerversuch, den Deal möglichst kostengünstig einzutüten. Judith war betrunken, aber nicht betrunken genug, um auf eine solche Masche hereinzufallen. Sie wollte mehr, und Pia wusste das. Die Verhandlung eines Deals war ein Tanz ums Feuer. Die Frage war, wer sich zuerst verbrannte.

»Du willst schon gehen?«, fragte Judith gespielt enttäuscht. »Und wenn das die Warteliste für Ana-Maria verlängern würde?«

»Ich weiß nicht«, sagte Pia. »Sag du es mir.«

Überlass ihr das Reden. Es gab keinen fairen Deal, ohne die Gegenseite zu kennen. Sie musste herausbekommen, was Judith wirklich wollte. Geld? Einen Freundschaftsdienst ihrer Kanzlei? Steckte sie womöglich in Schwierigkeiten? Was immer es war, Pia war bereit zu verhandeln. Deswegen war sie schließlich gekommen, oder nicht?

»Lass uns noch rüber ins Fancy!«, schlug Judith vor. Es klang eher wie eine Aufforderung. Pia wusste, dass sie genug getrunken hatte. Sie wusste, was Alkohol mit ihr anstellte. Es wäre keine gute Idee, noch weiterzuziehen. Sie musste die Kontrolle behalten. Wie sie es immer tat. Wenn sie ehrlich war, musste sie allerdings zugeben, dass ihr der Vorschlag gefiel. Herrgott, natürlich würde sie gerne weiterziehen. Und trinken. Und feiern. Und wer weiß wo enden. Als sie das dachte, wusste Pia, dass sie den Kampf verloren hatte, bevor sie zum Duell angetreten war. Sie legte ihre Kreditkarte auf den Tisch und grinste. Sie tat das doch für Ana-Maria, oder nicht?

KAPITEL 34

Riverside Bar
Washington, D. C.
9. Dezember, 21:04 Uhr (eine halbe Stunde später)

Gary Golay betrat die Riverside Bar mit einer tief in die Stirn gezogenen Baseballkappe der Baltimore Orioles. Das Riverside war keine Luxusbar eines Hotels, es war nicht unbedingt wahrscheinlich, hier auf Washingtoner Establishment zu treffen, aber es war unter den jüngeren Regierungsangestellten beliebt, und er konnte nicht ignorieren, dass sein Konterfei durch die Ereignisse der letzten Tage auch den weniger Politikinteressierten zumindest bekannt vorkommen dürfte. Auf den Fernsehern lief ein Snookerturnier, für das sich die etwa zwanzig Gäste nicht interessierten. Sie starrten mit leerem Blick in ihre Biergläser oder hypnotisierten ihre Smartphones. Er suchte nach einem bekannten Gesicht. Nach dem, der ihm den Zettel geschrieben hatte. Insgeheim hoffte er, dass es Michael Rendall gewesen war, der Stabschef und sein direkter Vorgesetzter. Michael war hoch genug in der Hierar-

chie, um etwas für ihn zu bewegen. Außerdem würde
es bedeuten, dass ihn der Präsident noch nicht vollends
abgeschrieben hatte. Ein Kellner stolperte an ihm vorbei und entschuldigte sich, das Bier in den Pitchern
schwappte bedrohlich. Gary murmelte ein kaum hör-
bares »Mein Fehler« und setzte seine Suche fort. Im
hintersten Eck der Bar saß ein Mann in einem langen
Mantel mit dem Rücken zu ihm. Er war der einzige
Gast, dessen Gesicht Gary nicht sehen konnte. Er
blickte sich misstrauisch um und lief durch das verwin-
kelte Lokal, an einem niedrigen Zaun entlang, der die
Bar vom Gastraum trennte. Auf halber Strecke riss er
eine darübergehängte Jacke mit sich. Er hob sie auf,
aber der Besitzer war schon aufgesprungen und starrte
ihm in die Augen. Sah Gary einen kurzen Blitz der
Erkenntnis über sein Antlitz huschen? Erneut murmelte er eine Entschuldigung und drückte dem Gast
die Jacke in die Hand. Schnell weiter. Doch als er die
Ecke der Bar erreichte, war der Mann in dem Mantel
verschwunden. Gary drehte sich um. War er zur Toilette gegangen? Ausgerechnet in dem Moment, in dem
Gary auf ihn zusteuerte? Dann fiel sein Blick auf die
verspiegelte Fläche hinter den Flaschen. Hätte er sein
Gesicht über den Spiegel erkennen können? Möglich,
aber nicht wahrscheinlich, das Licht in der Sports Bar
war schummrig. Allerdings wusste sein Zettelschreiber,
dass Gary kommen würde. Es war viel einfacher,
jemanden auf große Entfernung auszumachen, wenn
man wusste, wer auf einen zukam. Die Toilettentheorie
konnte er jedenfalls vergessen. Auf dem blankpolierten

Tresen lagen zwei Zehner neben dem halbvollen Weinglas. Darunter ein Bierdeckel mit der typischen Kritzelei eines Gelangweilten auf dem einladenden weißen Rand. Gary Pryzbylewski, hatte jemand auf dem Rand notiert, verziert mit ungelenken Ranken. Pryzbylewski hieß ein Polizist aus der Fernsehserie The Wire. Jeder im Weißen Haus wusste, dass der Präsident die Serie liebte. War das eine Botschaft für ihn? Und wenn ja, von wem? Von Michael Rendall? Wer war der Mann in dem Mantel gewesen? Auf gut Glück winkte Gary den Barmann zu sich und fragte, ob ihm der Name Pryzbylewski etwas sage. Der Barmann warf ihm einen schwer zu deutenden Blick zu und entfernte sich. Während Gary wartete, bearbeitete er die hölzerne Bar mit den Fingerknöcheln. Er zählte bis achtundachtzig, so lange ließ sich der Barmann Zeit. Dann kehrte er mit einem Umschlag zurück. Garys Herz schlug schneller. Sollte sich seine aufs Geratewohl gestellte Frage als Volltreffer erweisen? Der Barkeeper legte den Umschlag mit einem wissenden Lächeln auf den Tresen. Gary hielt eine Zwanzig-Dollar-Note in der Rechten, während er mit der linken Hand nach den Papieren griff. Der Austausch ging ohne Zwischenfälle vonstatten. Beide Parteien waren mit dem Ergebnis zufrieden. Er hätte fünftausend Dollar von Gary haben können. Nach dem fluchtartigen Abgang des ominösen Mantelmannes war dieser Umschlag seine einzige Hoffnung. Er wusste, dass er aus dem Weißen Haus stammte. Das war Grund genug, ihn überlebensnotwendig zu machen. Gary musste sich zwingen, nicht zu

178

rennen, als er den Rückzug antrat. Während er sich zwanghaft bemühte, sich nichts anmerken zu lassen, schien der Umschlag in seiner Hand immer schwerer zu werden.

Über den weitläufigen Parkplatz pfiff der kalte Wind vom Potomac und trieb Gary die Regentropfen ins Gesicht. Gary wollte den Umschlag aufreißen, nachsehen, das Geheimnis vom Ende des Regenbogens lüften, aber er riss sich zusammen. Bis zu seinem Wagen. Sein Daumen zitterte, als er den Knopf zum Öffnen auf dem Schlüssel suchte. Die Lichter des Dodge strahlten über den Parkplatz und ließen die Regentropfen glitzern. Gary öffnete die riesige Tür und glitt hinters Steuer. Die Ärmel seiner Jacke waren nass, seine Hände waren nass, der Umschlag war nass. Vom Schild seiner Baseballkappe regnete es weiter. Er warf sie auf den Rücksitz zwischen die Barbiepuppen und die Kekskrümel. Er betrachtete die braune Hülle im Letterformat. Kein Hinweis auf einen Absender – oder den Empfänger. Der Barkeeper musste den Empfänger auf einem zweiten Zettel notiert haben, oder es wurde selten etwas bei ihm hinterlegt. Gary riss den Umschlag auf.

Darin waren etwa zwanzig Seiten Computerausdrucke, beim größten Teil handelte es sich offenbar um einen Kalender. Drei Tage im September dieses Jahres. Und zwar vom 3., 4. und 5. Gary scrollte im Kalender seines Smartphones zu den entsprechenden Tagen. Mittwoch bis Freitag. Er führte seinen beruflichen Kalender in einem anderen Programm – sein Telefon enthielt nur private Geburtstage. An keinem der Tage hatte jemand Geburtstag, den er kannte. Was natürlich vollkommen bedeutungslos war, dachte Gary, als er hörte, wie sich ein Wagen näherte. Er schaltete das Licht aus und ließ den roten Chevy passieren. Gary öffnete das Fenster, um zu hören, ob der Fahrer parkte oder zurückfuhr. Er hörte nichts. Vermutlich einfach nur ein Gast. Er schloss das Fenster wieder und konzentrierte sich auf den 3. September in den Ausdrucken. Von 9.00 Uhr bis 9.15 Uhr war ein Sicherheitsbriefing eingetragen, von 9.15 Uhr bis 9.30 Uhr ein Meeting mit der kryptischen Bezeichnung »Flagcarrier«, danach ein nicht näher bezeichnetes Telefonat. Später am Tag gab es ein als Rücksprache deklariertes zweistündiges Treffen ohne Angabe der Teilnehmer. Wenig bis gar nicht aussage-kräftig, notierte Gary innerlich. Er blätterte weiter. Treffen mit Vertretern der CIA, ein Haufen Generäle. Und am Nachmittag des 4. September fand Gary plötz-lich seinen eigenen Namen in dem Kalender. War das der Grund, aus dem ihm jemand den Kalender zuge-spielt hatte? War das die Verbindung zu seinen Proble-men? Dort stand er in einer Reihe mit POTUS, COS, DCOS, NSA, JCOS. President of the United States, Chief of Staff, Deputy Chief of Staff – er selbst – die Nationale Sicherheitsberaterin, der Joint Chief of Staff. Die große Sicherheitsrunde beim Präsidenten. Nur ein Name fehlte. Der Direktor der NSA. Er musste der sein, dem der Kalender gehörte. Und das konnte nur eines bedeuten: Derjenige, der ihm die Dokumente hatte zukommen lassen, war überzeugt, dass die NSA hinter alldem steckte. Der Direktor der NSA. Gary startete den Motor. Nicht gerade der Gegner, den man sich wünschte. Aber immerhin ein Anfang.

KAPITEL 35

Fort Meade, Maryland
Crypto City, Gebäude 21, Cubicle 05-11-7451
9. Dezember, 23:52 Uhr (zweieinhalb Stunden später)

Al Shapiro hörte das Wummern von Bässen und ein Kratzen. Die Software mühte sich redlich, die lauten Hintergrundgeräusche aus dem Kratzen, was sie für ein Telefonat hielt, herauszufiltern. Es gelang ihr nicht. Andererseits würde natürlich auch niemand ernsthaft versuchen, in einem Nachtclub zu telefonieren. Al fragte sich, wie es den Ingenieuren von HIGHLANDS gelungen war, den Filter der Telefonsoftware für das Anzapfen des Mikrofons nutzbar zu machen. Natürlich wäre das für niemanden, der nicht ein ausgewiesener Freak war, von Interesse. Die Kamera von Pia Lindts Smartphone zeigte nichts als schwarz, vermutlich, weil sie vergessen hatte, in ihrer Handtasche das Licht anzuschalten. Er scrollte sich durch ihre SMS, während er weiter den Beats lauschte. Er konnte nicht anders. Er wusste nicht einmal genau, warum. Er hatte im Laufe seiner Karriere Hunderte, Tausende Menschen abgehört. Natürlich hatte er hier und da reingehört, aber Pia war die Erste, der er virtuell nachlief. Zum dritten, vierten, fünften Mal. Er ertappte sich dabei, dass er sich auf sie freute, wenn er zur Arbeit ging.

Die meisten SMS waren von ihrem Ehemann in spe, einem Adrian von Bingen. Von Bingen, das klang nach deutschem Adel. Al stellte sich einen hochnäsigen blonden Mann auf einem braunen Pferd vor, der abends Kraut mit Würsten verschlang. Al hatte kein Interesse daran, mehr über Adrian herauszufinden, er musste ein ausgemachter Langweiler sein. Auch wenn er vermutlich gut aussah, so wie er Pias Marktwert einschätzte. Er hörte, wie die Musik leiser wurde. Mit wem war Pia unterwegs?, fragte er sich. Er rief die gespeicherten Bewegungsdaten auf und stellte fest, dass sie bis etwa 22.00 Uhr im Café Juliet in Brooklyn gesessen hatte. Die Musik wurde leiser. Offenbar hatte Pia die Tanzfläche verlassen. Den SMS nach zu urteilen, war sie nicht mit Adrian unterwegs. Mit wem dann?

»Lass uns noch was zu trinken holen«, hörte er Pias Stimme. Die Musik war jetzt leiser, er konnte das Gespräch über seinen Kopfhörer verfolgen, auch wenn er sich ein wenig anstrengen musste, um zu verstehen, was sie sagte.

»Zwei Wodka und zwei Weißwein«, rief eine Al unbekannte Frauenstimme. Das Kratzen wurde lauter. Al stellte sich vor, dass Pias Handtasche von der Frau neben ihr an der engen Bar zusammengequetscht wurde. Zwei Wodka und zwei Weißwein? Und ganz frisch klangen die beiden auch nicht mehr. Gläser klirrten, und Al bemerkte, dass Pia lallte. Du bist betrunken, stellte er fest und grinste.

Plötzlich fiel Licht in die Linse der Kamera an Pias Handy, gefolgt von einem weiteren Kratzen, viel lauter als zuvor. Rot und Schwarz wechselten sich ab. Als die Software die Entfernung zum Motiv maß und das Bild scharf stellte, sah Al eine lange Theke mit vielen Flaschen. Ein Barkeeper schüttete Bacardi in ein Glas. Und dann sah er Pia. Sie versuchte, eine SMS zu schreiben. Al wechselte zur Kamera an der Vorderseite und sah direkt in ihr Gesicht.

»Mein Gott, siehst du scheiße aus«, dachte Al. Ihr hingen die blonden Haare ins Gesicht, und ihre Augen versuchten verzweifelt, die Buchstaben auf dem Bildschirm zu fokussieren. Al rief ein Programm auf, das ihm live zeigte, was sie tippte: »Wwenn dy meinsr.« Pia drückte auf »senden«. Adrian der Langweiler hatte sich erkundigt, ob sie heute zu ihm käme. Daraufhin hatte sie – offenbar noch in einem besseren Zustand – geantwortet, dass ihr morgen lieber wäre. Der Langweiler sagte, es würde ihm nichts ausmachen, wenn es später würde. Nachdem er diese Nachricht bekommen hatte, würde er wissen, dass er nicht mehr auf sie zu warten brauchte. Al grinste.

»Das wäre erledigt«, sagte Pia.

»Noch zwei Wodka!«, rief ihre Freundin. Ich wäre dir sehr verbunden, wenn du das Handy mal in ihre Richtung halten könntest, Pia, dachte Al.

»Gib mal her«, sagte die andere. Das Telefon zeigte

psychedelisch anmutende Farben, während es die Hände wechselte. Dann sah er sie.

»Judith!«, rief Pia gespielt verärgert. »Gib das her!«

Judith hielt das Handy für ein Selfie in die Luft. Sie drückte Pia einen Kuss auf den Mund, als sie abdrückte.

»Noch eins!«, rief Judith, seine neue Bekannte. Diesmal machte Al einen Screenshot. Und fragte sich zum ersten Mal, was er hier eigentlich tat. War er zum Stalker geworden? Er hatte Hunderte, Tausende Menschen abgehört, und es war nicht das erste Mal, dass er der Versuchung nicht hatte widerstehen können nachzuschauen, was aus ihnen geworden war. Aber dies hier war anders. Und jetzt sah er eine Seite von Pia Lindt, die er nicht hätte sehen sollen. Sie war eine Anwältin. Stark, kontrolliert. Das war das Bild, das sie nach außen abgab. Und vermutlich auch abgeben wollte. Hier drang er ein in einen Teil ihrer Seele, der ihr gehörte. Sie trank mit einer anderen Frau. Sie trank übermäßig. Sie trank zu viel. Vielleicht war sie Alkoholikerin, vielleicht auch nicht. Wen ging das etwas an als sie selbst, ihren Arzt und möglicherweise ihren Arbeitgeber? Sicherlich jedoch nicht die Regierung. Sicherlich nicht Alfred Shapiro. Er fragte sich, ob er nicht dasselbe tat wie ein Kind, das aus Spaß einen Kreis aus Klebstoff um eine Ameise zieht, um ihn dann anzuzünden. Vermutlich hätte er genug Stoff, um Pias Leben durcheinanderzuwirbeln. Sie bei ihrem Arbeitgeber anzuschwärzen, dafür zu sorgen, dass ihre Krankenversicherung ihr kündigte. Wenn Al wollte, wäre ihr deutscher Freund Geschichte. Vermutlich zumindest. Wie weit ließ sich das, was die NSA an Daten sammelte, eigentlich im Privaten missbrauchen? Inwieweit wären die Speicher der NSA geeignet, Unfrieden zu stiften, Partnerschaften zu zerstören oder eine Karriere zu beenden? Die Frage, warum die NSA das tun sollte, war dabei eine rein theoretische. Es gab ein Programm zum Sammeln pornografischer Vorlieben von Radikalen. Linksradikalen, rechtsradikalen, potenziellen Verfassungsfeinden. Alles Menschen, die bisher keine Straftaten begangen hatten. Wenn dies schon Realität war, war der Schritt zum Missbrauch einmal archivierter Informationen nur ein klitzekleiner. Al hatte sich immer gefragt, warum sich alle darüber aufregen, abgehört zu werden. Telefonate wurden seit dem Kalten Krieg abgehört. Neu war die unendliche Speicherkapazität. Die Größe des Heuhaufens. Pias Entgleisung würde niemals mehr gelöscht. Wenn sie sich in zehn Jahren um ein Amt als Bundesrichterin bewerben würde, wäre das Video immer noch da. Und sie hätte keine Chance mehr, den Job zu bekommen.

Für Ärzte, Anwälte und Priester gab es die Schweigepflicht aus gutem Grund. Hatte jemand bei der NSA eine Schweigepflicht? Und falls ja: Wer stellte sicher, dass sie auch in zehn Jahren noch galt, wenn die Tea Party das Weiße Haus erobern sollte? Was galt in fünfzig Jahren, wenn die Kinder von heute erwachsen waren? Kinder, deren ganzes Leben von Datenbanken und dem Internet begleitet worden war? Würden sie bei einem Einstellungsgespräch alle Jugendsünden aufgelistet bekommen, fein säuberlich sortiert nach Einstellungsrelevanz? Oder einen Selbstmordversuch, der natürlich ebenso für alle Zeiten gespeichert würde wie die Bilder in sozialen Netzen? Würden sie ein Recht auf Vergessen, auf einen Neuanfang einfordern können?

Eine Stunde später sah Al, wie sich Pia auf der Toilette des Clubs übergab, das Handy lag auf dem Boden neben der Schüssel. Er sah ihre zerrissene Strumpfhose und hörte ihre Freundin nach ihr rufen. Da wusste Al, dass er zu weit gegangen war. Dass sie alle zu weit gegangen waren.

KAPITEL 36

Kanzlei Thibault Stein
Upper East Side, Manhattan
10. Dezember, 11:25 Uhr (am nächsten Morgen)

Mr. Golay, wo waren Sie am 26. November dieses Jahres?«

Gary rückte auf dem Stuhl nach links. Da war sie wieder, die Kamera, die alles aufzeichnete. Jede seiner Bewegungen, jedes Zucken seiner Gesichtsmuskeln, jede unachtsame Geste.

Wie bei seinem ersten Verhör mit den beiden FBI-Beamten vor einer Woche. Er beugte sich nach vorne zu dem kleinen Mikrofon, das vor ihm auf dem Tisch stand.

»Ich war bei einem Treffen der Demokratischen Partei«, sagte Gary wahrheitsgemäß.

»Wo fand das Treffen statt?«

»In Lynchburg«, sagte Gary.

»Lynchburg in Virginia?«, fragte Pia Lindt überflüssigerweise.

»Sicher nicht in Tennessee«, sagte Gary.

»Liegt das daran, dass Demokraten in Tennessee nicht gewinnen können?«, fragte Pia.

»Nein, Tennessee ist zu weit weg von Washington«, sagte Gary und griff nach dem Wasserglas. »Dass wir Demokraten dort nicht gewinnen können, hätte uns nicht abgehalten.«

»Erzählen Sie uns, wie Ihr Tag ablief, Mister Golay«, verlangte Pia Lindt. Ihr Atem roch säuerlich. Nach Alkohol und wenig Schlaf. Die Kaugummis halfen ihr nicht.

Gary seufzte: »Ich bin am frühen Morgen von zu Hause losgefahren, um pünktlich um zehn Uhr bei dem Treffen zu sein. Man fährt etwa dreieinhalb Stunden. Das Meeting dauerte den ganzen Tag bis abends um halb sechs. Dann fuhr ich zurück, um rechtzeitig zu Thanksgiving wieder bei meiner Familie zu sein.«

»Sie fuhren direkt von dort nach Hause?«

»Ja«, sagte Gary in die Kamera.

»Gibt es Zeugen für diese Fahrt?«, fragte Steins Assistentin.

»Nein, ich war alleine im Auto.«

»Haben Sie unterwegs angehalten? Getankt? Oder gegessen?«

»Nein«, sagte Gary Golay. »Ich hatte morgens getankt, weil ich gut durchgekommen war. Wie ich schon sagte, ich wollte möglichst schnell zurück zu meiner Familie.«

»Und Sie haben nicht angehalten?«

»Nur einmal. Um mich kurz auszuruhen.«

»Wo haben Sie angehalten, Mister Golay?«

»Auf einem Parkplatz am Highway. Ich erinnere mich nicht genau.«

»Könnte es sein, dass Sie in Culpeper angehalten haben, Mister Golay?« Der Ton der Anwältin wurde schärfer. Gary wusste es wirklich nicht.

»Und könnte es sein, dass Ihre Pause deutlich länger ausgefallen ist als nur ein paar Minuten?«

»Ich weiß es nicht mehr genau. Es mag sein, dass ich eingeschlafen bin.«

»Wir haben die Ortungsdaten Ihres Handys, Mister Golay.« Gary schwieg.

Nach einer kurzen Pause fuhr Pia Lindt fort: »Wann sind Sie zu Hause angekommen, Mister Golay?«

»Ich glaube, so um Viertel vor eins.«

»Sie sagten, die Fahrt von Lynchburg zu Ihrem Haus dauert circa dreieinhalb Stunden. Sie sagten ferner, Sie hätten die Konferenz um halb sechs verlassen. Wie erklären Sie sich, dass Sie erst um Viertel vor eins zu Hause eintrafen, Mister Golay?«

»Ich schätze, ich bin länger eingeschlafen, als ich dachte«, sagte Gary Golay.

»Oder Sie haben einen Abstecher nach Arlington gemacht, um eine Prostituierte aufzusuchen.«

»Das habe ich nicht!«, protestierte Gary und blickte sich hilfesuchend um.

»Sie hatten die Zeit, Sie hatten die Gelegenheit, und Sie kannten das Opfer«, sagte Pia Lindt.

»Ich war todmüde!«, rief Gary. Sein Anwalt saß mit versteinerter Miene auf einem Stuhl neben der Kamera. Seine Blicke waren kaum weniger bohrend.

»Erzählen Sie uns von Ihrer Bekanntschaft mit Miss Lanstead«, forderte Pia Lindt ihn auf, ihr Ton milder.

»Ich traf sie aufgrund einer Annonce im Internet«, sagte Gary.

»Auf welcher Seite haben Sie die Annonce gesehen?«, fragte Pia Lindt.

»Ich weiß es nicht mehr«, log Gary.

»Ist es möglich, dass es auf exklusiveescorts.com war? Einer Seite, die man nur aufruft, wenn man den diskreten Service einer teuren Prostituierten in Anspruch nehmen will?«

»Ich weiß es nicht«, sagte Gary.

»Gehen Sie häufig auf solche Seiten, Gary? Suchen Sie häufig nach nackter Haut im Internet?«

»Ich …«, stammelte Gary, »… ich … Sie müssen wissen, dass es nicht verboten ist, sich auf solchen Seiten umzusehen.«

»Glauben Sie mir, Gary, ich bin mir darüber im Klaren, was rechtens ist und was nicht. Ich frage Sie noch einmal: Konsumieren Sie häufig Pornografie über das Internet? Laden Sie Filme herunter?«

»Haben Sie noch niemals einen Film im Internet heruntergeladen?«, fragte Gary, diesmal an Thibault gewandt.

»Glauben Sie mir, Mister Golay. In meinem Alter hat man andere Probleme«, sagte sein Anwalt. »Aber Sie sollten die Frage von Miss Lindt beantworten. Und wenn Sie denken, dass diese Trockenübung hart für Sie ist, dann warten Sie ab, was der Staatsanwalt mit Ihnen macht.«

Gary seufzte: »Ich habe auch schon Filme aus dem Internet heruntergeladen, ja. Aber niemals etwas Illegales!«

»Es geht nicht um illegale Filme, Mister Golay«, sagte Pia Lindt. »Es geht um Mord.«

Die Staatsanwaltschaft würde die Befragung auch von einer Frau durchführen lassen, hatte Thibault angekündigt. Weil das, was kommen sollte, vor einem weiblichen Gegenüber noch schwerer war.

»Trifft es zu, dass unter den Filmen, die Sie heruntergeladen haben, auch die Titel *Die Züchtigung der Prinzessin*, der *Folterkeller IV* oder *Fists and Beyond* fielen?«

Gary hatte den Eindruck, Pia Lindt verzog den Mund vor Ekel. Ekel vor ihm.

»Ich weiß es nicht«, sagte er.

»Sie wissen eine ganze Menge nicht, Mister Golay«, sagte Pia Lindt. »Möchten Sie, dass ich Ihnen ein paar weitere Titel nenne, um Ihr Gedächtnis aufzufrischen?«

»Schon gut«, flüsterte Gary.

»Wie bitte?«, fragte Pia Lindt.

»Okay«, sagte Gary lauter, »möglicherweise habe ich diese Titel angeschaut.«

»Das FBI hat bei Miss Lanstead ein Notizbuch sichergestellt, in dem sie die Vorlieben ihrer Kunden vermerkt hat. Hinter Ihrem Namen steht: Rollenspiele. Können Sie uns erklären, was darunter zu verstehen ist, Mister Golay?«

Gary wollte schreien.

»Ich wollte, dass sie mir vorspielt, dass wir uns in

einer Bar kennengelernt haben und beim ersten Date bei ihr zu Hause sind. Sie sollte sich als eine Mitarbeiterin der Regierung ausgeben, und …«

»Tatsächlich?«, fragte Pia Lindt. »Verhält es sich nicht vielmehr so, dass die von Ihnen gewünschten Rollenspiele etwas mit ›Die Züchtigung der Prinzessin‹, oder ›Folterkeller‹ zu tun hatten?«

»Nein«, sagte Gary. »Natürlich nicht.«

»Natürlich nicht«, sagte Pia Lindt.

Die Pause war das Unangenehmste.

»Möchten Sie uns von Ihren Flügen nach Las Vegas erzählen, Mister Golay?«

»Welchen Flügen nach Las Vegas?«, fragte Gary.

»Die, die Sie mit einer Prepaid-Kreditkarte gebucht haben, die nicht auf Ihr Familienkonto läuft, zum Beispiel?«

»Ich weiß nicht, was Sie meinen«, sagte Gary. Da war es wieder, das Schwitzen.

»Möchten Sie vielleicht lieber über das Messer reden, das Sie am zweiundzwanzigsten März online gekauft haben?«

»Das Messer war ein Geburtstagsgeschenk für meine Frau«, sagte Gary. »Sie hat am 31. Geburtstag!«

»Tatsächlich?«, fragte Pia Lindt. »Dann ist es also nur ein Zufall, dass Carrie Lanstead mit genau solch einem Messer ermordet wurde? Und obwohl wir wissen, dass Sie es gekauft haben, hat das FBI kein solches Messer in Ihrem Haus entdecken können, Mister Golay.«

»Ja«, rief Gary. »Was in Gottes Namen außer einem Zufall soll es denn sonst sein?«, fragte Gary. Alles war im Eimer. Nicht einmal seine eigenen Anwälte glaubten ihm noch.

»Ich weiß es nicht«, sagte Pia Lindt und schaltete die Kamera ab. »Aber ich weiß, dass es nicht gut für Sie aussieht, Mister Golay. Wir haben noch eine Menge zu tun.«

KAPITEL 37

Dickinsons Fudge Factory
Marquette, Michigan
10. Dezember, 12:33 Uhr (zur gleichen Zeit)

Die Autokolonne, die aus insgesamt vierundzwanzig Wagen bestand, raste durch Marquette. Die Reifen der schweren Fahrzeuge hinterließen auf dem verschneiten Asphalt zwei fast exakt gezogene Linien. In dem SUV des Präsidenten, der aufgrund der Wetterlage heute die hochgerüstete Staatskarosse ersetzte, konnte man die Sirenen der weit vorausfahrenden County Sheriffs dank der zentimeterdicken Scheiben kaum hören.

»Sie heißt Betsy. Und sie führt den Betrieb in fünfter Generation.«

»Hm«, nickte Präsident Ward, ohne von dem aktuellen Sicherheitsbriefing auf seinem Schoß aufzublicken. Der schwere Wagen schaukelte auf einer Bodenwelle.

»Wie heißt der Laden noch mal?«, fragte er.

»Dickinsons Fudge Factory«, wiederholte Steve Grevers. Seine ein Meter siebenundneunzig passten kaum in den Fond, ständig schien er an der Wagendecke anzustoßen.

»Fünf Generationen«, murmelte Ward. »Kann man sich so viel Konstanz heutzutage überhaupt noch vorstellen?«

»Sie ist toll«, versprach der Pressesprecher.

»Das glaube ich sofort«, sagte der Präsident.

»Und die Konstanz ist der Grund, warum Sie sich auf den Besuch freuen sollten.«

»Hätten wir nicht zu einer Farm fahren können? Betsy heißen doch normalerweise nur Kühe, oder nicht?«

»Betsy Dickinson ist siebenundsechzig Jahre alt, und sie steht seit achtundvierzig Jahren hinter dem Tresen. Kühe machen sich im Winter nicht so gut, sie stehen dann nur im Stall, und …«

»Kuhscheiße hat wenig präsidiale Fernsehpräsenz«, beendete Präsident Ward seinen Satz. Steve Grevers seufzte: »Exakt, Mister President.«

»Wussten Sie, dass ich im vergangenen Jahr eine Kuh namens Betsy für eine Lebensleistung von 200 000 Kilogramm Milch auszeichnen durfte?«

»Das wusste ich nicht, Mister President.«

»Immer, wenn eine Milchkuh die 200 000 Kilogramm erreicht, schickt die Milchbauernvereinigung ein Zertifikat mit einem Foto ans Weiße Haus, und ich unterzeichne es.«

»Also ist das etwas Besonderes«, merkte Steve Grevers an. »Und Sie merken sich alle Namen?«

»Man wird nur Präsident, wenn man ein gutes

Namensgedächtnis hat«, sagte Präsident Ward und legte die Akte beiseite.

»War Betsy hübsch?«, fragte der Pressesprecher. In seinem Kopf sah er den Präsidenten, der einer hübschen Kuh eine rot-blau-weiße Schleife um den zotteligen Hals hängte. WOX Daily News liebte solche Bilder. Und sobald er sie ihnen lieferte, blieben ihnen weniger Sendeminuten, um den Präsidenten von rechts zu attackieren.

»Nicht besonders«, sagte Präsident Ward. »Allerdings bin ich kein Experte auf dem Gebiet der Kuhschönheit«, fügte er hinzu.

Steve Grevers nickte und hakte die Milchkuhbilder ab.

»Es geht auf Weihnachten zu, Mister President«, fügte er hinzu. »Die Leute erwarten jetzt Kuchen, Rudy das Rentier und ein warmes Feuer.«

Für einen Moment war es still im Wagen, und Präsident Wards Finger ruhten bereits wieder auf dem Sicherheitsbriefing, als ihm etwas einzufallen schien.

»Sagen Sie, Steve?«, fragte er. »Wissen Sie etwas über meine Anfrage bei Caroline Watson bezüglich Gary Golay?«

»Michael sagt, sie haben einen Beleg dafür, dass er ein Messer gekauft hat. Es war das gleiche Modell, mit dem die Prostituierte ermordet wurde. Er sagt, er sieht schuldiger aus als Ted Bundy.«

»So äußert sich mein Stabschef, wenn ich nicht dabei bin?«, fragte Präsident Ward.

»Ich hätte das möglicherweise nicht sagen sollen«,

sagte Steve und biss sich auf die Lippe. Natürlich hätte er das niemals weitergeben dürfen, geschweige denn an den Präsidenten.

»Natürlich hätten Sie das sagen sollen«, sagte Präsident Ward sichtlich verärgert. »Oder wollen Sie mich im Turmzimmer einschließen?«

Die Wagenkolonne wurde langsamer. Sie waren fast am Ziel. Auf diesen verärgerten Präsidenten wartete eine Gruppe von sicherlich zweihundert Schaulustigen und Betsy Dickinson mit ihren Kuchen und Plätzchen.

»Natürlich will Sie niemand im Turmzimmer einsperren«, sagte Steve und hoffte, dass der Wagen endlich zum Stillstand kam. Es waren schon die ersten Ward-Plakate zu sehen.

»Manchmal habe ich genau diesen Eindruck«, sagte der Präsident und griff nach dem Türöffner.

»Hat er gesagt, ob die NSA etwas mit den Enthüllungen zu tun hatte?«, fragte der Präsident.

»Er hat gesagt, wenn Journalisten fragen, soll ich auf eine interne Untersuchung verweisen, die nichts ergeben hat.«

»Hat schon jemand gefragt?«, fragte der Präsident. Die Tür war schon einen Spalt geöffnet, und die Ward-Rufe drangen ins Innere wie die Robbenschreie einer ganzen Kolonie.

»Bis jetzt nicht, Mister President«, sagte Steve Grevers. Er fragte sich seit Tagen, wann jemand einen möglichen Zusammenhang hinterfragen würde. Andererseits drang von dem Gefeilsche hinter den Kulissen des Kongresses selten etwas nach außen. Die Sprecher der

Parteien, manchmal der Ausschüsse und natürlich der Präsident selbst beanspruchten die Lorbeeren eines Gesetzes. Gesetze waren wie Würste. Niemand wollte ernsthaft wissen, wie sie gemacht wurden. Hauptsache, das Ergebnis schmeckte der Masse. Würde es Gary helfen, wenn jemand Fragen stellte? Steve Grevers zweifelte daran. Der Präsident winkte bereits aus dem Wagen, immer noch sitzend. Ward drehte sich noch einmal zu ihm um: »Glauben Sie, dass Gary so schuldig ist wie Ted Bundy?«

»Ich kenne Gary, Mister President«, sagte Steve. »Er war es nicht. Jemand schiebt ihm das in die Schuhe.«

»Sehen Sie, Steve. Da sind wir schon zwei.«

»Wie können wir ihm helfen, Mister President?«, fragte Steve.

Der Präsident stieg aus dem Wagen. Er strahlte. Vor Zuversicht. Vor Lebensfreude. Vor Freude, die Bürger von Marquette endlich wiederzusehen. Natürlich war er noch niemals zuvor in Marquette, Michigan, gewesen. Aber die Menschen würden glauben, er kam heim zu Freunden. Die Magie des Colin Ward, dachte Steve, als der Präsident noch einmal den Kopf in den Wagen steckte: »Das ist das Schlimme, Steve. Ich weiß es einfach nicht. Ich glaube, Gary kann sich nur selbst helfen.«

KAPITEL 38

Haus der Familie Golay
Lybrook Street, Bethesda, Maryland
10. Dezember, 18:59 Uhr (sechs Stunden später)

Emma Golay betrachtete die Jonglierversuche ihrer Assistentin auf der Kalenderfunktion ihres Black-Berrys, während sie abwesend in ihrem griechischen Salat herumstocherte. Alle Nachmittage freihalten, hatte ihre Anweisung gelautet. Hinzu kam die Flugzeit nach New York. Jeden Tag. Es ging nicht anders. Ihre Familie brauchte sie jetzt. Für morgen früh hatte ihr CEO einen Termin vereinbart, der Emma wunderte. Rücksprache, lautete der simple Titel. Ohne Thema, ohne Hinweis, worum es gehen sollte. Sie saßen im Wohnzimmer, Louise hockte über ihren Hausaufgaben, und Jos Gedanken waren in der Monster High, einer Schule von Vampiren und Untoten. Die Puppen dazu waren der letzte Schrei.

»Mommy, warum musste Daddy ausziehen?«, fragte Jo.

Zumindest hatte Emma gehofft, dass Jos Gedanken

ganz davon besetzt waren, wie es zwischen Ghoulia Yelps und »Slow-Moe« Deadovitch weiterging. Dabei war das Schicksal von Papa natürlich die einzige Frage, die ihre Töchter interessierte.

»Hat er die Frau umgebracht und musste deshalb gehen?«, fragte Louise.

»Nein, natürlich hat er sie nicht umgebracht«, sagte Emma und fragte sich, ob sie ihre Kinder belog. »Er ist ausgezogen, damit die Reporter endlich verschwinden.«

»Aber die Reporter sind noch da«, protestierte Jo und zog an den eisenhutfarbenen Haaren von Spectra Vondergeist.

Emma seufzte: »Du hast recht. Es hat noch nicht funktioniert.«

»Ist er ausgezogen, weil ihr euch nicht mehr liebt?«, fragte Louise. Emma schluckte und wusste, dass Louise das auffallen würde.

»Nein«, sagte Emma, »so einfach ist es nicht.«

»Was soll daran nicht einfach sein?« Es wurde nicht einfacher, wenn sie älter wurden. Manchmal zweifelte Emma daran, dass die Eltern mehr Verstand oder Empathie besaßen als ihre Kinder.

»Ich liebe Papa immer noch«, sagte Emma. Was der Wahrheit entsprach.

»Aber du willst nicht, dass er zurückkommt«, stellte Jo fest, Spectra Vondergeist fest in der kleinen Hand. Sie konnte durch Wände gehen, sie war ein halber Geist. In der Phantasie von Jo war das ausreichend, um sie zu einer wichtigen Verbündeten zu machen.

»Im Moment ist es besser so für uns alle«, sagte

Emma. »Lasst uns warten, bis die Reporter endlich weg sind, und dann sehen wir weiter, okay?«

Ihre beiden Kinder nickten schicksalergeben.

»Freut ihr euch auf die Schule?«, fragte Emma, um das Thema zu wechseln. Sie hatte entschieden, dass es Zeit war. Ab morgen würden die beiden wieder zu ihrem regulären Tagesablauf zurückkehren. Sie hielt es für wichtig. Wichtiger, als die Kinder vor den Hänseleien auf dem Schulhof zu bewahren. Sie würden so oder so kommen. Ob jetzt oder in einer Woche oder in einem Monat. Diese Demütigung konnte sie ihren Kindern nicht ersparen.

»Schon«, sagte Jo.

»Ich habe Angst«, sagte Louise.

Emma griff nach ihrer Hand und zog auch Jo zu sich heran: »Wir schaffen das, ich verspreche es euch«, sagte sie, jeden Zweifel unterdrückend. Als sie spürte, wie Jo und Louise aufatmeten, wusste sie, dass sie ihnen nicht zu viel versprechen durfte.

KAPITEL 39

Morrisons Motel
Rockwood Parkway, Washington, D. C.
10. Dezember, 22:05 Uhr (drei Stunden später)

Gary Golay betrat das kleine Motelzimmer in der Nähe der Autobahn nach einem kurzen Ausflug zum SevenEleven. Die Schirmmütze der Orioles und die Kapuzenjacke, die zu seiner neuen Identität gehörten wie der englische Trenchcoat zu seiner alten, troffen von geschmolzenem Schnee. Er warf beides auf einen der Stühle vor dem Röhrenfernseher und stellte die Tüten auf den kleinen runden Tisch neben dem Sofa. Zwölf Quadratmeter Zuhause. Gary ließ sich auf die Couch fallen, öffnete ein Budweiser und packte aus. Mit dem Finger strich er Mayonnaise auf die Toastbrotscheiben. Schinken, Käse, eine weitere Toastscheibe. Er stellte fest, dass es schlimmer schmeckte, als er gedacht hätte. Das kleinste seiner Probleme. Er spülte das trockene Weißbrot mit Bier herunter und betrachtete die Zettel, die er auf dem blauen Teppichboden des Motelzimmers ausgebreitet hatte. Gary war bewusst, dass

203

sich die Schlinge um seinen Hals immer weiter zuzog. Das verschwundene Küchenmesser war zwar kein Beweis, aber ein für die Staatsanwaltschaft wichtiges Indiz. Laut Thibault Stein war es eher eine Frage von Tagen als von Wochen, bis ein Haftbefehl gegen ihn erlassen wurde. Einmal im Gefängnis, hätte er keine Chance mehr, seine Unschuld zu beweisen. Die Zettel auf dem stumpf getretenen Teppich waren sein einziger Lichtblick. Er musste herausfinden, was wirklich passiert war. Wie es der NSA und dem FBI gelungen war, ihn derart aufs Kreuz zu legen. Er war auf sich alleine gestellt. Thibault hatte ihm versichert, dass er und Pia vor Gericht ihr Möglichstes versuchen würden, unabhängig davon, ob sie ihm glaubten oder nicht. Aber darum ging es längst nicht mehr. Gary wusste, dass er den Prozess verlieren würde, wenn es wirklich dazu kam. Diesbezüglich war jede Illusion pure Naivität. Entweder es gelang ihm, das Komplott aufzudecken, oder er war verloren. Und er würde Emma verlieren und Jo und Louise. Seine Familie. Auch die Hoffnung, ihre Beziehung würde eine lange Gefängnisstrafe überleben, wäre naiv. Nein, er musste seinen Namen reinwaschen, wenn er eine Zukunft haben wollte, die lebenswert war. Sonst könnte er gleich von der Brooklyn Bridge springen oder sich in diesem Motel an der Deckenlampe erhängen. War der Tod durch einen Stromschlag in der Badewanne ein angenehmer? Gary biss in das Sandwich und starrte auf die Zeichnungen am Boden. Der Schlüssel zu allem lag in der zeitlichen Abfolge. Und in dem Kalender des NSA-Direktors.

Irgendwann musste es eine Überschneidung geben. Eine Anweisung, die alles in Gang gesetzt hatte. Der allererste vermeintliche Beweis für seine Schuld waren die Flüge nach Las Vegas. Vor zehn und sieben Jahren hatte er zweimal vier Tage in der Wüstenstadt verbracht, um den Kopf freizubekommen. Er hatte ein paar Runden Blackjack gespielt und die meiste Zeit am Pool des Bellagio verbracht. Weder hatte er Prostituierte getroffen noch und schon gar nicht ihre Dienste in Anspruch genommen. Dass genau an jenen Wochenenden Prostituierte ermordet worden waren, musste ein Zufall sein. Wurden nicht jede Woche in Vegas Prostituierte ermordet? Gehörte das nicht zum Alltag im Sündenpfuhl? Gary nahm zumindest an, dass es möglich war. Höchstwahrscheinlich war es nicht von allzu großer Bedeutung, denn es wäre sicherlich nicht das zentrale Element der Beweisführung. Als Zweites folgte der Kauf des Küchenmessers, das er mit seiner Kreditkarte bezahlt hatte. Das war Anfang des Jahres gewesen. Er hatte es Emma zum Geburtstag geschenkt, inklusive roter Schleife. Das FBI könnte seine Kreditkartendaten abgerufen haben, das wäre eine leichte Übung für die Polizisten. So weit, so gut. Aber bedeutete das nicht, dass sie das schon vor dem Mord getan haben mussten? Damit der Mörder das »richtige« Messer verwendete, um es Gary in die Schuhe schieben zu können. Seine Oberlippe kribbelte, wie immer, wenn er nervös wurde. Natürlich! Und genauso dürfte die Auswahl des Opfers erfolgt sein. Jemand hatte herausgefunden, dass er Carrie gekannt hatte und dass er ein paar Mal bei ihr gewesen war. Deshalb hatte sie sterben müssen. Damit Gary als logischer Täter erschien. Mit schweißnassen Fingern griff er nach dem Zettel mit den Telefonaten, die er angeblich mit Carrie geführt hatte. Selbst ihre allererste Kontaktaufnahme war aufgeführt. Und Gary wusste, dass das Datum stimmte, denn es war der Tag nach Thanksgiving gewesen. Emma und er hatten gestritten, wie häufig nach Jos Geburt. Es lag daran, dass sie nicht mehr miteinander schliefen, dass sie einander verloren zwischen Kinderbetreuung, einem Säugling und ihren beiden Vollzeitjobs. Die NSA hatte die Metadaten seiner Telefonate über Jahre hinweg zurückverfolgt. Durch das neue Gesetz hätte die NSA von allen Geheimdiensten die größten Einbußen hinnehmen müssen. Und sie waren technisch ohne weiteres dazu in der Lage. Sie speicherten auch Kreditkartentransaktionen und Flugbewegungen. Dort musste alles seinen Ursprung haben. Natürlich kämen auch die CIA oder Homeland Security in Frage. Es wäre kein Problem, sich unter dem Deckmantel einer Terrorermittlung seine Daten zu besorgen. Aber der zugespielte Kalender des NSA-Direktors, die Geschwindigkeit, mit der der Plot geplant und ausgeführt worden war, das alles sprach für die National Security Agency. Und es musste eine von langer Hand geplante Aktion gewesen sein. Vermutlich war ihnen die Zeit ausgegangen, sonst hätten sie ihn sicherlich nicht so kurz vor der Verabschiedung des Gesetzes ausgeschaltet. Er war es gewesen, der auf Anweisung des Präsidenten enormen Druck aufgebaut hatte, um das Gesetz noch vor den Weihnachtsferien zu verabschieden. Niemand hatte damit gerechnet, dass es funktionieren würde, er selbst am allerwenigsten. Er hatte sie unter Druck gesetzt. Und möglicherweise zu einer unüberlegten Handlung veranlasst. Aber hatten sie einen Fehler begangen? Gary konnte keinen erkennen. Selbst wenn seine Theorie stimmte: Wie sollte er sie jemals beweisen? Warum hatte ihm jemand ausgerechnet diese drei Tage im September geschickt? Auch der Abgleich mit seinen beruflichen Terminen hatte nichts genützt. Bis jetzt nützte ihm der Kalender rein gar nichts. Und wer sagte ihm eigentlich, dass dahinter wirklich ein wohlgesinnter Freund steckte und keine gezielte Desinformation? Vor Gericht zählten die Fakten und keine Verschwörungstheorien. Nicht einmal Thibault Stein würde es gelingen, mit einer derart auf Annahmen basierenden Geschichte hinreichend Zweifel zu streuen. Es reichte nicht. Gary rieb sich mit der Hand über das Gesicht und vergrub es hinter seinen Handflächen. Minutenlang saß er regungslos und dachte an die Zukunft. Bis ihn das schrille Klingeln des Telefons aus seinen düsteren Gedanken riss. Er meldete sich mit seiner Zimmernummer.

»Mister Amandopolous? Hier spricht der Empfang. Es wurde eine Nachricht für Sie abgegeben.«

Was für eine Nachricht? Und vor allem: von wem? Wer wusste, dass er hier unter diesem frei erfundenen griechischen Namen abgestiegen war? Und warum überbrachte der Bote die Nachricht nicht persönlich. Auf dem Weg zur Tür stolperte Gary über eine leere Bierdose und stieß den Teller mit dem halb aufgegesse-

nen Sandwich vom Tisch. Es landete mit der Mayonnai-
seseite nach unten auf dem Teppich. Gary kümmerte
sich nicht darum, er war schon fast betrunken genug,
um zu schlafen. Für immer vielleicht.

KAPITEL 40

Stratton Middle School
Mohican Road, Bethesda, Maryland
11. Dezember, 10:34 Uhr (am nächsten Morgen)

Jo stand alleine auf dem Schulhof, Spectra Vondergeist fest an sich gedrückt. Die anderen Kinder tobten um sie herum, aber Jo war nicht nach Spielen zumute. Sie starrte durch sie hindurch und wünschte sich an einen anderen Ort. Sie betrachtete das Schulgebäude und fragte sich, ob ihr Spectra helfen konnte. Und plötzlich stand sie mittendrin. Um sie herum tanzten zehn oder zwölf Mitschüler aus ihrer Klasse. Sie bildeten einen Ring um sie herum. Immer schneller. Immer enger. Jo drehte sich um, wollte weglaufen, aber sie fand keine Lücke zwischen den schnell rennenden Kindern. Sie riefen: »Papa ist ein Lügner, Papa geht jetzt in den Knast.«

Immer lauter riefen sie es, und immer schneller liefen sie und lachten. Jo presste Spectra gegen die Brust und kämpfte mit sich. Und als sie eine Lücke entdeckte, rannte sie los. In das Schulgebäude, über den langen

Flur mit den großen Quadraten auf dem Boden, bei denen sie normalerweise niemals die Fugen berührte. Heute waren die Fugen egal. Sie rannte und spürte, dass sie ihr folgten. Sie rannten hinter ihr her und riefen: »Lügner, Lügner, Lügner!« und »Knast, Knast, Knast!« Sie wandte sich seitwärts und stieß die Flügeltüren nach draußen auf, rannte die steinerne Treppe herunter. Hierher würden sie ihr nicht folgen, es war verboten, das Schulgelände zu verlassen. Spectra würde ihr helfen, wieder ungesehen ins Klassenzimmer zu kommen. Sie konnte sich unsichtbar machen und durch Wände gehen. Sie würde es Jo zeigen. Sie rannte durch das große Tor, stand auf dem Bürgersteig, drehte sich um und versteckte sich hinter einem der großen Pfeiler. Sie spähte durch den schwarzen Zaun, ob die anderen es doch wagen würden. Dann hörte sie das Klacken von Fotoapparaten. Zwei Männer saßen in einem dunkelblauen Ford, und die Objektive ihrer Kameras starrten direkt zu ihr herüber. Sie sollte sich nicht fotografieren lassen. Sie durfte sich nicht fotografieren lassen, hatte Mama gesagt. Jo warf einen Blick auf die Schule. Hinter der Tür warteten die anderen. Lügner! Knast! Dann drehte sich Jo um und lief auf die Straße, weg von den Kameras, weg von den anderen. Nur weg. Weg. Weiter weg. Spectra würde sie beschützen. Sie hörte das Hupen des Lastwagens. So nah, so laut. Sie konnte durch Wände gehen, oder nicht? Sie blieb stehen und starrte auf die heranrasende Front aus Stahl und Chrom. Konnte sich nicht bewegen. Konnte nichts mehr tun. Es tut mir leid, Papa, dachte Jo.

KAPITEL 41

Morrisons Motel
Rockwood Parkway, Washington, D. C.
11. Dezember, 11:21 Uhr (zur gleichen Zeit)

Gary Golay erwachte um zehn nach elf aus einem traumlosen Schlaf. Er fühlte sich kein bisschen erholt, das Bier von gestern Abend kratzte in seiner Kehle. Er suchte im Kühlschrank nach einer Cola und fand sie in der Tüte vom Supermarkt. Er hatte vergessen, sie kalt zu stellen. Gary trank sie trotzdem mit gierigen Schlucken. Dann fiel ihm die Nachricht wieder ein, notiert auf einem Stück Papier. Drei Worte. Er kramte ihn aus der Jeans, in der er eingeschlafen war. »RUN, GARY, RUN!«, stand darauf. In Blockbuchstaben. Lauf, Gary, lauf! Jemand gab ihm den Rat wegzulaufen. War bereits ein Haftbefehl erlassen worden? Wer hatte ihm die Nachricht zukommen lassen? Freund oder Feind? Laut dem Portier hatte ein Kurierdienst den Umschlag abgegeben. Adressiert an Mr. Amandopolous. Wer wusste von seinem Decknamen, unter dem er im Motel abgestiegen war? Niemand. Das stimmte nicht ganz: Thibault Stein wusste, wie er ihn erreichen konnte, und Pia Lindt wusste es mit Sicherheit auch. Emma wusste es. Wie schwer war es, ihn hier zu finden? Für die Behörden mit Sicherheit nicht besonders schwer. Er hatte zum Bezahlen eine Prepaid-Kreditkarte benutzt, die er über sein Konto aufgeladen hatte. Er hatte sich den Decknamen nicht zugelegt, um der Verhaftung zu entgehen, sondern um neugierige Reporter fernzuhalten. Er trank eine zweite Dose Cola und stellte sich unter die Dusche. War es tatsächlich die einzige Option? Wegzulaufen? Das heiße Wasser prasselte auf seine Schultern und weckte seine Lebensgeister. Er hörte, wie sein Handy klingelte in der Jeans, die auf dem Toilettendeckel lag. Er würde sich später darum kümmern.

KAPITEL 42

Queens, New York
11. Dezember, 11:12 Uhr (zur gleichen Zeit)

Emma Golay starrte auf das Rollfeld und betrachtete die Bodenbewegungen der Jets, die einer strengen Choreografie folgten. Die geschwungenen Linien auf dem Boden ergaben aus der Luft ein wunderschön geometrisches Bild. Alles wirkte schöner, perfekter aus einer guten Meile Flughöhe. Der Dreck verschwand, und es blieb nur das Große, Wichtige.

»Sie müssen uns verstehen, Emma«, sagte Frank Tanner, der CEO von Red Jets.

»Ich verstehe Sie sehr gut, Frank«, sagte Emma kühl und hatte Mühe, die Fassung zu wahren. Die Wut in ihrem Bauch hatte sich zu einem großen Knoten verwachsen. Sie sollte kaltgestellt werden. Abgeschoben. Kurz vor entlassen.

»Es war nicht meine Entscheidung, Emma«, sagte Frank Tanner. »Sie wissen, was die negative Presse für uns und unsere Aktionäre bedeutet.« Er machte es sich leicht. Was hatte sie erwartet? Alles ging zu Bruch.

213

Nicht nur Gary, ihre Ehe, ihre Familie. Einfach alles. Kein Stein in ihrem Leben blieb auf dem anderen. Außer ihre beiden Kinder. Aber klein beigeben würde sie nicht. Das tat Emma Golay nicht. Niemals.

»Hatten Sie ernsthaft geglaubt, dass ich mich darauf einlasse? Leiterin des On-Board-Service statt Vice President of Operations?«

»Es ist eine verantwortungsvolle Aufgabe, Emma«, sagte ihr Chef.

»Bullshit!«, fluchte Emma. Sie wusste, was es bedeutete, so viel Verantwortung zu verlieren.

»Nein, in Wahrheit habe ich es nicht geglaubt«, gab Tanner zu. »Was wollen Sie?«

»Legen Sie etwas auf den Tisch«, sagte Emma. In dieser Situation half nur noch Geld. Sie wollten sie loswerden – und sie würden sie loswerden. So oder so. Sie konnte es ihnen billig oder teuer machen. Emma hatte nicht vor, Tanner davonkommen zu lassen. Dann klingelte ihr Handy. Sie hatte vergessen, es auszustellen. Verdammter Mist. Sie warf einen Blick auf das Display. Eine Nummer aus Baltimore, aber keine, die sie kannte. Vermutlich der Blumenhändler. Die unwichtigsten Leute hatten stets die Gabe, in den unmöglichsten Situationen anzurufen. Sie drückte das Gespräch weg.

»Was hatten Sie erwartet, Tanner? Jeanne d'Arc?«, fragte Emma. Das Handy klingelte zum zweiten Mal. Es klang dringlicher. Sie legte den Anrufer auf die Mailbox und stellte den Klingelton lautlos.

»Natürlich nicht«, sagte der CEO und faltete die

Hände. »Dann lassen Sie uns darüber reden, was es kosten wird.«

Zum dritten Mal rief jemand an. Die Vibrationen ließen das Glasdisplay auf dem Schreibtisch tanzen. Dann klopfte es an der Tür. Ohne eine Antwort abzuwarten, öffnete Tanners Assistentin und blieb im Türrahmen stehen. Emma drehte sich um. Die Assistentin deutete auf das Telefon, das auf dem Schreibtisch stand. Ein rotes Licht zeigte an, dass ein Anruf gehalten wurde. Ihr Gesicht sagte alles. Emma wusste plötzlich, dass etwas passiert war. Etwas viel Schlimmeres als ihre Entlassung. Etwas Schreckliches. In Zeitlupe griff Emma nach der ledernen Armlehne und nahm den Hörer, den Tanner ihr reichte. Noch während sie der Stimme am anderen Ende der Leitung lauschte, verließen Frank Tanner und seine Assistentin den Raum. Als wüssten sie beide, was Emma erst in wenigen Sekunden erfahren würde. Es war der Anruf, vor dem sich Eltern auf der ganzen Welt am meisten fürchteten.

KAPITEL 43

Geronimos Delicatessen
Upper East Side, Manhattan
11. Dezember, 11:28 Uhr (zur gleichen Zeit)

Pia hasste frühes Mittagessen, aber heute blieb ihr keine Wahl. Sie und Thibault hatten einen Termin vor Gericht, und den konnte man sich nicht aussuchen. Wenn sie nicht an Unterzuckerung zusammenbrechen wollte, musste sie ihre Speicher auffüllen, bevor sie den halben Nachmittag in einem stickigen Gerichtsgebäude verbringen würden. Auf der Habenseite stand die Länge der Schlange, sie würde ihr Essen doppelt so schnell in der Hand halten. Pia bestellte ein Reuben Sandwich, einen großen Eistee und einen gemischten Salat. Sie hatte in letzter Zeit zu ungesund gelebt. Pia bestrafte sich stets für ihre Sünden. Meist im doppelten Sinn.

Die Dame mit dem Schirmmützchen hinter der Kasse lächelte freundlich, als sie zwei Dollar in den Kaffeebecher mit dem Trinkgeld steckte. Die Schlange schob sich weiter, an den Kühltheken mit den süßen Verlockungen vorbei. Zehn Zentimeter alle zwei Minuten, jeweils eine

216

Bestellung. Pia kalkulierte mit einem bangen Blick auf die Uhr. Sie würde es gerade noch schaffen, in Ruhe im Büro zu essen, bevor sie Thibaults Fahrer abholte, um sie zum Gericht zu bringen. Wenn die Chaostruppe hinter dem Tresen endlich Gas gab. Um 11:41 Uhr war es endlich so weit. Ein ordentlich beschürzter junger Asiate drückte ihr eine braune Tüte mit dem Sandwich und dem Salat in die Hand. Den Eistee in der linken Hand balancierend, lief Pia zu dem Serviettenspender. Bevor sie den Becher abstellen konnte, drängte sich ein junger Mann dazwischen. Wäre er nicht so ein Rüpel gewesen, hätte sie sein Aussehen gar nicht einmal so schlecht gefunden. Dickrandige Brille, lässiges Sweatshirt. Er sah aus wie ein Hipster von der Lower East. Er grinste sie an, griff in den Serviettenspender und reichte ihr einen dicken Batzen. Pia grinste zurück. Vielleicht doch nicht so ein Rüpel, dachte sie und bedankte sich artig.

»Kein Problem«, sagte der Hipster. Und fügte hinzu: »Manchmal ist eine Serviette mehr als einfach nur eine Serviette.«

Pia hatte keine Ahnung, was er damit meinen könnte. Schulterzuckend machte sie sich auf den Rückweg ins Büro.

KAPITEL 44

Morrisons Motel
Rockwood Parkway, Washington, D. C.
11. Dezember, 11:51 Uhr (zur gleichen Zeit)

Als Gary das T-Shirt anzog, klingelte es zum dritten Mal. Wer in Gottes Namen rief ihn so oft hintereinander an? Er stolperte über das verdrehte Bein seiner Jeans und versuchte, das Telefon aus der Tasche zu ziehen, als es an der Tür klopfte. »Mr. Amandopolous!«, rief jemand. Der Portier? Drei Worte: Lauf, Gary, lauf! Die Anrufe, der Mann vor der Tür. Kamen sie ihn holen? Thibault hatte gesagt, es könnte jeden Tag so weit sein. Lauf, Gary, lauf!

»Mr. Amandopolous!«, rief es erneut. »Bitte öffnen Sie die Tür!«

Gary schob den Vorhang zur Seite. An der Rückseite war niemand. Und sein Zimmer lag ebenerdig. Panisch blickte er sich um. Was war das Wichtigste? Er stopfte seine Aufzeichnungen in eine der Tüten vom Supermarkt, dazu das dreckige Hemd von gestern. Er zog die Jacke über, als es zum dritten Mal klopfte. Die Kappe der Baltimore Orioles ließ er zurück. Immerhin hatte ihn der Portier damit gesehen. Er zerrte am Fensterrahmen, aber der ließ sich nicht öffnen. Sein Telefon klingelte.

»Verdammt!«, fluchte er, so leise es ihm möglich war. Die Stimme an der Tür wurde ungeduldiger.

»Bitte, Mr. Amandopolous, ich habe eine wichtige Nachricht für Sie!«

Er zerrte an dem Fenster, stemmte sich mit aller Kraft dagegen. Und tatsächlich gab es ein wenig nach. Keinen halben Zentimeter, aber es war ein Anfang. Das Handy klingelte immer noch, als er in die Knie ging und mit aller Kraft von unten gegen das Fenster drückte. Die heraufrutschende Scheibe quietschte lauter, als sein Telefon klingelte. Egal, dachte Gary. Er hörte, wie vor der Tür ein Schlüsselbund klimperte. Standen sie mit gezogenen Waffen draußen? Im Grunde spielte es keine Rolle, denn Gary war unbewaffnet. Ihm blieb nur die Flucht. Lauf, Gary, lauf! Mit einem tiefen Seufzer kletterte er aus dem kleinen Fenster und rannte.

KAPITEL 45

Kanzlei Thibault Stein
Upper East Side, Manhattan
11. Dezember, 11:54 Uhr (zur gleichen Zeit)

Pia biss in das Reuben Sandwich und las noch einmal die Aussage ihres wissenschaftlichen Beraters bezüglich der positiven Auswirkung der Rhodesian Ridgeback-Hündin auf die Gesundheit ihrer Mandantin. Zumindest hatte Judith Wort gehalten und einen Platz für Mrs. Guerro in dem Generationenhaus besorgt. Sie würden ihr die Immobilienmafia nicht mehr lange vom Hals halten können. Zwei, vielleicht drei Monate. Ihr stand ein langes Gespräch mit Ana-Maria bevor. Sie hatte ihr Tortillas nach dem Termin versprochen. Pia schob das Gespräch seit Tagen vor sich her. Irgendwann würde sie ihr die schlechten Nachrichten überbringen müssen, dann konnte es ebenso gut heute sein.

Die Marinade des Sauerkraut-Sandwiches tropfte auf die Akte, und Pia griff nach den Servietten, um sie trocken zu wischen. Was hatte der Mann damit gemeint: Manchmal ist eine Serviette mehr als einfach nur eine

Serviette? Wenn sie es sich recht überlegte, kam ihr die Begegnung im Nachhinein ziemlich merkwürdig vor. Sie legte das Brötchen beiseite und drehte den Stapel um. Nichts. Pia begann, die Papiertücher eines nach dem anderen auseinanderzufalten. Nichts. Nichts. Nichts. Nichts. War der Mann ein Spinner? Ein Stalker? Fast hätte sie aufgegeben, als sie zwischen den untersten beiden Servietten einen gelben Zettel bemerkte. Auffallend gelb. Als hätte jemand gewollt, dass er nicht übersehen wird. Pia kniff skeptisch die Augen zusammen und las.

»Ich vermute, dass Ihr Mandant unschuldig ist. Kommen Sie heute um 14.00 Uhr zur 8. Ecke Avenue B. Und lassen Sie Ihr Handy zu Hause. Ein Freund.«

Pia zerriss den Zettel, ohne weiter darüber nachzudenken. Trotz der kreativen Nachrichtenübermittlung handelte es sich in 99,9 Prozent der Fälle tatsächlich einfach nur um Wichtigtuer. Thibault hielt nichts davon, anonymen Tippgebern zu vertrauen. Und er hatte damit noch immer recht behalten.

KAPITEL 46

Queens, New York
11. Dezember, 12:03 Uhr (zur gleichen Zeit)

Geh ran, Gary, geh endlich ran«, flüsterte Emma vor der großen Fensterfront der Abflughalle. Der Jet, der sie zurück nach Washington bringen würde, stand schon am Finger. Sie starrte nach draußen, damit niemand ihre Tränen sah. JFK war für das Topmanagement von Fluggesellschaften das, was die Kongresse für andere Branchen erledigten: Man konnte keine hundert Meter laufen, ohne jemanden zu sehen, den man kennt. Die Piloten, die im Cockpit des Red-Jet-Flugs 624 nach Washington Dulles die Checkliste durchgingen, hatte sie vermutlich selbst eingestellt. Sie wollte nicht, dass man sie so sah. Selbst wenn sie ab nächster Woche nicht mehr für Red Jets arbeitete. Ihre Entlassung, oder besser: ihre Kaltstellung, war nicht der Grund ihrer Tränen. Geh doch endlich ran, Gary. Ich brauche dich jetzt. Wir brauchen dich jetzt. Nicht in einer halben Stunde, nicht in zwei Stunden, sondern jetzt. Genau in diesem Moment. Sie wusste nicht, wie sie dorthin fahren sollte ohne ihren Mann. Sie wusste nicht, ob sie das könnte. Zum sechzehnten Mal wählte sie seine Nummer. Auf dem Rollfeld löste der Tankwagen den Stutzen vom Flügel der Boeing. Wie in Zeitlupe kroch der Mann die Leiter nach unten. Es klingelte. Wie schon die letzten fünfzehn Male. Sie wartete darauf, dass die Mailbox ansprang. »Sie haben den Anschluss von Gary Golay erreicht. Hinterlassen Sie eine Nachricht.« Nüchtern, pragmatisch, Gary. Stattdessen hörte sie Schnaufen und das Scheuern von Kunstfasern auf dem Mikrofon des Handys.

»Gary?«, fragte Emma.

»Einen kleinen Moment noch«, keuchte die Stimme ihres Mannes am anderen Ende.

Wir haben keinen Moment, Gary. Ich weiß, dass du davon nichts wissen kannst, aber spürst du es nicht? Spürst du nicht, dass etwas passiert ist? Sie hörte, wie eine Autotür geöffnet wurde. Und wieder zugeschlagen. Dann startete der Motor, und die Reifen quietschten beim Anfahren. Nimm endlich den Hörer in die Hand, Gary. Sie spürte die Tränen auf der Wange. Jetzt war es egal.

»Emma?«, fragte Gary. »Entschuldige, aber hier gab es einige Probleme.«

»Nicht jetzt, Gary«, flüsterte Emma und konnte ein Schluchzen nicht unterdrücken.

»Emma, was ist los? Was ist passiert?«

»Gary, du musst rechts ranfahren. Bitte fahr rechts ran.«

KAPITEL 47

Morrisons Motel
Rockwood Parkway, Washington, D. C.
11. Dezember, 12:09 Uhr (zur gleichen Zeit)

Gary trat aufs Gas, lenkte den Wagen vom Hof des Motels und beschleunigte bis auf die erlaubten 65 Meilen pro Stunde.

»Emma, rede mit mir, was ist passiert?«, fragte er. Dringlicher. Sie weinte. Emma weinte niemals. In letzter Zeit schon, korrigierte sich Gary. Aber diesmal war es anders. Das spürte er.

»Gary, bitte fahr rechts ran«, wiederholte Emma.

»Okay«, sagte er und nahm den Fuß ein wenig vom Gas.

»Ich stehe jetzt«, sagte er.

»Gary, Jo hatte einen Unfall«, sagte Emma, und ihre Stimme brach. »Sie liegt …« Er hörte, wie seine Frau kämpfte. »Sie liegt im Krankenhaus, Gary.«

»Sie hatte … was?«, fragte Gary. Der Geländewagen schaukelte, als er bei voller Fahrt auf die rechte Spur wechselte.

»Was für einen Unfall? Ist sie gestürzt? Mit dem Fahrrad? Wie geht es ihr?«

Er musste von der verdammten Autobahn runter. Er musste irgendwo anhalten, wo sein Wagen nicht jeder vorbeifahrenden Polizeistreife auffallen würde. Ein Parkplatz von einem Einkaufszentrum. Oder von einem Schnellrestaurant. Er sah das Logo der Five Guys knapp hinter der nächsten Ausfahrt. Er nahm sie viel zu schnell.

»Nein, Gary. Nicht mit dem Fahrrad. Offenbar ist sie vor einen Lkw gelaufen, Gary.«

Vor Garys innerem Auge sah er sein kleines Mädchen auf der Straße vor ihm stehen. Er raste auf sie zu. Beinahe hätte er gebremst. Im letzten Moment kehrte er in die Realität zurück. Wie konnte es passieren, dass Jo vor einen Lkw lief? Die Schule konnte man nur durch das Hauptportal verlassen, und Jo war kein unvernünftiges Kind. Keines dieser draufgängerischen adrenalinsüchtigen Kinder. Sie war ein stilles Mädchen, das niemals alleine aus dem Schulgebäude rennen würde. Es sei denn …

»Wie geht es ihr, Emma? Kommt sie wieder in Ordnung? In welchem Krankenhaus liegt sie?«

Gary raste auf den Parkplatz des Burger-Imbisses und bremste vor einer riesigen grünen Abfalltonne. Er schaltete den Motor aus und versuchte durchzuatmen. Er musste einen kühlen Kopf bewahren, koste es, was es wolle. Dann hörte er, wie Emma weinte. Kein Schluchzen, sondern Tränen, die aus dem Tiefsten ihres Herzens kamen. Und da wusste er, dass wieder einmal nichts so sein würde wie am gestrigen Tag.

»Sie liegt im Koma, Gary«, presste Emma hervor. Jedes Wort musste sie den Tränen abringen, damit er es von ihr erfuhr. »Und sie wissen nicht, ob sie wieder aufwacht.«

Gary blickte auf den Rücksitz. Dort lag Clawdeen Wolf neben einem kleinen, rosafarbenen Schminkspiegel. Sie war viel zu jung. Dann vergrub er sein Gesicht in den Händen, und für einige Minuten schwiegen sie beide. Verbunden über den Äther. Getrennt durch fast zweihundert Meilen. Getrennt durch so viel mehr. Vereint in der Liebe zu ihrem Kind, das so unschuldig war wie sonst niemand. Und das sie brauchte. Als Emma in den Flieger stieg, versprach Gary, sie abzuholen. Er verschwieg ihr, dass er geflohen war. Er verschwieg ihr, welches Risiko er in seiner Situation damit einging. Es war nicht wichtig. In diesem Moment zählten weder Gary noch Emma noch das FBI. Nur Jo war wichtig. Sie mussten ihr kleines Mädchen sehen und ihre Hand halten, wenn sie aufwachte. Und das würde sie, da waren sich Gary und Emma einig.

KAPITEL 48

Subway Station 66th Street/Lincoln Center
Upper West Side, Manhattan
11. Dezember, 16:44 Uhr (vier Stunden später)

Pia lauschte dem Warnton und dem zischenden Schließen der Türen. Ein Expresszug rauschte auf den mittleren Gleisen an ihnen vorbei. Sie schwitzte in ihrem Kostüm und dem Mantel. Oben war es kalt, hier unten herrschten auch im Winter Temperaturen wie in Casablanca. Zumindest stellte sich Pia Casablanca so vor. Ihr gegenüber saß ein Mann in einem Trenchcoat, der ihr bekannt vorkam. Und der sie in diesem Moment angrinste, als kenne er sie seit Jahren. Pia schaute irritiert zur Seite und fixierte eine Anzeige, die auf Spanisch für einen Verkehrsanwalt warb. Waren Sie Opfer eines Verkehrsunfalls? Wir holen mehr für Sie raus! Pia dachte an Ana-Maria. Sie war tapfer. Hielt sich besser, als sie es für möglich gehalten hatte. Manchmal freue sie sich sogar auf den Umzug, hatte sie gesagt. Was sollte sie als einzige Mieterin in einem Haus, in dem sie nicht mehr gewollt war? Natürlich hatte sie recht. Und dennoch war es nicht recht. Manche Gesetze wurden einfach falsch interpretiert. Denn meist bemaß sich ein Wert am Materiellen, und deshalb wurden die Bessergestellten bessergestellt. Als ob sie es nötig hätten. Die Mittelschicht besserzustellen, war eines der zentralen Wahlversprechen von Präsident Ward gewesen. Und was war übrig geblieben von den markigen Worten von Veränderung und Leidenschaft? Die Lobbyisten und die rechten Zeloten hatten seine Fantasien zerrieben.

Der Mann grinste noch immer in ihre Richtung. Pia kramte in ihrer Erinnerung. Er hielt einen Schülerblock in der Hand, mit Ringheftung, kariertes Papier. Und einen dicken Filzmarker. Er notierte etwas. Pia schaute weg. Aus dem Augenwinkel sah sie, dass er den Block aufgerichtet hatte. Sie ahnte, dass die Nachricht für sie bestimmt war. Ein Zettel. Der Mann aus dem Café. Von heute Mittag. Der Zettel zwischen den Servietten. Natürlich. Es erklärte aber nicht, wieso er sie ansah, als kenne er ihr Innerstes, als seien sie alte Freunde. Es wirkte nicht aufgesetzt. Pia hatte den Eindruck, aus Glas zu bestehen. Durchsichtig. Bis auf den Grund. Sie versuchte, den Zettel zu lesen, ohne allzu viel Interesse zu signalisieren. Es gelang ihr nicht.

»Schade, dass Sie nicht gekommen sind«, stand auf dem Zettel. Er nickte ihr zu und blätterte um.

»Ich muss trotzdem mit Ihnen reden.«

Pia starrte jetzt unverhohlen zu ihm herüber. Natürlich war sie nicht bei dem Treffpunkt erschienen. Warum sollte sie auch? Ein wildfremder Mann, eine Botschaft auf einer Serviette? Und jetzt das hier. Er hielt einen weiteren Zettel nach oben.

»Haben Sie keine Angst!«

Und fünf Sekunden später: »Vertrauen Sie mir, Pia.«

Leichter gesagt als getan, dachte Pia. Vertrauen war bei Pia kein natürlicher Aggregatzustand. Selbst bei Menschen, die sie kannte, geschweige denn, einem Fremden gegenüber. Ein Fremder, der ihren Namen kannte? Langsam wurde ihr das unheimlich.

Noch einmal hob er das Schild, um ein Signal der Zustimmung zu erheischen. Pia sendete nicht. Der Mann schrieb weiter, als ginge es um das, was er schrieb.

»Mein Name ist Alfred Shapiro. Ich arbeite für die National Security Agency.«

Er beobachtete die anderen Fahrgäste. Er wollte wissen, ob sich jemand für sein Schild interessierte. Nach kaum mehr als einer Sekunde senkte er den Block zurück in seinen Schoß. Es trug mehr zu seiner Glaubwürdigkeit bei als alles andere.

Pia zog die Augenbrauen zusammen. Das erste kleine Zeichen von Interesse. Al Shapiro verstand. Wieder hatte sie das Gefühl, dass er sie besser kannte, als es möglich war. Er blätterte zurück.

»Vertrauen Sie mir, Pia.«

Vertrauen. Wieder einmal. Pia starrte auf die spanische Werbeanzeige. Der Zug fuhr an der 96. Straße ein. Sie traf eine Entscheidung. Mehr aus dem Bauch, als sie es von sich gewohnt war. Sie winkte ihm zu und stieg aus. Ob er ihr folgen würde? Sie lief zur Rolltreppe. Ohne Eile, aber mit der natürlichen Geschwindigkeit der New Yorker Fußgänger auf dem Weg zu einem wichtigen Irgendwas. Erst nach der Hälfte der Fahrt blickte sie sich um. Sie entdeckte ihn acht Stufen hinter ihr. Er grinste. Pia wusste immer noch nicht, was sie davon halten sollte.

Als sie die Oberfläche erreichten, blieb Pia stehen.

»Was wollen Sie von mir?«, fragte sie den jungen Mann, der bei Tageslicht auf einmal gar nicht mehr so zwielichtig wirkte. Erneut zückte er seinen karierten Schreibblock, der Pia schon jetzt auf die Nerven ging. Was sollte es damit auf sich haben? Hatte der Junge seine Stimme verloren?

»Geben Sie mir Ihr Handy«, schrieb er.

»Sie sind nicht bei Trost!«, antwortete Pia.

»NSA, schon vergessen?«, notierte Alfred Shapiro, NSA. Wollte er andeuten, dass … Sie dachte an Garys aussichtslose Lage. Dann blickte sie sich um. Sie waren mitten in Manhattan, gerade auf halber Höhe des Central Parks. Upper West. Feine Gegend. Touristen, ein Mann mit einem Hotdog-Stand, Lieferanten. Und alleine in Sichtweite zwei Polizisten. Dies war kein Ort für einen Anschlag. Vermutlich hatte er sich diesen Ort sogar deshalb ausgesucht? Du bist ausgestiegen, Pia, erinnerte sie sich. Er ist dir gefolgt. Aber wie hatte er sie in der Bahn überhaupt gefunden? Sie blickte skeptisch auf ihr Handy und traf die zweite spontane Entscheidung dieses spontanen Nachmittags. Okay, dachte sie, versuchen wir es mit uns, Alfred Shapiro von der National Security Agency. Sie drückte ihm das Handy in die

Hand. Er zog einen ungewöhnlich dick wattierten Umschlag aus seiner Umhängetasche und schrieb ihren Namen darauf mit einem breiten Filzstift. Dann bedeutete er ihr, hier zu warten. Er verschwand in der Lobby des Concorde Hotels und kehrte keine zwei Minuten später ohne den Umschlag zurück.

»Hallo, Pia«, sagte er heiser. Leise. Aber definitiv mit kerngesunden Stimmbändern. »Ich bin Al.«

»Tatsächlich?«, fragte Pia und wusste, dass sie mehr als reserviert wirken musste. Trotzdem gab sie ihm die Hand. Wenn sie sich schon darauf einließ, konnte sie wenigstens die grundlegenden Höflichkeitsfloskeln beachten.

»Ihr Handy liegt beim Concierge. Auf Ihren Namen«, sagte er.

»Ich hatte vermutet, dass Sie es keinem windigen Elektronikhändler verkauft hatten, der sich zufällig in der Lobby unter der Plastikpalme herumdrückte.«

»Okay«, sagte Al. »Punkt für Sie. Gehen wir ein Stück?«

»Warum der ganze Aufwand, Al?«, fragte Pia.

»Gehen wir ein Stück?«, fragte er zum zweiten Mal. Widerwillig setzte sich Pia in Bewegung. Sie liefen die 94. Richtung Central Park. Warum, wusste Pia nicht. Sie ahnte, dass es keine Rolle spielte.

»Ich weiß, dass Ihr Handy abgehört wird, weil ich es selbst in den letzten zwei Wochen abgehört habe«, gestand Al. Pia schluckte. Das saß. Er hatte sie abgehört?

»Mit welchem Recht haben …« Sie stolperte über

ihre eigenen Gedanken. Er war von der NSA. Die NSA war in Garys Fall verstrickt. Seine Verschwörungstheorie war keine Roswellsche Fantasie, sie war Realität. All dies erkannte sie, während sie Alfred fragen wollte, ob er noch alle Tassen im Schrank hatte, ihr Handy anzuzapfen. Oder ob es in diesem Staat noch Bürgerrechte gab. Ob die Bill of Rights überhaupt noch in den National Archives hing oder ob man sie schon in den Safe verfrachtet hatte, wo sie offensichtlich hingehörte. Wo war der Supreme Court, wenn man ihn brauchte? All das wollte sie Al fragen, während sie die Erkenntnis über Garys Schicksal traf. Er hatte von Anfang an recht gehabt.

»Gary ist unschuldig«, stammelte Pia. »Er hat sie nicht …, das Messer, die Kreditkartenabrechnung, alles wurde nachträglich fabriziert, damit es auf sein Profil passte.«

»Darüber weiß ich nichts«, sagte Al. »Alle alten Daten zu dem Fall wurden längst überschrieben. Ich weiß nur, was ich von den zwei Wochen weiß, in denen ich Sie beobachtet habe.«

Pia blieb der Mund offen stehen, so beiläufig sprach er aus, was ihr Innerstes nach außen kehrte. Er kannte sie tatsächlich viel besser, als es sein konnte, dämmerte es ihr. Er hatte sie gestalkt. Er hatte die Ressourcen der NSA benutzt, um sich daran aufzugeilen, dass er sie sah, aber sie nichts davon ahnte. Sie dachte an ihre durchzechte Nacht mit Judith und biss sich auf die Lippe. Was bedeutete es, ein Handy anzuzapfen? Hatte er sie gesehen? Den Kuss? Das später? Sie schämte sich dafür.

232

Schon vor sich selbst. Nicht auszudenken, wenn Al sie
so gesehen hätte. Oder Adrian. Oder Thibault. Sie
spürte die Wut in ihrem Bauch und griff nach Alfreds
Arm. Sie wollte jetzt alles wissen. Musste jetzt alles
wissen.

KAPITEL 49

Howard University Hospital
2041 Georgia Avenue, Washington, D. C.
11. Dezember, 17:28 Uhr (zur gleichen Zeit)

Emmas Hand zitterte, als sie Jos dünnen Unterarm berührte. Ein dünner Schlauch leitete Flüssigkeit in ihren Körper. Schmerzmittel. Elektrolyte. Was wusste sie schon davon? Sie sah ihre Haare auf dem aufgefederten Kissen, dunkel und lang. Sie sah so unversehrt aus, so friedlich von dieser Seite des Bettes. Der Lastwagen traf sie nicht aus voller Fahrt, hatten ihr die Ärzte erklärt. Er hat gebremst. Aber er hat es nicht geschafft. Die andere Seite ihres Gesichts war bandagiert, eingeschlagen in dicken Mull. Dort saß Gary und hielt ihre andere Hand. Er sprach leise zu ihr, wie früher, als er ihr die Gutenachtgeschichten vorgelesen hatte. Gary war immer der Gutenachtgeschichtenverantwortliche gewesen. Vor allem bei Jo. Sie hatte von niemandem etwas über den Tintenfisch Timpetu hören wollen außer von Gary.

»Und weißt du, wer hier schon auf dich wartet, Jo? Die Ärzte haben sie mir gegeben, und jetzt gebe ich sie dir zurück. Hier ist Spectra. Und sie lässt dir ausrichten, dass du aufwachen sollst.«

Emma hörte seine Stimme und darüber das gleichmäßige Piepsen ihres Herztons und das Pumpen der Maschine, die Jo Luft in die Lungen blies, damit sie nicht in sich zusammenfielen. Der Unfall hatte ihren Körper in einen Schockzustand versetzt. Er funktionierte nicht mehr selbständig. Jo war nur noch am Leben, weil ihre Ersthelfer entschieden hatten, sie gleich ins weiter entfernte Universitätsklinikum zu bringen. Sie verdankten ihnen Jos Leben, hatten die Ärzte im Krankenhaus gesagt. Emma war ihnen unendlich dankbar. Vorerst, hatten sie hinzugefügt. Man könne nichts sagen in so einem Stadium. Man könne nichts tun. Allerdings wisse man, dass es ihr hilft, wenn jemand an ihrem Bett sitzt, ihre Hand hält und redet. Was blieb ihnen übrig? Sie sah Tränen auf Garys Gesicht und spürte eigene auf ihrer Wange. Ihr kleines Mädchen war aus dem Leben gerissen worden. Die Schulleiterin hatte gesagt, jemand habe ein Auto wegfahren sehen mit Männern mit einer Kamera. Sie hatte Gary mit beiden Armen festhalten müssen, damit er nicht losstürmte, um sie zur Verantwortung zu ziehen. Rache war keine Option. Nur Liebe konnte Jo zu ihnen zurückbringen, hatte Emma ihm gesagt. Nur Liebe und Glück. Sonst nichts.

»Gary?«, fragte Emma eine halbe Stunde später.

Er blickte auf. Schau sie dir an, sagte sein Blick. Ich weiß, dachte Emma.

»Sie haben mich gefeuert«, sagte sie.

Er hielt immer noch Jos Hand. Dann beugte er sich zu ihr nach vorne und gab ihr einen Kuss auf die Wange.

»Wir kommen gleich zurück, mein Schatz«, sagte er und schob den Stuhl zurück. Emma stand auf. Gary nahm ihre Hand, wie früher, in alten Zeiten, und führte sie aus dem Zimmer. Eine ganze Weile standen sie auf dem sterilen Krankenhausflur, der nach Chemikalien roch und nach Angst. Sie hielten sich im Arm, wie früher. Aber nicht, weil sie gemeinsam stärker waren, sondern weil sie heute ohne den anderen nichts waren. Nicht, weil sie etwas zusammen geschafft hatten, sondern weil um sie herum alles zusammenbrach. Sie standen auf einer Klippe im Nichts, um sie herum nur tosende See und Wellenbruch und zersplitterte Masten. Aber sie standen noch. Und um nichts in der Welt durfte sie das aufgeben. Das wusste Emma. Es war das Einzige, was noch zählte. Sie würden Louise und Jo auf die Klippe ziehen und einfach stehen bleiben, bis der Sturm vorüberzog. Kein Sturm währte für immer. Vielleicht Wochen. Vielleicht Monate. Vielleicht Jahre. Aber niemals für immer.

»Ich muss dir auch etwas beichten«, bekannte Gary vor dem Kaffeeautomaten. Er steckte zum vierten Mal eine Ein-Dollar-Note hinein, die postwendend wieder ausgespuckt wurde. Er wartete nicht, bis Emma antwortete.

»Ich bin abgehauen heute Morgen«, sagte er. »Und vielleicht sind sie schon auf dem Weg, mich zu holen.«

»Woher sollen sie wissen, dass du hier bist?«, fragte Emma.

»Glaubst du wirklich, es ist so schwer herauszufinden, dass die Tochter eines Flüchtigen einen schweren Verkehrsunfall hatte? Ich schätze, das ist kaum mehr als eine Rekrutenübung bei den Marshals.«

»Du meinst, sie kommen dich holen?«, fragte Emma. Das durfte nicht sein. Sie konnte den Sturm nicht alleine durchstehen. Sie würde von der Klippe stürzen. Das wusste sie. Ohne jeden Zweifel.

»Ich weiß es nicht«, sagte Gary und hielt ihr einen Becher mit leidlich heißem Kaffee hin.

»Aber ich weiß, wer dahintersteckt, Emma.«

Gary wirkte nervös, als er das sagte. Fahrig. Ängstlich. Nicht er selbst.

»Die NSA, Emma. Jemand wollte das Geheimdienstgesetz um jeden Preis verhindern, und ich bin das Opferlamm.«

Emma schwieg. Was gab es zu sagen? Wenn er es beweisen könnte, hätte er das gesagt, oder nicht?

»Wir müssen zurück zu Jo«, sagte er, als er keine Antwort bekam. Er klang enttäuscht.

»Du nicht«, sagte Emma. »Wenn du wirklich glaubst, dass die NSA dahintersteckt, musst du abhauen. Und wir müssen deine Unschuld beweisen. Koste es, was es wolle.«

»Ich weiß nicht, ob das einen Sinn hat«, sagte Gary. »Ich habe mir die vergangenen drei Tage den Kopf zerbrochen, wie man ihnen nachweisen soll, dass all ihre

Beweise im Nachhinein so fabriziert wurden, dass sie zu mir passen. Wie soll man so etwas beweisen?«

»Irgendwo muss es Daten geben, oder nicht?«, fragte Emma. Sie wollte ihm Hoffnung geben. Hoffnung war alles, was ihnen und Jo blieb.

»Ich habe keine Ahnung, ehrlich gesagt. Glaubst du wirklich, sie sind so dumm, Spuren zu hinterlassen? Ich bin fertig, Emma. Und wenn es meine letzten Stunden sind, die ich in Freiheit verbringe, dann gibt es keinen Ort, an dem ich lieber wäre als hier. Hol Louise, und dann lass uns hier auf sie warten«, sagte Gary.

Emma spürte den Wind an ihren Beinen. Sie stand immer noch auf der Klippe. Aber sie war noch nicht bereit, zu springen. Sie hatte noch nicht aufgegeben.

»Wann genau wollten Sie dich verhaften?«, fragte sie.

»Heute Morgen. Um kurz vor zwölf klopfte es an meiner Tür in dem Motel. Da bin ich aus dem Fenster. Niemand wusste, dass ich in dem Motel war, außer …«

»Genau, Gary. Außer mir. Und ich war es, die den Portier angerufen hat, weil ich dich nicht erreichen konnte. Ich hatte die Nachricht von Jos Unfall, und du gingst nicht ans Handy. Und da dachte ich …«

»Du meinst, es war gar nicht die Polizei?«, fragte Gary ungläubig.

»Nein, Gary. Es gibt keinen Haftbefehl. Hast du mit deiner Kreditkarte bezahlt?«

»Natürlich nicht!«, protestierte Gary.

»Na also. Und jetzt lass uns zu Jo gehen. Sie braucht uns jetzt.«

»Natürlich«, nickte Gary und gab sich einen Ruck.

Vielleicht hatte Emma recht. Louise war auf dem Weg, Christina brachte sie ins Krankenhaus. Und dann wäre ihre Familie vereint. Sie würden Jo auf die Beine bekommen, und dann würde sich alles andere finden. Auch wenn Gary nicht wusste, was genau das bedeuten sollte.

KAPITEL 50

Concorde Hotel
Upper West Side, Manhattan
11. Dezember, 18:04 Uhr (zur gleichen Zeit)

Pia stolperte über den Teppich hinter der Drehtür, als sie die Hotelhalle betrat. Alles flog durcheinander. Alfred Shapiro, die Abhöraktion, Gary, die gefälschten Beweise. Herrgott noch mal, war es wirklich möglich, so viel über einen Menschen herauszufinden, dass man ihm einen Mord anhängen konnte? Nur, indem man sein Handy und seine Computer überwachte? Und das alles im Nachhinein? Al Shapiro hatte es ihr mehr als anschaulich erklärt: Bankdaten? Wer ging für Überweisungen noch zum Schalter? Kreditkartenabrechnungen? Kamen per E-Mail. Ein Anruf beim Reisebüro, eine Online-Buchung eines Restaurants, das Bewegungsprofil des Handys. Früher hatte man mit einem Gerichtsbeschluss lediglich Zugriff auf zukünftige und nicht gelöschte Daten bekommen können. Laut Al stellte das nur einen Bruchteil der Informationen dar, die heute für immer gespeichert wurden. Das war der

Durchbruch für die NSA. Alles auch Monate, Jahre später durchforsten zu können. Erst durch das permanente Speichern wurde es möglich, die Vergangenheit eines Menschen lückenlos zu rekonstruieren. So wurden heute die Arztbesuche protokolliert, die später eine Versicherung dazu verwenden könnte, eine Leistung zu verweigern. Konjunktiv, hatte Al Shapiro betont. Könnte. Aber welcher Geheimdienst hatte noch jemals eine Waffe oder eine Information, die er hatte, nicht verwendet? Und war nicht Garys Fall das beste Beispiel dafür, wohin dies alles führen würde? Wenn es nach Pia ging, bis vors Bundesgericht. Aber sie wusste, wie schlecht die Chancen dafür standen. Laut Al konnte er nichts von dem, was er live am Bildschirm hatte mitverfolgen können, heute noch rekonstruieren. Es war nichts mehr da. Keine Logfiles, die protokolliert hatten, was gelöscht worden war, keine Aufzeichnungen der Überwachung von Pias Handy, die garantiert nicht gesetzlich verankert gewesen war.

Ihr brummte der Schädel von all den neuen Informationen, als sie bei dem Concierge den Umschlag abholte, den Alfred hier für sie hinterlegt hatte. Sie nahm ihn wortlos entgegen. Das Handy darin fühlte sich schwerer an als früher. Laut Al wurde auch in diesem Moment alles aufgezeichnet, was sie sagte. Die NSA hatte einen Virus auf ihrem Handy installiert. Konnte sie das Handy als Beweismittel benutzen?, fragte sich Pia. Selbst wenn es ausgeschaltet war, sendete es die Signale des Mikrofons an die Server der NSA. Nein, wer ein solches Programm schreiben konnte, wusste auch, wie man es versteckt. Sie trat auf die Straße und schaltete das Handy an. Es sah aus wie immer. Es verhielt sich wie immer. Und doch würde Pia niemals mehr telefonieren können ohne das Gefühl, beobachtet zu werden. Pia fragte sich, ob er ihren Absturz in dem Club mit Judith beobachtet hatte. Sie hatte das Gefühl, dass Al eine Seite von ihr gesehen hatte, die sie nicht vielen Menschen offenbart hatte. Es verursachte Beklemmungen, wenn man nicht wusste, was andere über einen wissen konnten. Es machte einen hilflos gegenüber jeder Zwischenmenschlichkeit.

Der Bildschirm zeigte eine gesperrte Sim-Karte. Pia gab ihren Code ein. Sie hatte acht neue Nachrichten auf der Mailbox. Das war ungewöhnlich. Sie klickte auf den Anrufbeantworter. Alle Anrufe kamen aus der Kanzlei. Thibault? Acht Anrufe? Irgendetwas musste passiert sein. Noch während sie vor dem Concorde Hotel versuchte, ein Taxi heranzuwinken, hörte sie die Mailbox ab. Es waren keine guten Nachrichten, die Thibault zu verkünden hatte. Gegen Gary war Haftbefehl erlassen worden. Pia blickte auf die Uhr. Die Nachricht war über eine Stunde alt. Sie musste ins Büro. Wenn Thibault oder ihr jetzt nichts einfiel, war Gary verloren. Vor allem musste sie verhindern, dass Thibault ihn anrief. Wenn ihr Handy abgehört wurde, dann auch Garys. Und das von Thibault. Und das von Emma. Wie kommunizierte man mit jemandem, dessen Handy kompromittiert war? Auch darauf würden sie eine Antwort finden müssen. Als sie ins Taxi stieg, rief sie Thibaults zweite Nachricht ab. Es war das Traurigste, was sie seit Jahren gehört hatte. Das Komplott gegen Gary Golay hatte sein zweites Opfer gefordert. Josephine hatte einen Unfall gehabt. Zumindest wusste sie jetzt, wo sie Gary finden würde. Selbst ohne ihn anzurufen.

KAPITEL 51

Howard University Hospital
2041 Georgia Avenue, Washington, D. C.
11. Dezember, 19:38 Uhr (anderthalb Stunden später)

Machen Sie mal Platz, bitte?«, befahl die Krankenschwester. Gary beeilte sich, seinen Stuhl vor dem
Beatmungsgerät zu räumen. Emma schüttelte den Kopf.
Sie tut ihr Bestes, wollte sie sagen. Ich weiß, gab Gary
stumm zurück. Seit sie hier am Bett ihrer Tochter saßen,
verstanden sie sich wieder ohne Worte.

Gary wartete, bis sie den Tropf gewechselt und einige
Werte abgelesen hatte. Er blickte sie fragend an. Sie
schüttelte den Kopf: »Es ist zu früh, etwas zu sagen,
Mister Golay. Es tut mir leid.«

»Ich weiß«, sagte Gary. »Ich musste trotzdem fragen.«

Die Schwester drückte ihm aufmunternd die Hand.
Gary beobachtete, wie sich Jos kleiner Brustkorb unter
der Decke hob und senkte. Das Zischen der Geräte
hörte er kaum noch.

»Dr. Schulz hat ein MRT angeordnet zusätzlich zum

244

CT, das wir schon haben. Vielleicht wissen wir danach mehr«, sagte die Schwester und zog die Latexhandschuhe ab, während sie zur Tür lief. Selbst auf der Intensivstation war der Kostendruck zu spüren. Zeit ist Geld. Jos Leben spielte eine statistische Rolle. Nicht mehr, aber auch nicht weniger. Gary kannte die Statistiken im Gesundheitswesen. Es war der größte Kostenblock im Haushalt, wenn man die Veteranen dazurechnete. Nicht einmal fürs Militär gaben die grandiosen USA mehr Geld aus als für die Gesundheit. Und es reichte trotzdem nicht für mehr als ein paar Sekunden Allernotwendigstes.

»Können wir noch irgendetwas tun?«, fragte Emma. »Irgendetwas?« In ihrer Stimme lag das Flehen einer verzweifelten Mutter.

»Singen hilft. Am besten ein Kinderlied, das sie früher sehr oft gehört hat. Manchmal erinnert sich das Gehirn daran und …«

Sie beendete den Satz nicht, sondern ließ die Tür zufallen. Gary wusste, dass sie ihnen keine Hoffnungen machen durfte. Er ging zu Emma und legte die Hände auf ihre Schultern. Er betrachtete den grünen Schein der Monitore auf ihrem Nasenrücken und die Schatten, die ihre Haare warfen. Sie zog seine Hand zu sich heran und küsste sie.

»Wollen wir es probieren?«, fragte Emma.

Gary wusste nicht, wann er seine Frau zum letzten Mal hatte singen hören. Es musste Jahre her sein. Meist hatte eine Nanny die Kinder ins Bett gebracht, weil sie beruflichen Verpflichtungen nachgegangen waren. Sie

245

hatten viel aufgegeben für ihre Karriere. Gary wurde erst in diesem Moment bewusst, dass sie diese intimen Momente noch niemals miteinander geteilt hatten. Obwohl das vermutlich für die meisten Familien das Selbstverständlichste war. Erst jetzt, als sie vor dem Scherbenhaufen standen, erkannte er, was sie versäumt hatten.

Und dann begann Emma zu singen. Ihre Stimme veränderte sich um zwei Tonlagen. Sie sang höher, als sie sprach. Vielleicht war es die Stimme ihres Herzens, die nicht über all die Jahre das Befehlen hatte lernen müssen. Vielleicht war es die Stimme, die sie ihren Kindern vorbehielt. Gary hatte die Stimme noch niemals in seinem Leben gehört. Emma sang glockenhell und klar. Ganz leise und sanft.

> Lullaby, and good night,
> Mother's right here beside,
> I'll protect you from harm,
> You will wake in my arm.

Die letzten beiden Zeilen hatte Gary summend begleitet. Aber den Text des Refrains kannte er auch. Er konnte nicht gut singen, verfehlte jeden Ton. Jo kannte es nicht anders von ihm. Es spielte keine Rolle.

> Guardian angels are near,
> So sleep on, with no fear.
> Guardian angels are near,
> So sleep on, with no fear.

Gary beobachtete abwechselnd die Hände und die Lider seiner Tochter. Er wartete auf ein Zeichen. Aber Jo rührte sich nicht. Er schloss die Augen.

> Lullaby, and good night,
> With pink roses bedight,
> With lilies overspread,
> Is my baby's sweet head.
> Lay you down now, and rest,
> May your slumber be blessed!
> Lay you down now, and …

In diesem Moment klopfte es an der Tür. Hektisch öffnete Gary die Augen. Wer könnte diesen Moment stören? Holten sie Jo schon zur Magnetresonanz? So schnell? Seine Hände lagen noch immer auf Emmas Schultern. Sie sang alleine zu Ende.

> Lay you down now, and rest,
> May your slumber be blessed!

Es klopfte erneut. Dringlicher. Würde das FBI anklopfen? Vermutlich schon, wenn sie wussten, dass hinter der Tür ein Mädchen im Koma lag. Hatte sich Emma getäuscht? Er hatte Thibault nicht mehr in der Kanzlei erreicht, und Pia, der er eine Nachricht hinterlassen hatte, hatte noch nicht zurückgerufen. Gary blickte abwechselnd zu Emma, zu Jo und zum Fenster. Kein Fluchtweg. Sie befanden sich im vierten Stock. Dann öffnete sich die Tür.

Gary musste zweimal hinschauen, und selbst dann konnte er sich keinen Reim darauf machen. In der Tür stand ein stämmiger Mann mittlerer Größe in einem militärgrünen Parka mit Fellkrempe an der Kapuze. Er trug keine Schuhe, stattdessen leuchtend lilafarbene Wollsocken. Und einen Rucksack auf der Schulter.

»Sie haben mir die Gummistiefel abgenommen. Zu dreckig«, sagte er, als er Garys Blick bemerkte.

Gary stellte sich zwischen ihn und seine Tochter, auch wenn er dadurch einen Schritt auf ihn zumachen musste. Der Blick des Parkas wurde weicher, als er Jo bemerkte.

»Mistress Golay, Mister Golay, es tut mir sehr leid, was mit Jo passiert ist.«

»Woher …?«, stammelte Gary. »Wer …?«

»Pia hat es mir erzählt«, sagte der Mann, der sehr leise sprach, fast flüsternd. Seine Stimme klang wie das Kinderlied. Sanft und weich. Mit dem Anflug eines Akzents. Der Kontrast zu seinem Äußeren hätte kaum stärker sein können. Seine dunkle Haut war vom Wetter und der Sonne gegerbt, er hatte eine lange Narbe auf der Stirn. Seine Hände waren ständig in Bewegung. Jetzt streckte er Gary seine Rechte hin.

»Ich bin Skinner«, sagte er. »Und wir haben leider nicht viel Zeit für die Begrüßung.«

»Pia schickt Sie?«, fragte Emma.

»Nein«, sagte Skinner.

»Ist Skinner Ihr richtiger Name?«, fragte Gary.

»Nein«, sagte Skinner.

»Das dachte ich mir«, sagte Gary. Der Mann war ihm

nicht geheuer. Er strahlte eine Autorität aus, die ihm nicht behagte.

»Aber Sie sagten, Pia hätte Ihnen von Jo erzählt«, insistierte Emma.

»Das stimmt«, sagte Skinner.

»Wie ist Ihr Name?«, fragte Gary.

»Wer schickt Sie?«, fragte Emma.

»Mein vollständiger Name ist Luigi Colani«, sagte er. Daher der Akzent, dachte Gary. Er ist Italiener.

»Aber meine Freunde nennen mich nur Skinner«, fuhr der Mann fort.

»Sind wir Ihre Freunde?«

Colani seufzte: »Vielleicht werden wir es, wenn ich Ihnen verrate, dass mich Thibault Stein hierherbestellt hat.«

»Woher kennen Sie meinen Anwalt?«, fragte Gary. »Und weshalb schickt er jemanden wie Sie hierher?«

»Stein war auch mein Anwalt, als ich noch einen brauchte«, sagte der Italiener. »Und er schickt mich, um Sie fortzuschaffen.«

KAPITEL 52

The White House
1600 Pennsylvania Avenue, Washington, D. C.
11. Dezember, 19:59 Uhr (zur gleichen Zeit)

Es gibt geschmorten Kürbis mit Zickleinkeule«, antwortete die First Lady und hielt sich an ihrem Glas fest. Sie fühlte sich nicht wohl in der Runde mit den Galauniformen, aber sie hatte nicht vor, es jemanden merken zu lassen.

»Ist Zicklein koscher?«, fragte General Joseph Strauss, der Direktor der NSA. Er war ein netter Mann mit dicken Tränensäcken unter den lustigen Augen und einem Lachen so breit wie der Rücken eines Brauereipferds.

»Wenn es geschächtet wurde, sicher«, antwortete Caroline Watson, deren glasknochendünne Arme zerbrechlicher wirkten als der Hals ihrer Champagnerflöte.

»Er würde nicht mal Iberico-Rippchen ausschlagen, wenn kein Rabbi und keine Kamera in der Nähe sind«, behauptete Terence Gestalt, der Direktor der CIA. Es erschien Caryn Ward fast unwirklich, dass ausgerechnet bei einem Cocktailempfang dieselben Leute zusammenstanden, die sich auch tagsüber ständig über den Weg laufen mussten.

»Es ist alles eine Frage der Hufe und des Wiederkäuens«, sagte Caroline Watson ein wenig zu ernsthaft. Caryn Ward beobachtete, wie Joseph Strauss daraufhin eine Hand auf ihren Glasknochenarm legte. Caryn überging die flüchtige Geste, indem sie sich zu ihrem Mann umdrehte, der mit dem Stabschef und zwei seiner Kommunikationsberater zusammenstand. Offenbar ging es um die Rede, die er in etwa zwanzig Minuten halten sollte. Kein guter Zeitpunkt, entschied Caryn Ward und wandte sich wieder der Gruppe Geheimdienstler zu. Ein Lobbyist hatte sich zu ihnen gesellt. Die Scherze würden bis auf weiteres nicht mehr auf Kosten des jüdischen Botschafters gehen. Was Waffengeschäfte anging, lief es blendend zwischen den engsten Verbündeten im Nahen Osten.

Caryn Ward reichte dem Lobbyisten eine lasche Hand: »Ted, wie schön, dass Sie kommen konnten«, sagte sie. Die meisten Industrievertreter hätten ein Bein für eine Einladung gegeben. Ted stand auf jeder Liste. Er vertrat wahlweise Lockheed Martin oder Boeing, manchmal sogar beide zur gleichen Zeit. Ein Wunder, dass er keine zwei Hüte besaß, um Mr. Hyde und Jack the Ripper auseinanderzuhalten. Vermutlich ließen beide Rollen an Kontrast vermissen. Zu viel Schwarz, zu wenig Weiß, sinnierte Caryn Ward.

»Die Freude ist ganz auf meiner Seite, Caryn«, sagte

er mit der Andeutung einer Verbeugung, die bei seiner Leibesfülle weniger elegant als lächerlich wirkte. »Habe ich Sie unterbrochen?«, fragte er in die Runde.

»Keineswegs«, antwortete Joseph Strauss gutgelaunt. »Sie könnten mir allerdings zur Wiedergutmachung einige dieser PR-Experten vorbeischicken. Es ist mir noch immer ein Rätsel, wie Sie das mit den Drohnen gedeichselt haben.«

Ted Baxter hob die Hände: »Gedeichselt ist das vollkommen falsche Wort, General.«

»Colin sagt, sie nennen es Strategie«, sagte Caryn und erntete einige Lacher. Am lautesten lachte Joseph Strauss, der Champagner in seinem Glas schwappte. Dann legte er seinen Arm um die Glasknochenschultern. Caryn registrierte die zweite intime Geste verwundert. Nicht dass es für die Klatschblätter gereicht hätte. Gerade kurz genug, um als Freundlichkeit unter Kollegen durchzugehen. Sie wartete auf die Reaktion von Caroline.

»Haben Sie eigentlich auch international erfahrene Experten, Ted? Ich meine, nicht dass mich das persönlich interessieren würde, aber ...«

Der CIA-Chef brachte es auf ein paar Dezibel mehr als Joseph Strauss.

Die Watson reagiert gar nicht, dachte Caryn, während die anderen die Ausläufer ihrer Lacher mit einem Schluck aus ihren Gläsern herunterspülten. Sie zuckt nicht zusammen, sie scheint es nicht einmal zu bemerken. Das einzige Wort, das Caryn Ward zu ihrer Reaktion einfiel, war: vertraut. War es möglich, dass Caroline Watson und Joseph Strauss? Dass die Nationale Sicherheitsberaterin und der Direktor der NSA? Dass die beiden ... Nein, es war nicht möglich. Caroline Watson war verheiratet, sie hatte drei Kinder. Zwar hatte sich Caryn immer gefragt, wie eine derart zierliche Frau drei Kinder hatte gebären können, aber sie hatte Carolines Rasselbande beim Sommerfest kennengelernt. Und zu Caryns Überraschung sagten sie tatsächlich Mom zu der Frau mit den Glasknochen. Aber diese Frau mit diesem Mann? Es schien einfach unmöglich. Der Karriere-Infanterist und die Summa-cum-laude-Princeton-Absolventin?

»Gibt es chèvre brioche?«, fragte Ted, nachdem sich niemand aufraffen konnte, die Konversation weiterzuführen. Es war eine der wichtigsten Eigenschaften eines Lobbyisten, das Gespräch am Laufen zu halten. Und Ted Baxter war ein Meister seines Fachs. Wenn auch Caryn seinen Rückgriff auf die Speisefolge ein wenig zu einfältig fand. Und dennoch war es eine Frage an die First Lady, galt sie offiziell doch immer noch als Gastgeberin, auch wenn es ungefähr so lächerlich war, wie es sich anhörte, wenn man bedachte, dass zweihundert Gäste anwesend waren, die an einem Dinnertisch Platz nehmen würden, der ihr nicht einmal gehörte, sondern der Nationalgalerie.

»Natürlich gibt es chèvre brioche«, sagte sie. Das ursprünglich fehlerhaft aus dem Französischen übersetzte Gebäck war so beliebt in Washingtoner Diplomatenkreisen, dass es mittlerweile im Brotkorb gereicht wurde, nur damit es weiterhin auf dem Speiseplan stehen durfte.

»Wunderbar«, sagte Ted und prostete in die Runde. Es war erstaunlich, wie viel trotz des hohen Arbeitspensums getrunken wurde. »Was mache ich mit den Abschusscodes, wenn ich etwas getrunken habe?«, war eine der ersten Fragen gewesen, die ihr Mann Caroline Watson gestellt hatte. »Sie sind nicht alleine mit den Abschusscodes, Mister President«, hatte die Frau mit den Glasknochen damals geantwortet. Jetzt hielt sie selbst ein Champagnerglas in den Händen, und Caryn Ward fragte sich, was mit den Abschusscodes passierte, wenn alle getrunken hatten. Und was passierte, wenn die Nationale Sicherheitsberaterin ein Verhältnis mit dem NSA-Direktor anfing. Wenn sie denn nicht aus der Berührung einer Mücke Elefantensex machte. Wenn, wenn, wenn. Vermutlich war zumindest beides keine besonders gute Idee, beschied sie und entschloss sich, ihren Mann zu suchen. Wenn die Probleme mit der Rede bis jetzt nicht gelöst waren, half ihm die nächste Viertelstunde bestimmt auch nicht weiter.

KAPITEL 53

Howard University Hospital
2041 Georgia Avenue, Washington, D. C.
11. Dezember, 20:09 Uhr (zur gleichen Zeit)

Fortzuschaffen?«, fragte Gary.

»Wir haben wirklich keine Zeit für lange Erklärungen«, säuselte Skinner sanft. So einfach war Gary nicht zu überzeugen.

»Ich rufe Thibault an, damit er mir das bestätigt«, sagte Gary und griff nach seinem Handy. Skinner bewegte sich so schnell, dass Gary ihn weder kommen sah noch verhindern konnte, dass er ihm das Telefon aus der Hand riss.

»Das ist keine gute Idee«, sagte der Italiener und blickte sich suchend um. Achselzuckend legte er es auf das Beatmungsgerät.

»Was hat das zu bedeuten?«, fragte Gary.

»Erst einmal müssen Sie eine Menge Papierkram unterschreiben«, sagte der Italiener und zog einen dicken Stapel Faxpapier aus seinem Rucksack. Der Briefkopf war der von Steins Kanzlei. Gary überflog die

255

Schriftstücke. Es waren Erklärungen, dass er sich aus seelischen Gründen auf eine spirituelle Reise begeben würde und ähnliche Absurditäten.

»Was soll das?«, fragte Gary. »Hier steht, ich …«

Skinner legte einen Finger über die Lippen und deutete auf Garys Handy, das auf dem Beatmungsgerät lag.

»Ich weiß nicht, ob das funktioniert. Hier fehlt ein Kühlschrank. Unterschreiben Sie!«, forderte er. »Wir müssen los!« Auch wenn Gary kaum ein Wort von dem verstand, was Skinner ihm erklären wollte, ahnte er, dass er davon ausging, dass sein Handy abgehört wurde. Was bedeutete, dass man es auch orten konnte.

»Sie heißen nicht Luigi Colani, oder?«

»Wer heißt schon wie ein minderbemittelter Busdesigner aus Deutschland?«, fragte Skinner und grinste.

Gary blickte zu Emma.

»Ich würde Thibault mein Leben anvertrauen, Gary«, flüsterte sie. »Wenn er glaubt, dass es das Richtige ist, musst du mit Skinner gehen.«

»Warum so plötzlich?«, fragte Gary. »Gibt es etwa einen …«

»Das ist eine Frage, die sich doch viel besser an der frischen Luft beantworten lässt«, sagte Skinner, gestikulierte erst wild in Richtung von Garys Handy und deutete dann auf die Ausdrucke.

»Unterschreiben Sie, lassen Sie alles bei Ihrer Frau, und dann kommen Sie mit.«

Gary überlegte. Musterte Skinner, falls das sein richtiger Spitzname war, suchte Emmas Blick. Sie nickte. Er fasste einen Entschluss. Was blieb ihm auch anderes übrig? Er kritzelte seine Unterschrift unter die Papiere. Er gab Emma einen Abschiedskuss und beugte sich dann zu Jo hinunter. Er flüsterte ihr etwas ins Ohr, während er ihre Wange streichelte. Dann folgte er Skinner, der schon die Tür zum Flur aufhielt, als warte hinter der nächsten Ecke das SWAT-Team, um ihn abzuholen. Was, wie sich später herausstellen sollte, nur achtzehn Minuten später tatsächlich der Fall gewesen wäre.

KAPITEL 54

The White House
1600 Pennsylvania Avenue, Washington, D. C.
11. Dezember, 23:41 Uhr (drei Stunden später)

Colin Ward stolperte im Badezimmer über einen der dicken Läufer, weil er vom Anblick seiner Frau abgelenkt wurde, die ihre Ohrringe aus den Löchern angelte. Die dicken Perlen klackten auf der Ablage unter dem Spiegel mit dem goldenen Rahmen. Sie machte ein missbilligendes Gesicht, auf das er sich keinen Reim machen konnte. Als wäre ihr etwas zu Ohren gekommen, das ihr ganz und gar nicht gefiel. Er trat von hinten an sie heran und legte die Arme um ihre Hüften. Die Manschetten seines weißen Smokinghemds verdeckten seine Hände vollständig. Was keine Rolle spielte. Aber ihm fiel es dennoch auf. Er suchte Caryns Augen im Spiegel. Er verriet es niemandem, aber er fand die Ohrläppchen seiner Frau unwiderstehlich. Sie lächelte.

»Wie fandest du das Zicklein?«, fragte er.

»Besser als das chèvre brioche«, antwortete sie. Sie griff nach einem Plastikbeutel mit Wattebäuschchen

258

und tränkte es mit dieser sündhaft teuren Abschmink-
lotion aus Griechenland. Auch das spielte keine Rolle,
aber Colin wusste, dass sie mehr abschminkte als das
Rouge. Seine Frau war auf hundertachtzig. Wenn sie
kein Guarana in den Kürbis gemischt hatten, ging irgendetwas vor sich.

»Und ich wäre dir sehr verbunden, wenn du mit dem
Bullshit aufhören könntest«, fügte sie hinzu, alle Kon-
zentration auf das Auftragen der Lotion gerichtet. Colin
Ward ließ sie los.

»Was ist los, Caryn?«, fragte er. »Hast du einen Geist
gesehen?«

»So etwas in der Art«, sagte Caryn Ward und schürzte
die Lippen. Der Wattebausch wanderte unter der Nase
her.

»Du musst mit mir reden«, sagte der Präsident und
setzte sich auf den Badewannenrand direkt neben den
Sims mit den Duschgels. Zwischen Caryns mit Berga-
motte und seinem mit Eukalyptusgeruch lagen zwei
Spielzeugfiguren seiner Kinder. Nicht einmal das Personal des Weißen Hauses wurde mit dem Chaos zweier
Heranwachsender fertig.

»Von Ted Baxter würde ich nicht einmal einen
Gebrauchtwagen kaufen«, sagte die First Lady. Sie sah
umwerfend aus in ihrem langen, veilchenfarbenen
Kleid. Wenn die Stimmung besser wäre, könnte er glatt
auf dumme Gedanken kommen.

»Du solltest überhaupt keinen Gebrauchtwagen kaufen, Caryn«, dozierte der Präsident. »Ist schlecht für die
Wirtschaft.«

»Ich weiß«, seufzte sie.

»Du solltest ein amerikanisches Modell kaufen, direkt aus der Fabrik.«

»Ich weiß«, wiederholte sie.

»Caryn?«, fragte der Präsident.

»Ja, Colin«, antwortete sie.

»Was ist los?«

»Hilf mir mit dem Reißverschluss, bitte.«

Er sprang auf und stellte fest, dass er immer noch die schwarzen Kniestrümpfe trug.

»Nichts lieber als das«, flüsterte er und küsste ihren Hals, bevor er den Reißverschluss nach unten zog. Das Kleid fiel auf den schwarz gekachelten Boden, und Caryn drehte sich um. Sie sah besser aus als die meisten Frauen in ihrem Alter. Und ihr hatte das Weiße Haus wesentlich weniger zugesetzt als ihm. Sie schlang die Oberarme der Nation um seinen Hals.

»Ich habe eine Statistik gelesen, dass 55 Prozent aller amerikanischen Männer gerne eine Frau mit deinen Oberarmen hätten.«

»Du spinnst«, sagte sie, aber sie grinste.

»Keineswegs. Es soll sogar Fitnesskurse geben, deren einziges Ziel Oberarme wie deine sind.«

Caryn Ward rollte mit den Augen, aber wie alle Frauen genoss sie das Kompliment, auch wenn sie es für unrealistisch hielt. Das Schönste an diesem Moment war, dass Colin Ward wusste, dass es stimmte. Zumindest wenn der Pressespiegel des Weißen Hauses sorgfältig erarbeitet worden war, woran es keinen Zweifel geben konnte.

»Ich nenne die schönsten Oberarme des Landes mein Eigen«, proklamierte der Präsident und küsste Caryn auf die Stirn.

»Du bist der Präsident«, zog ihn die First Lady auf.

»Ich befehlige zehn Flugzeugträger«, sagte er.

»Du meinst, wir sollten rübergehen?«, fragte die First Lady.

»Das ist ein Befehl«, sagte der Präsident und nahm sie an der Hand.

»Was denkst du?«, fragte Colin Ward eine Dreiviertelstunde später.

Caryn lachte. Es war ein tiefes, herzliches Lachen, das postkoitalen Lebenssituationen vorbehalten war.

»Ich denke darüber nach, wie es den Glasknochenoberarmen ergehen würde, wenn sie dieselbe präsidiale Behandlung erfahren würden, die meine soeben genießen durften.«

»Willst du etwa andeuten, dass ich auf Caroline Watson stehe?«, fragte der Präsident. Das konnte sie unmöglich ernst meinen. Er war kurz davor, den siebten Zug ihres Beziehungsabwehrbataillons in Alarmbereitschaft zu versetzen, aber ihr kehliges Lachen pfiff ihn zurück.

»Bist du von allen guten Geistern verlassen?«, prustete sie.

»Ich und die Watson, das wäre wirklich ein Bild«, sagte er.

»Es soll schon ungewöhnlichere Paarungen gegeben haben«, behauptete sie. Und beinah hätte er geglaubt, dass es ernst gemeint war.

»Wen zum Beispiel? Sookie Stackhouse und Frank Underwood?«

»Ich dachte eher an Caroline Watson und General Strauss«, sagte sie und setzte sich auf.

»Joseph und Caroline? Du willst mich auf den Arm nehmen«, antwortete er und griff nach dem Glas mit dem Bourbon. Caryn zog die Decke über die Brust.

»Ich bin nicht sicher«, sagte sie, »aber heute auf dem Empfang …«

»Du meinst, die beiden haben ein Verhältnis?«, fragte der Präsident. »Die beiden sind doch wie Pech und Schwefel!«

»Das dachte ich bis heute auch«, murmelte die First Lady. Für einen Moment ließ sie ihn sich an den Gedanken gewöhnen. Sie wusste, dass er Veränderungen erst verarbeiten musste. Aber es war unvorstellbar, oder nicht? Der joviale Strauss und seine Nationale Sicherheitsberaterin?

»Colin?«, fragte sie schließlich.

»Hm?« Er drehte sich zu ihr, darauf bedacht, keinen Whiskey auf das Laken zu schütten, was insofern überflüssig war, als dass es ohnehin jeden Tag gewechselt wurde.

»Wäre es dir egal, wenn die beiden ein Verhältnis hätten?«

»Acht von zehn Paaren lernen sich am Arbeitsplatz kennen, Caryn«, sagte der Präsident. »Denk an uns beide.«

»Aber sie ist verheiratet«, sagte die First Lady.

»So was soll in den besten Kreisen vorkommen«, antwortete der Präsident. »Und bisher wäre mir nicht aufgefallen, dass sie ihre Bettgeschichten ins Oval Office schleppen.«

»Hm«, sagte Caryn und starrte an die Decke.

Er rutschte nach oben und griff nach ihrem Arm: »Was willst du damit andeuten, Caryn? Hm?«

»Nichts«, sagte die First Lady und schlug die Decke zurück. Sie schwang sich aus dem Bett und machte sich auf den Weg ins Badezimmer.

»Hm ist nicht nichts«, rief der Präsident ihr hinterher. »Ich kenne dich, Caryn Rentington. Ich kenne dich sogar sehr gut.« Er wusste, dass sie es mochte, wenn er ihren Mädchennamen benutzte. Vor allem, wenn er etwas von ihr wollte. Sie steckte den Kopf aus der Badezimmertür: »Ich meine ja nur, ich habe alle diese versteckten Gesten gesehen, und da bin ich ins Nachdenken geraten. Vermutlich ist es nichts.«

»Hm ist nicht nichts«, wiederholte der Präsident.

»Ich weiß nicht«, sagte sie. »Ich meine, die Nationale Sicherheitsberaterin und der Chef der NSA? Ich fand das irgendwie … unheilvoll. Zumindest potenziell …«

Colin Ward saß schweigend auf dem Bett und schwenkte den Tumbler. Er betrachtete die ölige Flüssigkeit, goldgelb und scharf. Dann stand er auf und lief zum Bücherregal. Er zog eine DVD-Hülle hervor und öffnete sie. Dann warf er einen Blick auf die Badezimmertür, nahm die versteckte Notfallration aus der Hülle und suchte seinen Bademantel. Als er den Balkon betrat, nickte er dem Secret-Service-Agenten zu, der am anderen Ende Wache hielt. Keine fünf Sekunden später flackerte ein Feuerzeug vor seinem Gesicht. Alle wussten um sein letztes Laster und dass es wesentlich wahrscheinlicher war, dem Präsidenten Feuer geben zu müssen, als ihn vor feindlichem Feuer zu schützen. Caryn akzeptierte keine Ausreden, und jede Streichholzschachtel, derer sie habhaft werden konnte, wanderte in den Mülleimer.

»Danke«, sagte Colin Ward und inhalierte den ersten Zug der dritten Zigarette des heutigen Tages, so tief er konnte.

»Selbstverständlich, Mister President«, sagte der Agent und zog sich auf seinen Posten zurück. Colin Ward blies lange Rauchfahnen in die Nacht und fragte sich, ob seine Frau recht haben könnte. Ihre Fehlerquote bei Zwischenmenschlichem lag erstaunlich niedrig. Vielleicht wäre es klug, Eugenia unter der Hand einen kleinen Rechercheauftrag zu erteilen. Als er die Zigarette mit der Badelatsche austrat, hatte er einen Entschluss gefasst. Er atmete auf, als er das Zimmer betrat und das Licht im Badezimmer durch den kleinen Spalt in der Tür brennen sah. Er würde davonkommen, wenn es ihm gelang, schnell genug einen frischen Bademantel aus dem Schrank zu holen und einen Schluck Bourbon zu trinken.

KAPITEL 55

Fort Meade, Maryland
Crypto City, Gebäude 21, Cubicle 05-11-7451
14. Dezember, 14:38 Uhr (drei Tage später)

Der Chip in seiner Hosentasche musste aus Antimaterie bestehen, so schwer fühlte sich das kleine Plastikteil in seiner Hosentasche an, als Al Shapiro am Ende seiner Sonntagsfrühschicht den Fahrstuhl betrat. Er wurde nicht schlau aus dieser Frau, die nicht einmal mit der Wimper gezuckt hatte, als er ihr gestanden hatte, sie wochenlang überwacht zu haben. Ihr Innerstes nach außen gekehrt zu haben. Natürlich hatte er nicht erwähnt, dass er ihre kleine Alkoholeskapade ebenso mitbekommen hatte wie die Streits über das Hochzeitsarrangement. Aber wenn sie nicht auf den Kopf gefallen war, konnte sie es sich denken. Trotzdem hatte scheinbar ihr einziges Interesse dem Komplott gegenüber ihrem Mandanten gegolten. Wie kann ich Sie erreichen?, hatte sie zum Abschied gefragt.

»Ich schicke Ihnen eine Werbung für Long Wongs Wäscherei«, hatte er vorgeschlagen.

265

»Sie sind nicht bei Trost!«, hatte sie geantwortet, um kurz darauf abzuwinken. »Schwamm drüber«, hatte sie hinzugefügt.

»Wir treffen uns bei der in der Werbung angegebenen Adresse«, hatte Al gesagt.

»Lassen Sie mich raten«, waren ihre letzten Sätze gewesen, »dort wird es keine Wäscherei geben?«

Al hatte nur gegrinst. Dann hatte sie mit dem Finger auf ihn gezeigt, um ihn daran zu erinnern, dass er ihr etwas schuldig war. Vermutlich hätte Al Shapiro auch ohne diesen Hinweis probiert, das Richtige zu tun. Und trotzdem wurde ihm übel, als sich die Fahrstuhltüren im zweiten Stock öffneten und ihm klarwurde, dass er im Begriff war, ein Verbrechen zu begehen. Keinen Ladendiebstahl oder eine Kneipenschlägerei. Sondern ein Bundesverbrechen, für das er Jahrzehnte hinter Gittern landen würde, wenn er aufflog. Der größte Witz war jedoch, dass Al kaum etwas gefunden hatte, das sich zu stehlen lohnte. Jedenfalls hatte er keine Komm-aus-dem-Gefängnis-Karte für Gary im Gepäck. Aber er hatte die Beweise, dass Pia und ihr Chef illegal abgehört worden waren. Alles hilft, hatte Pia gesagt. Wenig oder viel, das Risiko für Al blieb beinah das Gleiche. Hatte er den Chip weit genug in die Tasche geschoben? Oder schaute ein Stück oben heraus? Ein Mann in einem schlechtsitzenden grauen Anzug betrat die Kabine und nickte ihm zu. War er von der internen Revision? Al Shapiro zwang sich, nicht zu seiner Hosentasche zu schauen. An seinem Schreibtisch hatte er es fünfmal geprüft. Wie seine Mutter den Herd, wenn sie das Haus verließ. Er war sicher, dass der Chip von außen nicht zu sehen war, und doch konnte er sich nicht auf das verlassen, was er vor zehn Minuten noch gewusst hatte. Der Mann in dem grauen Anzug drückte keinen Knopf. Hatte er überhaupt auf die Anzeigetafel geschaut? Entweder wollte er ins Erdgeschoss wie Al, oder er war hier, um ihn auf frischer Tat zu überführen. Al wusste, dass er schwitzte. Aber er konnte nicht sagen, ob die Schweißperlen auf seiner Stirn schon zu sehen waren oder ob es die innere Wärme war, die ihm einen Streich spielte. Ein Bundesverbrechen, Al. Ein fucking Bundesverbrechen. Noch dazu als Angestellter der Regierung. Al wusste, was mit Whistleblowern passierte. Manning, Snowden. Niemand konnte auf einen fairen Prozess hoffen. Stattdessen wurden Exempel statuiert. Seht her, was wir mit euch machen! Al schluckte, als er das sanfte »Ding« vernahm, das die Ankunft im Erdgeschoss ankündigte. Zu spät, Al. Er beeilte sich, vor dem Mann im grauen Anzug aus der Kabine zu kommen.

Der Gang zu den Spinden war lang und erschien ihm heute noch unendlich länger. Einige der Kollegen, die ihm entgegenkamen, kannte er von flüchtigen Begegnungen. Er hatte eine halbe Stunde länger gewartet, damit der größte Andrang an der Garderobe vorbei wäre, aber die Schlange an der Sicherheitsschleuse umso länger. Nach seinem Kalkül bauten die vielen Kollegen, die nach ihrer Wochenendschicht nach Hause wollten, einen subtilen Druck auf. Möglicherweise wurde dadurch weniger sorgfältig abgetastet. Bisher war dies allerdings lediglich eine Theorie. Sicher war nur, dass etwa jeder Fünfzigste per Zufallsprinzip ausgewählt und einem Körperscan unterzogen wurde. Außerdem wurden die elektronischen Geräte, die er bei sich trug, auf Datentransfers überprüft. Al hatte diesbezüglich Vorkehrungen getroffen, aber er war nicht sicher, ob es funktionieren würde. Eins zu fünfzig. Wenn es keine Krebsdiagnose war, klang das auf den ersten Blick nicht schlecht.

Ist eine Anklage wegen Spionage nicht so etwas Ähnliches wie ein Überlebensquotient?, fragte sich Al, als er den Spind aufschloss. Wäre sein Leben nicht ebenso gelaufen? Vorbei? Praktisch tot? Doch, stellte er fest, als er die Position der Kameras überprüfte, um sicherzugehen, dass die Schranktür verbergen würde, was er im Begriff war zu tun. Im Dunkeln des schmalen Fachs kramte er nach dem Handy. Er hatte es hundertfach zu Hause geübt. Mit einer geschickten Bewegung fischte er den Chip aus der Hosentasche und ließ ihn in die andere Hand gleiten, als er hinter sich ein Räuspern vernahm. Blitzschnell schloss er die Hand um das kleine Stück Plastik und hielt die Luft an. Dann drehte er sich langsam um. Eine junge Frau in einem blauen Kostüm lief vorbei und hustete. Vermutlich hatte sie sich einfach nur eine Erkältung eingefangen. Al Shapiro atmete auf. Noch war er nicht aufgeflogen. Von dem Mann aus dem Fahrstuhl war weit und breit keine Spur. Wie er es geübt hatte, steckte er die Chipkarte in den dafür vorgesehenen Slot seines Handys und verschloss den Spind. Er hatte die Verbindungen vom Kartenslot zur Hauptplatine des Handys durchtrennt. Das Handy würde weder die Karte lesen können, noch würde sie angezeigt, sollte es bei einer Durchsuchung an einen Rechner angeschlossen werden. Aber was geschah, wenn sie den Kartenslot öffneten? Wenn er an einen dieser überpeniblen Wichtigtuer geriet? Es war das berühmte Restrisiko, das Al eingehen musste, um zu tun, was notwendig war. Er fragte sich, ob er sich ein wenig in Pia verliebt hatte. Ob er ihr gefallen wollte und deshalb all diese Risiken auf sich nahm. Er konnte es nicht ausschließen, aber es war sicherlich nicht der einzige Grund. Das, was sie taten, ging zu weit. Und mit jedem Datensatz eines Bürgers, der sich nichts hatte zuschulden kommen lassen, wuchs auch seine persönliche Schuld.

Nicht ohne einen gewissen Fatalismus im Gepäck schloss Al seinen Spind ab und machte sich auf den Weg zur Sicherheitssperre. Eins zu fünfzig. Zwei Prozent. Nicht viel. Aber auch nicht wenig, wenn man bedachte, was für Al auf dem Spiel stand.

KAPITEL 56

Lake Anna, Virginia
16. Dezember, 18:51 Uhr (zwei Tage später)

Gary legte den Zeigefinger auf die Schnur, knapp über der Rolle. Dann holte er aus, fühlte das Gewicht des Blinkers und warf die Angel. Zumindest versuchte er es, denn der Schwimmer landete keine fünf Meter von ihrem Boot entfernt auf der spiegelglatten Oberfläche des Sees. Skinner seufzte. Gary klappte die Rolle um und begann, den Blinker einzuholen. Einmal nach rechts, einmal nach links. Niemand sollte ihm vorwerfen, dass er sich keine Mühe gab. Skinner schon gar nicht.

»Wissen Sie was, Gary?«, fragte Skinner, der in Wirklichkeit Giacomo Gianelli hieß. Wenigstens beim Spitznamen hatte er nicht gelogen. »Geben Sie es auf!«

»Keinesfalls«, sagte Gary und hob den tropfenden Blinker aus dem Wasser. Es hatte nichts angebissen. Was vermutlich kein Wunder war, zumindest Giacomos Gesichtsausdruck nach zu urteilen. Die Narbe auf seiner Stirn trat weiß hervor im hellen Tageslicht.

Skinner holte aus und warf mühelos über zwanzig
Meter. Es sah aus, als hätte er niemals etwas anderes
gemacht. Dabei wusste Gary mittlerweile, dass die
Narbe nicht vom Jagen kam. Er machte keinen Hehl
daraus. Er sprach offen darüber, was er war. Oder
zumindest, was er einmal gewesen war. Einer der dicks-
ten Fische im Teich der Ostküstenmafia. Ein Mafioso.
Das Oberhaupt eines üblen Schlägertrupps. Zumindest
stellte es sich Gary so vor. Thibault Stein hatte ihn vertreten und mittels einer Kronzeugenregelung eine Haftstrafe unter fünf Jahren erreicht. Seitdem war Giacomo
auf der Flucht. Wie Gary. Nur nicht vor den Behörden,
sondern vor seinen ehemaligen Geschäftspartnern.

»Hier gibt es keine Handys, keinen Empfang, keine
Polizei«, hatte er gesagt, als er die Tür zu seiner kleinen
Hütte aufgeschlossen hatte. Nur Wasser und Natur. Ein
wenig zu viel Natur für Garys Geschmack, aber er
konnte nicht wählerisch sein.

»Darf ich Sie etwas fragen, Skinner?«, fragte Gary,
während sich sein Blinker an der Rückwand des Holz-
bootes verfing. Er drehte sich um und fummelte an dem
Haken, der eigentlich für die Fische bestimmt war.

»Hier dürfen Sie mich alles fragen«, sagte Skinner
und warf die Angel.

»Wie haben Sie das damals gemacht?«, fragte Gary.
»Also wenn Sie einen der Ihren so richtig fertigmachen
wollten?« Wieder legte er den Finger auf die Schnur,
knapp über der Rolle. Er wollte es besser machen, auch
wenn er als Städter nicht fürs Angeln konstruiert schien.

Skinner lachte: »Sie meinen für den Fall, dass es sich nicht anbot, Salsiccia aus ihm zu machen?«, fragte er.

Gary warf keine fünf Meter weit. Der Blinker würde nicht einmal anfangen zu blinken, da wäre er schon wieder aus dem Wasser.

»Sie haben das wirklich gemacht?«, fragte Gary.

»War nur ein Spaß«, grinste Skinner. »Das mit der Salsiccia ging vielleicht noch bis in die sechziger Jahre gut.«

»Natürlich«, sagte Gary, als hätte er es gewusst.

»Die Wahrheit ist, dass Mord meistens keine besonders gute Idee ist. Meistens brauchen Sie den Verräter noch, und sei es, um ihnen die anderen Verräter zu liefern. Außerdem haben Tote die Möglichkeit, zu Märtyrern zu werden. Das öffnet Nachahmern Tür und Tor.«

Skinner warf die Angel und schob den Hut zurecht. Seine Augen hatten sich im Licht der tiefstehenden Sonne zu kleinen Schlitzen verengt.

Für fünf weitere Angelwürfe ohne Ergebnis herrschte Schweigen im Boot. Nur das leise Platschen des Wassers gegen die hölzerne Bordwand war zu hören. Und das Surren der Angelschnur beim Auswerfen und das Klackern der Rolle beim Einholen.

»Wir hätten seine Familie gefoltert«, sagte Skinner schließlich. Die Worte klangen unbeteiligt wie ein Gesetzestext. »Das bringt sie alle zum Reden. Oder zum Schweigen. Je nachdem, was Sie erreichen wollen.«

Gary dachte an Jo, die im Krankenhaus um ihr Leben kämpfte. Sie war noch immer nicht über den Berg, ihr Zustand unverändert. Einmal am Tag fuhr ihn Skinner zu einer Telefonzelle, von der aus er eine Mailbox abhören durfte. Emmas Stimme war die einzige Konstante, die ihm geblieben war. Skinner hatte ihm alle elektronischen Geräte abgenommen, in einen großen Sack gesteckt und im Papierkorb einer Tankstelle, an der sie nicht getankt hatten, entsorgt. »Jeder Chip ist heutzutage Teufelszeug«, hatte Skinner gesagt. »Ob Mafia oder FBI, die bestbezahlten Leute sind heutzutage überall die Computerfritzen«, hatte er hinzugefügt.

Gary legte die Angel beiseite und setzte sich auf die vordere Bank des Ruderboots. Nachdenklich betrachtete er die Abendsonne über dem See und den leeren Eimer zu ihren Füßen. Skinner angelte nicht, um ein Abendessen zu fangen. Zumindest war es nicht nötig, wenn er an die prall gefüllte Speisekammer der Hütte dachte. Skinner schien überhaupt nichts zu tun zu haben. War dies das Leben eines Menschen auf der Flucht? Eine einsame Hütte, die Tage länger, als einem lieb war, und keine Aufgabe am Horizont? War dies das Leben, das Gary zu erwarten hatte?

»Es gibt kaum einen Unterschied zwischen der Mafia und der Regierung«, stellte Gary fest. »Sie foltern die Menschen, die du liebst, und am Ende verlierst du alles. So oder so.«

Skinner hatte immer noch nicht aufgegeben, und Gary beobachtete den Schwung der Angel, den Flug des Blinkers, begleitet vom Surren der Schnur auf der Rolle, schließlich der Aufprall auf dem Wasser, wie ein kleiner Stein.

»Es liegt daran, dass die Mafia konstruiert wurde, um

die Regierung zu schlagen. Und das FBI wurde konstruiert, um die Mafia zu schlagen. Und so näherten sie sich über die Jahre immer weiter einander an, bis sie schließlich eins wurden. Durch Korruption, Gesetze und die Liebe zu italienischem Parmaschinken.« Skinner lachte. Und zum ersten Mal seit langer Zeit lachte auch Gary. Es war kein herzhaftes Lachen, wie das seiner Töchter beim Fangen spielen. Es war ein verzweifeltes Lachen, ein ironisches Lachen, ein bitteres Lachen. Aber es war ein Lachen.

Als Skinner zehn Minuten später tatsächlich einen Fisch aus dem See zog, saß Gary noch immer regungslos auf der Bank am Bug und starrte auf das Wasser. Skinner warf einen Blick auf den Fisch, seufzte und löste ihn vorsichtig vom Haken.

»Skinner?«, fragte Gary.

»Zu klein«, sagte er und warf den Fisch zurück in den See. »Es gibt Pasta.«

Gary lächelte dankbar.

»Skinner?«, fragte er noch einmal.

Der alte Mann nahm die Angel auseinander und legte sie auf den Boden. Das Boot schaukelte, als er sich setzte.

»Wie schlägt man die Mafia?«, fragte Gary.

Skinner griff nach den Rudern: »Das ist der Trick dabei. Man kann sie nicht schlagen. Deswegen ist es die Mafia. Bei ihr gibt es kein Win-win. Maximal ein Lose-lose.«

KAPITEL 57

The White House
1600 Pennsylvania Avenue, Washington, D. C.
17. Dezember, 15:19 Uhr (einen Tag später)

Eugenia Meeks starrte auf die hochhackigen Schuhe der Nationalen Sicherheitsberaterin. Sie war keine unattraktive Frau, trotz ihrer schmalen Erscheinung. Sie trug ihren blonden Pagenkopf stolz wie ein Ritter seinen verzierten Helm. Ihr schlanker Oberkörper formte ein Hohlkreuz, das sich nicht nur durch den dünnen Aktenstapel erklärte, den sie als Harnisch vor der Brust trug. Eugenia Meeks suchte in der Datenbank des Weißen Hauses nach ihrer Personalakte, während Caroline Watson darauf wartete, ins Oval Office vorgelassen zu werden. Manchmal hat es auch Vorteile, dass die mittlere Ward-Zeit dem Terminplan gegenüber um mindestens fünfzehn Minuten zurücklag.

Caroline Watson war am 6. Dezember 1962 in Doral, Florida, geboren als Tochter eines US Marines und einer Grundschullehrerin. Und sie war keine Expertin des Smalltalks. Fast niemand redete so wenig mit Eugenia wie Caroline, obwohl sie eine der meistgesehenen externen Besucherinnen des Präsidenten war. Abgesehen vom Stab, kannte Eugenia kaum ein Gesicht so gut wie ihres, und doch hatte sie für die Sekretärin des Präsidenten so gut wie nie ein freundliches Wort übrig. Sechs verschiedene Schulen hatte sie besucht, das Schicksal einer Soldatentochter. Gute Abschlüsse, dann ein Stipendium in Princeton. Töchter von Soldaten mussten sehr talentiert sein, wenn sie an einer der besten Schulen des Landes studieren wollten, das wusste Eugenia. Ihre eigene Tochter war davon so weit entfernt wie von einer Aufnahme am Bolschoi-Ballett. Abschluss in internationalen Beziehungen, Stationen im Verteidigungsministerium, im Außenministerium und schließlich Professorin an ihrer Alma Mater. Unter zwei von Wards Vorgängern hatte sie als Beraterin für außenpolitische Beziehungen gearbeitet und offenbar beim Establishment einen guten Eindruck hinterlassen.

Eugenia Meeks mochte sie nicht, und das lag nur zu einem kleinen Teil daran, dass sie ihre Brownies ablehnte. Caroline Watson trug nicht nur einen als modische Frisur getarnten Helm auf dem Kopf, sie war undurchschaubar. Als Frisur wie als Person. Eugenia beobachtete sie vor dem Gemälde mit den Fischern, das sie weder zu beeindrucken noch zu erschrecken schien, während sie durch ihre Akte scrollte. Sie durfte keinesfalls bemerken, dass sich Eugenia mehr für die Besucherin interessierte als für den Zeitplan des Präsidenten. Niemand durfte merken, dass sie heimlich Nachforschungen anstellte über Caryns Verdacht. Darauf hatte der Präsident ausdrücklich bestanden. Eugenia Meeks hatte nicht vor, ihn zu enttäuschen. Sie machte einige Notizen zu Carolines Stationen.

Als sich die Sicherheitsberaterin ihrem Schreibtisch näherte, legte Eugenia den Stift zur Seite. Sicherheitshalber. Caryn hatte den Verdacht geäußert, dass sie ein Verhältnis mit General Strauss haben könnte. Auch dem würde sie nachgehen. Sie würde allem nachgehen, wie abwegig es auf den ersten Blick auch wirken mochte. Caryns Instinkte waren nicht zu unterschätzen. Sie hatte ihren Mann ins Weiße Haus gebracht. Und sie würde zu verhindern wissen, dass ihn jemand vorzeitig hinauswarf. Wenn es stimmte, was sie vermutete, dann war möglicherweise die größte Verschwörung im Gange seit der Watergate-Affäre Anfang der siebziger Jahre. Eugenia beobachtete, wie sich der schmale Brustkorb hob und senkte unter dem Aktenharnisch und wie Carolines Augen über die Regale huschten. Intelligent, rastlos, ungeduldig. Je näher Eugenia die Nationale Sicherheitsberaterin betrachtete, desto weniger mochte sie sie.

KAPITEL 58

Stratton Middle School
Mohican Road, Bethesda, Maryland
19. Dezember, 18:49 Uhr (zwei Tage später)

Strattons Christmas Carol«, stand auf dem Programmblättchen, das Emma Golay von einem der Stühle fischte. »Ein Weihnachtsmärchen nach Charles Dickens«, stand darunter, daneben Feen und Eiskristalle aus dem Bilderfundus von Microsoft. Zwei Mütter aus Josephines Klasse steuerten auf sie zu. Fünf Minuten fragten sie Emma nach ihrem Befinden, wie alles passiert sei. Wie es ihr ginge, wie sie mit allem fertig würde. Gar nicht, hätte Emma am liebsten geantwortet. In Wahrheit hatte sie keine Antworten. Sie hatte selbst mehr Fragen, als sie aushalten konnte. Glücklicherweise waren die vermeintlichen Freundinnen mit Es-wird-schon-Plattitüden vollkommen zufrieden.

Emma stand regungslos zwischen den Stuhlreihen und ließ es über sich ergehen. Seit sie das Schulgebäude betreten hatte, konnte sie sich der guten Wünsche kaum erwehren. Josephine hier, Josephine da, Louise hier,

Louise dort. Dazwischen: Stimmt es, dass man Sie vor die Tür gesetzt hat bei Red Jets? Verlogene Sippschaft, zu der sie niemals dazugehört hatte mit ihrem Job in New York. Sie hatte keine Zeit, Zimtsterne zu backen, und sie verpasste regelmäßig die Geburtstagsfeiern der wichtigen Leute an der Schule. Der Elternvertreter und der AG-Leiterinnen. Genauer gesagt, verpasste sie die Geburtstagsfeiern der Kinder von wichtigen Leuten, aber so lief es nun einmal an der Stratton Middle School. Und auch jetzt schienen sich mehr an ihrem Schicksal zu laben, als dass sie sich ernsthaft für die Golays interessierten. Niemand fragte nach Gary. Als den beiden endlich die peinlichen Fragen ausgegangen waren, setzte sich Emma so schnell wie möglich auf einen Platz und hielt sich am Programmheftchen fest. Sie schlug es auf und las die Namen der mitwirkenden Kinder viermal, fünfmal. Eine Englischlehrerin hatte Dickens' Stück umgeschrieben, so dass möglichst viele Kinder einen Auftritt bekamen, der ihrer Altersstufe entsprach. Auch Jo hätte dort stehen sollen als eine der Feen in der zweiten Strophe. Louise spielte ein Rentier, das Scrooge von dem todkranken Tim erzählte, dessen Vater die Arztrechnungen nicht bezahlen konnte. Emma hatte mit ihr darüber gesprochen, wie es ihr damit ging, während ihre kleine Schwester im Koma lag. Louise hatte gesagt, dass sie ihre Freunde nicht im Stich lassen würde, und gefragt, ob es für Jo etwas ändern würde, wenn sie das Stück absagte. Es würde nichts ändern, hatte ihr Emma versprochen. Es entsprach dem, was ihr die Ärzte gesagt hatten. Josephine brauchte Zeit.

Als die Lichter in der Turnhalle ausgingen und die Scheinwerfer Scrooges Arbeitszimmer in fahles Licht tauchten, setzte sich Christina, ihr junges Kindermädchen, neben sie. Sie nahm Emmas Hand, obwohl es andersherum sein sollte. Sie war eine bemerkenswerte junge Frau, und Emma wusste nicht, was sie ohne sie machen würde. Sie gab ihrer Familie in höchster Not Rückhalt, was man einer Einundzwanzigjährigen in einem fremden Land nicht zugetraut hätte. Der man es vermutlich nicht zumuten dürfte. Christina drückte ihre Hand, und Emma spürte bei den ersten Streicherklängen, wie die Weihnachtsstimmung auf sie zurollte. Unaufhaltsam, wie ein schwerer Güterzug auf geradem Gleis. Weihnachten war die Zeit der Familie. Es hätte die Zeit der Familie sein sollen. Christstollen und Bratäpfel, Geschenke und leuchtende Augen. Stattdessen sah Emma die Kerze an Jos Bett und den Schokoladenweihnachtsmann, den einer der Pfleger danebengestellt hatte. Wir geben die Hoffnung nicht auf, hatten die Schwestern versprochen. Als Jos Klasse auf die Bühne stürmte, Peter Pan vorneweg und die Feen dahinter mit schnellen, kleinen Ballettschritten, sah Emma die Lücke. Genau zwischen der zweiten und der vierten Fee fehlte jemand. Sie wusste nicht, ob die Kinder absichtlich nicht aufschlossen oder ob es Einbildung war. Jo fehlte. Und sie fehlte Emma so unendlich. Sie würde es nicht schaffen ohne ihr kleines, unerschrockenes Mädchen. Jo, du fehlst mir so, dachte Emma. Und dann erinnerte sie sich an das graue Bett und Jos Haare auf dem weißen Kissen. Und in die Musik mischte sich der Rhythmus des Beatmungsgeräts und das gleichmäßige Piepsen ihres schlagenden kleinen Herzens. Die Kinder sangen, und Emma weinte. Still, still, still, still. Weil 's Kindlein schlafen will.

KAPITEL 59

Concorde Hotel
Upper West Side, Manhattan
20. Dezember, 15:04 Uhr (am nächsten Tag)

Long Dong's Wäscherei wäscht blitzblank sauber bis drei?«, fragte Pia Lindt, als Al Shapiro die Straßenecke erreichte, an der sie sich verabredet hatten. »Wenn ich etwas für Sie habe, werfe ich Ihnen die Werbung von Long Dong's Wäscherei ein«, hatte er ihr vor neun Tagen gesagt. »Wir treffen uns dann an der angegebenen Adresse.« Ihrer Meinung nach konnte nur ein ausgemachter Spinner einen solchen Werbetext verfassen. Zu allem Überfluss hatte Alfred auch noch einen ziemlich professionell aussehenden Flyer gebastelt und ausdrucken lassen. Sie drückte ebendiesen zur Begrüßung gegen seine Brust.

»Wenn wir es machen, dann machen wir es richtig«, sagte ihr Whistleblower und nahm ihr den Zettel ab. »Wussten Sie, dass Flyer von chinesischen Wäschereien in New York eine dreißig Prozent höhere Erfolgsquote haben?«

»Was der Grund oder die Folge davon sein könnte, dass es sehr viele chinesische Wäschereien gibt«, sagte Pia. »Was haben Sie für mich?«

»Ich glaube, dass die meisten der Wäschereien mit chinesischem Namen gar nicht von Chinesen geführt werden«, sagte Al und grinste. »Zumindest nicht mehr.«

»Al!«, mahnte Pia.

»Schon gut«, sagte er und zog einen USB-Stick aus der Hosentasche.

»Leider nicht viel«, sagte er.

»Nein?«, fragte Pia. Sie wusste, dass sie enttäuscht klang. Und sie könnte nicht behaupten, dass sie es nicht darauf angelegt hätte. Sie nahm den USB-Stick und ließ ihn in ihre Aktentasche gleiten.

»Hören Sie, Pia«, sagte Alfred und klang noch enttäuschter als sie. »Ich weiß nicht, was Sie erwartet haben und ob Ihnen klar ist, welche Risiken ich eingehe, um Ihnen überhaupt etwas zu besorgen.«

»Ich weiß nicht, was Sie glauben, welche Risiken die Gesellschaft eingeht, wenn das Schule macht«, entgegnete Pia.

Diesmal schien sie zu weit gegangen zu sein, denn Al machte Anstalten, sie stehenzulassen. Er drehte sich noch einmal um: »Und was glauben Sie, warum ich das überhaupt mache, Sie neunmalkluge Upper-West-Side-Anwalts-Schickse?«, fragte Al.

Pia konnte nicht anders, als zu grinsen. Sie begann, diesen Jungen zu mögen.

»Ich dachte, Sie helfen mir, weil Sie auf einen Dreier mit mir und Judith spekulieren«, sagte Pia.

»Das wäre natürlich auch eine Option«, gab Al Shapiro zurück und tippte sich an den imaginären Hut.

»Ich brauche mehr!«, rief Pia.

»Es gibt nicht mehr!«, rief Al über die Straße. »Sehen Sie zu, wie Sie damit klarkommen. Und was den Dreier angeht …«

»Streichen Sie diesen Teil Ihrer Fantasie, Al! Sie haben sich komplett danebenbenommen, als Sie sich das Video angeschaut haben«, rief Pia zurück, »und das wissen Sie ganz genau!«

KAPITEL 60

Silver Spring, Maryland
24. Dezember, 17:31 Uhr (vier Tage später)

Gary wusste, dass er besser in Skinners Hütte geblieben wäre, als er in Silver Spring in die Buslinie 70 stieg, die ihn nach Washington bringen würde. Die Türen schlossen sich hinter ihm mit einem lauten Zischen, und er beeilte sich, die hinterste Reihe einzunehmen. Der Bus wurde in Silver Spring eingesetzt und war fast leer. Und die Fahrgäste, mit denen er an der hinteren Tür gewartet hatte, wandten sich allesamt nach rechts. Gary stellte die drei prall gefüllten Tüten zwischen die Sitzbänke und blickte auf seine dreckverkrusteten Hände. Er roch nach Schweiß und Urin. Waschbärurin ist das Beste, hatte Skinner gewusst. Es stinkt wie nichts Gutes. Womit er recht behalten hatte. Die Kapuze des grauen Pullovers war ebenso dreckig wie die ausgeblichene grüne Militärjacke, die er bei Skinner in der Werkstatt gefunden hatte. Heute war der 24. Dezember. Einundzwanzig Tage nach seinem ersten Verhör. Es kam ihm unwirklich vor, aber heute war Weihnachten.

KAPITEL 61

Kanzlei Thibault Stein
Upper East Side, Manhattan
24. Dezember, 17:26 Uhr (zur gleichen Zeit)

Pia Lindt klopfte an Thibaults Tür, obwohl sie offen stand. Die Gepflogenheiten sollten sich nicht ändern, vor allem nicht am Heiligen Abend. Ihr Chef saß in seine Akten vertieft am Schreibtisch, die kleine grüne Schreibtischlampe beleuchtete nicht einmal die Hälfte seines Gesichts. Er legte den Stift zur Seite.

»Fröhliche Weihnachten, Thibault«, sagte Pia.

Thibault Stein lächelte.

»Ich wünsche Ihnen auch ein wunderschönes Weihnachtsfest«, antwortete der alte Mann.

Pia warf einen Blick auf die Akte und fand ihre Vermutung bestätigt. Thibault suchte nach einer Möglichkeit, den Prozess gegen Gary Golay weiter hinauszuzögern. Er hatte mit der verrückten Idee, Gary auf eine spirituelle Reise zu schicken, lediglich erreicht, dass die Staatsanwaltschaft ihm nicht vorwerfen konnte, sich der Verhaftung zu entziehen. Schließlich hatte er die

Reise, bei der sein individuelles Religionsverständnis weder Telefonate noch elektronische Geräte erlaubte, angetreten, bevor ihm der Haftbefehl zur Kenntnis gebracht wurde. Dies betraf allerdings nur eine mögliche rechtliche Verschlechterung seiner Situation durch die Flucht. Natürlich hatte es keine Auswirkung auf den gültigen Haftbefehl und die Tatsache, dass er sowohl vom FBI als auch vom US Marshals Service landesweit gesucht wurde. Noch hätte es Auswirkungen auf seinen Prozess. Thibaults Stirn lag in Sorgenfalten. Und Pia war nicht sicher, ob es daran lag, dass sie Gary zur Flucht verholfen hatten oder ob er immer noch nicht von der Unschuld ihres Mandanten überzeugt war.

»Glauben Sie weiterhin, er hat es getan?«, fragte Pia. Sie hatte ihm noch nichts von Alfred Shapiro erzählt. Von der illegalen Überwachung ihrer Telefone. Dazu gab es einige Datensätze, die zumindest Fragen aufwerfen dürften. Aber all das war nicht genug. Und Thibault würde ihn ohnehin nach bestem Wissen verteidigen, egal, ob er von seiner Unschuld überzeugt war oder nicht. Es war sein Beruf. Er war Anwalt. Er stand auf der Seite des Angeklagten. Koste es, was es wolle.

»Spielt das eine Rolle?«, fragte Thibault Stein.

»Nein«, gab Pia zu. Aber vielleicht war die Zeit reif, ihn einzuweihen. Alfreds Material reichte zwar nicht für einen Freispruch, aber für Pia gab es keinen Zweifel mehr: Gary Golay hatte sich Feinde gemacht. Mächtige Feinde. Zu mächtige Feinde. Und wenn sein Gesetz tatsächlich den Kongress passiert hätte, hätten eine Menge Leute eine Menge ihrer Macht abgeben müssen. Noch

niemals in der Geschichte der Menschheit hatten macht-
bewusste Menschen Einschnitte hingenommen, ohne
etwas dagegen zu unternehmen. Gary hatte mundtot
gemacht werden sollen. Am Tag der Abstimmung. Die
Mächtigen hatten kalkuliert, dass sein Gesetz ohne seine
Intervention zum Scheitern verurteilt wäre. Zumal es
jetzt so aussah, als hätte er das Gesetz gemacht, damit er
selbst nicht verfolgt werden konnte. Leider konnte sie
immer noch nichts davon beweisen und griff deshalb in
eine Brown Bag von Macy's, statt Thibaults Zeit zu verschwenden.

»Vielleicht haben Sie an dem hier mehr Freude«, sagte
Pia und zog einen Umschlag hervor, der neben dem
Gürtel für Adrian steckte. Sie hatte eine rote Schleife
daraufgeklebt, der Festtagsstimmung wegen.

»Was ist das?«, fragte Thibault.

»Mein Weihnachtsgeschenk für Sie«, antwortete Pia.

»Wir hatten doch verabredet, uns nichts zu schenken«, protestierte Thibault. »Wie jedes Jahr.«

»Es ist eine Akte, Thibault. Keine Armbanduhr.«

»Tatsächlich?«, fragte Thibault. »Ich hätte schwören
können, dass es genau wie eine Patek Philippe aussieht.
Sie wissen schon, diese flachen, neumodischen Dinger.«

»Wer würde Ihnen etwas Neumodisches schenken?«,
fragte Pia und grinste.

»Ich bin nicht altmodisch«, protestierte Thibault und
griff nach unten. Er öffnete eine Schublade seines
Schreibtischs.

»Ich weiß«, sagte Pia. »Aber ich dachte mir, eine Sammelklage gegen Connolly Construction wegen erhebli-

cher Baumängel an vier ihrer Objekte würde Ihnen trotzdem besser gefallen.«

Thibaults Augen leuchteten: »Ein kleiner Rachefeldzug, weil Ana-Maria ausziehen musste? Wenn es schlecht für sie läuft, könnten sie pleitegehen.«

Pia nickte: »Ich habe alles darangesetzt, dass es dazu kommt. Vierzehn Kläger, es geht um vierundzwanzig Millionen Dollar. Und selbstredend alles in meiner Freizeit erarbeitet.«

»Sonst wäre es ja kein Geschenk«, stellte Thibault grinsend fest.

»Sonst wäre es kein Weihnachtsgeschenk«, wiederholte Pia.

»Apropos Weihnachten«, sagte Thibault Stein und griff nach der Schublade seines Schreibtischs. Er holte eine rosafarbene Box hervor und stellte sie neben das Telefon. Dann schaute er sie erwartungsvoll an. Die Schreibtischlampe beleuchtete noch immer nur seine Mundpartie bis knapp unter die Nase.

»Für mich?«, fragte Pia.

»Natürlich«, sagte Thibault.

»Aber hatten wir nicht gesagt, dass wir uns nichts schenken wollen?«

»Haben Sie sich daran gehalten, Miss Lindt?«, fragte er. Und wieder einmal stellte sie fest, wie eigentümlich es war, dass sie ihn mit Vornamen ansprach, während er das förmliche Miss Lindt benutzte. Er war einfach ein hoffnungsloser Fall.

»Sie sind unverbesserlich«, sagte Pia und griff nach dem Paket. Es war schwer, viel schwerer, als man bei der kleinen Größe vermutet hätte. Sie wog es in der Hand.

»Was ist da drin?«, fragte sie. »Ein Eisenbahnwaggon?«

»Machen Sie es auf!«, forderte Thibault und lehnte sich zurück. »Feiern Sie mit Adrian?«

»Natürlich feiere ich mit Adrian«, sagte Pia und fragte sich, wie er ausgerechnet in diesem Moment darauf kam, sie nach ihrem Verlobten zu fragen. »Mit wem soll ich sonst feiern?«

Sie riss das knallbonbonbunte Papier auf und stieß auf eine unscheinbare graue Pappschachtel.

»Ich dachte ja nur, weil Sie in letzter Zeit ein wenig enerviert scheinen von der Hochzeit. Und dabei soll es doch der schönste Tag im Leben sein«, sagte Thibault.

Pia hielt inne. Was wollte er ihr damit sagen?, fragte sie sich. Und was verstand der alte Mann schon von der Ehe?

»Ich war zwei Mal verheiratet«, sagte Thibault, als hätte er ihre Gedanken erraten. »Ich weiß viel über die Ehe«, fügte er hinzu.

Pia öffnete die Pappschachtel und fand darin ein einfaches Stück Metall auf einem Untersetzer aus Filz. »Eiserner Wille«, war auf die Oberseite gedruckt.

»Danke«, sagte Pia.

»Ich danke Ihnen«, sagte Thibault und hielt die Akte mit der roten Schleife in die Luft.

»Lesen Sie es morgen«, schlug Pia vor.

»Ich habe nichts Besseres vor«, sagte er gleichmütig. Er wollte den Heiligen Abend tatsächlich am Schreib-

290

tisch verbringen? Pia konnte sich kaum etwas Traurige-
res vorstellen. Auf sie wartete ein Menü mit einer Panna
cotta als krönendem Abschluss. Rotwein, ein Telefonat
mit ihren Eltern und eines mit ihrer Patentante. Weihnachten eben. Der Tag, an dem man all das macht, für
das sonst im Leben viel zu selten Zeit ist.

»Wenn Sie wollen, können Sie bei uns …«, sagte sie
auf dem Weg zur Tür, aber Thibault winkte ab.

KAPITEL 62

Georgia Avenue, Washington, D.C.
24. Dezember, 18:19 Uhr (zur gleichen Zeit)

Gary verließ den Bus drei Stationen vor seinem Ziel. Der Gestank des Waschbärurins hatte in der stickigen Heizungsluft des Busses an Intensität zugenommen. Zweimal hätte er sich beinah in eine der Tüten übergeben, die er jetzt auf dem gefrorenen Bürgersteig abstellte. Die Stadt wirkte wie ausgestorben an einem Tag wie diesem, den normale Menschen im wohligen Zuhause vor dem Kamin verbrachten. Gary dachte an ihr Haus in Bethesda. An den Weihnachtsstern an der Tür und den Geruch nach gebratenem Fleisch aus der Küche. Er dachte an Emma. An Louise. Und an Josephine. Er zog die Jacke zu und griff nach den Tüten. Sein erster Blick galt dem Mülleimer neben der Bushaltestelle. Schau in jeden Mülleimer, hatte Skinner ihm eingebleut. Es war wichtig, ein Ziel zu haben, wenn man sich wie jemand bewegte, der man nicht war. Jeder Mensch hatte ein Ziel. Auch ein Obdachloser, der am Heiligen Abend durch die Straßen von Washington zog.

KAPITEL 63

Camp David
Frederick County, Maryland
24. Dezember, 18:55 Uhr (zur gleichen Zeit)

Ein Secret Service Agent öffnete Caryn Ward die Tür zum Zimmer mit dem Christbaum. Sie hatte ihn am Mittag zusammen mit den Kindern geschmückt, und in einer halben Stunde sollten sich alle zum traditionellen Weihnachtssingen einfinden, das im Grunde keiner mochte. Die Kinder nicht, weil es die Zeit bis zu den Geschenken auf unnötigste Weise hinauszögerte. Sie nicht, weil sie wusste, dass die Kinder keinen Gefallen mehr daran fanden, seit sie auf die Highschool gingen, und Colin nicht, weil er es insgeheim auch für Zeitverschwendung hielt. Umso mehr überraschte es sie, ihren Mann lesend auf dem Sofa vorzufinden. Sie schüttete eine ordentliche Portion Cognac aus einer Karaffe mit Wellenschliff in ein passendes Glas und bezog einen Sessel auf der anderen Seite des riesigen Weihnachtsbaums. Irgendjemand hatte ihn aufgemotzt, offenbar schien den Bediensteten, die hier in Camp David ebenso wie im Weißen Haus stets im Hintergrund arbeiteten, aber an den unmöglichsten Stellen äußerst sichtbare Spuren hinterließen, die Wardsche Hausdekoration zu mickrig für einen Baum in diesen heiligen Hallen. Jetzt hingen goldene Kugeln zwischen ihren Zinnfiguren, und die Anzahl der elektrischen Kerzen hatte sich durch Zauberhand vervierfacht. Echte Wachskerzen waren in Camp David nicht erlaubt, was Caryn angesichts der Sicherheitsvorkehrungen als mehr als absurd empfand. Wollte jemand ernsthaft behaupten, die Präsidentenfamilie sei in einem Blockhüttenhotel mit fünfzig mit allen Wassern geschulten Secret-Service-Agenten von einem Christbaumbrand bedroht?

»Was liest du?«, fragte Caryn schließlich, als Colin wieder einmal keine Anstalten machte, seine Akte zur Seite zu legen. In letzter Zeit schien er nur noch zu funktionieren. Er war nicht mehr der Mann, den sie geheiratet hatte. Das Amt verändert den Menschen mehr als der Mensch das Amt, hatte einmal ein Präsident gesagt, der wusste, wovon er redete.

»Briefe von Veteranen«, sagte Colin Ward.

»Veteranen schreiben Weihnachtskarten?«, fragte Caryn ehrlich erstaunt.

»Nicht gerade der Typ ›Fröhliche Festtage, Mister President‹«, gab Colin Ward zu.

»Eher der Typ ›Fuck you, Mister President‹?«, fragte Caryn Ward.

Der Präsident ließ tatsächlich die Akte sinken und lächelte sie an. Es war das erste ehrliche Lächeln seit einer Woche, auch wenn sie ihm das geraunte »Ich liebe dich« vor einer Stunde in der Kirche sogar abgekauft hatte.

»So in der Art«, sagte der Präsident und erhob sich schwungvoller, als ihm zumute sein dürfte. Niemand wusste besser als Caryn, dass ihm in letzter Zeit nicht mehr schwungvoll zumute war. Er schüttete sich einen Cognac aus derselben Karaffe ein.

»Alles bereit für das Familiensingen?«, fragte Colin und legte einen Arm um ihre Schulter. Sie stießen an.

»Ich denke doch«, sagte Caryn. »Marcy bekommt die Jeans, Ed die Arktis-Expedition. Ich denke, sie werden singen.«

»Gut«, sagte Colin Ward und betrachtete den Baum. Es vergingen fünf lange Minuten, die Caryn vorkamen wie zwanzig. Zeit in Stille zu verbringen, war etwas so Seltenes für ein Präsidentenehepaar, dass es auf keinen Fall sie sein wollte, die den Moment beendete. Sie hörte das Prasseln des Kaminfeuers und Colins Atem. »War es ein gutes Jahr, Caryn?«, fragte Colin Ward schließlich. Anstatt einer Antwort drückte sie seine Hand, um ihm zu verstehen zu geben, dass es sie noch immer gab. Sie stand immer noch an seiner Seite. Nicht nur für die Fotos. Sie hoffte, dass es die Antwort war, die er erwartet hatte.

KAPITEL 64

Georgia Avenue, Washington, D. C.
24. Dezember, 19:01 Uhr (zur gleichen Zeit)

Als Gary Golay um die Ecke bog, schlug sein Herz schneller. Er hatte sich das Fenster genau eingeprägt. Hauptgebäude, vierter Stock, das dritte von links. Er lehnte die Tüten an die Häuserwand. Die Fenster im Untergeschoss waren hell erleuchtet. Er hoffte, dass man ihn von dort nicht sehen konnte. Vorsichtig warf er einen Blick hinein, aber es schien sich nur um Labors oder Lagerräume zu handeln. Schnell zog er sich in Richtung der Straße zurück. Der Parkplatz war fast leer, nur am anderen Ende sah er eine dunkle Gestalt, die es eilig zu haben schien, zu ihrem Wagen zu kommen. Es war eine helle Nacht, eine freundliche Nacht. Gary wäre es lieber gewesen, es hätte geregnet oder geschneit. Er blickte nach oben und glaubte, einen schwachen Lichtschein hinter dem dritten Fenster von links ausmachen zu können.

Jos Zimmer war beleuchtet. Jemand saß an ihrem Bett. Zumindest hoffte er das, sehen konnte er sie von hier unten natürlich nicht. Wobei daran nichts natürlich war, dachte Gary.

So langsam, dass es gerade noch unbekümmert wirkte, lief er über den Parkplatz, um den Winkel zu verbessern. Jo lag hinter dieser Fensterscheibe. Er war ihr jetzt so nah, wie er ihr kommen durfte. Schon das war ein großes Risiko, und er wusste es. Aber er konnte nicht ins Bett gehen, ohne bei Jo gewesen zu sein. Nicht heute, nicht am Heiligen Abend. Immer wieder blickte er sich um. Folgte ihm jemand? Hatte er Schritte gehört? Ein Wachmann wäre das Zweitschlimmste nach dem FBI oder den Marshals. Er blieb stehen und starrte zu dem kleinen Häuschen mit dem Nachtportier, das einsam und hell an der Zufahrt stand. Als er sich daran vorbeigeschlichen hatte, hatte der Diensthabende Zeitung gelesen. Vermutlich hatte sich das nicht geändert. Gary ging zwischen zwei Autos in die Hocke. Er konnte das Fenster von hier gut im Auge behalten. Jo, meine kleine Jo, dachte er. Werd wieder gesund. Es ist das einzig Wichtige. Es ist Weihnachten, und du sollst wissen, dass alle bei dir sind. Vermutlich sitzen deine Mom und deine Schwester an deinem Bett. Bitte wisse, dass dein Dad auch hier ist. Und dass er dich so liebhat. Meine Jo, denk an die Geschichte mit der Eisenbahn, die niemals aufhört zu fahren, weil es ihre Bestimmung ist. Die magische Eisenbahn, die niemals zweimal an derselben Station halten muss, weil das Universum mehr Stationen hat, als wir uns vorstellen können. Du hast noch so viele Stationen vor dir, mein Kind. Und du wirst es schaffen, das weiß ich. Du wirst leben, weil es so sein muss. Sei umarmt, meine liebe Jo.

Als er aufstand, wischte er sich eine Träne aus dem Augenwinkel. Es tut mir leid, dass ich heute nicht näher bei dir sein kann, Jo. Aber schon bald werde ich an deinem Bett stehen und deine Hand halten. Das verspreche ich dir. Dann ging er langsam zurück über den Parkplatz, sammelte seine Tüten ein und machte sich auf den Rückweg.

KAPITEL 65

Howard University Hospital
2041 Georgia Avenue, Washington, D. C.
24. Dezember, 19:19 Uhr (zur gleichen Zeit)

Emma Golay stand am Fenster und blickte auf den leeren Parkplatz unter ihr. Niemand sollte am Heiligen Abend in einem Krankenhaus sein, dachte sie sich. Es war kein Tag wie jeder andere. Und doch schien dies hier keine Rolle zu spielen. Schwestern wechselten die Infusionsbeutel, Ärzte überprüften mit ausdruckslosem Blick die Geräte. Emmas iPad spielte die Weihnachtslieder, die sonst vom CD-Player zu Hause kamen. *Stille Nacht. Ihr Kinderlein kommet.* Emma hatte sogar einen kleinen Weihnachtsbaum organisiert. Aus Plastik, weil etwas anderes auf der Intensivstation nicht erlaubt war. Louise saß auf einem der Stühle vor dem kleinen runden Tisch mit dem Plastikbaum und spielte Candy Cross auf Christinas Telefon. Ihr Kindermädchen saß an Jos Bett und erzählte ihr eine Geschichte. Emma hatte gesagt, sie solle nach Hause fahren über die Feiertage, wie jedes Jahr, aber Christina hatte abgelehnt. Sie wollte bei Jo sein. Emma vermisste Gary so unendlich, und doch war sie nicht in der Lage, ihn sich herzuwünschen. Sollte ihr eine Fee drei Wünsche freigeben, dann wäre es Jos baldige Genesung, noch einmal Jos baldige Genesung und dann, dass Jo wieder so würde wie früher. Für Gary waren keine Wünsche mehr übrig, und ein wenig verachtete sich Emma dafür. Aber die Ärzte hatten ihr gesagt, dass es möglich war, sogar wahrscheinlich war, dass Folgeschäden zurückbleiben würden. Es gab keine Prognose in einer Situation wie dieser. Manche wachten auf, als hätten sie nur lange geschlafen. Aber die meisten ... Emma wollte jetzt nicht darüber nachdenken. Sie lief um das Bett zu Christina und berührte sie am Rücken. Ich löse dich ab, wollte sie sagen, so sanft wie möglich.

»Kann ich dir irgendetwas aus der Cafeteria mitbringen?«, fragte Christina.

Emma schüttelte den Kopf. Jo sah so friedlich aus. Emma nahm Spectra Vondergeist vom Nachttisch. Diese hässliche Puppe mit den blassrosa Haaren, die Jo so liebte. Mitschüler hatten berichtet, dass Jo sie in den Tagen vor dem Unfall immer mit sich herumgetragen hatte, auch in den Pausen. Emma ahnte, dass ihr Spectra Halt gegeben hatte in all dem Chaos, dass sie eine Gefährtin für Jo gewesen war in einer feindseligen Zeit.

Emma tauschte den Stuhl mit Christina und griff nach Josephines Hand. Sie sollte wissen, dass immer jemand für sie da war. Dass ihre Familie sie nicht alleine ließ. Die Ärzte hatten gesagt, das sei sehr wichtig. Wichtiger als alles andere.

Es klopfte an der Tür.

»Ho, ho, ho!«, rief es von der Tür.

Emma erschrak und drehte sich um.

Und dann brach die Hölle los. Die Geräte rund um Jos Bett schlugen Alarm. Etwas stimmte nicht. Etwas passierte. In diesem Moment.

»Ho, ho, ho!«, rief es noch einmal, und ein Mann in einem Santa-Claus-Kostüm steckte den Kopf durch die Tür.

Die Geräte kreischten jetzt schrill und warnend. Das rhythmische Piepsen war einem hektischen Flimmern gewichen, als schlüge ihr Herz Purzelbäume.

»Rufen Sie Hilfe!«, schrie Emma. »Etwas stimmt nicht!«

Christina war schneller. Sie stieß den Weihnachtsmann zur Seite und rannte über den Flur. Louise war aufgesprungen.

»Was ist los, Mom?«, fragte sie. »Ist etwas mit Jo?«

Emma war unfähig, ihrer Tochter zu antworten. Sie wusste nicht, was los war. Nur dass es ganz sicher nichts Gutes war. Im Hintergrund lief *Stille Nacht, Heilige Nacht*. Flöten, ein Kinderchor. Und die Geräte kreischten: Hilf! Hilf! Hilf!

Sie strich über Jos Wange und flüsterte: »Was ist los, Jo? Was passiert mit dir? Kann ich dir irgendwie helfen?«

Immer wieder blickte sie zu dem Monitor, aber ihr Herz schien sich nicht zu beruhigen. Eine Crew von Ärzten stürmte ins Zimmer, einer stieß den Plastikweihnachtsbaum vom Tisch. Sie rissen Jo das Nachthemd auf. Es wirkte, als rissen sie ihr die Brust auf.

»Bringen Sie sie raus«, sagte einer von ihnen, ohne auf Emma zu achten.

»Was passiert mit meiner Tochter?«, schrie Emma verzweifelt, während sie eine Schwester aus dem Zimmer schob.

»Kammerflimmern«, sagte ein anderer.

»50 Milliliter Dobutamin«, sagte der Dritte.

»Sie müssen gehen«, sagte die Krankenschwester zu Emma. »Die Ärzte tun ihr Möglichstes.«

Eine zweite Schwester nahm Louise an der Hand.

Emma weinte. Sie wusste, dass es etwas Ernstes war. Sie spürte es an der Panik der Ärzte. Panik war das falsche Wort. Sie waren Profis. Anspannung. Professionelle Panik. Angst vielleicht. Niemand wollte ein Kind verlieren. Sie waren Profis im Kinderlebenretten. Im Gegensatz zu Emma. Emma verspürte Panik. Schiere, blanke, brutale Angst. Angst wie noch nie. Was, wenn sie auch noch Jo verlor?

Christina stand alleine auf dem Gang. Die Schwester schob sie in ihre Richtung.

»Die Ärzte kamen mir schon entgegen«, sagte Christina.

Emma sank in ihre Arme. Sie wusste nicht, was sie sonst tun sollte. Louise schlang sich um sie beide. So standen sie auf dem Gang vor Jos Zimmer, während die Ärzte versuchten, ihr Leben ein zweites Mal zu retten. Und Emma hörte ihre verzweifelten Rufe durch die

Tür, obwohl sie doppelt so dick war wie eine normale. Und sie hörte, wie sich die Hektik steigerte. Immer mehr von irgendwas. Immer mehr. Bis es schließlich leiser wurde in dem Zimmer. Aber niemand kam heraus. Es musste niemand das Zimmer verlassen, um Emma zu sagen, was passiert war. Sie spürte es, wie es vielleicht nur eine Mutter spürt. Sie spürte, das Jo gestorben war. Dann begann sie zu weinen. Über Christinas Schulter hinweg sah sie den Ältesten der Ärzte zuerst aus dem Zimmer kommen. Er schüttelte den Kopf.

KAPITEL 66

Lake Anna, Virginia
24. Dezember, 21:40 Uhr (zur gleichen Zeit)

Gary Golay erreichte Skinners Hütte um kurz nach
halb zehn. Wie der alte Mafioso ihn angewiesen
hatte, parkte er den Pick-up auf dem öffentlichen Parkplatz etwa zweihundert Meter entfernt und ging den
Rest des Wegs zu Fuß über den ausgetretenen Pfad zur
Hütte am Wasser. Es hatte geschneit, und der Mond
tauchte den Wald in weiches Licht. Fast hatte die Stimmung etwas Weihnachtliches. Wenn es nicht Skinners
leere Hütte gewesen wäre, zu der er unterwegs war. Er
vermisste sie alle. Jeden Tag, aber heute ganz besonders.
Trotzdem hatte ihn der Trip nach Washington beflügelt.
Er hatte Jo gesehen, wenn auch nur von weitem. Er
hatte seine Familie nicht vergessen, und sicher hatten sie
auch an ihn gedacht. Selbst Jo, während sie schlief.
Bevor sie das Sprechen gelernt hatte, war sie nachts
öfter aufgewacht und hatte nach ihren Eltern gerufen.
Er hatte diesen Vertrauensbeweis immer sehr genossen,
und er freute sich an dem Gedanken, dass es noch immer

so sein könnte. Selbst in etwas, das die Ärzte nicht
Schlaf, sondern Koma nannten.

Als er die Tür aufschloss, schlug ihm warme Luft entgegen. Noch auf der Veranda riss er sich die stinkenden
Klamotten vom Leib und ließ sie an Ort und Stelle liegen. Skinner hatte durchaus recht gehabt. Es gibt wenig
Widerlicheres auf der Welt als Waschbärpisse. Nur mit
einer Unterhose bekleidet, betrat er die Hütte. Wie
angekündigt war Skinner zu seiner Familie gefahren.
Weihnachten sei kein Problem, hatte er gesagt. Dies sei
einer der wenigen Unterschiede zwischen der Mafia
und den Feds: dass die Mafia die Familienfeste respek-
tierte. Es soll schon Verhaftungen auf Beerdigungen
gegeben habe und an Ostern, aber eine Schießerei ange-
zettelt von einer anderen Familie? Das habe man noch
nicht gehört. Zumindest nicht in der zivilisierten Welt,
wie sich die italienische Ostküstenmafia gerne bezeich-
nete. Als er das Licht andrehte, bemerkte er ein Paket
auf dem Tisch, das heute Morgen noch nicht dort
gestanden hatte. Es hatte die Form einer ihm wohlbe-
kannten Flasche, und darauf lag ein Zettel mit seinem
Namen in Emmas Handschrift. Offenbar hatte sie einen
Botendienst über Thibault, Pia und Skinner organisiert.
Mafia-Post. So tief war er schon gesunken. Konnte es
noch weiter nach unten gehen?

Er warf einen Blick auf die Uhr. Noch sechzehn
Stunden bis zu seinem nächsten Anruf auf der Mailbox.
Sicher hatte Emma ihm auch dort einen Weihnachts-
gruß hinterlassen. Er konnte es kaum erwarten, ihre

Stimme zu hören. Er beschloss, den Brief und den Bourbon aufzuheben bis nach der Dusche. Es war das Einzige, was er an diesem Weihnachten von seiner Familie hatte, und er hatte vor, jede Sekunde davon zu genießen. Vielleicht hatte Emma ein Foto von Jo und Louise gemacht? Dann könnte er näher bei ihnen sein. Wenn er ihnen nur sagen könnte, dass er sie fast hätte berühren können.

Als das heiße Wasser über seinen Körper rann, lächelte Gary Golay und beschloss, eine alte Platte aufzulegen. Falls Skinner in seiner durchaus umfangreichen Sammlung etwas hatte, das nicht nach Canal Grande klang. Er würde sich auf das Sofa setzen, eine Kerze anzünden und sich vorstellen, dass Emma neben ihm saß. Und dass Jo und Louise friedlich nebenan schliefen, während ihre Eltern weihnachtlichen Ehefreuden nachgingen. Rotwein, Küsse, vielleicht mehr. Wie er Emma vermisste. Erst jetzt, da er nichts mehr hatte, erkannte er, was für ein glücklicher Mann er einmal gewesen sein musste.

KAPITEL 67

The White House
1600 Pennsylvania Avenue, Washington, D. C.
24. Dezember, 22:02 Uhr (zur gleichen Zeit)

Fröhliche Weihnachten, Larry«, sagte Eugenia Meeks, als sie die letzte Wache im Foyer des West Wings passierte. Weder Heiligabend noch die Abwesenheit der Präsidentenfamilie führten dazu, dass die Sicherheitsbestimmungen weniger streng gehandhabt wurden. Heute war einer der wenigen Tage im Jahr, an denen selbst der Westflügel stillstand. Oder zumindest beinahe. Natürlich war der Krisenraum besetzt, und auch im Pressestab arbeitete eine Notfallmannschaft. Alle anderen Büros im Westflügel jedoch wirkten wie ein ausgeräucherter Bienenstock. Wo sonst die Praktikantinnen über die Flure hetzten und sich die Minister bemühten, distinguiert zu schreiten, was ihnen selten gelang, herrschte heute Nacht gespenstische Leere. Was genau der Grund war, weshalb Eugenia Meeks ihren Weihnachtsabend opferte, um etwas Dringendes zu erledigen.

Vor ihrem Büro stand wie immer ein Beamter des

Secret Service. »Danke, Jim«, sagte sie freundlich, als er ihr die Tür aufhielt, was er nicht hätte tun müssen. Ausschließlich dem Präsidenten war von Secret-Service-Mitarbeitern die Tür aufzuhalten. Nur die Marines, die manchmal aus Protokollzwecken eingesetzt wurden, erwiesen jedem Zutrittsberechtigten die Ehre. Jim mochte Eugenia, wie sie von fast allen Nicht-Politikern im Westflügel gemocht wurde. Es war gut möglich, dass es an ihren Brownies lag. Jedenfalls hegte Jim keine Zweifel, dass Eugenia berechtigt war, ihr Büro zu betreten, was natürlich auch zutraf. Er schloss die Tür hinter ihr, und Eugenia stand im Vorzimmer des Oval Office. Sie schaltete das Licht ein, um nicht den Anschein zu erwecken, dass irgendetwas Besonderes vorging. Es war nur Eugenia, die Eifrige, die auch noch an Weihnachten präsidiale Dinge erledigte. Präsidiale Kleinigkeiten, die keinerlei Aufschub duldeten, eben weil es präsidiale Kleinigkeiten waren. Sie warf ihren Mantel über ihren Schreibtischstuhl und öffnete die braune Tür zum Allerheiligsten.

Das Oval Office war nicht so winzig, wie man es sich aufgrund der Fotos vorstellte. Größer als ein Büro, aber kleiner als der wichtigste Raum der Welt. Eugenia vermutete, dass jeder unanständige Investment-Banker aus New York ein größeres Eckbüro übersah. Allerdings verdiente er auch deutlich mehr Geld als ein Präsident. Vermutlich kommt alles nur aufs Geld an, dachte Eugenia. Selbst hier. Der Resolute Desk stand wie ein geduckter Höllenhund vor den weißen Fenstersprossen. Es war ein eigenartiger Raum mit der ovalen Form, der man nur gewahr wurde, wenn man zur Decke blickte oder eine der Türen genauer ansah. Die seltsamen Winkel, die dort entstanden, wo Rechteckiges auf Rundes traf, störten ungemein. Was auch der Grund war, warum man keine Möbel an die Wände rücken konnte. Es fiel einem bei oberflächlicher Betrachtung kaum auf, aber wenn man genau hinsah oder einem der Raum so vertraut war wie Eugenia, kam man nicht umhin zu bemerken, wie seltsam sich alles zueinander verhielt. Fast hätte man meinen können, im nächsten Moment müsse sich ein gaudischer Drache aus dem Stuck fräsen. Und dann bemerkte man die spießbürgerliche Einrichtung, diese uramerikanischen Empire-Imitate, und dachte: Hier passt nichts zusammen. Eugenia lief am Höllenhund vorbei, direkt auf die andere Seite des Raumes, und lauschte an der Tür. Mit einem Blick unter den Türrahmen vergewisserte sie sich, dass sie sich nicht getäuscht hatte. Dann drehte sie den Türknauf. Sie wusste, dass er nicht verschlossen sein würde. Es wäre lächerlich, im sichersten Gebäude der Welt seine Bürotür abzuschließen. Dann stand sie im Zimmer des Stabschefs. Es war viel kleiner als das des Präsidenten, aber für die beengten Platzverhältnisse im West Wing geradezu luxuriös bemessen. Es gab sogar einen kleinen Besprechungstisch.

Michael Rendall hatte kaum persönliche Gegenstände auf seinem Schreibtisch plaziert, nur die obligatorischen Familienfotos. Über den Bildschirm tanzte das Logo des Präsidenten. Sie hatte nicht vor, seinen Computer zu benutzen. Überhaupt war Michael Rendalls Büro nicht ihr eigentliches Ziel. Eugenia zwängte sich an den Stühlen des Besprechungstisches vorbei bis zu einer weiteren Tür. Seit sie herausgefunden hatte, dass Joseph Strauss der Patenonkel von Caroline Watsons erstem Sohn war, ließ sie ein bestimmter Verdacht nicht mehr schlafen. Was, wenn gar nicht Strauss und Watson das heimliche Liebespaar waren? Sie hatte eine Präsidentenverfügung gefunden, die Michael Rendall hatte archivieren lassen, bezüglich des Geheimdienstgesetzes. Sie las sich wie eine Absicherung. Und dann seine Protektion für alles, was vom Nationalen Sicherheitsrat kam. Eugenias Alarmglocken hatten angefangen zu schrillen und bis heute nicht mehr aufgehört. Sie war gekommen, um diesen Verdacht ein für alle Mal zu den Akten zu legen.

Sie öffnete die Tür. Die zum Vorzimmer des Stabschefs. Sie mochte sich nicht mit dem Computer eines Stabschefs auskennen, aber sie wusste, wie Sekretärinnen arbeiteten. Und sie kannte Michaels Assistentin gut, wie sich alle Assistentinnen kannten, weil sie vermutlich mehr miteinander sprachen als ihre Vorgesetzten. Als sie die erste Schreibtischschublade öffnete, überfiel sie ein Anflug schlechten Gewissens. Was, wenn Michael Rendall doch zurückkam? Oder sie einer vom Secret Service hier erwischte? Am Heiligen Abend?, rief sich Eugenia nüchtern zur Räson. Und war sie nicht im Auftrag des Präsidenten hier? Eugenia breitete den Inhalt der Schublade systematisch auf dem Schreibtisch aus. Falls sich ihr Verdacht bestätigen sollte, würde es einen zweiten Kalender geben. Keine anständige Assistentin notierte die geheimen Tête-à-Têtes im für jedermann zugänglichen elektronischen Kalender. Wer wollte schon Backups von seinen Affären? Andererseits kam niemand, der im Westflügel arbeitete, an seiner Assistentin vorbei, dafür war die Termindichte zu hoch und der Druck zu gewaltig. Sie wussten alle, was ihre Chefs im Schilde führten. Und sie würden niemals darüber reden. Es sei denn …, dachte Eugenia Meeks. Ja, was eigentlich, Eugenia? Es sei denn, es gab nicht nur eine Affäre, sondern auch eine Verschwörung! Der Stabschef und die Nationale Sicherheitsberaterin. Hatten Michael Rendall und Caroline Watson eine Affäre? Und hatten sie ein Komplott gegen ihren Präsidenten geschmiedet? Sie waren zwei seiner engsten Berater. Freunde, wenn es in Washington noch so etwas gab. Politische Weggefährten mindestens. Nachdem sie die erste Schublade wieder eingeräumt hatte, öffnete Eugenia das linke Fach. Jetzt gab es ohnehin kein Zurück mehr, dachte sie sich und begann zu suchen.

KAPITEL 68

Fort Meade, Maryland
Crypto City, Gebäude 21, Cubicle 05-11-7451
25. Dezember, 09:21 Uhr (am nächsten Morgen)

Während Al Shapiro den Wasserkocher in der Kaffeeküche auf Touren brachte, dachte er zum ersten Mal an diesem Tag an Pia. So musste es sich anfühlen, sich das Koksen abzugewöhnen, dachte Alfred. Die ersten paar Stunden nach dem Aufstehen lief es einigermaßen. Man dachte nicht daran, und deshalb war es nicht besonders schwer. Aber irgendwann kehrte der Wunsch zurück. Schlich sich in den Kopf und setzte sich dort fest wie eine lästige Klette. Jeder Tag war eine neue Herausforderung. Kalter Entzug. Er wusste, dass es falsch war, sich in ihr Leben einzuklinken. Er hatte ihr versprochen, es seinzulassen. Er hatte ihr gesagt, er würde es nicht wieder tun. Aber es war schwer. Trotzdem wusste er, dass es bis zum heutigen Tag keine zweite Entgleisung gegeben hatte wie die in dem Club mit ihrer Freundin. Entweder riss sich Pia am Riemen, oder es war tatsächlich ein Ausrutscher gewesen. Al wusste das, weil er sein Versprechen gebrochen hatte. Wenn er ehrlich zu sich selbst war, hatte er darauf gewartet, dass sie noch einmal abstürzte. Er war zum Voyeur geworden, und er schämte sich dafür, wie sich ein Kokser dafür schämte, ständig die Nase hochziehen zu müssen. Man schämte sich kurz und redete sich dann ein, dass es niemandem auffiel. Er sollte das gar nicht wissen, dachte er, als er den Teebeutel mit der Fruchtmischung in den Becher hängte. Als er das Wasser daraufgoss, fragte er sich, wie es ihr wohl ging. Und wie es mit Gary stand. Er wusste, dass er ihr nicht viel geliefert hatte. Er wusste, dass sie enttäuscht gewesen war. Aber was sollte er machen? Es stand nun einmal nichts mehr in den Datenbanken. Die Aufzeichnungen waren gelöscht. Hatten sie trotzdem eine Strategie entwickelt, Gary zu entlasten? Denn natürlich hatte Gary Golay diese Frau nicht umgebracht. Davon war Al überzeugt, auch wenn er nicht den kleinsten Beweis dafür hatte finden können. Aber er wusste, was er gesehen hatte, auch wenn es nicht mehr da war. Was könnte es schaden nachzusehen?, fragte er sich, als er den dampfenden Becher auf seinen Schreibtisch neben die Tastatur stellte? War es nicht Hilfsbereitschaft, die ihn dazu trieb? Würde Pia nicht sogar wollen, dass er sich weiter für Gary engagierte? Vermutlich schon, dachte er, als er das Passwort eingab. Auf seinem Bildschirm blinkte die nächste Aufgabe seines Tagespensums. Es war ein gelb hinterlegtes Fenster. Nichts, was die nationale Sicherheit unmittelbar gefährdete. Er überlegte nur einen kurzen Moment, bevor er Pias Telefonnummer suchte.

»Ich muss unseren gemeinsamen Freund erreichen, Pia. Es ist sehr wichtig, dass ich ihn so schnell wie möglich erreiche. Bitte rufen Sie mich so schnell wie möglich zurück, die Uhrzeit spielt keine Rolle. Bitte, Pia!«

Der Computer identifizierte die Stimme als Golay, Emma. Garys Frau. Und sie klang aufgelöst. Traurig. Man konnte hören, dass sie geweint hatte. Die Worte sagten es nicht, aber wer diese Stimme hörte, wusste, dass etwas Schreckliches passiert war. Al Shapiro trank einen Schluck Tee, bevor er das zweite Telefonat anklickte.

»Emma, hier ist Pia. Was ist passiert?«, fragte Als Lieblingsstimme.

Die Antwort war kaum zu verstehen: »Jo ist gestorben, Pia. Jo ist tot.«

»Josephine? Aber sie war doch stabil. Wie kann das sein?«

»Der Hirndruck ist stark angestiegen. Offenbar eine akute Blutung, die vorher auf dem MRT nicht zu sehen war. Sie haben noch probiert, den Druck im Kopf zu senken, aber er war zu hoch. Und stieg zu schnell. Ihr Kreislauf ist kollabiert. Jo hat es nicht geschafft. Sie ist gestorben, Pia.«

Al hörte, wie Pia laut atmete. Die Trauer einer Mutter konnte niemanden kaltlassen. Auch Al nicht.

»Unser Mädchen ist tot«, fuhr Emma Golay fort. »Ich muss mit ihm sprechen. Ich muss ihn sehen, Pia. Sofort.«

Al hörte, wie Pia um Fassung rang: »Es tut mir schrecklich leid, Emma. Ich kann nicht nachempfinden,

314

was Sie durchmachen. Es tut mir unendlich leid für Sie beide. Und für Louise.«

»Können Sie mich zu ihm bringen?«, fragte Emma Golay.

»Sie wissen, dass wir das nicht so ohne weiteres können«, antwortete Pia.

»Ich …«, setzte Emma an.

»Ich weiß«, sagte Pia leise. »Ich kümmere mich darum. Ich verspreche es Ihnen.«

»Bitte«, sagte Emma. »Er darf es nicht aus der Zeitung erfahren. Bei allem, was er getan hat oder auch nicht, das hat er nicht verdient.«

»Ich weiß«, antwortete Pia.

Al Shapiro schaltete die Aufnahme kurz vor dem Ende ab und war schockiert. Nicht nur wegen des Mädchens, sondern auch, weil Emma Golay offenbar immer noch davon überzeugt war, dass Gary schuldig war. Zumindest, dass ihn eine Teilschuld traf. Er fragte sich, ob er es ihr verdenken konnte. Konnte eine Ehefrau all diese Beschuldigungen ertragen, auch wenn es sich zum Teil um fabrizierte Zusammenhänge handelte? Wie viele Ehemänner suchten Pornos im Internet? Auch solche mit BDSM-Praktiken? Es mussten Millionen sein. Er war vermutlich tatsächlich zu Prostituierten gegangen. Aber beim Fall Golay war es immer um die Verknüpfung einzelner harmloser Vorkommnisse zu einem großen Ganzen gewesen, das seine Schuld nahegelegt hatte. Aber auch bewiesen? Hier kam die Tatwaffe ins Spiel. Und die Tatsache, dass er nicht erklären konnte, wo er am Tatabend gewesen war. Hatte sich das FBI die Mühe gemacht, zu überprüfen, welche andern Mobiltelefone an diesem Abend in den Zellen rund um das Haus der Nutte eingeloggt gewesen waren? Gab es zum Beispiel ein Mobiltelefon, das am Abend des Mordes bei der Prostituierten und davor bei dem Haus der Golays eingeloggt war, um die Tatwaffe zu entwenden? Jeder hinterließ Spuren. Nicht nur die unbescholtenen Bürger. Dazu war das System der NSA konstruiert worden.

Das gelb hinterlegte Fenster auf seinem Bildschirm blinkte immer noch. Eine konstante Erinnerung daran, dass er wegen alldem nicht hier saß. Er warf einen Blick auf die Uhr. Er musste anfangen, zu arbeiten, wenn er nicht auffallen wollte. Er dachte an die kleine Josephine. Und an Pias Enttäuschung. Vielleicht würde er sich heute Abend noch einmal auf ein Seminar vorbereiten müssen. Ein paar weitere Überstunden. Alfred Shapiro war eben engagiert. Er würde einen guten Plan brauchen, um seine Datenbankabfragen zu verschleiern. Er brauchte einen anderen Fall, bei dem er seine Recherche unterbringen konnte. Aber es wäre vielleicht möglich. Al Shapiro trank einen letzten Schluck Tee und klickte dann auf das gelb blinkende Fenster.

KAPITEL 69

Camp David
Frederick County, Maryland
25. Dezember, 09:50 Uhr (zur gleichen Zeit)

Colin Ward spuckte das Nikotinkaugummi in den kleinen Bach unter der Holzbrücke. Am Ende seiner zwei Amtszeiten würde er so viele Umweltinitiativen aus Kostengründen eingestampft haben, dass das Kaugummi in seiner Ökobilanz als Präsident keine Rolle spielen würde. Auch wenn Camp David ein Naturschutzgebiet war. Den Secret Service schien das beim Befahren der Waldwege allerdings auch wenig zu stören. Er betrachtete ein Blatt, das unbeirrt von Stein zu Stein schwamm. Dann und wann verfing es sich und schien schon festzuhängen, aber dann sorgte doch wieder eine wundersame Wasserkraft aus der Tiefe oder von sonst wo dafür, dass es voranging. Er blickte sich um und bemerkte, dass keiner seiner Leibwächter zu sehen war. Es waren rare Momente im Leben eines US-Präsidenten, wenn man unter freiem Himmel stehen und einsam sein durfte. Wenn er recht zurückdachte, konnte er sich an keine Situation der letzten fünf Monate erinnern, in der das möglich gewesen war. Natürlich versteckten sich die Secret-Service-Agenten irgendwo zwischen den Bäumen. Aber hier, auf dem Stützpunkt, knüpften sie das Netz grobmaschiger. Er war ihnen dankbar dafür und freute sich tatsächlich auf den Spaziergang mit Caryn und den Kindern. Sie könnten ein Feuer machen und Stockbrot grillen, wie früher. Colin Ward hätte viel für eine Zigarette gegeben in diesem stillen Moment, aber er hatte seinen eisernen Vorrat in der Aktentasche vergessen. Was in Caryns Sinne ein gutes Zeichen sein dürfte. Leider klingelte im nächsten Moment das Telefon in der Brusttasche seiner Camp-David-Präsidentenjacke. So etwas gab es tatsächlich, wie es eine spezielle Air-Force-One-Jacke gab. Colin Ward fragte sich, ob es auch eine Cheyenne-Mountain-Bunker-Präsidentenjacke gab für den Fall, dass er mit den Nuklearcodes unter Tage abtauchen musste. Nur sehr wenige Menschen kannten die Nummer seines verschlüsselten Mobiltelefons. Nicht einmal alle Mitglieder seines Kabinetts. Über kaum einen dieser Anrufe freute er sich. Zu seiner Überraschung las er den Namen seiner persönlichen Sekretärin auf dem Display. Sie war eine der wenigen, die ihn in einer Stimmung wie dieser fröhlich stimmen konnten.

»Fröhliche Weihnachten, Eugenia«, sagte er und klang tatsächlich hinreichend festlich dabei.

»Für Sie auch, Mister President«, sagte Eugenia Meeks, und er hörte am Ton ihrer Stimme, dass etwas nicht stimmte. Er kannte sie länger als seine Frau, und vermutlich sogar ein wenig besser, außer was bestimmte Belange anging, natürlich.

»Hatten Sie Erfolg mit Ihren Recherchen?«, fragte Colin Ward und meinte den geheimen Auftrag, den er ihr gegeben hatte.

»Teils, teils, Mister President«, antwortete Eugenia. »Aber sie sind einer der Gründe, warum ich ins Büro gefahren bin. Ich wollte noch etwas tiefer graben. Schon was ich bisher herausgefunden habe, dürfte Ihnen nicht gefallen. Geben Sie mir noch etwas Zeit.«

»Und der andere?«, fragte der Präsident.

»Wie meinen Sie das, Mister President?«

»Der andere Grund? Oder war der andere Grund, warum Sie ins Büro gefahren sind, nicht der Grund, warum Sie mich angerufen hatten?«

»Eigentlich nicht, Mister President, wenn ich Sie recht verstanden habe«, antwortete Eugenia, und Colin Ward wusste, dass sie ihm nicht hatte folgen können. Wenn er recht darüber nachdachte, wusste er selbst nicht einmal so genau, ob seine Worte einen tieferen Sinn ergaben.

»Schwamm drüber«, sagte er. »Was ist passiert?«

Eugenia machte eine Pause. Ward hörte sie einatmen, bevor sie fortfuhr: »Gary Golays Tochter Josephine ist gestorben, Mister President.«

Colin Ward legte auf, nicht ohne sich für die Nachricht zu bedanken. Dann stemmte er die Hände gegen die Holzbrüstung und drückte die Knie durch. Er starrte auf die Blätter in dem Fluss und sah auf einmal Vergänglichkeit. Verdorrte Zweige, den Winter. Das Kalte. Das Dunkel.

»Mein Freund, dir bleibt auch nichts erspart«, flüsterte er schließlich. »Ich wünschte wirklich, ich könnte dir irgendwie beistehen.«

KAPITEL 70

Lake Anna, Virginia
25. Dezember, 10:32 Uhr (zur gleichen Zeit)

Skinners Pick-up-Ford ächzte wie ein alternder Bootleggerfrachter beim letzten Geleit. Gary saß auf dem Beifahrersitz, mitten im Gebläse der Heizung, mit der Skinner versuchte, sizilianische Verhältnisse herzustellen. Sein Gastgeber hatte schlechte Laune, zumindest vermutete Gary das, denn all seine Bemühungen, Skinner ein Gespräch abzutrotzen, waren gescheitert. Ob er es mit Mafia-Geschichten versuchte oder mit Weihnachten, Skinner schwieg eisern. Er hatte um zehn Uhr vor der Tür gestanden. »Kommen Sie mit«, hatte er gesagt. Gary hatte seine Klamotten eingesammelt, war auf dem Weg zum Bad über die halbleere Bourbonflasche gestolpert und hatte sich an seinen virtuellen Weihnachtsabend mit Emma erinnert.

»Wo fahren wir hin?«, hatte er Skinner gefragt. Doch Skinner hatte geschwiegen.

321

Als sie auf den Parkplatz eines Denny's rumpelten, war Gary Skinners Schweigen auf den Magen geschlagen. Der gestrige Rausch forderte seinen Tribut. Er hatte zu viel getrunken, aus den falschen Gründen. Er schwitzte wie ein kalabrischer Ochse, und er war einem Mafioso ausgeliefert, der seine Sprache verloren hatte. Der Wagen kam mit einem lauten Quietschen der Bremsen zum Halten, und Gary wäre froh gewesen, heil aus der Sache herauszukommen, wenn da nicht das schlechte Gefühl wäre, dass etwas viel Schlimmeres passieren könnte, als mit einem bremsschwachen Wagen von der Straße abzukommen.

Skinner stellte den Motor ab, und Gary stieg aus. Die kühle Luft tat ihm gut, sie nahm ihm das Gefühl, eingeschlossen zu sein. Skinner schloss den Pick-up ab und lief auf den Eingang des Schnellrestaurants zu. Gary hasste den Plastikfraß von Denny's und noch mehr die Unmengen an sinnlosen Kalorien, die man sich zwangsläufig einverleibte, egal, ob man sich für die Grillpfanne oder das Würstchensandwich entschied. Gary folgte ihm in den flachen Bau mit den bunten Schildern vor der Tür, die Monatsspezialmenüs feilboten. Eine junge Frau, die ganz sicher Janet hieß, fragte, für wie viele Personen Skinner einen Tisch benötigte. Der Mafioso blickte sich entnervt um, winkte ab und lief an dem Salatbuffet vorbei in den hinteren Teil des Raumes. Und dann sah Gary ein bekanntes Gesicht. Pia Lindt saß an einem der Tische. Sie blickte auf.

In diesem Moment bemerkte Gary auch die Frau in dem eleganten Mantel, die ihr gegenübersaß. Die dunklen Haare fielen auf den hellbeigen Kragen. Vertraut. Sein Herz machte einen Sprung. Emma war hier. Dann entdeckte er auch Louise, die gerade aus Richtung der Waschräume auf den Tisch zulief. Er öffnete den Mund, noch bevor er ihren Tisch erreicht hatte, wollte etwas sagen, rufen. Aber dann bemerkte er Pias Blick zu seiner Frau, ernst und warnend. Und er sah, wie sich Emma zu ihm umdrehte. Und dann wusste er es. Er wusste es einfach in dieser Sekunde, obwohl er nicht wusste, woher. Jo war gestorben. Deshalb waren sie gekommen. Deshalb hatte Skinner geschwiegen. Er hatte es gewusst. Jo war tot? Das konnte nicht sein, das durfte nicht sein. Wie in Zeitlupe sah er Emma aufstehen. Wie in Zeitlupe lief er auf den Tisch zu. Skinner stellte sich neben Pia. Emma drehte sich zu ihm um. Dann fror die Zeitlupe für einen Moment ein, bevor alles ganz schnell ging. Gary fiel Emma in die Arme, als hätte jemand den Knopf für den schnellen Vorlauf betätigt. Seine Gedanken rasten umeinander. Wie war es passiert? Was war passiert?

»Jo ist gestorben, Gary«, hörte er Emma sagen, wie aus einem tiefen Brunnen. Er strich ihr über die Haare, sie hielt sich an ihm fest. Gary spürte, wie die Luft aus seinen Lungen wich und dann die Hand seiner Tochter an seinem Rücken.

»Ich weiß«, flüsterte Gary, und er fragte sich, wann die Tränen kommen würden.

KAPITEL 71

Pia Lindts Wohnung
Lower East Side, Manhattan
27. Dezember, 22:26 Uhr (zwei Tage später)

Die Tüten mit dem Essen, das ihr Adrian eingepackt hatte, schlugen gegen die Haustür, als Pia versuchte, aufzuschließen. Sie hatten sich zweieinhalb wunderbare Tage in seiner Wohnung eingeschlossen. Er hatte eine Gans gebraten und sie mit Apfelkuchen verwöhnt, alles war wie früher gewesen. Es hatte nach Liebe und Familie geduftet. Sie liebte Adrian. Er war der Mann, mit dem sie Kinder kriegen wollte. Er war liebevoll und bot ihr stets eine Schulter zum Anlehnen. Nur die Hochzeit hing wie ein Damoklesschwert über ihrer Zweisamkeit. Heute Mittag war es zum ersten Mal wieder darum gegangen. Wen man unbedingt einladen musste, wer unverzichtbar war an ihrem größten Tag. Wie es Pia zum Hals raushing. Irgendwann würde sie mit ihm darüber reden müssen. Dass es so nicht weitergehen konnte und dass es besser wäre, die Hochzeit abzusagen, als dass sie sich verloren. Sie wollte den Mann zurück, der für sie durchs Feuer ging, der ihr die Sterne vom Himmel holte. Sie wollte Adrian zurück und den Hochzeitsplaner für immer vergessen. Sie wusste, dass sie es ihm nur sagen musste, und alles würde wie früher. Nur fand sie dazu nicht den Mut. Sie brachte es einfach nicht übers Herz, ihm eine Abfuhr zu erteilen, selbst wenn sie wusste, dass es das Richtige war.

Der Briefkasten quoll über vor Werbung. Pia stellte die Tüten ab, schloss das Fach auf und stopfte die Briefe und die Flyer zu Adrians Pekannusskuchen.

Im Flur ihrer Wohnung ließ sie die Tüten fallen und schlüpfte aus ihren Pumps. Noch im Dunkeln legte sie den Schlüsselbund auf die Ablage, als sie plötzlich einen weißen Zettel auf den dunklen Dielen bemerkte. Jemand war in ihrer Wohnung gewesen! Sie lauschte. Wäre es ein Fehler, das Licht einzuschalten? Vermutlich, dachte Pia und griff nach dem Papier.

»Du hast nicht alle Tassen im Schrank, Alfred Shapiro«, dachte sie und hütete sich, es laut auszusprechen.

»Leg das Handy in den Kühlschrank und komm ins Wohnzimmer«, stand auf dem Zettel.

Pia brauchte einen Drink. Sie nahm das Telefon aus ihrer Handtasche und lief in die Küche. Tatsächlich fand sie eine halbe Flasche Weißwein auf dem Tresen, unverkorkt und warm. Seufzend legte sie das Handy neben eine halb geöffnete, angelaufene Butter in den Kühlschrank und holte dann zwei Gläser aus dem Schrank. Hockte ihr NSA-Mann wirklich in ihrem Wohnzimmer?

Al Shapiro hockte nicht nur in ihrem Wohnzimmer, er hatte sich dort auch häuslich eingerichtet. Er saß vor seinem Laptop, auf dem eine Folge *Boardwalk Empire* lief. Kopfhörer im Ohr, eine Dose Wasabi-Erdnüsse neben sich, dazu eine 1,5-Liter-Flasche Cola. Sie hörte die Posaunen der Tanzband bis zur Tür. Al schien sie nicht bemerkt zu haben. Er schrak erst zusammen, als Pia das Licht einschaltete. Pia stemmte die Arme in die Hüften und warf ihm einen vorwurfsvollen Blick zu.

»Hast du das Handy in den Kühlschrank gelegt?«, fragte Al.

»Ja«, sagte Pia. »Auch wenn sich mir wirklich nicht erschließt, warum ich das getan habe.«

Al Shapiro grinste: »Es geht um die Schallwellen. Und um das Kühlaggregat.«

»Es geht um den Kühlschrank, nicht ums Telefon?«, fragte Pia.

Al nickte.

»Wer kommt denn auf so eine bescheuerte Idee?«, fragte sie und stellte die Weingläser auf den Boden.

»Jemand, der ahnt, dass seinen Anweisungen Folge geleistet werden wird«, sagte Al.

Er ist tatsächlich witzig, dachte Pia und fragte sich die Frage, die ihr seit Tagen nicht aus dem Kopf ging: Ob Al sich schon einmal selbst befriedigt hatte, während er ihr dabei zugehört hatte? Sie stellte sich die Frage nicht aus Ekel, eher aus Neugier. War Al ein echter Voyeur? Oder nur der Umstände halber zu einem geworden?

»Die Schallwellen werden von der luftdichten Isolierung größtenteils abgehalten, und das Kühlaggregat übertönt den Rest. Lüfter, das Summen, du weißt schon.«

»Und nur, um mir das zu sagen, brichst du bei mir ein?«, fragte Pia und klang so verärgert, wie sie sein sollte.

»Natürlich«, sagte Al.

Pia antwortete nicht.

»Dein Briefkasten war so voll, dass ich die Chance für etwas zu klein hielt, dass du die Werbung von der Wäscherei entdeckst. Außerdem mag ich deine Wohnung.«

Pia dachte, dass er tatsächlich nicht mehr alle Tassen im Schrank hatte.

»Du magst meine Wohnung?«, fragte sie.

»Sie ist so …«, antwortete er, »… minimalistisch.«

In Pias Wohnzimmer stand nur eine Kleiderstange und ein Schreibtisch. Im Schlafzimmer nicht mehr als ein Bett und eine Stehlampe. Nur der Kronleuchter an der Decke war ein Erbstück. Von ihrer Großmutter.

»Karg?«, fragte Pia und deutete zur Decke.

»Sie passt zu dir«, sagte Al.

»Wie meinst du das?«, fragte Pia skeptisch.

Al drückte die Leertaste an seinem Computer, und die schiefen Zähne von Nucky Thompson froren ein.

»Du hast panische Angst vor Ballast«, sagte Al.

Pia schluckte. »Ballast?«, fragte sie ungläubig.

»Du willst dich nicht binden, am liebsten hast du eine Wohnung, aus der du morgen mit vier Koffern wieder ausziehen kannst. Deine bevorstehende Hochzeit schnürt dir die Kehle zu, obwohl ich glaube, dass du ihn liebst. Soll ich weitermachen?«

»Nein«, sagte Pia und goss jedem ein Glas Weißwein ein, nur, um etwas zu tun zu haben.

»Und wenn es viel zu eng wird, dann trinkst du«, sagte Al.

»Was wird das hier, Dr. Shapiros Psychoanalyse?«, fragte Pia.

»Uns fehlt die Couch«, sagte Al.

Pia hielt ihm eines der Gläser hin. Al nahm einen Schluck.

»Er schmeckt furchtbar«, sagte Pia.

»Kurz vor Essig«, lachte Al.

Pia nahm ihm das Glas aus der Hand und stand auf. Auf dem Weg in die Küche fragte sie: »Bist du gekommen, um mit mir zu trinken?«

»Nein«, sagte Al, der ihr nachgelaufen war. »Aber auch dagegen hätte ich nichts einzuwenden.«

Pia suchte in ihren Küchenschränken, die dem Vermieter gehörten, nach einer ungeöffneten Flasche. Wenn sie recht überlegte, war eine Einbauküche eines der zentralen Kriterien für die Wohnung gewesen. Wäre es möglich, dass Al mit seiner Blitzanalyse gar nicht einmal so danebenlag?

Betrachtete sie eine Heirat mit Adrian als Ballast? Für ihr Leben? Für ihre Karriere? Sie wollte nicht unbedingt die Staranwältin werden, die jeder in ihr sah, darum ging es nicht. Im Fach über der Spüle fand sie einen Rest Gin. Der würde es tun müssen. Sie ging zum Kühlschrank, um Eiswürfel aus dem Dreisternefach zu holen, da fiel ihr Blick auf das Handy neben der Butter. Sie schloss die Tür so schnell wie möglich und goss zum zweiten Mal an diesem Abend zwei Gläser ein.

»Also, Al. Warum bist du gekommen?«, fragte sie.

»Ich habe etwas für dich«, sagte Al.

Pia blickte ihn fragend an und spürte dem Alkohol nach, dessen Brennen viel langsamer ihre Kehle hinunterzuwandern schien als der Gin.

»Eine Komme-aus-dem-Gefängnis-Karte, wenn mich nicht alles täuscht«, sagte ihr ungebetener Gast.

»Ein guter Grund, heute mit Ihnen zu trinken, Mister Shapiro«, sagte Pia. »Erzählen Sie mir mehr.«

»Ich habe jemanden gefunden, der zur Tatzeit des Mordes an Carrie Lanstead in Arlington war. Oder zumindest das Handy einer bestimmten Person.«

»Keine wirkliche Überraschung«, kommentierte Pia.

»Nein«, gab Al Shapiro zu. »Aber raten Sie mal, wem ebenjenes Handy achtzehn Tage vorher ebenfalls eine Stippvisite abgestattet hat.«

Pia hatte keine Ahnung, wovon der Mann überhaupt redete. Geschweige denn, wo der Mann, respektive die Person, respektive das Handy gewesen sein sollte. Al musste an ihrem Blick bemerkt haben, dass er weiter ausholen musste.

»Jedes Handy hinterlässt eine Signatur, wenn es sich an einem bestimmten Mast einwählt. So weit klar?«

Pia nickte.

»Die NSA speichert seit Jahren alle diese Anmeldevorgänge, so dass wir in der Lage sind, nachzuvollziehen, wo sich bestimmte Subjekte aufgehalten haben und wo sie sich möglicherweise in Zukunft aufhalten werden.«

»Subjekte«, murmelte Pia.

»Also theoretisch jeder. Wir speichern alle Bewegungsprofile aller Handys. Okay?«

Wieder blieb Pia nichts anders übrig, als zu nicken.

»Dasselbe Handy, das in der Mordnacht in der Nähe von Carries Wohnung war, war achtzehn Tage vorher in der Nähe von Gary Golays Haus in Bethesda.«

»Wem gehört dieses Handy?«, fragte Pia.

»Das weiß ich nicht«, gab Al zu. »Es war ein Prepaid-Handy, das nur für sechs Wochen in Gebrauch war. Bar bezahlt. Keine Chance mehr, das nachträglich herauszufinden, es sei denn, der Verkäufer war inselbegabt mit einem fotografischen Gedächtnis für Gesichter.«

»Dann nützt es uns gar nichts. Es könnte doch sein, dass Gary Golay das Prepaid-Handy gekauft und in der Mordnacht benutzt hat, um sein eigenes auf dem Parkplatz zu lassen, auf dem er angeblich geschlafen hat, oder nicht?«

»Das ist richtig«, sagte Al Shapiro und grinste. »Aber es ist schlecht möglich, dass Gary Golay zur gleichen Zeit bei einem Pressetermin im Weißen Haus hinter dem Präsidenten steht und das Handy, das er angeblich benutzt, auf dem Highway von L. A. nach Las Vegas fährt, oder nicht?«

»Das alles verrät Ihnen Ihre Datenbank?«, fragte Pia.

»Mit etwas Programmiergeschick«, sagte Al und wurde ernst. »Ich habe das von Golays Tochter gehört«, sagte er. »Glauben Sie, das, was ich herausgefunden habe, könnte ihm helfen?«

Pia dachte einen Moment darüber nach und schürzte

die Lippen. L.A.? Vegas? Das waren die anderen Prostituiertenmorde, die sie Gary in die Schuhe schieben wollten. Nicht mit Beweisen, aber mit Indizien. Nach einem weiteren Schluck Gin und dem Brennen im Hals, das mit jedem Schluck angenehmer wurde, murmelte sie: »Da bin ich sogar sicher, dass Gary das helfen wird.«

Al lehnte am Kühlschrank und streichelte den Rand seines Glases. Er sah zufrieden aus in diesem Moment.

KAPITEL 72

Lake Anna, Virginia
28. Dezember, 22:55 Uhr (am nächsten Tag)

Sie haben sie umgebracht«, sagte Gary und starrte auf die fast heruntergebrannte Kerze, die sie auf Jos Platz gestellt hatten. Natürlich war Jo niemals in Skinners Hütte gewesen, und streng genommen konnte man es nicht als ihren Platz bezeichnen, aber Gary hatte ein Zeichen setzen wollen. Für Louise. Für sie alle.

»Jo ist immer noch bei uns«, hatte er Louise erklärt. »Nur anders. Sie schaut jetzt auf uns herunter aus dem Himmel und freut sich, wenn wir an sie denken.«

Jetzt lag seine zweite Tochter im Zimmer nebenan und schlief.

Emma trank einen Schluck Rotwein. Sie hielt das Glas in beiden Händen wie einen Kelch.

»Oder glaubst du, Jo wäre einfach so auf die Straße gelaufen? Sie hatte Angst, Emma. Angst vor den anderen Schülern, Angst vor den Reportern.«

»Ich weiß«, sagte Emma und bewegte ihre Füße unruhig unter dem Tisch hin und her.

»Aber du glaubst nicht, dass jemand verantwortlich ist?«

»Ich weiß, dass es nichts nützt, sich das zu fragen«, antwortete Emma.

Gary seufzte und erkannte, dass sie recht hatte. Es nützte nichts.

»Wie geht es jetzt weiter?«, fragte Gary.

Emma schwieg. Gary warf ein weiteres Holzscheit in den kleinen Eisenofen. Als er sich wieder an den Tisch setzte, sah er gerade noch, wie Jos Kerze erlosch.

»Ich gehe zur Beerdigung«, sagte Gary. »Koste es, was es wolle.«

Emma rutschte auf ihrem Stuhl herum. Und schwieg. Er wusste, was sie sagen wollte. Er wusste, dass sie sagen wollte, dass es nicht möglich war.

»Hör zu, Emma«, sagte Gary. »Ich werde nicht ins Gefängnis gehen, ohne mich von Jo zu verabschieden. Und ich denke, wir wissen beide, dass es keine Alternative dazu gibt, mich irgendwann zu stellen.«

»Ich weiß nicht, Gary«, sagte Emma. »Ich weiß einfach gar nichts mehr.«

»Soll ich ewig in dieser Hütte wohnen? Euch alle paar Wochen einmal sehen? Davonlaufen, als wäre ich der Verbrecher, für den mich alle halten?«

»Nein«, sagte Emma, »natürlich nicht. Aber …«

»Aber was? Sag du es mir, Emma. Wirst du mir jemals wieder vertrauen können? Wirst du mir jemals vergeben können?«

Emma blickte nach unten und scharrte mit den Socken auf dem Boden. Gary starrte durch sein Glas auf die abgebrannte Kerze und dachte an Louise, die nebenan schlief. Würde sie ihm noch vertrauen können? Konnten Kinder besser verzeihen als Erwachsene?

»Ich weiß es nicht, Gary«, bekannte Emma nach einer kleinen Ewigkeit. Gary fühlte sich betäubt. Nach allem, was vorgefallen war, nach allem, was er herausgefunden hatte, glaubte ihm Emma immer noch nicht? Konnte sie sich nicht einmal vorstellen, dass alles nur eine Verschwörung war mit dem Ziel, die Familie Golay zu vernichten? Wo war ihr Kampfgeist, ihr Mut, ihre Entschlossenheit?

»Ich weiß, dass du Carrie Lanstead nicht umgebracht hast«, sagte Emma. »Aber das ist auch ungefähr alles, was ich wirklich weiß.«

Gary seufzte. Es war ein Anfang, aber es war nicht genug. Es reichte nicht, um seinen Entschluss rückgängig zu machen. Es war einfach nicht genug.

»Wenigstens etwas«, sagte Gary und stand auf. Er lief zu dem kleinen Ofen an der Wand und hielt seine Hände darüber, die sich auf einmal kalt anfühlten.

»Es kann nicht einfach so weitergehen, als wäre nichts von alledem passiert«, sagte Emma. »Auch zwischen uns nicht.«

Gary legte die Finger auf das heiße Metall und ließ sich vom Schmerz betäuben. Er wusste, dass sie recht hatte. Er hatte lange darüber nachgedacht, wie er sie zurückgewinnen konnte. Er musste es versuchen, indem er vor Gericht für seine Unschuld kämpfte. Es war der einzige Weg. Er musste dies alles hinter sich lassen und sie dafür gewinnen, neu mit ihm anzufangen. Sie hatten beide ihren Job verloren. Sie hatten Jo verloren. Sie hatten nur noch Louise und sich.

»Ich werde zu Jos Beerdigung gehen und mich dort verhaften lassen«, sagte Gary schließlich.

Emma starrte lange auf die Kerze und stand schließlich auf. Sie trat zu ihm vor den Ofen und griff nach seiner Hand. Eine Weile standen sie einfach so da, die Wärme zwischen sich.

KAPITEL 73

Lake Anna, Virginia
29. Dezember, 14:04 Uhr (am nächsten Tag)

Trotz der luxuriösen Ausstattung des uralten Rolls-Royce war die fünfeinhalbstündige Fahrt von New York nach Virginia nicht gerade das, was sich Pia unter einem heiteren Ausflug vorstellte. Sie streckte sich, als sie auf einem Waldparkplatz anhielten, und unterdrückte ein Gähnen. Thibault hingegen schritt mitsamt seinem Stock über die Wurzeln und war schon auf dem Weg Richtung See.

»Warten Sie!«, rief Pia. »Wir haben doch noch über eine halbe Stunde Zeit!«

»Zeit habe ich schon lange nicht mehr, Miss Lindt«, rief Thibault, blieb jedoch stehen, um auf sie zu warten. Verkehrte Welt, dachte Pia, als sie ihn einholte. Sie setzten sich auf eine Bank am Ufer und betrachteten das kleine Boot, das am gegenüberliegenden Ufer des Sees ablegte.

»Das ist er, oder?«, fragte Pia.

»Das will ich annehmen«, sagte Thibault.

»Ist das ihr alter Treffpunkt?«, fragte Pia und deutete auf die Bank. Gianelli, oder Skinner, wie er sich offenbar selbst nannte, war lange vor ihrer Zeit ein Klient der Kanzlei gewesen.

Der alte Anwalt nickte: »Skinner sagt, das FBI rechnet niemals mit Booten. Sie sind so fixiert auf Autos, dass man zumindest einen kleinen Vorsprung herausschindet.«

»Haben Sie Sorge, dass uns jemand gefolgt ist?«

»Wenn irgendein Auto über den Verdacht erhaben ist, elektronisch ortbar zu sein, dann meins«, sagte Thibault.

Ein Kanadareiher schlug mit den Flügeln und erhob sich aus dem Stand in die Lüfte. Er begann, über dem See zu kreisen. Er spähte auf Beute. Kleine Fische, dicht unter der Wasseroberfläche. Sie fraßen die Insekten, die leicht genug waren, um von der Wasseroberfläche getragen zu werden. Die Reiher fraßen die Fische. Das war der Kreislauf des Lebens.

»Glauben Sie, wir haben eine Chance?«

Thibault schien darüber nachzudenken, obwohl es kaum möglich war, dass der Schachspieler nicht längst vierzehn Züge weiter war als alle anderen.

»Die beste, seit wir das Mandat übernommen haben, Miss Lindt. Aber ich muss zugeben, dass ich in diesem Fall einiges für gänzlich undenkbar gehalten hätte, und doch ist es passiert.«

Pia nickte und schaute auf die friedliche Szenerie, die malerischer kaum hätte sein können. Und doch ging es für den Mann in dem Boot um sein Leben. Um alles. Das Strafmaß könnte bis zu neunzig Jahre betragen. Mehr als ein Menschenleben. Totschlag würden sie vermutlich herausholen können. Achtzehn bis dreißig Jahre. Zu viel für einen Unschuldigen.

Als Gary Golay das Boot ans Ufer zog, stand Thibault Stein auf und wollte ihm helfen, aber Gary winkte ab.

»Zerbrechen Sie sich nicht Ihren Stock«, sagte er und lächelte. Er sah ruhiger aus als beim letzten Mal, auch wenn die Ringe unter seinen Augen Bände über seine Nächte sprachen. Kein Wunder, hatte er doch vor wenigen Tagen seine Tochter verloren. Trotzdem wirkte er weniger gehetzt, weniger hektisch.

»Wie geht es Ihnen, Gary?«, fragte Thibault Stein, als Golay das Boot an einem Baum festmachte.

»Das ist eine seltsame Frage«, sagte Gary und schüttelte ihnen die Hand.

»Gehen wir ein Stück«, schlug Thibault vor. Es war ungewohnt für Pia, weil sie seinen Stock auf dem weichen Waldboden nicht hören konnte.

»Müssten nicht Sie mir sagen, wie es mir geht?«, fragte Gary. Er lief zwischen ihnen, wie es sich für einen Klienten gehörte.

»Zumindest geht es Ihnen besser als bei unserer gespielten Vernehmung«, sagte Pia.

»Es ging mir im ganzen Leben kaum jemals schlechter als bei Ihrer grotesken Scharade«, sagte Gary. »Aber Sie haben recht. Ich habe eine Entscheidung getroffen.«

Thibault Stein blieb stehen: »Sie wollen zur Beerdigung Ihrer Tochter«, stellte er fest. »Und Sie wissen, dass man Sie dort verhaften wird.«

Gary nickte: »Aber ich hätte gerne von meinen Anwälten einen Plan, wie es uns gelingt, dass ich in Ruhe von meiner Tochter Abschied nehmen kann. Ohne nach fünf Minuten in Handschellen vom Sarg abgeführt zu werden. Wenn Sie mir das ermöglichen, stelle ich mich. Und dann mag geschehen, was immer geschieht.«

Thibault blickte zu Pia. Fällt Ihnen dazu etwas ein?, fragte sein Blick. Das FBI würde Gewehr bei Fuß stehen, sobald auf einem Friedhof die Beisetzung beantragt wurde. Wie die Geburt war der Tod ein staatlich begleiteter Akt. Ein wichtiges steuerliches und bürgerrechtliches Ereignis.

»Uns fällt etwas ein«, versprach Pia, obwohl sie keine Ahnung hatte, was ihnen dazu einfallen sollte. Sie hatten zwar die rechtlichen Konsequenzen seines Abtauchens weitestgehend neutralisieren können, aber natürlich war das FBI mehr als erpicht darauf, den Flüchtigen endlich dingfest zu machen. Vermutlich würden sich die Marshals und die Feds einen regelrechten Wettlauf liefern. Mitgefühl wäre von keiner der beiden Parteien zu erwarten, wusste Pia.

»Und was dann? Bleibe ich ab dann in Haft bis zum letzten Tag meines Lebens? Oder komme ich vorher noch einmal raus, um mich von meiner Familie zu verabschieden?«

Pia zögerte.

»Möglicherweise kommt es doch nicht zum Äußersten«, sagte Pia.

»Tatsächlich?«, fragte Gary und blieb stehen. Sie zog eine Akte aus ihrer Tasche und reichte ihm das Schriftstück, das sie für das Gericht aufgesetzt hatte. Im Anhang würde Gary die Telefonlisten von Al Shapiro finden. Sie gab ihm Zeit, um alles zu lesen.

»Wo haben Sie das her?«, fragte Gary schließlich.

Pia zuckte mit den Schultern.

»Und Sie glauben, das reicht?«, fragte Gary.

Pia nickte.

»Wir haben eine Chance«, bestätigte Thibault.

KAPITEL 74

Kanzlei Thibault Stein
Upper East Side, Manhattan
30. Dezember, 12:51 Uhr (am nächsten Tag)

Uns fällt schon etwas ein?«, fragte Thibault gereizt.

»Das wird es«, sagte Pia.

»Die Beerdigung ist in drei Tagen«, sagte Thibault und schob sich eine Gabel Vitello Tonnato in den Mund.

Wie jeden Tag, wenn sie auswärts aßen, weil Stein einen Fall besprechen wollte, saßen sie beim Italiener. Es war immer das gleiche Restaurant zur gleichen Uhrzeit und die gleiche, sehr übersichtliche Speisekarte.

»Ich frage mich jedes Mal, warum Sie bei allen New Yorker Verlockungen stets auf dem Rosario bestehen«, sagte Pia, um vom Thema abzulenken.

»Ich mag keine Veränderungen«, sagte Thibault. »Und keine unhaltbaren Versprechungen.«

»Ich weiß«, seufzte Pia und stocherte mit ihrer Gabel in dem Rucola-Salat herum, dessen Dressing man sich selbst am Tisch zusammenstellen musste, was dazu führte, dass stets zu viel Essig und viel zu wenig Öl an den Blättern hängenblieb.

»Denken Sie nach, Miss Lindt«, forderte Stein und begann, die restliche Mayonnaise mit einem Stück Brotkruste aufzuwischen.

Es könnte auch daran liegen, dass der Senf als Emulgator fehlt, dachte Pia und wusste, dass Stein nicht den Essig meinte. Wie organisierte man eine Beerdigung so, dass dem Vater genug Zeit blieb, sich von seiner Tochter zu verabschieden, wenn er gleichzeitig einer der meistgesuchten Verbrecher des Landes war? Sie beobachtete, wie ihr Chef ein weiteres Stück Kruste abbrach. Die saftige Mitte des Weißbrots ignorierte er vollständig. Wie jeden Mittag blieb im Brotkorb eine stattliche Anzahl krustenloser Weißbrotovale zurück. Pia fragte sich, ob Rosario davon ausging, dass alle Anwälte so sein mussten wie Stein.

»Ich denke, wir müssen dafür sorgen, dass das FBI zur falschen Beerdigung fährt«, sagte Pia, ohne sich darüber im Klaren zu sein, wie das funktionieren sollte.

»Ein sehr guter Vorschlag, Miss Lindt«, sagte Thibault und signalisierte dem Kellner, dass er ein zweites Glas Weißwein benötigte. Vermutlich lag es an der trockenen Rinde. Dennoch bedeutete ein zweites Glas Alkohol am Mittag eine seltene Extravaganz seitens ihres Chefs. »Und wie wollen Sie das anstellen?«

Pia verzog den Mund bei einem weiteren Bissen ungenießbar sauren Salats. Wie konnte es sein, dass eine Nation, die Bistecca alla Fiorentina erfand, gleichzeitig so scheußliche Salatsitten hervorbrachte?

»Ganz einfach: Wir verlegen die Beerdigung nach Italien«, sagte Pia schließlich.

»Famos!«, antwortete Stein. »Und der Papst hält natürlich die Grabrede persönlich.«

»Welchen Papst meinen Sie?«, fragte Pia.

»Ich …«, sie schnitt ihm das Wort ab, bevor er ihr Spitzfindigkeiten vorwerfen konnte, was er natürlich im Begriff war zu tun, und zwar mit Recht.

»Natürlich verlegen wir die Beerdigung nicht wirklich nach Italien, sondern vielleicht nach Philadelphia. Oder nach New York.«

»Tatsächlich?«, fragte Thibault und biss in ein Eclair, die zweite Extravaganz des Tages. »Und wie schaffen Sie die Leiche nach Italien?«

Pia schob den Salatteller in die Tischmitte und griff nach einem von Thibaults Eclairs. Sie liebte die süßen Dinger, vor allem die mit Vanillefüllung. Natürlich würde es in ihrer Tagesbilanz den Salat ad absurdum führen, aber hätte sie etwas anderes gegessen, fiele sie ja noch schlechter aus.

»Meine Eclairs sind Ihre Eclairs, Miss Lindt«, sagte Thibault, nachdem sie hineingebissen hatte.

Pia bedankte sich mit einem Blick, während sie versuchte, die gelbe Soße von ihrem dunklen Kostüm fernzuhalten. Sie hätte doch eine Gabel nehmen sollen, was allerdings dazu geführt hätte, dass sie sich eine frische vom Kellner hätte bringen lassen müssen. Die Reste der Salatsoße waren weder den Eclairs noch Pia zuzumuten. Dies wiederum hätte es Thibault ermöglicht, ihr die Eclairs vor der Nase wegzuessen, was undenkbar gewesen wäre. Alles in allem war ein Mittagessen, strategisch betrachtet, nichts anderes als ein ordentlicher Streit vor Gericht.

»Wir brauchen ein Ablenkungsmanöver«, sagte Pia, als sie den Kampf gegen die Süßigkeit gewonnen hatte.

»So wie bei Copperfield?«, fragte Thibault.

»Ich dachte da eher an Shakespeare«, sagte Pia.

»Der hat noch nie geschadet«, stellte Thibault fest. »Ich bin mir allerdings nicht sicher, ob ich genau wissen will, was Sie vorhaben, Miss Lindt.« Bevor sie antworten konnte, unterbrach sie der Kellner mit der viel zu hohen Rechnung. Wie jeden Mittag schien es Thibault nicht zu stören. Als sie vor der Tür in der Sonne standen, die sich redlich gegen die kalten Temperaturen mühte, kam Pia noch einmal auf die Beerdigung zu sprechen: »Ich befürchte, diesen Gefallen kann ich Ihnen nicht tun«, sagte sie.

Thibault Stein zog eine buschige Augenbraue nach oben.

»Sie sind ein zentraler Teil des Plans«, antwortete sie und wunderte sich, was einem bei einem schlechten Salat alles einfallen konnte. Vermutlich lag es an den Vitaminen. Oder man konnte sich besser auf das Wesentliche konzentrieren. Noch vor ihrem gemeinsamen Mittagessen hatte sie keine Ahnung gehabt, wie sie es anstellen sollte. Jetzt hatte sie einen Plan. Und wenn sie sich nicht täuschte, sogar einen, der Erfolg versprach.

KAPITEL 75

Haus der Familie Golay
Lybrook Street, Bethesda, Maryland
30. Dezember, 21:32 Uhr (neun Stunden später)

Emma Golay wickelte die roten Christbaumkugeln in dünnes weiches Papier und legte sie eine nach der anderen in eine Schachtel mit quadratischen Fächern. Während sich der Weihnachtsbaum leerte und die Schachteln mit Zinnfiguren füllten, wuchs ihr Unwohlsein, das sie mit Rotwein bekämpfte. Einerseits war die Weihnachtsdekoration nicht mehr erträglich, andererseits fühlte es sich an wie ein weiterer Abschied. Und Emma hatte Panik. Panik vor dem Abschied von Jo, der so endgültig sein würde, so final. Als sie ein kleines rotes Flugzeug vom Baum zog, das Jo immer besonders gemocht hatte, dachte sie darüber nach, ob es nicht besser wäre, einfach alles in einen großen Müllsack zu werfen. Weihnachten würde niemals wieder ein Fest für die Familie Golay sein. Sie kämpfte mit den Tränen und behalf sich mit einem großen Schluck aus dem tiefen Glas, als es plötzlich an der Tür klingelte. Sie erwartete niemanden. Christina war ausgegangen, und Louise schlief längst in ihrem Zimmer. Mit dem roten Flugzeug in der Hand lief sie zur Haustür und öffnete. Zu ihrer Überraschung stand Garys Anwältin vor der Tür. Pia Lindt war die Letzte, mit der sie gerechnet hätte.

»Wir haben einiges zu tun«, sagte Pia, nachdem Emma sie mit einem Weinglas versorgt hatte. Emma legte das Flugzeug in einen der Kartons und begann, das Kabelgeflecht der Weihnachtskerzen zu entwirren. Pia griff nach einem Kabelende, um ihr zu helfen.

»So hatte ich es nicht gemeint«, sagte Emma und legte die Kabel auf eines der Sofas. »Es ist nur, dass es mir hilft aufzuräumen. Wenn ich dasitze und darüber nachdenke, was mir fehlt, werde ich verrückt.«

»Ich hatte es auch nicht so gemeint, Emma«, sagte Pia und wickelte weiter das Kabel mit den elektrischen Kerzen auf.

Emma seufzte.

Pia hielt inne und griff nach ihrem Arm: »Wir müssen Ihren Computer benutzen, Emma.«

Emma hielt ihr Weinglas in beiden Händen und starrte hinein. Was wollte Pia von ihr? Sie wusste, dass sie ihr nur helfen wollte, aber wozu tauchte sie mitten in der Nacht in ihrem Haus auf, und wozu brauchte sie ihren Computer?

»Hören Sie, Emma«, versuchte sich Pia an einer Erklärung, »wir müssen den Spieß umdrehen. Wir müssen endlich dafür sorgen, dass wir wieder die Zügel

in die Hand bekommen. Und dafür brauche ich Ihren
Rechner.«

Die Zügel in die Hand bekommen. Das hörte sich
nach einem Plan an zu einer Zeit, in der sich jeder Plan
verbot.

»Jos Beerdigung ist in drei Tagen«, fügte sie hinzu, als
Emma ihr nicht antwortete. »Wir haben nicht mehr viel
Zeit.«

Wofür?, fragte sich Emma. Wozu?

Es hatte eine halbe Stunde Überzeugungsarbeit gebraucht, bis Emma begriffen hatte, was Pia von ihr
wollte, und eine weitere Viertelstunde, bis sie erkannt
hatte, dass sie das auch wollte. Schließlich aber saßen die
beiden vor Emmas Computer in dem kleinen Arbeitszimmer. Der Monitor war das einzige Licht im Raum.
Er schien hell auf ihre Gesichter, während Emma tippte,
was Pia ihr vorsagte. Es war die offizielle Einladung zu
der Trauerfeier nach Jos Beerdigung. Nachdem Emma
mit zitternden Händen auf »senden« geklickt hatte, saß
sie schweigend auf ihrem Stuhl. War es das, was man
einen Plan nannte? War es das, wozu man heutzutage
Anwälte wie Thibault Stein und Pia Lindt anheuerte?
Es fühlte sich an wie der Plan zweier dubioser Gestalten
in einem zwielichtigen Hinterhof. Diese E-Mail sollte
den Weg zum FBI finden. Pia hatte gesagt, wenn sie
schon wussten, dass sie überwacht wurden, konnten sie
das ebenso gut dazu benutzen, ihnen eine Nachricht zu
schicken.

»Jetzt noch die E-Mail an mich«, schlug Pia vor.

347

Emma tippte.

»Liebe Pia,

*Gary und ich haben uns entschlossen, Jo vom
Bestattungsinstitut zum Friedhof zu begleiten.
Wäre es Ihnen und Thibault Stein möglich, eben-
falls mitzukommen? Wir würden uns beide sehr
freuen, Sie um elf Uhr bei Shepherds Funeral
Home, 1443 District Lane, Bethesda, zu sehen.*

*Ich danke Ihnen herzlich für Ihre Anteilnahme,
Ihre
Emma Golay«*

»So in etwa?«, fragte Emma.

Pia nickte: »Ich schicke Ihnen morgen dann die Antwort, dass wir Sie und Louise zu Hause abholen, um
gemeinsam hinzufahren. Und denken Sie an den Schleier
für Sie beide.«

Emma griff nach ihrem Weinglas und starrte auf die
E-Mail an die Frau, die in diesem Moment neben ihr
saß. Sie blickte zu ihr herüber, zu ihrem schönen femi-
ninen Gesicht, den blonden Haaren, die grünlich wirkten im blauen Schein des Computermonitors. Sie war
fünfzehn Jahre jünger als Emma. Sie hatte vieles noch
vor sich. Hochzeit, Kinder möglicherweise. Auf Pia
warteten tausend schöne Momente. Und Schmerz. Dieses Gesicht hatte den Schmerz noch nicht gespürt. Nicht
wie Emma. Es war vielleicht das, was Unschuld wirk-

lich bedeutete: Sie kannte den Schmerz nicht. Sie war so schön, wie Emma nie mehr sein würde. Und doch fühlte Emma sich besser, als sie die Mail abschickte. Es schien, als hätte zumindest die Anwältin eine Idee, was zu tun war. Und das war ein Anfang, oder nicht?

KAPITEL 76

Lake Anna, Virginia
31. Dezember, 23:58 Uhr (am nächsten Tag)

Gary Golay saß auf dem Bootssteg an Skinners Hütte. Vor ihm stand ein umgedrehter Eimer, darauf die Flasche Bourbon, die ihm Emma zu Weihnachten geschenkt hatte, und ein Glas. Er blickte über den See, dessen Oberfläche dunkel zwischen den schneebedeckten Ufern lag. Irgendwo auf der gegenüberliegenden Seeseite feuerte jemand eine Silvesterrakete ab, obwohl das in dem Naturschutzgebiet verboten war. Die amerikanischen Nationalparks umfassten mehr als 130 000 Quadratmeilen, beinahe die Größe von Großbritannien, und überall galten die gleichen Regeln. Gary wusste das, weil er sie für den Präsidenten neu formuliert hatte. Er warf einen Blick auf seine Armbanduhr. Er war zu früh dran. Gary goss die letzte Pfütze aus der Flasche in das Glas. Ein feiner Schneeregen wehte über den See, aber die kleinen Kristalle schmolzen beim ersten Kontakt mit der Haut. Am anderen Ufer explodierten nacheinander mehrere Raketen und malten farbige

Punkte in den tiefschwarzen Neujahrshimmel. Die Treibladungen pfiffen laut über den stillen See, einige zerstoben in glitzernden Funken. Es war ein kleines Feuerwerk inmitten großer Einsamkeit.

Er trank den letzten Schluck von dem milden Whisky und sagte: »Das war es jetzt also, Gary.«

Der Whisky war ausgetrunken, in zwei Tagen würden sie Jo beerdigen. Und dann lag alles Weitere in den Händen von Thibault und Pia. Aber egal, wie es ausging, er hatte das Wichtigste wiedergewonnen: seine Freiheit. Gary hatte in den letzten Wochen erkannt, dass die Hütte am See ebenso ein Gefängnis war wie der Strafvollzug. Er hatte nicht dabei sein können, als seine Tochter starb. Er hatte es nicht einmal erfahren. Es war keine Lösung, weiter davonzulaufen. Denn mit jedem Schritt, mit dem er sich seinen Häschern entzog, brachte er mehr Distanz zwischen sich und seine Familie. Seine Freiheit zählte nichts ohne sie. Und doch war er Thibault zutiefst dankbar dafür, dass er ihm mit seiner Flucht die Option gelassen hatte, selbst zu entscheiden, wann er bereit dazu war. Mit dieser Nacht war er so weit. Sie hatten die Beweise, dass er gezielt ausgespäht worden war. Sie würden dem Gericht so viele Hinweise liefern können, dass er Opfer eines Komplotts war, dass sich kein gesunder Menschenverstand etwas anderes als einen Freispruch vorstellen konnte. Alles wird gut, Emma, sagte er sich. Wir werden mit Louise woanders hinziehen. An die Westküste. Weg vom Washingtoner Politikbetrieb. Wir werden ein neues Leben anfangen. Aber was würden sie tun? Er hatte sein ganzes Berufsleben in Washington verbracht. Er war ein Berufspolitiker, etwas anderes hatte er nicht gelernt. Ein unwichtiger Posten in irgendeinem unwichtigen Ministerium war der denkbar größte Absturz. In jedem Fall mit Pensionsansprüchen und genug Geld für die Familie. Das hatte er immer gedacht. Er konnte Popcorn zubereiten mit Karamell. Und er konnte auch einen Rasenmäher reparieren. Egal wie, wir werden ein neues Leben anfangen, dachte Gary. Skinner war das beste Beispiel dafür, dass es gelingen konnte.

Gary starrte auf das dunkle Wasser und sah die Raketen, die sich darin spiegelten. Überall wünschten sich die Liebenden ein gutes neues Jahr. Das wünschte Gary sich auch. Und er gab Emma und Louise ein stilles Neujahrsversprechen. Als die letzten der wenigen Raketen verstummt waren, klemmte sich Gary die leere Flasche unter den Arm und machte sich auf den Weg zur Hütte.

KAPITEL 77

The White House
1600 Pennsylvania Avenue, Washington, D. C.
1. Januar, 00:04 Uhr (zur gleichen Zeit)

Colin Ward stand vor der Westkolonnade und betrachtete das Spektakel am Himmel. Er hielt ein Glas Champagner in der rechten und seine Frau an der linken Hand. Seine Töchter lehnten so lässig an einer der Säulen, wie das nur Teenager können, die beweisen wollen, dass Feuerwerke so uninteressant sind wie das Sinfonieorchester im Kennedycenter. Zu der inoffiziellen Neujahrsparty im West Wing waren nur sehr wenige Leute geladen. Es gab nicht einmal eine offizielle Einladungsliste, und so drückten sich neben den Regierungsmitarbeitern, die hier ihre Büros hatten, gerade einmal die allerüblichsten Verdächtigen auf dem Rasen herum: Caroline Watson, General Strauss, natürlich sein Stabschef. Nur Gary Golay fehlte. Und nach dem, was ihm Eugenia Meeks über ihre Nachforschungen berichtet hatte, waren einige der Anwesenden daran nicht ganz unschuldig.

353

»Mister President, lassen Sie mich Ihnen als Erster ein gutes neues Jahr wünschen«, platzte Michael Rendall in seine Gedanken. Bei ihm saß Colins Enttäuschung besonders tief. Michael hatte ihn ins Weiße Haus gebracht. Er hatte die Kampagne seiner ersten Präsidentschaftskandidatur organisiert. Er war ihm ein Freund, sein engster Berater. Niemals hätte er erwartet, dass er eine präsidiale Anordnung unter einem riesigen Aktenberg begraben würde, nur, um sie in dem Moment herausziehen zu können, wenn er sie brauchte.

»Ein schönes neues Jahr, Michael«, nickte Colin. Was hätte er auch tun sollen? Michael hatte die Anweisung nicht im rechtlichen Sinne gefälscht. Ja, er hatte das so nicht gesagt, oder zumindest nicht so gemeint. Vielmehr hatte Rendall eine im Nebensatz geäußerte Sorge über das neue Geheimdienstgesetz in eine Arbeitsanweisung umgewandelt, Gary Golay von der NSA überwachen zu lassen. Hätte Rendall alle seine Nebensätze als direkte Anweisung verstanden, lägen Russland und einige weitere Länder heute in Schutt und Asche.

»Alles in allem kein schlechtes Jahr«, sagte Michael Rendall und konnte die Augen dabei nicht von Caroline Watsons Glasknochenknöcheln in ihren schwarzen High Heels lassen. Da sind sie nun alle versammelt, dachte Colin Ward. Eugenia Meeks hatte herausgefunden, dass Caroline und Rendall eine Affäre hatten. Jetzt, da Colin Ward wusste, worauf er achten musste, war es nicht zu übersehen. Caryn hatte das Gefühl nicht getrogen, nur dass es Michael war und nicht General Strauss, der somit nicht aufpassen musste, dass er ihr beim

Geschlechtsverkehr nicht sämtliche Knochen brach. Strauss wiederum war der Patenonkel von Watsons erstem Sohn.

»Es hätte schlechter laufen können«, bestätigte Colin Ward und fragte sich, ob Michael Rendall ahnte, dass Eugenia Meeks die Präsidentenverfügung ausgegraben hatte. Und alles andere. Es klang unglaubwürdig, aber Colin Ward hatte all das tatsächlich nicht gewusst. Er war Opfer eines Komplotts geworden, und das Absurdeste an der Situation war, dass er nicht einmal etwas dagegen unternehmen konnte. Die Verschwörer hatten es so geschickt gestrickt, dass er zwangsläufig zu ihrem Erfüllungsgehilfen werden musste, wenn er nicht mit ihnen untergehen wollte. Denn das Schlimmste für einen Präsidenten war *lack of leadership*. Das Fehlen von Führungskompetenz war ein politisches Todesurteil, selbst oder gerade für einen Präsidenten. Alles, wofür sie gekämpft hatten, was sie noch durchsetzen wollten, wäre am Ende. Nicht nur er persönlich. Michael Rendall würde eine exzellente Figur abgeben in all den Talkshows, in denen er sitzen würde. Er würde behaupten, der Präsident habe A gesagt und B gemeint. Führungskompetenz mangelhaft. Und dank der präsidialen Anordnung konnte er vermeintlich beweisen, wofür Colin Ward nur das erinnerte Wort blieb. Bei Gott, er wollte den Mann feuern. Bei Gott, er wollte die Watson kaltstellen. Noch jetzt, während er die beiden betrachtete, ballte er in Gedanken die Fäuste. Nur wer einmal der mächtigste Mann der Welt gewesen war, konnte Colins Ohnmacht nachvollziehen. Von wegen Macht!

Er konnte einem Flugzeugträger befehlen, Michael Rendalls Haus mit Hellfires dem Erdboden gleichzumachen, aber kurz hinter dieser Linie nahm sein Einfluss rapide ab und verlor sich schließlich im dichten Beziehungsgeflecht des Washingtoner Kompromissgeflechts.

Eine Sekunde später musste er sein Präsidentenlächeln anknipsen.

»Caroline«, sagte er, als er bemerkte, dass sich die Nationale Sicherheitsberaterin und General Strauss von links an sie heranschlichen. Es war das Aufmerksamkeit heischende Herumstehen in Hörweite, das man von Partygästen gewohnt war, die niemanden kannten. Sie hörten so lange scheinbar unbeteiligt zu, bis man sich ihnen zuwandte. Caroline Watson lächelte und tat, als wäre sie überrascht.

»Mister President«, sagte sie und nickte artig. General Strauss gab ihm die Hand. Es gibt kaum ein verlogeneres Pack als euch, dachte Colin Ward, als sie auf das neue Jahr anstießen. Caryn hatte recht behalten. Wie immer. Während das Feuerwerk über dem Kapitol seinen Höhepunkt erreichte, dachte Colin Ward darüber nach, wie er das nächste Jahr zu einem besseren machen könnte. Er sehnte sich schon jetzt nach einer Zigarette und verfluchte sich dafür, dass er nicht wenigstens eines der Nikotinkaugummis in seinem Jackett versteckt hatte. Er blickte zu Michael Rendall und dann wieder zu Caroline Watson. Sie wussten, dass er es wusste.

»Auf einen großen Anführer«, sagte Michael Rendall.

Caroline, Strauss und sogar Caryn wiederholten seine
Worte. Colin Ward hätte kotzen können. Sie spuckten
ihm ins Gesicht. Er dachte daran, wie es wäre, der USS
Kitty Hawk zu befehlen, ihre F-15 auszusenden. Sie
würden über Rendalls Gartenhaus kreisen und auf ihn
warten. Natürlich war das keine Option. Und Caroline
und Michael wussten nicht nur, dass er es wusste. Sie
wussten, dass sie gewonnen hatten. Sie hatten die Grenzen überschritten, und weil sie es ganz offiziell in seinem Namen getan hatten, würde es niemals jemand
erfahren. Colin Ward hielt nach Eugenia Meeks Ausschau. Als sie ihn bemerkte, entschuldigte sie sich bei
ihrer Gruppe und kam, ohne zu zögern, zu ihm. Sie war
die Einzige neben Caryn, auf die er sich verlassen
konnte.

»Holen Sie mir Garys Anwalt ans Telefon«, flüsterte
der Präsident hinter vorgehaltener Hand. »Und erfin-
den Sie eine gute Ausrede für die hier«, fügte er hinzu
und rollte seine Augen in Richtung von Caroline Watson und Michael Rendall.

KAPITEL 78

Haus der Familie Golay
Lybrook Street, Bethesda, Maryland
2. Januar, 10:17 Uhr (am nächsten Morgen)

Emma Golay und ihre Tochter standen vor der Haustür, als der schwere Rolls-Royce in ihre Auffahrt bog. »Ich will keinen Schleier tragen«, maulte Louise, als der Wagen vor ihnen hielt. Pia Lindt stieg aus und nahm beide in den Arm.

»Heute ist nicht der Tag, das zu diskutieren«, sagte Emma und hielt ihrer Tochter die Autotür auf. Thibault saß auf dem Sitz hinten links. Louise rutschte zu ihm durch.

»Hallo, Louise«, sagte Thibault und hielt ihr seine faltige Hand hin. »Wie geht es dir?«

»Mir geht es prächtig«, sagte das Mädchen und bedachte ihn mit einem abschätzigen Blick.

»Louise«, mahnte Emma und setzte sich neben ihre Tochter. Als auch Pia die schwere Tür ins Schloss gezogen hatte, fuhr der Wagen beinah geräuschlos an.

»Ist schon gut«, sagte Thibault, »sie hat ja recht.«

Louise schaute ihre Mutter triumphierend an.

»Selbst wenn man im Recht ist, kann man höflich bleiben«, murmelte Emma und ließ die Landschaft an sich vorüberziehen.

Nach anderthalb Meilen deutete Pia nach hinten. Emma blickte zurück und sah einen schwarzen Geländewagen, der ihnen in einigem Abstand folgte.

»Sie sind da«, sagte Pia.

»Wie erwartet«, murmelte Stein.

Und fügte dann, an Louise und Emma gewandt, hinzu: »Sind Sie bereit dazu?«

»Wozu?«, fragte Louise.

»Sie haben es ihr nicht gesagt?«, fragte Thibault Stein erstaunt.

»Sie ist dreizehn, Thibault«, sagte Emma.

»Na und?«, fragte Thibault. »Ich finde dreizehn durchaus alt genug für die Wahrheit.«

Emma fixierte den schwarzen Suburban.

»Endlich mal jemand, der das einsieht«, sagte Louise.

Emma schwieg. Vielleicht hatte er recht, vielleicht hatte Louise verdient, dass sie sich darauf vorbereiten konnte. Hielt sie zu viel von ihrer Tochter fern? Sie wollte sie beschützen, gerade jetzt.

»Hör mal, Mom. Es ist ja nicht so, dass ich nicht begreife, was hier vor sich geht. Mit Papa und dem FBI. Und dass er natürlich nicht zu der Beerdigung kommen kann, ohne dass die da«, sie deutete nach hinten, »ihn verhaften.«

Diesmal schwieg Emma vor Verblüffung. Sie hatte

nicht geahnt, dass ihre Tochter die Zusammenhänge verstand. Sie hatte immer angenommen, dass ihre abweisende Art in den letzten Wochen von dem Schock ausgelöst worden war. Dass ihr kindlicher Verstand nicht begreifen konnte, was mit ihrer Familie passierte, und dass sie sich deshalb in ihr Schneckenhaus zurückgezogen hatte. Als eine Art Selbstschutzmechanismus.

»Mom, in Amerikanisch-Samoa werden Kinder mit vierzehn volljährig«, sagte Louise.

»Was haben Sie vor?«, fragte Louise an die Adresse von Thibault Stein und seiner Assistentin.

Thibault Stein warf einen fragenden Blick zu Emma, der es schwerfiel, vom Anblick des Geländewagens loszulassen. Der Kühler wirkte bedrohlich, obwohl er Abstand hielt. Der Wagen schien auf einen Fehler von ihnen zu lauern, wie eine Raubkatze auf der Pirsch.

Emma nickte Stein zu.

»Miss Lindt?«, fragte Stein. »Es ist Ihr Plan. Vielleicht mögen Sie unsere nach amerikanisch-samoaischem Recht beinah Volljährige einweihen?«

Pia drehte sich zu Louise um und erklärte ihr den Plan. Und als sie fertig war, auch von dem Anruf des Präsidenten und was er für Gary bedeutete.

Eine halbe Stunde später rollte der Royce auf den Parkplatz des Shepherds Funeral Homes. Die kleine Villa mit einem Spitzturm und verwinkelten Giebeln lag auf einer Anhöhe, die schiefergrauen Schindeln glänzten in der Januarsonne. Läge nicht ein Sarg mit Jos Leiche hinter den Mauern, könnte es idyllisch aussehen. Nicht wie ein Bestattungsinstitut, eher wie eines der teuren Bed and Breakfasts am Highway One, in denen Gary und sie so gerne übernachtet hatten. Emma schluckte, als Edward, Thibaults Fahrer, anhielt. Sie atmete tief ein, als Pia ihr die Tür öffnete. Emma blinzelte in die Sonne, warf noch einen letzten Blick zurück zu dem schwarzen SUV, der mit laufendem Motor etwa zweihundert Meter entfernt am Fuß des Hügels auf sie wartete. Es gab nur eine Auffahrt zu dem Bestattungsinstitut. Sie nahm Louises Hand und hielt sie fest, als sie die kurze Treppe zu dem Haus hinaufstiegen. Pia blieb am Wagen stehen.

Fünfzehn Minuten später beobachtete Emma aus einem Fenster im ersten Stock des Hauses, wie ein Leichenwagen aus der Garage fuhr und mit laufendem Motor seinen Platz vor Thibaults Rolls-Royce einnahm. Dann sah sie sich selbst und Louise aus dem Haus treten. Emma trug den Schleier über dem Gesicht, aber Louise sah aus wie immer. Wir müssen nur für eine von ihnen ein glaubhaftes Double finden, hatte Pia behauptet. Bis heute Morgen war nicht klar gewesen, wer von ihnen den Schleier wirklich brauchen würde. Sie sah Louise in den Wagen steigen und musste zugeben, dass Pia einen formidablen Job gemacht hatte. Selbst sie hätte das Mädchen auf hundert Meter Entfernung für Louise gehalten. Der gleiche blonde Schopf, die gleichen etwas zu weit auseinanderstehenden Augen. Den Rest hatte ein gutes Make-up besorgt. Erwachsene haben bei Kindern größte Schwierigkeiten, selbst, wenn sie auf Identitäten trainiert worden waren, wie die Männer vom

FBI. Es ist besser, dass Louise offen gedoubelt wird, hatte Pia behauptet. Vertrauen Sie mir, Emma! Was blieb ihr anderes übrig?

Louise deutete nach unten, als die Wagenkolonne vom Hof rollte. Der Suburban machte einen U-Turn und folgte ihnen wie geplant. Sie warteten fünf Minuten, ob nicht doch noch ein Ersatzwagen des FBI auftauchte, aber die Straße unterhalb des Shepherds Funeral Homes blieb ruhig. Dann war es Zeit für den zweiten Teil von Pias Plan.

KAPITEL 79

Fly Away Farm Airport, Boyds, Maryland
2. Januar, 11:17 Uhr (zur gleichen Zeit)

Gary lehnte an Skinners altersschwachem Pick-up und warf einen Blick auf die Karte.

»Mach dir nicht ins Hemd«, sagte Skinner und zündete sich eine Zigarette an. »Wir sind schon richtig.«

»Die Redewendung ins Hemd machen stammt aus einer Zeit, als die Hemden noch lang genug dafür waren«, sagte Gary und nahm Skinner die Zigarette aus dem Mund.

»In Ihrem Alter zu rauchen, ist eine statistische Todsünde«, sagte Gary und trat die Kippe auf der nassen Wiese aus. Glücklicherweise hatte der Januar wärmere Temperaturen mit sich gebracht, sonst wäre das, was sie heute vorhatten, eine Lotterie mit weit ungünstigeren Vorzeichen als Skinners Qualmerei.

»Wenn ich mich von Todsünden beeindrucken ließe, wäre ich längst nicht mehr auf dieser Erde«, sagte Skinner und deutete zum Horizont.

»Sehen Sie das?«, fragte er.

»Nein«, antwortete Gary und kniff die Augen zusammen.

»Und hören tun Sie auch nichts?«, fragte Skinner.

Gary schüttelte den Kopf.

»Kein Wunder, dass Sie unter die Räder gekommen sind«, bemerkte Skinner und zündete sich eine weitere Zigarette an.

»Sie sind unverbesserlich«, sagte Gary und bemerkte in diesem Moment das Geräusch einer kleinen Propellermaschine. Wenn er die Hand schützend über die Augen hielt, konnte er nun tatsächlich am Horizont einen winzigen dunklen Punkt ausmachen. Er wartete darauf, dass das Flugzeug langsam größer wurde, als er plötzlich bemerkte, dass sich ein zweites Motorengeräusch in das hohe Surren des Propellers gemischt hatte. Auf der Straße unterhalb des halb offiziellen Flughafens namens Fly Away Farm, der offiziell eine bessere, begradigte Wiese war, näherte sich ein Fahrzeug. Gary ging für alle Fälle hinter dem Pick-up in Deckung, bis der Leichenwagen um die Ecke bog. »Shepherds Funeral Home«, stand in geschwungenen Lettern auf der Seitentür des umgebauten Cadillacs. Es war alles so, wie Skinner es angekündigt hatte. Sollte tatsächlich etwas einmal so verlaufen wie geplant?

Als Louise aus dem Wagen stieg, hatte Gary Tränen in den Augen. Wenigstens seine zweite Tochter hatte er noch. Und seine Frau. Seine wunderschöne Frau, dachte er, als Emma in ihrem schwarzen Kleid aus dem Fond des Leichenwagens stieg. An den dritten Passagier wollte Gary in diesem Moment einfach nicht denken.

»Hallo, Gary«, sagte Emma kühler als erwartet.

Gary hielt seine Tochter im Arm und akzeptierte den flüchtigen Kuss seiner Frau. Er musste nehmen, was er kriegen konnte. Mittlerweile war die Propellermaschine bis auf wenige hundert Meter herangekommen, und Gary drehte sich zu ihr um.

»Er macht einen Überflug«, erklärte Emma. »Er muss auf Sicht landen, ohne Instrumente. Da schaut man sich die Landebahn schon einmal vorher an.«

Gary nickte verständnisvoll. Er wollte nichts riskieren. Nicht heute.

»Also ist bei euch alles gut gelaufen?«, fragte er.

»Wenn man das da …«, sie deutete auf den Leichenwagen, »… etwas Gutes nennen kann.«

»Du weißt, wie ich es meine«, sagte Gary und ärgerte sich, dass sie ihn absichtlich falsch verstand.

»Ich habe noch eine Nachricht von Thibault für dich«, sagte sie. Und er glaubte in diesem Moment einen Hoffnungsschimmer in ihren Augen zu erkennen. Die Beechcraft dröhnte über ihre Köpfe hinweg und legte sich über dem kleinen Wäldchen zu ihrer Linken in eine sanfte Rechtskurve.

»Der Präsident hat ihn angerufen«, sagte Emma. »Und er glaubt, dass du jetzt nicht mehr ins Gefängnis musst.«

Gary wusste nicht, wie es war, den Zug des Bungeeseils am Ende eines Sprungs zu spüren, aber so in etwa musste es sich anfühlen. Sein Magen schien hochgehoben und wieder fallen gelassen zu werden von einer unsichtbaren Macht. Von irgendjemandem, der all ihre Geschicke in der Hand hielt. Alles wird gut, dachte Gary und umarmte seine Frau. Er hielt sie noch immer umklammert, als die Propellermaschine auf dem improvisierten Rollfeld etwa zwanzig Meter neben ihnen zum Stehen kam.

Emma drückte ihn zur Seite, als der Propeller erstarb, und rannte auf die Maschine zu. Noch bevor sie auch nur in die Nähe des Flugzeugs gekommen war, öffnete sich die Tür, und die Hydraulik senkte eine irrwitzig schmale Leiter bis knapp über den Boden. Ein dicker schwarzer Mann erschien in der winzigen Luke, und Gary hatte Sorge, dass die Stufen unter ihm zusammenbrechen würden. Natürlich geschah nichts dergleichen, und stattdessen lagen sich Emma und der Dicke wenige Sekunden später in den Armen. Gary nahm seine Tochter an der Hand und lief in Richtung der beiden über die nasse Wiese.

»Sie sind ein Teufelskerl, Sam«, sagte Gary. Der dicke Schwarze war Sam Forestall, ein alter Freund von Emma und der ehemalige Chefpilot von Red Jets, mittlerweile im Ruhestand.

»Es ist toll, dich zu sehen, Sam«, sagte Emma. »Und danke, dass du das für uns machst.«

»Jederzeit, Emma«, antwortete Sam, »du weißt, du kannst dich auf mich verlassen.«

»Ist sie aufgetankt?«, fragte Emma.

»Voll bis unter die Flügelspitzen«, sagte Sam und klopfte auf die Aluminiumhülle. Er grinste.

Emma warf einen Blick auf ihre Uhr.

»Holen wir Jo«, mahnte Emma zur Eile, »wir haben nicht mehr viel Zeit.«

Als sie den Sarg an den Streben der Sitzreihen notdürftig festgezurrt hatten, verabschiedeten sich Sam und Skinner. Er klopfte dem alten Mafioso auf die Schulter und bedankte sich möglicherweise ein wenig zu überschwenglich. Gary hielt das für italienisch. Außerdem hatte er Skinner tatsächlich gern, auf eine Art und Weise, die man nur gegenüber jemandem empfinden kann, der einem in größter Not beigestanden hatte, obwohl man sich vorher nicht einmal gekannt hatte. Skinner akzeptierte seine Umarmung ohne ein Signal von Unwohlsein. War es ein ironischer Wink des Schicksals, dass ein ehemaliger Mafiaboss und ein Staranwalt mit Gehhilfe im Begriff waren, sein Leben zu retten?

Gary zog die Tür zu, während Emma auf den Sitz des Piloten glitt. Louise nahm neben ihr Platz, und Gary bezog den Posten in der vordersten Passagierreihe direkt neben Jo. Gary sah seiner Frau an, wie schwer es ihr fiel, die Fassung zu bewahren angesichts der makaberen Fracht.

»Kannst du so ein kleines Ding überhaupt fliegen?«, fragte Louise.

Emma drückte ihr zur Antwort ein Handbuch für die Beechcraft in die Hand.

»Deine Mutter hat seit Jahren in keiner so kleinen Maschine mehr gesessen«, sagte Gary.

»Halt die Klappe«, sagte Emma, und Gary hatte den Eindruck, dass ihr Blick suchend über die für so ein kleines Flugzeug erstaunliche Anzahl an Schaltern glitt.

»Wenn du eine Zulassung für die 737 hast, dann ist das hier wie Fahrradfahren«, behauptete Emma.

»Okay, Mom«, sagte Louise.

»Ich wäre da nicht so leichtgläubig«, sagte Gary, als er hörte, wie der Motor spuckte und der Rotor begann, sich zu drehen. Keine zehn Sekunden später drehte sich die Beechcraft um die eigene Achse, und die stotternde Zündung war einem beruhigenden, gleichmäßigen Brummen gewichen.

Emma warf einen triumphierenden Blick zu Gary, der sich in Traurigkeit auflöste, sobald er den Sarg auf dem Kabinenboden traf. Gary wollte sie festhalten, sich an ihr festhalten. Und doch brauchte Louise ihre Zuversicht.

Emma betätigte einige Schalter, die wer weiß was auslösten. Offenbar schien sie tatsächlich nicht alles verlernt zu haben, und trotzdem hielt sich Gary am Sitz fest, als die kleine Maschine über die unebene Wiese holperte und sich schließlich in die Luft erhob. Emma legte den Vogel in eine sanfte Linkskurve und bat Louise, die Karte zur Hand zu nehmen, in die Sam ihre Route eingezeichnet hatte. Es würde kein langer Flug werden. Dem FBI zu entkommen, würde mit ansteigender Reisezeit nicht unbedingt wahrscheinlicher. Alles hing davon ab, wie lange Thibault Stein und Pia Lindt die Scharade aufrechterhalten konnten. Danach würde es schnell gehen. Sie würden den Flugplatz finden, auch wenn es nichts als eine bessere Wiese war, und sie würden herausfinden, dass hier heute ein Flugzeug gelandet war, das einem ehemaligen Kollegen von Emma gehörte. Ab dann war es nicht sonderlich schwer, den Transponder der Beechcraft anzupeilen oder die Radardaten oder was auch immer auszuwerten. Glücklicherweise lag der Friedhof, auf dem Jos Großmutter lag, nicht allzu weit entfernt.

KAPITEL 80

Saint Johns Cemetery
Bethesda, Maryland
2. Januar, 12:26 Uhr (eine halbe Stunde später)

Pia Lindt hielt die falsche Louise Golay am Arm, als sie über den Kiesweg zurück zur Kirche liefen. Die Männer in den schwarzen Anzügen standen am Rande des Parkplatzes vor ihren SUVs. Sie hatten Verstärkung angefordert. Mit insgesamt drei der schweren Wagen hatten sie die Zufahrt blockiert. Sie hielten die Arme in den zu langen Ärmeln ihrer Jacketts vor der Brust verschränkt, und nur einer von ihnen trug eine Sonnenbrille. Offenbar gehörte das zu den Klischees, die das Fernsehen über FBI Special Agents verbreitete. Im Gegensatz zu den verschränkten Armen, denn die gehörten offenbar tatsächlich zur Grundausstattung. Selbst aus der großen Entfernung konnte sie die Enttäuschung auf ihren Gesichtern ablesen. Sie hatten fest damit gerechnet, Gary hier und heute festnehmen zu können. Soweit Pia das beurteilen konnte, hatten sie ihre Maskerade noch nicht durchschaut. Was sich in wenigen

370

Minuten ändern dürfte, dachte Pia, als sie sah, wie sich zwei der Männer aus der Gruppe lösten und auf sie zukamen. Die falsche Emma Golay und die falsche Louise trugen ihre Schleier, wie es konservative Presbyterianerinnen zu Beerdigungen zu tun pflegen. Daran gab es nichts auszusetzen. Genauso wenig wie daran, an einer Beerdigung Wildfremder teilzunehmen. Pia hörte Thibaults ungleichmäßige Schritte von hinten. Er brachte sich vorsorglich in Stellung, denn natürlich war nicht anzunehmen, dass den Beamten die Rechtmäßigkeit gleich ins Auge springen würde. Als sie näher kamen, erkannte Pia, dass es dieselben Beamten waren, die Gary Golay nach seiner Verhaftung in Arlington verhört hatten. Und wenn sie sich nicht täuschte, trugen sie sogar dieselben Anzüge wie damals. Bei dem Teiggesicht im grauen Anzug schienen noch mehr Äderchen geplatzt in der Zwischenzeit, und der blaue Nadelstreifen sah frisch gebügelt aus, faltenfrei und sehr korrekt. Wie damals in dem Verhörraum. Sie spielten dasselbe Spiel, tagaus, tagein. Pia fragte sich, ob das nach zwanzig Dienstjahren nicht zwangsläufig langweilig wurde.

»Ich denke, wir haben lange genug gewartet«, sagte der Nadelstreifen, als er vor ihnen stand. Er ließ sie seine Waffe sehen, was Pia mehr als albern fand.

»Worauf genau bezieht sich Ihre zeitliche Einordnung?«, fragte Thibault Stein.

»Sie!« Der graue Anzug deutete mit dem Zeigefinger auf Thibaults Brust. Es sollte den kleinen Anwalt noch kleiner machen. »Sie haben hier gar nichts zu sagen!«

Seine Taktik ging nicht auf. Stein grinste.

»Ich beziehe mich darauf, dass wir die Zeremonie abgewartet haben, um die trauernde Familie nicht zu stören«, sagte der Nadelstreifen versöhnlich, »aber jetzt darf ich Sie alle bitten, sich auszuweisen.«

Pia lächelte ihrer Mandantin aufmunternd zu, wie sie es wohl getan hätte, wenn sie gar nicht ihre Mandantin gewesen wäre. Denn die Schauspielerin hatte sich nichts zuschulden kommen lassen. Bisher hatte sie nicht einmal behauptet, Emma Golay zu sein.

»Da sehe ich keine Schwierigkeiten«, sagte Thibault Stein und nickte ihr zu. Nachdem auch Pia ihre Zustimmung signalisiert hatte, zog die Frau einen Ausweis aus der Tasche. Ab jetzt begann die Grauzone. Sie reichte den Beamten Emmas Führerschein schweigend, was sehr wichtig war. Auch Pia zückte ihren Plastikausweis, nur Thibault Stein beförderte seinen Reisepass aus der Jacketttasche zutage. Natürlich hatte keiner der Beamten ein Interesse an ihren Identitäten, aber Thibault fand offenbar, dass eine unpräzise Formulierung einer sofortigen Maßregelung bedarf. Der graue Anzug akzeptierte alles schweigend und beäugte Emmas Führerschein misstrauisch. Dann blätterte er in Thibaults Pass.

»Tragen Sie den immer mit sich herum?«, fragte der graue Anzug.

»Selbstverständlich«, sagte Thibault, »ich besitze keinen Führerschein.«

Edward, sein uralter Fahrer, der neben dem uralten Phantom in Hörweite stand, legte die Hand zum Gruß an den Schirm seiner Mütze.

»Natürlich«, sagte der Nadelstreifen.

Der Beamte in dem grauen Anzug musterte die Schauspielerin und streckte den Führerschein mit dem zehn Jahre alten Bild von Emma von sich. Er hätte eine Lesebrille tragen sollen, dachte Pia.

»Darf ich Sie bitten, Ihren Schleier zu lüften«, forderte der Beamte.

Doch bevor sie seiner Aufforderung nachkommen konnte, sprang Thibault dazwischen: »Hier wiederum sehe ich einige Probleme«, sagte der Anwalt.

»Tatsächlich?«, fragte der Nadelstreifen.

»Tatsächlich«, sagte Thibault.

»Da wäre zum einen die Tatsache, dass niemand sonst hier einen Schleier trägt«, sagte Pia.

»Und was, bitte schön, soll das mit uns zu tun haben?«, fragte der Beamte.

»Nun«, sagte Pia. »Das Antivermummungsgesetz von 1821 findet hier keine Anwendung, weil a) nur zwei Personen maskiert sind und b) ein politischer oder krimineller Zusammenhang zwischen der Vermummung und einer unmittelbar bevorstehenden Handlung nicht erkennbar ist.«

Thibault Stein nickte eifrig und fügte hinzu: »Der Neighbourhood Tranquillity Act von 2010 kann hier nicht herangezogen werden, da wir uns anstatt in einer Wohngegend ganz offensichtlich auf einem Friedhof befinden.«

Das Teiggesicht des grauen Anzugs wurde röter, während er sich aufregte: »Aber das hält uns sicherlich nicht davon ab, die Personen zu einer Polizeiwache zu bringen, um ihre Identit…«

»Lass gut sein, Tim«, sagte der Nadelstreifen.

»Ich werde den Teufel tun und das diesem schmierigen Anwalt durchgehen lassen!«, protestierte der Graue und steckte ihre Ausweise in die ausgebeulte Tasche seines Jacketts.

»Sie sind es nicht, Tim«, sagte der Nadelstreifen und trat mit dem blankpolierten Schuh einen Kieselstein beiseite. »Das alles hier ist nichts als ein Witz. Wer weiß, was sie da in dem Sarg zu Grabe getragen haben.«

Pia warf einen Blick auf die Uhr, als sich die beiden umgedreht hatten. Sie hoffte, dass Emma und Gary schon gelandet waren. Gary hatte es verdient, seine Tochter in Ruhe zu beerdigen. Alles, was danach kam, lag in Pias und Thibaults Händen. Sie war zuversichtlicher als jemals zuvor.

»Wenn der Ruf dieser ›Kanzlei‹ auch nur ansatzweise der Realität entspricht«, fuhr der Nadelstreifen mit einem abschätzigen Seitenblick auf Thibault Stein hinzu, »dann würde es mich nicht wundern, wenn es der Goldhamster seiner Nichte war. Und ganz sicher war es nicht Josephine Golay.«

KAPITEL 81

Upper Path Valley Presbyterian Church
Spring Run, Pennsylvania
2. Januar, 12:26 Uhr (zur gleichen Zeit)

Soweit sich Emma erinnern konnte, war dies der kürzeste Flug ihrer Karriere als Pilotin gewesen. Selbst während der Ausbildung war man meist mindestens eine Stunde in der Luft. Diesmal hatte zwischen dem Start von der Graspiste bis zur Landung auf dem Franklin County Regional Airport gerade einmal eine gute halbe Stunde gelegen. Flugzeug abstellen, Checkliste durchgehen. Bei allem Zeitdruck ging die Sicherheit vor. Routine war achtzig Prozent der Pilotenkompetenz. Selbst heute. Noch währenddessen hatte Gary mit zwei Männern von einem örtlichen Bestattungsinstitut, die Pia organisiert hatte, den Sarg in den schwarzen Leichenwagen umgeladen. Für die Fahrt zur nahe gelegenen Kirche, die Emma so gut kannte.

Als der Turm der kleinen Kirche zwischen den Bäumen auftauchte, fühlte sich Emma zwanzig Jahre zurückversetzt. Es waren die Sonntage, die sie als Kind gehasst hatte, weil sie wusste, dass sie mindestens eine Stunde still sitzen musste und dass von der einen Stunde mindestens eine halbe gesungen wurde. Sie war das letzte Mal hier gewesen, als sie ihre Mutter beerdigt hatten. Als sie auf den Parkplatz rollten, dachte sie daran, wie falsch es war, wenn ein Kind vor seinen Eltern starb. Sie hatte bitter geweint, als ihre Mutter, diese lebenslustige Frau, den letzten Kampf verloren hatte. Aber sie alle hatten damals Zeit gehabt, sich darauf vorzubereiten. Sie hatte kein Lastwagen aus einem fröhlichen Kinderleben gerissen, das voller Lachen gewesen war und voller Versprechen für die Zukunft. Emma und Gary nahmen Louise in die Mitte, als sie aus dem Wagen stiegen und die vier schmalen Stufen zu der Kirche nahmen. Emma schluckte, als sie die alte Pastorin sah, die sich sofort bereit erklärt hatte, Jos Beerdigung zu ermöglichen, wenn das der Wunsch der Familie war. Es war Emmas Wunsch. Und die einzige Möglichkeit, dass Gary daran teilnehmen konnte. Den Preis, dass sie jedes Mal zwei Stunden Autofahrt auf sich nehmen musste, um Jo zu besuchen, war es wert. War es das wirklich?, fragte sich Emma, als sie die Hand der Pastorin schüttelte. Sie machte ihre Sache gut. Ihr gerader Blick und ihr fester Händedruck, die andere Hand an ihrem Unterarm, wirkten betroffen, betrübt, aber nicht hoffnungslos. Sie bat sie zur Seite, als die Männer den Sarg in die Kirche trugen.

»Es tut mir leid, dass nicht mehr Leute gekommen sind«, entschuldigte sie sich, als die Orgelmusik aus dem Inneren ertönte. »Aber die Ankündigung war einfach zu kurzfristig.«

»Wir haben mit niemandem gerechnet«, sagte Emma. »Wir sind Ihnen sehr dankbar für alles.«

Und sie meinte es, wie sie es sagte. Umso erstaunter war sie, als sie hinter der Pastorin durch den Mittelgang liefen und sie feststellte, dass über dreißig Gemeindemitglieder gekommen waren, um mit ihnen den Abschied von Jo zu teilen. Die meisten waren älteren Semesters, sie erkannte zwei Freundinnen ihrer Mutter. Aber die große Mehrheit dieser Menschen waren Fremde für Emma. Und sie war sicher, dass sie ebenso eine Fremde für sie war. Sie waren gekommen, weil dies ihre Gemeinde war. Ihre Gemeinschaft. Im besten Sinne des Wortes. Wo war diese Art von Gemeinschaft gewesen, als Jo sie gebraucht hätte? Was war diesem Land abhandengekommen? Trotzdem traf natürlich keinen dieser Menschen ein Jota Schuld. Im Gegenteil: Emma war ihnen unendlich dankbar für ihre Anteilnahme, ihre Bereitschaft, den Schmerz ihrer Familie zu teilen, auf mehr Schultern zu verteilen.

Als die Orgel verhallte und die Pastorin zu sprechen begann, betrachtete Emma eines der bunten Bleiglasfenster an der Seite des Schiffs. Als Kind hatte sie während der Ewigkeit der Gottesdienste versucht, sich Geschichten dazu auszudenken. Das Bild des Hirten mit seinem Stock und dem toten Schaf, das er mit einem Strick um den Hals an der linken Hand trug, hatte sie damals besonders fasziniert. Erst heute erkannte sie, was sich der Künstler dabei gedacht hatte: Der gute Hirte hatte gelernt, mit dem Tod zu leben.

»Es ist ungerecht, sagt der Verstand«, begann die Pastorin. »Es ist so wahnsinnig ungerecht.«

Alleine Emma hatte die Kraft nicht. Sie wusste nicht, wie sie damit leben sollte, dass ihr kleines Mädchen in einem Sarg auf der Empore dieser Kirche stand. Alleine. Fernab von ihnen allen.

»Es ist nicht fair, sagt das Herz«, fuhr sie fort. »Es ist so wahnsinnig unfair.«

Die Pastorin machte eine Pause, und einige der Gemeindemitglieder nickten zustimmend. Emma blickte zu dem Hirten mit dem toten Schaf und sah, dass im Hintergrund weitere seiner Schützlinge grasten. Sie spürte, wie sich ihre Augen mit Tränen füllten, obwohl sie nicht weinen wollte. Sie hatte schon so viel geweint, dass sie geglaubt hatte, es wären keine Tränen mehr da.

»Und unser Verstand beginnt, einen Schuldigen zu suchen«, sagte die Pastorin. »Er fragt sich, ob der Lastwagenfahrer zu schnell gefahren ist, als Jo auf die Straße lief.«

Und er fragt sich, ob Jo noch leben würde, wenn Gary nicht wäre, dachte Emma.

»Und unser Verstand fragt sich, ob es Jos Schuld war, obwohl doch ein Kind niemals Schuld treffen kann.«

Nein, das kann es nicht, dachte Emma. Wir sind die Hirten, wir sind verantwortlich. Traf sie Schuld, weil sie zur Arbeit gefahren war, statt für ihre Kinder da zu sein?

»Es ist die Aufgabe des Herzens, dem Verstand zu erklären, dass die Schuld keine Rolle mehr spielt«, sagte die Pastorin. »Es ist die Aufgabe des Herzens, es ist eine Herzensangelegenheit, weil nur das Herz Wunden zu heilen vermag.«

Emma blickte zu Gary. Er starrte auf den kleinen Sarg und schien in einer anderen Welt zu sein. Was geht dir durch den Kopf?, fragte sich Emma. Fragst du dich auch, ob du schuldig bist? Natürlich bist du schuldig, sagte Emmas Verstand. All das Gerede von Herz und Verzeihen! Die Pastorin konnte nicht wissen, was Emma wusste. Sie konnte nicht wissen, was Gary getan hatte. All die Lügen und der Betrug. War das die Schuld der NSA? Was hätten sie gegen ihn verwenden können, wenn er ihnen nicht bereitwillig geliefert hätte, was sie brauchten?

»Josephine Susan Golay, dein Leben war zu kurz für die, die dich kannten«, sagte die Pastorin, »aber für dich, mein Kind, war jeder Moment eine Unendlichkeit. Für dich war dein Leben dein Leben, in all seiner Herrlichkeit, in all seiner wunderbaren Pracht. Und so geben wir deinen Körper und deine Seele zu Gott in dem Glauben, dass in seinen Händen alles ist. Für immer. Lasst uns beten.«

Emma faltete die Hände, bis die Knöchel weiß hervortraten. Dreißig Menschen waren gekommen für Jo. Kein einziger ihrer Freunde, aber ihre Familie. Sie dachte an Spectra Vondergeist, die Puppe, die sie ihr in den Sarg gelegt hatte. Weil Jo der Überzeugung gewesen war, dass Spectra sie vor allem Bösen beschützen würde.

Beschütze mein Mädchen, Spectra Vondergeist, betete Emma heimlich und nur für sich selbst. Damit du dich sicher fühlst, wo immer jetzt deine Reise hingehen mag. Ich liebe dich, für immer. Und ich werde dich niemals vergessen.

»Amen«, antwortete der Chor der Gemeinde dem Gebet der Pastorin.

»Amen«, flüsterte Emma Golay.

KAPITEL 82

Upper Path Valley Presbyterian Church
Spring Run, Pennsylvania
2. Januar, 13:05 Uhr (zur gleichen Zeit)

Als auch die Letzten der etwa dreißig Gäste seine Hand geschüttelt hatten, begleitet von Worten, die er nicht hörte, trat Gary noch einmal an Jos Grab. Der kleine Sarg lag unter einem Blumenmeer begraben in der ein Meter fünfzig mal zwei Meter großen Kuhle. Die Schaufel, mit der sie Erde auf den Sarg geschippt hatten, steckte noch in dem kleinen Häufchen bröckeligem Sand. Es war eine lächerliche Geste. Er hätte seine Tochter selbst begraben sollen, stattdessen gehörte das hier zum Service. Wie er das Wort hasste. Wie er all das hier hasste. Anstatt sie mit Sand zuzuschütten und belanglose Blumen auf den glänzenden schwarzen Sarg zu werfen, hätte er hineinsteigen sollen. Er wollte seine Tochter herausholen aus dem Verlies, ins Leben, ans Licht. Er dachte an all die schönen Momente mit Josephine. Wie sie das Laufen gelernt hatte auf der Veranda ihrer Großeltern, nur einen Steinwurf von dieser Kirche entfernt. Wie sie gelacht hatte, als sie das erste Mal einen Löffel zum Mund geführt hatte. Grenzenlose Freude über solche wunderbaren Kleinigkeiten. Ihr erstes Wort nach Mama und Papa und der Stolz in den Kinderaugen, die viel mehr begriffen, als man ihnen zutraute. Tüte. Ausgerechnet Tüte. Emmas und sein Staunen über dieses erste Wort hatte Josephine gesagt, dass sie etwas richtig gemacht hatte. Und in diesem Moment hatte das für ihren erwachenden Verstand die Welt bedeutet. Den ersten Erfolg. Ihr verängstigter Blick bei der Einschulung, niemals würde Gary das vergessen. Die riesige Schultüte mit der grünen Schleife. Er hatte sie hingefahren, wie fast jeden Tag danach. Bis zu dem Tag, an dem er sie an der Schule abgesetzt hatte und ihn danach die Polizei gestoppt hatte. Bis zu dem Tag, an dem alles in die Brüche gegangen war.

»Mach's gut, mein Mädchen«, flüsterte Gary. »Ich bin sicher, dort, wo du ankommst, werden sie bald nicht mehr wissen, wie sie es ohne dich angestellt haben. Du warst das Beste, was mir je passiert ist.«

Mit Tränen in den Augen setzte er sich neben das Grab ins nasse Gras.

»Und was mir je passieren wird«, fügte er leise hinzu, als er sein Handy zum ersten Mal seit Wochen einschaltete.

KAPITEL 83

Arlington County Detention Facility
Arlington, Virginia
19. Februar, 05:56 Uhr (sieben Wochen später)

Gary Golays Tag begann beinah wie jeder andere, nur dass er heute schon aufwachte, noch bevor das Licht in seiner Zelle angegangen war und der Weckruf der Wärter durch die Flure hallte. Heute war der entscheidende Tag. Der Tag, von dem alles abhing. Gary Golay lag auf seiner Pritsche und dachte über die vergangenen zwei Tage nach. Die Verlesung der Anklage, der junge Staatsanwalt, der auf eine schnelle Karriere baute. Sein Ehrgeiz, sein Hunger nach einer Verurteilung. Ein prominenter Fall wie seiner konnte seiner Beamtenlaufbahn einen Schub verleihen wie dem Raumfahrtprogramm einer Nation eine Mondlandung. Er hatte detailliert dargelegt, was ihnen aufgrund der Akteneinsicht bereits bekannt war. Der Mordvorwurf, die Verkettung der Indizien. Heute war Thibaults großer Auftritt.

Um Viertel nach sechs wurde die Zellentür mit einem lauten Schließen geöffnet, und Gary hörte es im Bett unter sich schmatzen. Es war erstaunlich, wie viel man über einen Zellengenossen herausfand, wie viel man überhaupt über einen Menschen herausfand, mit dem man in einem Zimmer schlief und den man nicht liebte. Frank D. Cooper schmatzte jeden Morgen, drehte sich dann stöhnend um und presste sich das Kissen aufs Gesicht. Jeden Morgen das gleiche Ritual. Gary fragte sich, wie es wohl wäre, Jahre mit einem anderen Menschen in ein und demselben Raum zu verbringen. Die Detention Facility war nur die Vorstufe zur Hölle. In dieser Hafteinrichtung warteten die Nicht-Verurteilten auf ihren Prozess. Gary war sicher, dass es nichts mit dem zu tun hatte, was sich Knast nannte. Correctional Facility. Korrektureinrichtung. Gebaut, um Menschen zu brechen, um sie zu verändern.

»Der große Tag, was?«, fragte Frank, als er sich endlich aus dem Bett geschält hatte und vor dem Waschbecken stand.

»Hm«, murmelte Gary.

Frank spuckte die Zahnpasta aus und spülte nach.

»Ich wünsch dir jedenfalls alles Gute!«, sagte er.

»Drück mir die Daumen«, sagte Gary. Franks Prozess wegen Anlagebetrugs begann in einer Woche. Er war ein fröhlicher Kerl, der selbst an einer drohenden Haftstrafe nicht verzweifelte.

Gary vermutete, dass er einen großen Teil der siebenstelligen Summe, die er veruntreut hatte, beiseitegeschafft hatte.

»Klar«, sagte Frank und legte den Arm um Garys Schulter, als sie zum Frühstück gingen.

Zwei Stunden später wurde Gary in seinem besten Anzug in den Gerichtssaal geführt. Der Staatsanwalt saß betont lässig hinter seinem Tisch und sortierte seine Akten. Gary lief mit kurzen Schritten durch den Mittelgang und nahm links neben Pia Platz, Thibault saß am Gang.

»Machen Sie sich keine Sorgen, Gary«, raunte ihm sein Verteidiger zu. »Heute bringen wir alles in Ordnung.«

Sie hatten die Protokolle von Alfred Shapiro, und nach dem inoffiziellen Anruf des Weißen Hauses hatten sie sogar noch etwas mehr Belastendes ausgraben können. Der Präsident hatte Thibault Stein gebeten, alles Menschenmögliche für Gary zu tun. Nichts als blumige Worte. Dann hatte seine Sekretärin einige Daten genannt, ein paar Namen fallenlassen. Sie konnten nicht öffentlich benennen, wer in die Verschwörung verwickelt war, aber dass es eine Verschwörung gegen Gary gegeben hatte, musste für jeden neutralen Beobachter außer Frage stehen. Die Täterfrage war bei diesem Verfahren unerheblich, es ging lediglich um Garys Schuld.

Als die ehrenwerte Richterin Jodie Lameer vom Saaldiener angekündigt wurde, erhoben sich alle im Saal. Gary, Pia und Thibault. Der Staatsanwalt und seine beiden Assistenten, die anwesenden Journalisten. Auch Emma und Louise, die in der letzten Reihe Platz genommen hatten. Gary suchte ihren Blick, und auch Emma schien guten Mutes zu sein, auch wenn er nach den kur-

385

zen Besuchen nicht immer den Eindruck gehabt hatte, dass alles in Ordnung war, wie sie behauptete. Zweimal zwanzig Minuten in der Woche. Zu wenig, um eine Ehe aufrechtzuerhalten, zu wenig, um zu erfahren, was in ihrem Kopf vorging. Und in dem seiner Tochter. Zu viel Raum nahm der Prozess ein und das, was er für ihre Zukunft bedeutete. Gary wusste, dass vom heutigen Tag nicht nur sein persönliches Schicksal abhing, sondern die Zukunft seiner Familie.

»Euer Ehren«, begann Thibault Stein. »Hohes Gericht.«

Er trank einen Schluck Wasser, um Zeit zu gewinnen. Eine praktische Anwendung von Paragraf 7 der Steinschen Prozessordnung. Pia hatte ihm das erklärt. Es hieß, dass alles lief wie immer.

»In Anbetracht der Auswirkungen der Informationen, die ich im Begriff bin zu enthüllen, halte ich es für angemessen, dass die Öffentlichkeit von diesem Verfahren ausgeschlossen wird.«

Ein Raunen ging durch den Saal. Die Journalisten schickten sich an zu protestieren, aber bevor sich Widerstand formieren konnte, bat die Richterin Thibault Stein und den Staatsanwalt zum Richtertisch.

Sie deaktivierte ihr Mikrofon, bevor sie Stein befragte. Niemand im Saal konnte hören, was am Richtertisch gesprochen wurde, auch Gary nicht. Er rutschte unruhig auf seinem Stuhl herum.

»Er wird ihr erklären, dass es Informationen sind, die die Nationale Sicherheit betreffen«, raunte ihm Pia zu. »Er wird deutlich machen, dass er keinesfalls bereit sein wird, aufgrund von Vertraulichkeitsforderungen seitens der Behörden auf nur einen der Beweise zu verzichten, die seinen Mandanten entlasten könnten.«

Bei dem Wort »entlasten« fühlte Gary sich besser.

»Es ist wichtig«, erklärte Pia weiter, »dass die Öffentlichkeit ausgeschlossen wird. Nicht nur, weil sich die NSA einmischen könnte, sondern auch, um Ihren Namen so weit wie möglich aus der Presse herauszuhalten.«

Gary nickte.

»Sie wollen doch schließlich irgendwann zurück in ein normales Leben, oder nicht?« Pia lächelte, als sie das sagte. Ihr Lächeln strahlte Zuversicht aus und Hoffnung. Hoffnung auf Leben. Auf Freiheit. Auf seine Familie. Im Gefängnis hatte er sich jeden Funken Zuversicht verboten, aber jetzt, da die Lösung all seiner Probleme zum Greifen nah war, tat es gut. Es war genau das, was Gary in diesem Moment hören wollte. Er schaute zum Richtertisch und dann zu Emma und Louise. An ihren Mienen war keine Regung abzulesen. Sollte sich seine Tochter schon abschotten, um die drohende Trennung besser zu verkraften? Er könnte es ihr nicht einmal verübeln. Aber es riss ein Stück aus seinem Vaterherzen.

»Ich unterbreche die Verhandlung für eine Stunde und bitte die Anwälte ins Richterzimmer«, bellte die befehlsgewohnte Stimme der Richterin nach einer zehnminütigen Konsultation. Gary versuchte, Thibaults Miene zu deuten, als er auf seinen Stock gestützt zur Angeklagtenbank zurückhumpelte.

»Kein Grund zur Sorge«, sagte Thibault.

»Das war zu erwarten«, fügte Pia hinzu.

»Sie will alles sehen«, sagte Thibault in Pias Richtung.

»Alles?«, fragte Pia ungläubig.

»Alles«, bestätigte der alte Anwalt und trank einen Schluck Wasser. Gary vermutete, dass es diesmal nichts mit seiner Prozessordnung zu tun hatte. Er fragte sich, ob es ein gutes Zeichen war, wenn sein Anwalt sich die Kehle befeuchten musste, bevor er vor die Richterin trat.

»Wir sehen Sie dann später«, sagte Thibault.

»Okay«, sagte Gary und beobachtete, wie die beiden der Richterin folgten, die Staatsanwaltschaft im Schlepptau.

Gary wurde in ein kleines Zimmer gebracht und wartete. Länger und länger. Aus einer Stunde wurden zwei. Der Polizist, der ihn bewachte, las ein Boulevardmagazin. Als er fertig war, bot er Gary die Lektüre an, aber Gary konnte sich nicht einmal auf die Bilder konzentrieren. Aus zwei Stunden wurden drei. Um zwölf kam eine rundliche Frau vom Gericht und brachte ihm ein durchgeweichtes Truthahnsandwich und eine Flasche stilles Mineralwasser. Gary aß keinen Bissen. Er begann, auf und ab zu laufen. Der Polizist ließ ihn gewähren, obwohl Gary ahnte, dass ihm die Lauferei auf die Nerven ging. Er wusste, dass es kein gutes Zeichen war, dass die Richterin so lange brauchte. Oder war doch das Gegenteil der Fall? Was wusste er schon. Er fragte, ob er seine Familie sehen dürfte, aber der Polizist sagte, er dürfe das nicht entscheiden und müsse daher ablehnen. Gary glaubte, dass er sein Bedauern ehrlich meinte.

Um Viertel vor eins klopfte es an der Tür. Der Polizist öffnete.

»Bitte lassen Sie uns mit unserem Mandanten alleine«, sagte Thibault mit ausdrucksloser Stimme.

Gary hatte den Eindruck, dass Pia blasser aussah als sonst. Und auch Thibault schien den Stock langsamer zu setzen als noch vor drei Stunden.

»Was hat so lange gedauert?«, fragte Gary, noch bevor sich die Tür schloss. Der Polizist würde draußen auf ihn warten.

»Setzen Sie sich«, sagte Pia und zog den dritten Stuhl an den Tisch heran. Den, auf dem bis vor wenigen Minuten der Polizist gesessen hatte.

»Ich will nicht sitzen«, sagte Gary. »Ich will wissen, was los ist.«

Thibault Stein lehnte seinen Stock an den Tisch.

»Setzen Sie sich bitte, Gary«, wiederholte sein An-walt.

Gary hatte schlagartig das Gefühl, hohes Fieber zu bekommen.

»Hat die Richterin die Öffentlichkeit doch nicht aus-geschlossen?«, fragte Gary. »Ist es das?«

»Gary, ich weiß nicht, wie ich Ihnen das sagen soll«, begann Thibault Stein.

»Aber können wir denn dann nicht trotzdem alles vorbringen? Was geht uns die nationale Sicherheit an?«

»Gary«, mahnte Pia. Sie meinte, dass er zuhören

sollte. Er konnte nicht zuhören, er musste wissen, was los war. Jetzt gleich. Sofort.

»Gary«, sagte Thibault. »Die Richterin hat unsere Beweise ausgeschlossen.«

»Das ist doch …«, stammelte Gary, »… gar nicht … also, das geht doch …«

»Sie hat entschieden, dass sie unzulässig sind, weil wir nicht nachweisen können, dass wir sie legal erworben haben, Gary«, sagte Pia.

»Der Witz des Jahrhunderts!«, protestierte Gary. »Sie waren es doch selbst, die sich die Beweise gegen mich erst illegal beschafft haben!«

Thibault Stein seufzte: »Glauben Sie, das haben wir nicht angeführt, Gary?«

»Wir haben wirklich alles probiert«, sagte Pia. »Aber sie haben uns ausgekontert.«

»Wie?«, fragte Gary fassungslos.

»Sie haben für alles nachträglich Gründe fabriziert. Das meiste unter dem Deckmantel des Espionage Act. Weil Sie ein Geheimnisträger der Regierung waren.«

»Was soll das bedeuten?«, fragte Gary. »Was bedeutet das für mich?«

»Es bedeutet, dass sie alle ihre Durchsuchungen Ihrer Privatsphäre legitimiert haben und wir keinen einzigen unserer Gegenbeweise vor Gericht verwenden können.«

»Keinen einzigen?«, fragte Gary.

»Keinen einzigen«, bestätigte Stein.

»Und um Ihre Frage ehrlich zu beantworten, was das für Sie bedeutet, Gary: Es bedeutet, dass Sie verurteilt werden. Ich befürchte, wir können nichts mehr für Sie tun, als auf Totschlag zu plädieren.«

Er würde für sehr lange Zeit ins Gefängnis gehen.

Gary wurde schwarz vor Augen. Er sackte vom Stuhl auf den Linoleumboden. Der Boden im Gericht war aus billigem Plastik und kalt.

KAPITEL 84

The Waldorf Astoria
Park Avenue, New York
1. September, 08:54 Uhr (sechseinhalb Monate später)

Pia Lindt war nicht ganz da, während sie die Unterlagen neben den Servietten und den Kaffeetassen verteilte. Sie wusste nicht, was sie denken sollte, was sie von sich selbst halten sollte. Der gestrige Abend waberte neblig in ihrem Gedächtnis. Zu viel Wein, zu viel Trunkenheit, zu viel fremde Haut. Ihr Verstand bemühte sich redlich, das Treffen ordentlich vorzubereiten. Um neun Uhr kamen ihre Mandanten. Vierunddreißig an der Zahl. Sie hatten schon vor Wochen zu dem Termin ins Waldorf Astoria eingeladen, weil ihre Kanzlei zu klein dafür war. Pia hatte die beiden aneinander angrenzenden Konferenzräume gebucht, den Kaffee bestellt, die Etageren mit dem Gebäck. Vor einer halben Stunde hatte sie die Kamera aufgebaut. Sie fühlte sich zum Kotzen, als eine Angestellte des Hotels in äußerst adretter Aufmachung mit Häubchen die Stühle gerade rückte, gegen die Pia gestoßen war. Sie spürte ein kurzes Vibrieren ihres Telefons in der Jacketttasche. Eine SMS. Sie ahnte, wer sich verpflichtet fühlte, ihr ein Lebenszeichen zu schicken.

»Brauchen Sie noch etwas, Mam?«

Sie geben euch tatsächlich Häubchen, stellte Pia in Gedanken fest und schüttelte den Kopf.

»Nein danke«, sagte sie und wollte gerade das Handy aus der Tasche ziehen, als Ana-Maria Guerro in der großen Flügeltür erschien. Marley, ihr Rhodesian Ridgeback, versteckte sich wie immer schüchtern zwischen ihren Beinen.

»Was für ein wunderschönes Hotel«, sagte Ana-Maria.

Pia bemühte sich zu lächeln, und angesichts der kleinen alten Frau mit dem riesigen Hund gelang es ihr besser, als sie es für möglich gehalten hätte.

»Ich war noch niemals in so einem schönen Hotel«, murmelte Ana-Maria.

»Morgen können Sie hier einziehen«, versprach Pia und begrüßte sie mit einer Umarmung. »Wie geht es Ihnen in Ihrem neuen Haus?«

»Immer besser«, sagte Ana-Maria und band die Leine um einen der Stühle. Marley rollte sich neben den Stuhlbeinen zusammen und legte den Kopf auf die Pfoten. »Wir haben einen Lesezirkel, und jeden Freitag gebe ich eine Taco-Party für die Jungs.«

»Eine richtige Party, was?«, fragte Pia und lachte. Dann dachte sie an die SMS.

»Sogar mit Musik!«, berichtete Ana-Maria und lief zur breiten Fensterfront.

»Was für eine Aussicht!«, schwärmte sie, als Pia das Handy aus der Tasche zog.

»Danke für alles!«, stand auf dem Display. Es war eine Nachricht von Al.

Prima, dachte Pia und löschte die SMS. Ihr Kopf hatte einiges abbekommen in der letzten Nacht. Sie schüttete sich eine Flasche Wasser, die acht Dollar kostete, in ein Glas und nahm zwei Aspirin auf nüchternen Magen. Weniger nüchterne Blutbahn, dachte sie, während sie die Tabletten herunterspülte.

»Die anderen kommen auch gleich, Mrs. Guerro«, versprach Pia. »Ich müsste nur kurz einmal in den anderen Raum, um …«

»Machen Sie sich keine Sorgen um uns, mein Kind. Und um die anderen kümmere ich mich schon.«

Pia schlüpfte durch die Verbindungstür in den zweiten, kleineren Konferenzraum, wo Thibault Stein über ihrer Akte der Sammelklage gegen die Connolly Construction Corporation saß. Er blickte auf, als sie den Raum betrat.

»Miss Lindt«, begrüßte er sie. »Bereit für unsere große Show?«

»Natürlich«, sagte Pia.

»Unsere Mandanten auch?«, fragte Thibault.

»So langsam trudeln sie ein«, sagte Pia. »Ana-Maria ist schon da.«

»Schön«, sagte Thibault.

Ana-Maria war der Nukleus dieses Verfahrens. Es war das Ergebnis ihres Weihnachtsgeschenks für Thibault. Damals hatte sie nach anderen Mietern gesucht, die Connolly erfolgreich aus ihren Wohnungen geklagt hatte. Und sie hatte nicht nur ihre unlauteren Methoden aufgedeckt, sondern in fast allen Fällen auch bauliche Mängel an den alten Häusern nachweisen können, die dazu geführt hatten, dass ihnen allen Mietrückzahlungen zustanden. Gemeinsam mit Thibault hatte sie es geschafft, durch einige juristische Kniffe die Gesamtsumme auf 24,8 Millionen Dollar aufzupumpen. Unzumutbare psychologische Belastungen, ungerechtfertigte Relokation, der Entzug des Lebensumfelds, die daraus resultierenden Krankheiten, solche Sachen. Connolly Construction würde pleitegehen, wenn sie bezahlen mussten. Zwar war Ernest Connolly, der Inhaber der Firma, selbst millionenschwer und hätte das Geld zu jedem anderen Zeitpunkt vermutlich zusammenkratzen können, aber er war nicht flüssig. Neunzig Prozent seines Vermögens lag in Immobilien, die im Rahmen der Finanzkrise über die Hälfte an Wert verloren hatten. Er konnte nicht verkaufen. Jetzt nicht. Pia hatte ihre Hausaufgaben gemacht.

Um halb zehn machte Pia einen letzten Rundgang. Mittlerweile waren alle ihre Mandanten eingetroffen und saßen vor ihrem Kaffee. Die älteren Herrschaften hatten einen gesunden Appetit mitgebracht, was Pia dazu veranlasste, bei der Dame mit dem Häubchen eine zweite Runde Gebäck zu bestellen. Es würde ihr Konto mit weiteren einhundertvierundzwanzig Dollar belasten, was heute keine Rolle spielen würde. Dann setzte sie sich neben Thibault und wartete. Heute hatten sie es nicht nötig, Spielchen zu spielen. Dass die Gegenseite das anders sah, merkte man daran, dass sie erst um zwanzig nach zehn erschienen. Über eine Viertelstunde nach der vereinbarten Uhrzeit. Sarah Bosworth, die Senior Partnerin von Arby, Klein und Caufield, die Connolly wie damals im ersten Prozess gegen Ana-Maria vertrat, schritt voran, dahinter ihr Mandant: Ernest William Connolly, CEO und Inhaber der Connolly Construction Corporation und ein echtes Ekelpaket. Ein großer, schwitzender Mann mit Pranken wie Baggerschaufeln und einem roten Gesicht, das jederzeit zu platzen drohte. Er war einer von der Sorte reicher Leute, die ihr Geld auf dem Rücken anderer gemacht hatten. Man sah diesen Menschen das an, auch wenn sie sich das selbst niemals eingestehen würden. Sarah Bosworth schmiss ihre Kopie der Anklage auf den Konferenztisch und stemmte eine Hand in die Hüfte. Ernest Connolly schob einen Stuhl zur Seite, lehnte sich zurück und starrte feindselig zu ihnen herüber.

»Ich werde Sie vor Gericht in Stücke reißen«, kündigte Sarah Bosworth an.

»Schön, dass Sie es einrichten konnten, Mister Connolly«, sagte Thibault Stein. Er lächelte.

Sarah Bosworth schritt ein: »Und wenn Sie glauben, dass Sie mich mit Ihrem Psychogelaber beeindrucken können, haben Sie sich geschnitten!«

Thibault Stein lächelte immer noch und fixierte Ernest Connolly: »Wenn Sie wirklich glauben, dass Sie gewinnen, Miss Bosworth, wieso sind Sie dann hier?«

Pia grinste.

»Natürlich läuft das alles auf einen Kompromiss hinaus«, fuhr Thibault fort. »Die Frage ist nur, wie lange es dauert und wie hoch der ausfallen wird. Inklusive Anwaltskosten? Lassen Sie mich schätzen …«

Er griff nach einer der Wasserflaschen zu acht Dollar und öffnete sie mit einem leisen Zischen. Dann goss er langsam, sehr langsam, etwas frisches Wasser in das halbvolle Glas, das Pia ihm hingestellt hatte.

»Dreizehn, vierzehn Millionen?«, fragte Thibault.

»Drei bis vier maximal«, protestierte Sarah Bosworth. Sie stand noch immer. Ihr Brustkorb in dem sehr professionellen Kostüm hob und senkte sich. Pia hatte den Eindruck, dass der Kopf von Ernest Connolly in den letzten Minuten noch röter geworden war. Sie fragte sich, wann der Zeitpunkt gekommen war, einen Notarzt anzurufen.

»Nicht, wenn das hier morgen in der *Times* erscheint«, sagte Pia und schob Connolly das Layout einer Anzeige über den Tisch. »Kennen Sie ein Opfer von Connolly Construction?«, stand in der Headline. Ernest Connolly schien die Farbe binnen einer Sekunde aus dem Gesicht zu weichen.

»Was glauben Sie, was Ihre Aktionäre tun, wenn sie das morgen in der Zeitung sehen?«, fragte Pia. Sie würden die Connolly-Construction-Aktien bis zum Ende des Prozesses meiden wie der Teufel das Weihwasser. Das war eines seiner größeren Probleme.

»Was wollen Sie?«, fragte er heiser.

»Ich hätte gerne, dass Sie sich das hier ansehen«, sagte

Thibault und bedeutete Pia, den Fernseher einzuschalten. Als das Bild aufflackerte, sahen sie den Konferenzraum nebenan. Und sie sahen eine Gruppe Rentner beim Kaffee. Sie schienen sich angeregt zu unterhalten. Ana-Maria saß am Kopfende und streichelte Marleys Kopf. Ihr schmaler Oberkörper reichte kaum über die Tischkante.

»Was glauben Sie, Miss Bosworth?«, fragte Thibault Stein. »Sehen so Leute aus, die bei einer Jury gegen Ihren Mandanten verlieren?«

Sarah Bosworth setzte sich auf einen Stuhl neben den schwer atmenden Connolly.

»Oder sehen so alte Leute aus, denen eine Jury glaubt, wenn sie behaupten, dass sie der Kapitalist aus ihrem alten Leben geklagt hat?«

»Lassen Sie uns reden«, flüsterte die Anwältin.

Thibault Stein lächelte.

»Was wollen Sie?«, fragte Ernest Connolly zum zweiten Mal.

»Acht Komma neun Millionen, und die ganze Sache endet heute«, sagte Thibault Stein. Er wusste von Pia, dass es das war, was er zahlen konnte.

»Acht Komma neun Millionen?«, lachte Sarah Bosworth, aber Connolly legte ihr eine Hand auf den Unterarm.

»Kann ich mit meinem Mandanten unter vier Augen reden?«, fragte Sarah Bosworth.

»Natürlich«, sagte Thibault Stein und griff nach seinem Stock. Nicht nur er, sondern auch Pia wussten in diesem Moment, dass sie gewonnen hatten. Er würde sich auf eine Summe zwischen acht Komma zwei und acht Komma fünf Millionen einlassen. Genau wie Pia vorausgesagt hatte. Thibault Stein legte ihr einen Arm auf die Schulter, als sie die Tür zum Konferenzraum schloss, damit Ernest Connolly seiner Anwältin die Realität erklären konnte. Sie würden Ana-Maria und den anderen einen Scheck über zweihundertsechzigtausend Dollar überreichen können. Mehr als sie und die meisten anderen der Kläger jemals besessen hatten. Sie würde viele Taco-Partys damit ausrichten können, dachte Pia und freute sich für die alte Dame und Marley.

»Schön, mal wieder zu gewinnen, nicht wahr?«, fragte Thibault Stein.

Pia nickte. Sie hatten wochenlang über nichts anderes gesprochen als den verlorenen Prozess von Gary Golay. Es war in Pias Bilanz einer der wenigen Fälle, den sie sich nicht verzeihen konnte.

»Wir sind gute Anwälte, weil wir neunzig Prozent der Fälle gewinnen, Pia. Hundert sind nicht möglich«, hatte er immer wieder gesagt.

»Und es gibt keine Hoffnung?«, hatte sie gefragt.

»Es gibt immer Hoffnung«, hatte Thibault geantwortet. »Aber sein Schicksal liegt jetzt nicht mehr in unseren Händen.«

KAPITEL 85

Greensville Correctional Center
Jarratt, Virginia
4. September, 11:21 Uhr (drei Tage später)

Emma Golay kam zum ersten Mal alleine in das Gefängnis etwa einhundertfünfzig Meilen südlich von Washington. Dies war ein Besuch unter Eheleuten, einer der raren *family visits*. Louise war noch in der Schule, und Emma hatte seit Wochen auf einen dieser Termine gewartet. Sie hob die Arme, als die Wärterin sie abtastete, um sicherzustellen, dass sie keine Waffen oder Drogen einschmuggelte.

Nach einer Viertelstunde in dem schmucklosen Warteraum wurde sie in das Besucherzimmer geführt. Die Familienbesuche fanden nicht in den kleinen drei Quadratmeter großen Boxen statt, bei denen die Insassen durch eine Plexiglasscheibe von ihren Angehörigen getrennt waren, sondern in größeren, appartementähnlichen Zimmern mit einem Tisch, einem Sofa und einem separaten Raum mit einem Bett. Sie dienten genau dem, was man sich vorstellte, und normalerweise freuten sich beide Parteien auf die rare Privatsphäre. Es war Thibault Stein zu verdanken, dass Gary sie auf diese Art empfangen durfte. Totschlag statt Mord, zumindest das hatte er vor Gericht erreicht. Emma wusste bis heute nicht, ob es tatsächlich stimmte, dass Gary an jenem Abend getrunken hatte. Herrgott, sie wusste überhaupt nicht, was sie glauben sollte. Fünfundzwanzig Jahre mit der Option auf Hafterleichterung nach zehn Jahren, Bewährung frühestens nach fünfzehn. War das eine Perspektive? Für sie und Louise? Selbst für ihn? Wie sollten sie jemals wieder eine Familie werden, wenn er fünfzehn Jahre in einem schwarzen Loch verbrachte und nicht an ihrem Leben teilnehmen konnte?

Emma setzte sich auf das Sofa und wartete. Sie hatte ein Kleid angezogen, das Gary nicht besonders mochte. Sie würde es niemals wieder anziehen, wenn sie das Gefängnis verlassen hatte. Im Auto lagen schon eine Jeans und ein Pullover als Ersatz bereit. Sie würde das Kleid an einer Tankstelle in eine Mülltonne stopfen, mit ihren Erinnerungen an diesen Tag.

Gary wurde acht Minuten und vierzig Sekunden nach ihr in den Raum geführt. Emma wusste das, weil über der Tür eine alte Uhr hing, deren Sekundenzeiger zitterte. Er sah schlecht aus. Schlechter als beim letzten Mal. Gary baute ab. Er arbeitete in der Wäscherei. Er hatte ihr seine Routine erklärt. Sechs Uhr aufstehen, Morgentoilette bis 6:15 Uhr, Morgenappell, Einreihen in die lange Schlange an der Essensausgabe, Porridge oder

401

Pancakes, sonntags Rührei. Dann in die Wäscherei, eine riesige Trommel nach der anderen befüllen, Hunderte Laken, Kopfkissen, Bezüge. Gary hatte ausgerechnet, dass er pro Woche zwei Tonnen hievte. Schmerzender Rücken, keine Ablenkung, keine Herausforderung, nichts fürs Gehirn. Gary hatte einen IQ von 145 gehabt, bevor er ins Gefängnis gegangen war. Wenn Emma ihn sah in seinem orangenen Overall, seinen stumpfen Blick, fragte sie sich, was davon übrig geblieben war nach sechs Monaten täglich gleicher Gefängnisroutine. Zwischen 11 und 13 Uhr Mittagessen, je nach Einteilung. Es gab eine grüne, eine rote, eine blaue und eine gelbe Gruppe. Eine halbe Stunde, länger nicht. Dieselbe Schlange, Kartoffelpüree, Soße, ein Stück trockenes Hähnchen und Erbsen. Zwischen 1100 und 1250 Kilokalorien. Nicht mehr und nicht weniger. Gary war hager geworden. Emma vermutete, dass es nicht am Essen lag. Vom Weißen Haus direkt ins Gefängnis. Gehen Sie nicht über Los, ziehen Sie nicht 4000 Dollar ein. Monopoly im echten Leben. In ihrem Leben. Nachmittags eine Stunde Hofgang, eine Stunde zur freien Verfügung, Abendessen, 18 Uhr Einschluss. Monotonie. Emma konnte nur erahnen, was es für Gary bedeuten musste, der bis vor neun Monaten die Geschicke des ganzen Landes mitbestimmt hatte. Im Gefängnis waren alle gleich.

Als er sie sah, hellte sich seine Miene auf, und Emma fühlte, wie das schlechte Gewissen an ihr nagte. Er lächelte. Sie versuchte zurückzulächeln. Er nahm ihre Hand. Er roch nach Kernseife und Bleiche. Sie nahm ihn in den Arm. Dann setzten sie sich auf das Sofa, jeder an eine der Armstützen gelehnt.

»Wie geht es Louise?«, fragte Gary.

»Gary, wir müssen reden«, sagte Emma.

»Du willst mir nicht sagen, wie es Louise geht?«, fragte Gary. Und Emma erkannte, dass er ehrlich erstaunt darüber war. Nicht ein Funken Misstrauen stand in seinen Augen. Sein Blick war so leer, so ohne Leben, dass es Emma in die Seele stach. Das war nicht der Gary Golay, den sie geheiratet hatte. Und er würde es nie wieder sein. Emma schluckte. Es gab keine andere Wahl. Und es hatte keinen Sinn, es weiter herauszuzögern.

»Gary, wir werden wegziehen«, sagte Emma. Ihre Kehle fühlte sich an wie Sandpapier.

Gary sagte nichts. Aber Emma erkannte, dass sie ihm unrecht getan hatte. Hinter dem leeren Blick arbeitete immer noch ein brillanter Verstand, auch wenn es auf den ersten Blick nicht so wirkte. Gary war mitgenommen, aber nicht gebrochen. Es änderte natürlich nichts.

»Hör zu, Gary«, versuchte Emma zu erklären, was nicht zu erklären war. »Louise hat es verdient, dass wir weitermachen. Ich kann ihr einfach nicht zumuten, dass sie auf ihren Vater wartet, bis er in fünfzehn Jahren vielleicht aus dem Gefängnis kommt. Ich kann ihr kein Leben voller Enttäuschungen zumuten.«

»Sie wäre dann neunundzwanzig«, murmelte Gary.

»Louise muss weg von den Erinnerungen, Gary. Es ist einfach zu viel passiert. Sie darf sich nicht daran festhalten. Ich sehe jeden Tag, wie sie darunter leidet.«

»Dass ich nicht da bin?«, fragte Gary.

»Natürlich«, sagte Emma.

»Aber auch darunter, dass ich sie aufhalte, oder nicht?«, fragte Gary. »Das ist es doch, was du mir sagen wolltest, oder?«

Emma nickte. Sie wusste, dass sie ihm weh tat. Sie wusste, dass es nichts gab, was es einfacher machte. Gary kratzte sich mit seinem Mittelfinger an den Nagelbetten. Daumen, Zeigefinger, Daumen, Zeigefinger. Er war nervös. Dann legte er plötzlich seine Hände ineinander und saß still. Ganz still. Emma riss sich zusammen und sah ihm geradewegs in die Augen. Sein Blick war nicht mehr leer, sondern traurig. Sehr traurig. Dieser Moment, dachte Emma, ist der traurigste in seinem Leben. Schwerer noch vielleicht als Jos Tod. Und sie erkannte, dass es daran lag, dass er wusste, wem er die Schuld geben musste. Und dass alle Schuld die Frau traf, die er über alles liebte. Sie suchte in ihren Erinnerungen nach demselben Gefühl für ihn. Sie erinnerte sich, aber sie empfand es nicht mehr. Eine Zukunft ohne Perspektive, ohne Aussicht auf Veränderung hin zum Guten konnte jede Liebe ersticken. Selbst die zwischen Emma und Gary. Sie nahm seine Hand.

»Okay«, sagte Gary und streichelte ihren Handrücken. »Wenn es für euch das Richtige ist.«

In diesem Moment erkannte Emma, dass er stärker war, als sie es ihm jemals zugetraut hätte. Es würde keine Szene geben, er würde nicht aufspringen und sofort den Raum verlassen wollen, er würde nicht schreien. Er würde es akzeptieren. Es änderte nichts, aber in diesem Moment flammte ein kleines Gefühl für ihn auf, das

Emma an Liebe erinnerte. Eine Sekunde später war es verflogen, aber sie würde sich daran erinnern. Für immer. Dies war wieder der Mann, den sie geheiratet hatte. Noch einmal nahm sie seine Hand und hielt ihn fest. Ein letztes Mal. Er hatte sich entschieden. Für ihre Zukunft. Und gegen sich selbst.

Wenn doch nur alles anders gekommen wäre, dachte Emma.

KAPITEL 86

The White House
1600 Pennsylvania Avenue, Washington, D. C.
15. Januar, 19:31 Uhr (vier Monate später)

Eugenia Meeks warf zum vierten Mal einen Blick auf die Liste und fragte sich, was sie unternehmen könnte. Der Januar war eine Zeit des Umbruchs im Weißen Haus. Die Kisten der Ward-Administration waren gepackt, die Neuen standen in den Startlöchern. Sie warteten ungeduldig auf den 20. Januar, den Tag der Amtseinführung. Es war ruhiger geworden, seit die neue Präsidentin gewählt worden war. Die erste Frau in diesem Amt. Sie konnte fast nur scheitern, wie alle, die zu viel Hoffnung geweckt hatten vor ihr. Kennedy, Obama, Ward. Diejenigen, die sich Veränderungen erhofften, und diejenigen, die sie scheitern sehen wollten, wussten, dass sie sich an die designierte Präsidentin wenden mussten. Ihre Zeit im West Wing war beinah vorbei, ihr politischer Einfluss schon jetzt auf repräsentative Funktionen geschrumpft. Niemand wusste das besser als Eugenia Meeks, die die Termine des Präsidenten verwaltete. War es in den vergangenen acht Jahren um Legislatives gegangen, um Kriege, Konflikte, internationale Beziehungen und eine Gesundheitsreform, ging es jetzt um die Wardsche Präsidentenbibliothek, die Organisation seines Heimflugs mit der Air Force One, den Umzug der First Family. Ein Team von dreihundert Männern und Frauen stand bereit, vierzig Lastwagen, dreitausendzweihundert Umzugskartons. Am 20. Januar würden sie alles Verbliebene einwickeln, einpacken, abtransportieren. Eugenia Meeks hatte bereits alles selbst weggeräumt. Ihr Schreibtisch war so leer wie seit acht Jahren nicht mehr.

Natürlich war ihre Arbeit nicht vor dem letzten Tag zu Ende gebracht. Es gab es eine Menge Unterschriften, die Ward noch zu leisten hatte. Die dicke Mappe lag auf ihrem Schreibtisch, und Eugenia hatte sie alle gelesen. An dieser Liste jedoch war sie hängengeblieben. Sie stammte vom Justizministerium. Es handelte sich um zwanzig vorformulierte Briefe. Zwanzig Präsidentenerlasse. Eugenia vermisste einen ganz bestimmten.

»Nehmen Sie sich ruhig einen Keks«, sagte Eugenia, als sie bemerkte, dass sich Steve Grevers, der Pressesprecher, an der Etagere mit den Keksen zu schaffen machte.

»Ihre Kekse sind die besten«, behauptete er.

Eugenia lächelte und erinnerte sich daran, dass es nur zwei Mitarbeiter im West Wing gegeben hatte, denen sie die Selbstbedienung an ihren Double Choc Brownies gestattet hatte. Zwei von über fünfzig. Warum ausgerechnet diese beiden? Vielleicht, weil sie die Einzigen gewesen waren, die sie für ehrlich hielt.

»Darf ich Sie etwas fragen, Steve?«

»Natürlich, Eugenia«, sagte Grevers.

»Glauben Sie, dass Gary schuldig ist?«, fragte Eugenia.

Steve, der ehemalige Schwimmer, beugte sein beeindruckendes Kreuz über ihren Schreibtisch und sprach so leise, als ob es jetzt noch etwas zu verstecken gäbe: »Das habe ich nie, Eugenia. Ich habe ihm sogar ein paar Akten zukommen lassen, von denen ich dachte, dass sie ihm helfen würden. Und später habe ich ihm dann geraten, wegzulaufen. Lange bevor es zu spät war. Aber er hat meinen Rat nicht befolgt.«

Eugenia öffnete den Deckel einer zweiten, geheimen Keksdose, die sie für besondere Momente vorhielt. Sie griff hinein und dachte darüber nach, ob es klug war, Steve einzubeziehen. Sie würde sich einfach auf ihre Menschenkenntnis verlassen müssen. Das hatte sie schon immer, und es hatte ihr nie geschadet. Es gab einen Grund, warum Steve und Gary ihre Kekse klauen durften.

»Haben Sie Interesse, mir bei etwas zu helfen?«, fragte sie verschwörerisch und biss in einen Haselnusscookie.

Steve Grevers warf einen Blick auf die Liste auf ihrem Schreibtisch und zog eine Augenbraue hoch. Dann setzte er sich auf den Besucherstuhl unter das Gemälde mit den Fischern, die immer noch versuchten, den ertrinkenden Jungen zu retten, und sah sie an.

»Ich bin ganz Ohr«, sagte er.

KAPITEL 87

Greensville Correctional Center
Jarratt, Virginia
20. Januar, 11:55 Uhr (fünf Tage später)

Gary Golay verfolgte als einer von drei Häftlingen, die sich für Politik interessierten, die Amtseinführung der neuen Präsidentin auf dem Kapitol. Gerade spielte die United States Marine Band. Die Menge schwenkte blau-weiße Fähnchen und Schilder mit ihrem Namen. Das Star-Spangled Banner. *So star-spangled awesome,* dachte Gary. Normalerweise war um zwölf Uhr mittags der Aufenthaltsraum mit dem Fernseher tabu, aber heute hatte die Anstaltsleitung eine Ausnahme gemacht. Ein zusätzlicher Freigang für alle. Wer wäre so blöd, die unverhoffte Freiheit im Aufenthaltsraum zu verbringen? Gary erinnerte sich an die Amtseinführung vor acht Jahren. Wards erste Amtszeit. Er hatte auf einem Platz in der vierten Reihe gesessen. Eine elektrisierende Atmosphäre für alle, die an Wards Kampagne mitgearbeitet hatten, und umso mehr für die, die einen Posten in der Regierung ergattert hatten.

Gary hatte neben Michael Rendall gesessen, dem Mann, den er früher für einen Freund gehalten hatte. Ihre Zwanzig-Stunden-Tage, die endlosen Flugreisen durch alle Swing States waren vergessen in diesem Moment. Sie hatten Pläne geschmiedet, große Pläne. Pläne für ein besseres Amerika, für ein gerechteres Amerika. Gesundheitsreform, bessere Schulbildung für die Kinder, weniger Steuern für Geringverdiener. Gary fragte sich, was davon am Ende geblieben war. Nicht viel, musste er zugeben.

»… schwöre feierlich«, wiederholte die Präsidentin, was der Chief Justice vorsagte, »dass ich das Amt des Präsidenten der Vereinigten Staaten pflichtgetreu ausüben werde …«

Gary erinnerte sich daran, dass ihm beim letzten Mal ein Schauer über den Rücken gelaufen war. Er hatte Emmas Hand genommen. Es war ein stolzer Moment gewesen. Er war in diesem Moment zu einem der Menschen geworden, die wirklich etwas verändern konnten. Die etwas hinterlassen konnten, was sie überdauerte. Der Stellvertretende Stabschef war kein Posten für die Geschichtsbücher, aber ein Rad im Getriebe, ohne das der Wagen nicht fuhr.

»… und dass ich mit allem, was in meiner Macht steht, die Verfassung der Vereinigten Staaten bewahren, schützen und verteidigen werde.«

All das war Geschichte. Gary hatte gespielt und verloren. Auf ganzer Linie. Er hatte seine Familie seit einem halben Jahr nicht mehr gesehen. Anfangs hatte er noch gehofft, dass es sich Emma anders überlegen könnte. Zu Weihnachten hatte sie ihm einen Brief geschrieben. Sie lebte mit Louise in Kalifornien, wo genau, verschwieg sie ihm ebenso wie ihre Telefonnummer. Es gab keine Hoffnung mehr, und Gary verwendete alle seine ihm verbleibende Kraft darauf, nicht einfach zusammenzubrechen. Die Amtseinführung der neuen Präsidentin beendete das letzte Kapitel seines politischen Lebens. Dieser Tag war ein Abschluss und ein Neuanfang. Er würde sich darauf konzentrieren, nicht durchzudrehen. Es war alles, was er noch tun konnte. Das Marine Corps spielte die Nationalhymne. Seine zwei Mitgefangenen waren aufgestanden und hielten sich die Hände aufs Herz. Gary wusste nicht mehr, was das sollte. The Land of the Free? Dass er nicht lachte. Dies war nicht mehr sein Land. Dies war kein gerechtes Land. Dies war das Land der totalen Überwachung, des über alle Maßen hinausgehenden Misstrauens. Nicht alles ließ sich mit dem 11. September 2001 begründen, als zwei Flugzeuge in das World Trade Center geflogen worden waren. Sie hatten Osama bin Laden aufgespürt und erschossen. Der Krieg war deshalb noch lange nicht vorbei. Und wenn es nach den wirklich Mächtigen in Washington ging, würde es niemals aufhören. Viel zu viel Macht hing davon ab, dass die USA ihre Kriege weiterführten, im Inland wie im Ausland. Und viel zu viele Dollars.

»Mister Golay?«, hörte er Barry, einen der Wärter, von hinten rufen. Gary hatte ihn nicht kommen hören. Gary wandte seinen Blick vom Fernseher ab. Gerade flogen

Kampfjets über das Kapitol. Das war zumindest ein ehrliches Symbol.

»Würden Sie bitte mit mir kommen?«, fragte der Wärter ungewohnt höflich.

»Wohin?«, fragte Gary.

»Der Direktor möchte Sie sehen«, sagte Barry und griff nach seinem Arm.

KAPITEL 88

Lake Anna, Virginia
22. März, 15:22 Uhr (zwei Monate später)

Es war Sonntag am See und ein wunderschöner Frühlingstag. Gary machte deutlich mehr Boote aus als in den vergangenen Wochen, als das kalte Klima die Wochenendgäste abgehalten hatte, in ihre spärlich beheizten Blockhäuser zu fahren. Gary saß auf dem Bootssteg seiner Hütte, die er Skinner abgekauft hatte, und schälte einen Apfel. Er genoss die Sonne auf seiner Haut und das Kreischen der Vögel. Hier interessierte sich niemand für ihn und seine Vergangenheit. Außer ihm selbst. Und er musste zugeben, dass es verdammt lange dauerte, bis die Wunden heilten. Und es würde noch viel länger dauern, bis die Narben verblassten. Ganz verschwinden würden sie ohnehin niemals. Er streichelte den Nacken von Taylor, seiner Boxer-Hündin, die ihm Skinner geschenkt hatte. Skinner hatte behauptet, dass Mafia-Bosse, wenn sie in den Untergrund gingen, sich immer zuerst einen Hund anschafften. Weil man die Isolation sonst nicht aushielt. Gary musste zugeben, dass die Mafia mit einigen Lebensweisheiten aufwarten konnte, die den teuersten Psychotherapeuten in den Schatten stellten. Es sollte niemand behaupten, die Mafia sei unmenschlich, hatte Skinner gesagt. In Wahrheit, so seine These, gab es keine menschlichere Organisation auf der ganzen Welt. La Famiglia. Die Menschheit eine Familie. Zumindest solange man dazugehörte. Und wenn man ein Gegner war? Konnte man sich zumindest auch darauf verlassen. Man wusste, woran man war. Das war der größte Unterschied zu den Geheimdiensten, hatte er Gary erklärt.

Um Viertel vor drei, Gary saß immer noch auf dem Bootssteg, und Taylor döste zu seinen Füßen, hörte er das entfernte Geräusch eines Motors aus dem Wald. Kam ihn Skinner besuchen? Er verbot sich die Hoffnung, dass es Emma und Louise sein könnten, obwohl er sich jedes Mal wieder dabei ertappte, das Unmögliche für möglich zu halten. Gary erhob sich, seine Beine waren steif vom langen Sitzen, und er musste sich an dem Pfahl festhalten, an dem sein Boot festgemacht war. Er sollte wirklich mehr trainieren, dachte Gary und lauschte. Das Motorengeräusch war verstummt. Er lief in Richtung seiner Hütte, als er plötzlich eine Gestalt in einem dunklen Anzug bemerkte, die über den Pfad aus dem Wald direkt auf ihn zukam. Was hatte das zu bedeuten? Die NSA? Hatte er mit der Begnadigung durch Colin Ward, unterschrieben am letzten Tag seiner Präsidentschaft, nicht all das hinter sich gelassen? Wenn es schon eine Frau wie Eugenia Meeks gebraucht hatte, seinen Namen überhaupt auf die Liste zu bekommen? Der Mann in dem dunklen Anzug sprach in ein Mikrofon an seiner Handinnenfläche. Und plötzlich wusste Gary, wer ihn besuchen kam. Taylor trabte zu ihrem Wassernapf, der neben dem Eingang zur Hütte stand, und begann zu trinken. Gary ging nach drinnen, um wenigstens einen Kaffee anbieten zu können.

Das Wasser im Kessel kochte noch nicht einmal, als es an der Tür klopfte. Gary goss es dennoch über die gemahlenen Bohnen in dem Keramikfilter und überließ der Schwerkraft den Rest. Als er die knarzende Tür öffnete, spürte er eine Woge widerstreitender Gefühle in sich aufsteigen. Eine Mischung aus Enttäuschung, Dankbarkeit, Bewunderung und Hass. Niemals hätte er es für möglich gehalten, dass er über einen Menschen eine so ambivalente Meinung haben könnte.

»Hallo, Gary«, sagte der ehemalige Präsident.

»Wie geht es Ihnen, Mister President?«, fragte Gary Golay. Taylor bellte.

Der Präsident hatte den sicherlich einfachsten Kaffee seiner letzten zehn Jahre ohne das kleinste Zeichen von Widerwillen akzeptiert. Gary vermutete, dass es sich damit ähnlich verhielt wie mit dem Präsidentenlächeln, das er nach Belieben einschalten konnte wie Gary seine Nachttischlampe. Nachdem der Präsident Gary nach seiner Familie gefragt hatte und nach seiner Zeit im Gefängnis, nachdem sie aufgearbeitet hatten, was nicht aufzuarbeiten war, kam er endlich zum eigentlichen Grund seines Besuchs.

»Ich brauche Ihre Hilfe, Gary«, sagte er.

Und Gary musste zugeben, dass der ehemalige Präsident nichts von seinen Qualitäten verloren hatte. Nach gerade einmal einer Stunde hatte er es geschafft, dass Gary ihn nicht mehr als Teil des Problems wahrnahm. Er wusste nicht genau, wie er das angestellt hatte, aber der Hass war verschwunden. Er könnte nicht behaupten, dass er Ward vertrauen würde, wie er ihm früher vertraut hatte. Aber er wollte ihm helfen. Er wollte, dass dieser Präsident zu den Guten gehörte. Er musste es einfach glauben. Colin Ward war noch immer der Menschenfänger, dem die Leute glauben wollten, koste es, was es wolle.

»Wir müssen zu Ende bringen, was wir angefangen haben«, sagte der Präsident und trank einen weiteren Schluck Kaffee. »Und ich denke, ich habe eine Idee, wie wir das anstellen können.«

Der Zauber, gebraucht zu werden, verführte Gary, ohne dass er es wollte. Kaum eine halbe Stunde nachdem der Menschenfänger seine Hütte betreten hatte, begannen sie wieder, Pläne zu schmieden.

Wie früher im Oval Office.

»Es könnte funktionieren«, sagte Gary, während er eine zweite Kanne Kaffee aufbrühte.

»Wollen wir zusammen in Ordnung bringen, was mir alleine nicht gelungen ist?«, fragte der Präsident.

Gary hielt inne und dachte daran, was das für ihn bedeuten könnte. Und für den Rest der Welt. Und was die Alternative wäre. Am Bootssteg sitzen und den Eintagsfliegen beim Sterben zusehen? Jeden Tag aufs Neue? Es war keine schwere Entscheidung, die Gary zu treffen hatte.

»Ich bin dabei«, sagte Gary. Und fügte hinzu: »Unter einer Bedingung.«

KAPITEL 89

Baltimore, Maryland
26. März, 03:11 Uhr (drei Tage später)

Gary Golay fuhr durch das Industriegebiet im Süden Baltimores und hielt Ausschau nach den Straßenschildern. Die nichtssagenden Lagerhäuser sahen eines aus wie das andere, einzig anhand der Beschriftungen über den Rolltoren konnte man sie unterscheiden. Und Gary wusste nicht einmal, zu welcher Firma er wollte. Der Mann vom Secret Service hatte nur eine Adresse zu der Hütte am See gebracht. Er hatte sogar zwei Stunden auf Gary am Ufer gewartet, weil der sich in den Kopf gesetzt hatte, Skinner zu beweisen, was für ein ausgezeichneter Fischer er war. Der Mann hatte Anweisung gehabt, ihm die Nachricht ausschließlich persönlich zu übergeben.

Die angegebene Adresse entpuppte sich als schmale Stichstraße. Gary setzte den Wagen zurück und schaltete das Fernlicht ein. Am Ende der Gasse konnte er eine Mauer aus nackten Ziegelsteinen ausmachen. Links und rechts lagen in denselben roten Mauern eingelassene Garagentore. Gedungen, darüber mehrere Stockwerke mit dünnen Fenstern. Eine Gasse wie eine Falle. Eine Gasse, vor der Mütter ihre Kinder warnten. Wie davor, ohne nach links und nach rechts zu schauen, auf die Straße zu laufen. Einatmen. Ausatmen. Gary schlug die Lenkung scharf nach links ein und parkte den Wagen auf dem Bordstein. Er holte die Taschenlampe aus dem Notfallkoffer, bevor er den Wagen abschloss. Die Hupe quakte, und der Durango blinkte zweimal, dann erloschen die Scheinwerfer. Gary stand in der Dunkelheit. Stille. Über die Dächer schlug der Lärm der Hafenkräne auf der anderen Seite der Bucht. Schweres Metall auf schwererem Metall. Eisen und Stahl.

Die Lagerräume am Ende der zivilisierten Welt von Baltimore, jenseits von Downtown und Cathedral Hill, lagen außerhalb der Aufmerksamkeitsspanne. Sie waren zu klein, zu unwichtig, um für irgendjemanden von Belang zu sein. Klempner, Metzger und Dachdecker mieteten diese Garagen, um kostengünstig ihre Lagerkapazitäten aufzustocken. Was hatte der ehemalige Präsident der Vereinigten Staaten mit einem Klempner gemeinsam? Er würde es bald herausfinden.

Der Strahl von Garys Taschenlampe huschte als klar gezeichneter Kreis über die Lamellen der Garagentore. Er suchte einen Hinweis auf die Besitzer, konnte außer fortlaufenden Nummern jedoch nichts entdecken. Der Nieselregen kroch kalt unter den Kragen seiner Jacke, als er plötzlich den Motor eines Wagens vernahm. Er kam mit hoher Geschwindigkeit näher. Er würde vorbeifahren. Doch mit einem Mal stieg der Fahrer in die Eisen und riss das Lenkrad nach links. Plötzlich stand Gary im grellen Xenon-Licht. Er schirmte seine Augen mit der Hand ab. Die Kühlerhaube des riesigen Escalade stand drohend vor der Einfahrt zu der schmalen Gasse. Für einen kurzen Moment fragte sich Gary, ob er einen Fluchtweg brauchte. Dann öffnete sich die Beifahrertür, und ein Mann in einem der unverkennbaren schwarzen Anzüge stieg aus. Er hielt den Schlag offen, und der Präsident bedeutete ihm zurückzubleiben. Das Knallen seiner teuren Lederabsätze hallte in der Dunkelheit. Gary schaltete die Taschenlampe aus. Ohne ein Wort zu sagen, ging der Präsident an ihm vorbei bis zur Garage mit der Nummer 941. Er ging in die Knie und machte sich an dem kompliziert aussehenden Schloss zu schaffen.

»Nur zwei Menschen in der Partei haben diesen Schlüssel«, sagte der Präsident. »Und weniger als zehn Mitglieder des obersten Führungsgremiums wissen, dass sie existiert.«

Gary fragte sich, ob er dem Präsidenten einen guten Tag hätte wünschen sollen, als Colin Ward schon an dem Griff des Rolltors zerrte.

»Helfen Sie mal, Gary«, forderte er.

Gary packte mit an, und nach wenigen Sekunden gab das Tor erst wenige Zentimeter nach und glitt dann quietschend nach oben.

»Da wären wir«, sagte der Präsident und schaltete das Licht an. Der etwa dreißig Quadratmeter große Lagerraum erstreckte sich über drei der Garagen, auch wenn das von außen nicht zu erkennen gewesen war. Und er stand voll mit Regalen. Regalen voller Schubladen, sorgfältig beschriftet. Es war ein Archiv, erkannte Gary.

»Was ist das?«, fragte er.

»Das«, sagte der Präsident, »ist das bestgehütete Geheimnis der Demokratischen Partei.«

»Was ist das bestgehütete Geheimnis der Demokratischen Partei?«, fragte Gary.

Anstatt zu antworten, zog der Präsident eine der Schubladen auf.

»Sagt Ihnen der Name Samuel Trenton etwas?«, fragte der Präsident, während seine Finger über die Hängeregister glitten.

»Repräsentiert den zwölften Distrikt Floridas, Republikaner, trinkt sehr gerne Rotwein«, spulte Gary, ohne nachzudenken, ab.

»Ich wusste immer, dass Sie alles wissen«, sagte der Präsident.

»Das war mal mein Job, müssen Sie wissen«, antwortete Gary und konnte sich einen ironischen Unterton nicht verkneifen.

»Schwamm drüber«, sagte der Präsident, »aber ich wette, Sie wussten nicht, dass er eine uneheliche Tochter mit einer entfernten Verwandten in Colorado hat.«

»Mit einer Verwandten?«

»Sie ist die Tochter eines Cousins seiner Mutter. Nichts Strafbares«, sagte der Präsident und reichte ihm eine Akte. »Trenton, Samuel Ezekiel« stand auf dem kleinen Reiter aus Plastik.

»Aber auch nichts, was bei den erzkonservativen

421

Rentnern in seinem Bezirk gut ankommen würde«, murmelte Gary und begann zu lesen. Er ahnte langsam, welchen Schatz die Partei in dieser unscheinbaren Garage hütete. Es waren die Hoover-Akten der heutigen Zeit. Wenn tatsächlich in jedem dieser Schränke schmutzige Wäsche lagerte, dann könnten sie halb Washington damit erpressen. Und wenn er den Präsidenten richtig verstanden hatte, war es genau das, was er von Gary erwartete. Derjenige, der im Kongress die eigenen Leute zum richtigen Abstimmungsverhalten ermahnte, wurde *whip* genannt. Die Peitsche. Und dieses Archiv war die tausendschwänzige Katze unter den Peitschen. Dann begann Gary zu lesen.

KAPITEL 90

National Cathedral, Washington, D. C.
15. April, 19:26 Uhr (drei Wochen später)

Gary Golay stand auf dem Westbalkon und blickte hinunter in das Mittelschiff. Der Secret-Service-Trupp von Ex-Präsident Ward, oder besser gesagt, die etwa zwanzig Männer und Frauen, die heute noch davon übrig waren, dirigierten das Schauspiel unauffällig, aber effektiv. Ein Team von über zwanzig Hostessen übernahm es, die Senatoren und Kongressabgeordneten zu ihren Plätzen zu führen. Keiner durfte falsch plaziert werden, das war entscheidend, hatte Gary ihnen eingeschärft. Alles andere könnte zu einer Katastrophe führen. Gary fragte sich, ob sie sich wunderten, dass alle auf der rechten Seite der Kirche Platz nahmen, während die linken Bänke leer blieben. Es spielte keine Rolle, was sie dachten. Es zählte alleine, dass möglichst viele von ihnen kamen. Es war kein Pflichttermin, aber einige gezielte Anrufe des ehemaligen Präsidenten und einige gezielt gestreute Gerüchte hatten ihre Wirkung nicht verfehlt. Jetzt, beinah eine halbe Stunde nach offiziellem

423

Veranstaltungsbeginn, lag ihre Erfolgsquote bei geschätzten 70 Prozent. Weit mehr, als nötig war, sofern der Rest ihres Plans aufging.

Um kurz vor acht ebbte der Strom ab. Über vierhundert Senatoren und Kongressabgeordnete füllten beinah die gesamte rechte Seite der Kirche. Und langsam wurden sie unruhig. Die meisten von ihnen – vor allem die, die schon lange dabei waren – hatten es verlernt zu warten. Gary blickte sich um und suchte den Präsidenten. Ihnen lief die Zeit davon. Sie mussten anfangen. Als er Ward nicht finden konnte, lief er die Treppe hinunter, aber dann, auf halbem Weg, vernahm er seine Stimme. Gary beeilte sich, zurück auf die Empore zu kommen. Um nichts in der Welt würde er das heute verpassen. Er hatte es orchestriert. Er hatte das Gesetz geschrieben, er hatte die Archive durchforstet, er hatte die Peitsche geknüpft. Aber heute Abend würde sie Ward schwingen müssen. Dies war etwas, das nur ein Präsident tun konnte.

Von oben sah Gary, dass sich Ward gegen die Kanzel entschieden hatte. Er stand im Gang, etwa in der Mitte. Ein Symbol. Er war einer von ihnen. Die leeren Reihen zu seiner Linken, die Senatoren und Abgeordneten zu seiner Rechten. Seine Stimme war klar und fest, wie immer, wenn er eine wichtige Ansprache zu halten hatte. Dies würde seine letzte werden – und womöglich die wichtigste von allen.

»*I have sinned*«, begann der Präsident. »Ich habe gesündigt.«

Ob des unerwarteten Bekenntnisses ging ein Raunen durch die Menge.

»Ich habe gesündigt, weil ich mein Versprechen gegenüber dem amerikanischen Volk gebrochen habe. Ich habe meinen Eid gebrochen, ich habe mein Wort gebrochen, ich habe mit dem fundamentalsten Versprechen gebrochen, das ich gab, als ich gewählt wurde: Die Verfassung der Vereinigten Staaten zu beschützen. Die Freiheit in diesem wundervollen Land zu beschützen.«

Spätestens jetzt war Ward die Aufmerksamkeit aller Anwesenden sicher. Es kam nicht alle Tage vor, dass ein ehemaliger Präsident seine eigene Administration in den Dreck zog. Wenn dieser Abend zu irgendetwas gut war, dann zumindest dazu, dass man morgen erzählen konnte, dass man dabei gewesen war. Diese Rede würde nicht nur in Washington Stadtgespräch sein. Die Politiker hatten keine Ahnung, wie falsch sie damit liegen würden.

»Denn es ist die Freiheit, ebenjenes Gut, das wir für Amerikas DNA halten, für das, was Amerika ausmacht, und für das uns die ganze Welt bewundert, von Mumbai bis Peking, von Sankt Petersburg bis Seoul, das wir in Gefahr gebracht haben. Wir haben zugelassen, dass unsere Angst größer wurde als unser Glaube an die Freiheit. Wir haben zugelassen, dass die Angst größer wurde als unser Vertrauen in unsere Mitmenschen.«

Ward lief jetzt in dem Mittelgang auf und ab, blickte einigen Senatoren und Kongressabgeordneten von ihnen direkt in die Augen. Es waren die Meinungsfüh-

425

rer, zu denen er Blickkontakt suchte. Aber auch für die anderen war dies eine Botschaft: Er sprach mit jedem Einzelnen von ihnen. Heute ging es um jede einzelne Stimme, ob Republikaner oder Demokrat. Heute ging es um das persönliche Gewissen. Wenn sie geahnt hätten, was auf sie zukommen würde, wären sie alle zu Hause geblieben.

»Wir haben uns heute hier versammelt, um die Angst zu besiegen. Wir haben uns heute hier versammelt, weil wir einen gemeinsamen Glauben haben. Den Glauben, dass Amerika besser ist als die Summe seiner Teile. Den Glauben, dass Amerika größer ist als die Länge seiner Grenzen, größer als die Höhe seiner Gebäude.«

Gary verließ seinen Posten auf dem Westbalkon. Gleich war der Zeitpunkt gekommen.

»Und ich habe Ihnen jemanden mitgebracht, der besser als wir alle weiß, was die Überwachung des täglichen Lebens, die wir im Namen unserer Sicherheit geschaffen haben, für jeden Einzelnen von uns bedeuten kann. Ich habe jemanden mitgebracht, der erfahren hat, was es heißt, von diesem System gejagt zu werden. Ich habe jemanden mitgebracht, von dem ich stolz bin, ihn einen Freund nennen zu dürfen.«

Gary hatte den Fuß der Treppe erreicht.

»Er wird Ihnen unseren Plan erklären. Er wird Ihnen erklären, wie wir dieses Land ein wenig besser machen werden. Gary?«

Gary trat aus dem Schatten des Treppenhauses, und das löste das zweite Raunen des Abends aus. Mit ihm hatte niemand gerechnet. Natürlich nicht. Das Kapitol vergaß Menschen schneller als irgendeine Institution der Welt. Möglicherweise mit Ausnahme von Goldman Sachs.

»Guten Abend«, sagte Gary und wusste, dass seine Stimme weit weniger mitreißend klang als die des ehemaligen Präsidenten. Aber er hatte etwas in der Hinterhand, was besser war als jedes noch so gekonnte Präsidentenlächeln. Er hatte eine Peitsche dabei.

»Ich gehe davon aus, dass sich die meisten von Ihnen noch an mich erinnern«, fuhr Gary fort. »Und deshalb komme ich am besten gleich zur Sache.«

Während er sprach, verteilten die Hostessen die Vorlagen zu seinem Gesetz. Der Ward-Golay-Act sah vor, die Geheimdienstlandschaft der USA neu zu ordnen. Die Aufgaben der NSA wurden aufgeteilt. Sie behielt das Sammeln von Daten, die Überwachung von Internet- und Telefondaten. Jedoch mit einem entscheidenden Unterschied: Sie konnte sie selbst nicht mehr auswerten. Nach Ward-Golay legte die NSA einem richterlichen Gremium monatlich Rechenschaft darüber ab, welche Suchalgorithmen sie zur Rasterfahndung in den Daten verwenden wollte. Danach wurden diese ausschließlich von Computerprogrammen ausgeführt und nur solche Ergebnisse ausgespuckt, die den vorher festgelegten Suchbegriffen entsprachen. Ein manuelles Durchforsten der Daten war ab dann unmöglich. Es mochte ironisch anmuten, aber für Gary schien dies die einzige Möglichkeit, menschliche Fehler auszuschließen: dass die Menschheit in Zukunft den Computern mehr vertraute als den Menschen selbst.

Der zweite wesentliche Pfeiler von Ward-Golay lag in der Tatsache, dass die Hacker-Aktivitäten, das gezielte Ausspähen von Personen oder die Auswertung kompletter Datenprofile, zukünftig der Zustimmung des Präsidenten bedurften. Er hatte es Ward so erklärt: Das Hacken oder Ausspähen einer Person bis in den letzten Winkel seiner Privatsphäre ist die ballistische Rakete des Informationszeitalters. Die letzte Maßnahme. Der finale Schuss. Und selbst die Hardliner unter den Terrorismusjägern mussten zugeben, dass eine zweistellige Anzahl von Verdächtigen, deren Leben bis in den letzten Winkel unter dem Mikroskop der Geheimdienste auseinandergenommen wurde, pro Jahr absolut ausreichend sein dürfte, um einen zweiten elften September zu verhindern. Die Logik hinter Ward-Golay war so einfach wie bestechend: Wenn es nicht wichtig genug war für den Schreibtisch des Präsidenten, war es kein elfter September, kein Boston Marathon, kein Charles Manson.

Als die ersten der Senatoren die zweiseitige Gesetzesvorlage gelesen hatten, regte sich der reflexartige Protest von Vollblut-Politikern. Es lag in ihrer DNA, niemals etwas zuzustimmen, das sie nicht selbst entworfen hatten. Gary war darauf vorbereitet. Auf das, was dann geschah, allerdings nicht.

Er stand in der Mitte des Gangs, war gerade im Begriff, auf die zweiten Umschläge hinzuweisen, als er sie sah. Sie kamen durch den Westeingang, Hand in Hand. Und setzten sich in die letzte Reihe. Hinter die Senatoren. Sie sahen ihn an. Beide. Der Präsident hatte

Wort gehalten und ihnen erzählt, was sie vorhatten. Und sie waren gekommen. Gary hatte es nicht zu hoffen gewagt. Emma und Louise waren hier. Wegen ihm. Seine Familie. Gab es doch noch eine Chance?

Er fürchtete, dass seine Stimme brechen würde, als er fortfuhr. Die Hostessen hatten schon begonnen, die zweiten Umschläge zu verteilen.

»Doch Veränderung hat ihren Preis«, sagte Gary und stellte fest, dass er kraftvoller klang als noch vor wenigen Minuten. »Das weiß niemand besser als ich. Und deshalb bitte ich Sie, bevor Sie sich entscheiden, ob Sie das Gesetz unterstützen werden, den Inhalt des zweiten Umschlags genau zu studieren.«

Als Letzte bekamen Präsident Ward und auch Gary Golay selbst einen Umschlag gereicht. Der Präsident öffnete seinen mit dem Nagel des kleinen Fingers.

»Ich bitte diejenigen von Ihnen, die für den Ward-Golay-Act stimmen wollen, wenn er dem Kongress vorgelegt wird, sich auf die linke Seite des Ganges zu setzen«, schloss Gary. Er betrachtete den Umschlag in seiner Hand ungläubig. Was gab es über ihn noch herauszufinden? Er war längst der Prototyp des gläsernen Bürgers.

»Das ist Erpressung!«, rief einer der Senatoren.

Natürlich ist es das, dachte Gary.

»Ist es nicht ein ironischer Wink der Geschichte?«, übernahm wieder Präsident Ward. »Dass es so scheint, als sei es nur möglich, ein Gesetz zur Verhinderung von Erpressung ausgerechnet durch eben eine solche durchzusetzen?«

Eine Gruppe Kongressabgeordneter stand auf und protestierte lautstark.

»Vielleicht möchten Sie den Inhalt Ihres Umschlags laut vorlesen?«, schlug Gary vor und hatte Mühe, den Tumult zu übertönen. »Denn schon morgen könnte er in der Zeitung stehen.«

Seine Drohung löste beinah eine Schlägerei aus, denn es sah aus, als wolle der Abgeordnete des fünften Bezirks von Kalifornien auf den Präsidenten losgehen. Der Secret Service stoppte ihn, bevor er auch nur die Bank verlassen hatte.

Der ehemalige Präsident faltete seinen Brief wieder zusammen und steckte ihn zurück in den Umschlag.

»Ich jedenfalls habe mich entschieden«, sagte er.

Langsamen Schrittes ging er bis zur vordersten Bank und setzte sich auf die linke Seite des Ganges. Er war bisher der Einzige, der dort saß. Er blickte nicht auffordernd zu den anderen, sondern starrte stumm auf den Altar. Er sah einsam aus, aber entschlossen. Es war jetzt still in der Kirche, nur das Falten von Papier war zu hören, als einige noch einmal lasen, was Gary über sie zusammengetragen hatte. Es dauerte nicht lange, bis sich Samuel Trenton erhob. Er warf einen Blick auf seine Kollegen, verließ die rechte Seite des Schiffs und setzte sich direkt neben den Präsidenten. Er wollte nicht, dass die Geschichte über seine uneheliche Tochter die Runde machte. Er hatte viel zu verlieren. Wie alle anderen.

Gary beobachtete ihre Gesichter. Er konnte erkennen, dass bei vielen nach der ersten Empörung der Ver-

430

stand nach der Herrschaft griff. Er blickte in das Gesicht von Ronald Dump, einem erzkonservativen Republikaner aus Kansas, der zum dreißigsten Hochzeitstag eine Affäre mit der Haushälterin angefangen hatte, und Gary sah, dass er zweifelte. Er blickte in die Augen von Betsy Kirkannan, die zweimal eine Abtreibung hatte vornehmen lassen und die sich heute als Zugpferd der Pro-Leben-Bewegung verstand. Er sah die Angst im Blick von Senator Huckwindle, der vor zweiundzwanzig Jahren einen Jungen totgefahren und Fahrerflucht begangen hatte. Und er sah, dass es klappte. Einer nach dem anderen erhob sich von seiner Bank. Erst wich die Wut aus ihren Gesichtern, dann nagte die Erkenntnis an den Grundfesten ihrer Überzeugungen. Einer nach dem anderen blickte sich um. Prüfte, ob er alleine war. Erst kamen sie zu zweit, dann bildeten sich kleine Grüppchen. Drei, vier Kongressabgeordnete. Der schwarze Caucus. Die Tea Party. Selbst die Tea Party, die Gary so verachtete, weil sie die Grundfesten ihrer Demokratie zu erschüttern drohte. Weil sie aus Prinzip gegen alles war. Als die Wachmanns, die Rauls und die Scotts auf die linke Seite wechselten, brach der Damm. Und wieder einmal sollte Kiyosaki recht behalten. Sobald der Tipping Point überwunden war, sobald sich die Protestler in der Minderheit sahen, strömten sie in Scharen zur Mehrheit, nur, um am Ende nicht alleine dazusitzen.

Gary versuchte, nicht zu grinsen. Freude wäre absolut unangebracht. Es gelang ihm leidlich. Sie hatten dem unbeweglichsten Kongress der Geschichte ein Gesetz abgerungen, das niemand, weder Demokraten noch Republikaner, jemals gewollt hatte. Geschweige denn die amtierende Präsidentin. Kein Präsident hätte das tun können, was Ward und Golay heute gelungen war. Es war ein historischer Moment, der allerdings niemals einen Weg in die Geschichtsbücher finden würde. Weil er niemals stattgefunden hatte. Das Gesetz würde seinen formalen Weg nehmen, und niemand würde jemals von ihrer Erpressung erfahren, die in Zukunft so viel Ungerechtigkeit verhindern würde.

Gary blickte zum Präsidenten und sah ihn leise lächeln. Sehr leise. In diesem Moment erkannte Gary, was Ward dieses Gesetz bedeutete. Er war mit großen Vorschusslorbeeren ins Amt gestartet, er hatte Hoffnungen geweckt wie niemand vor ihm. Und er hatte alle enttäuschen müssen. Das amerikanische System vertrug keinen Messias, es arbeitete gegen ihn. Zwangsläufig. Der farbloseste Präsident konnte mehr durchsetzen als jeder Visionär. Das System war kaputt, erkannte Gary. Aber Ward hatte es überlistet. Deshalb lächelte er. Niemand würde es je erfahren, aber Colin Ward würde es nie vergessen. Schon jetzt saß eine komfortable Mehrheit auf der linken Seite der Kathedrale, und jede Minute entschieden sich mehr dafür, das Richtige zu tun. Das Richtige für sich selbst, um den eigenen Ruf nicht zu beschädigen, und das Richtige für die Gesellschaft, die diejenigen Rechte zurückbekam, die man ihr still und heimlich geraubt hatte.

In dem Moment, als ihm klarwurde, dass es geschafft war, erinnerte er sich an das, was viel wichtiger war. Er schaute nach hinten. Emma. Und Louise. Sie sahen wieder zu ihm. Oder immer noch. Emma lächelte. Und blickte zu ihrer Tochter. Die nickte. Und dann sah Gary, wie sie aufstanden. Sie fixierten ihn. Dies war eine Botschaft. Für ihn. Gary spürte Wind unter seinen Flügeln. Emma und Louise hielten sich an der Hand, als sie sich durch die enge Kirchenbank bewegten. Gary hatte ein Gefühl, als breitete er seine Schwingen aus. Er beobachtete, wie sich Emma und Louise wieder hinsetzten. Auf die linke Seite des Kirchenschiffs. Er hatte gewonnen. Nicht nur eine Abstimmung, sondern das Wichtigste in seinem Leben: seine Familie. Er lächelte zum ersten Mal seit Monaten aus vollem Herzen. Und er spürte eine Wärme in sich, die er längst vergessen glaubte. Dann machte er sich auf den Weg zu ihnen. Und in sein neues altes Leben.

KAPITEL 91

Lake Anna, Virginia
20. Mai, 20:04 Uhr (einen Monat später)

Die Sonne verschwand hinter den Wäldern und tauchte den See in rotes Licht. Gary warf einen Blick in den Eimer zu seinen Füßen, dann holte er die Leine ein und begann, zum Ufer zu rudern. Er hörte das Zirpen der Grillen und die Rufe der Vögel über den Bäumen. Er vertäute das Boot am Steg und lief zur Hütte. Auf einem Holzblock spaltete er mit einem Beil einige getrocknete Stämme und warf sie in den Smoker, den er von Thibault Stein zur Entlassung geschenkt bekommen hatte. Ausgerechnet einen Räucherofen, dachte Gary. Ein gutes Steak braucht seine Zeit, hatte Stein gesagt. Wie ein ordentlicher Freispruch. Der alte Anwalt hatte das witzig gefunden. Er hatte ihm so viel zu verdanken. Und Pia Lindt. Sein Leben. Seine zweite Chance. Er fragte sich, ob sie ihr Kind schon bekommen hatte. Es müsste bald so weit sein, dachte Gary. Dann ging er in die Küche und fing an, die Kartoffeln zu schälen, die er gestern gekocht hatte. Taylor, die

Boxer-Hündin, saß zu seinen Füßen und spekulierte mit treuem Blick auf Garys Gutmütigkeit.

Während er Zwiebeln und Speck in einer Pfanne mit Butter zerließ, schaltete er den Fernseher im Wohnzimmer ein und drehte den Ton auf. P-Span zeigte die Abstimmung ohne Kommentar. Nacheinander wurden die Senatoren aufgerufen. Gary schlug zwei Eigelb, Senf und Öl zu einer Mayonnaise. Als er die Chilis und den Knoblauch hinzufügte, hatte der Ward-Golay-Act, der jetzt Digital-Freedom-Act hieß, fünfundvierzig Ja-Stimmen eingesammelt. Als Gary die Kartoffeln mit der Soße und dem Speck mischte, stimmte der einundfünfzigste Senator, der letzte, den sie für ihre Mehrheit brauchten, mit Ja. Gary lächelte und lief zu dem Grill auf der Veranda. Das Holz musste mittlerweile niedergebrannt sein. Eine ordentliche Glut war das Geheimnis. Er legte die Fische auf den Rost und schloss den Deckel.

»Wir haben gewonnen«, sagte Gary zu Emma, die am Anfang des Stegs stand.

»Ich weiß«, sagte Emma. Sie lächelte, als verstünde sie es im doppelten Wortsinn.

»Wo ist Louise?«, fragte Gary.

»Ich hab sie gebeten, für einen Moment zu verschwinden«, sagte Emma.

»Tatsächlich?«, fragte er.

Emma ging in die Hocke und griff nach einer Schnur, die sie um einen Pfahl des Stegs gebunden hatte. Sie zog die Champagnerflasche aus dem See und reichte sie Gary.

»Louise ist ein schlaues Kind, Gary«, sagte Emma. »Sie weiß, wann wir Zeit für uns brauchen. Und sie ist stark genug, sie uns zu geben.«

Gary dachte an Jo und ob sie wohl in diesem Moment auf sie herabschaute. Er glaubte fest daran. Und er glaubte zu wissen, was sie sich in diesem Moment wünschen würde. Er stellte die Flasche auf den Boden und strich seiner Frau übers Gesicht. Sie ließ es zu. Lächelte. Sie sah wunderschön aus im fahlen Mondschein. Dann nahm er ihr Gesicht in die Hände und küsste sie. Und dieser Kuss, der erste seit langer Zeit, fühlte sich an wie der allererste. Voller Hoffnung. Voller Zuversicht. Voller Zukunft.

EPILOG

Lenox Hill Hospital
Upper East Side, New York
24. Mai, 03:26 Uhr (vier Tage später)

Pia Lindt schwitzte und verfluchte die Ärztin, die ihr die PDA gelegt hatte, zum gefühlt viertausendsten Mal in dieser Nacht. Sie krallte sich mit ihren kurzgeschnittenen Fingernägeln in Adrians Arme und atmete, wie es ihr beigebracht worden war.

»Es ist gleich geschafft«, sagte die Hebamme, die so ruhig war, dass es noch mehr weh tat. Kein Wunder, für dich ist es hundertste Mal in diesem Jahr, für mich ist es die Hölle, dachte Pia.

Immerhin hatte sie den Mann an ihrer Seite, den sie liebte. Ihre Schwangerschaft war ein willkommener Grund gewesen, die nervenaufreibende Hochzeit zu verschieben, die sie beinah ihre Beziehung gekostet hätte. Adrian hatte sich mit demselben Elan in die Schwangerschaftsernährung eingelesen und in frühkindliche Entwicklung. Und sich in die Einrichtung eines Kinderzimmers gestürzt, als gäbe es nichts Wichtigeres. Er übertrieb es mehr als oft, aber Pia wusste, dass er es nur richtig machen wollte.

»Du musst flacher atmen zwischen den Wehen, Pia, und dann schreien.«

Du kannst mich mal kreuzweise, dachte Pia und versuchte es trotzdem.

»Der Muttermund ist jetzt bei acht Zentimetern«, sagte die Hebamme, als ob das etwas wäre, über das man sich freuen sollte. Pia hatte vor der Schwangerschaft nicht einmal gewusst, dass so etwas wie ein Muttermund zu ihrer Anatomie gehörte. Und jetzt war sie sich keineswegs sicher, ob sie es eigentlich jemals hatte herausfinden wollen.

»Holen Sie den Doc«, sagte die Hebamme zu einer Schwesternschülerin.

Pia musste die Panik im Gesicht gestanden haben, aber die Hebamme tätschelte ihr die Hand: »Kein Grund zur Sorge«, sagte sie. »Das Baby liegt perfekt.«

Pia versuchte weiterhin, flach zu atmen. Sie drückte zum vierten Mal innerhalb von zwei Minuten auf das Knöpfchen in ihrer linken Hand, dass angeblich mehr Schmerzmittel in ihren Wirbelkanal pumpte. Pia hatte den Verdacht, dass sie damit einem großen Betrug an allen angehenden Müttern auf der Spur war: Immer, wenn sie das Knöpfchen drückte, spürte sie nicht den Hauch einer Besserung.

Sie hörte den Arzt ins Zimmer kommen und hörte die Hebamme Fachbegriffe aufsagen.

Der Arzt nickte dazu und setzte sich auf einen Hocker vor das, was die Hebamme ihren Muttermund

nannte. Es war ihr längst egal, wer was von ihr zu sehen
bekam.

»Bei der nächsten Wehe pressen Sie stärker«, sagte die
Hebamme. »Pressen Sie, so stark Sie können.«

Pia nickte. Adrian tupfte mit einem Handtuch den
Schweiß von ihrer Stirn.

Pia schrie. Und presste. Und noch einmal. Und noch
einmal. Sie sagten ihr, dass der Kopf draußen war. Noch
einmal. Und noch einmal. Pia biss die Zähne aufeinander. Sie hatte Angst, dass ein Unglück geschah. Die
Hebamme feuerte sie an, wirkte auf einmal gar nicht
mehr so ruhig. »Noch einmal, Pia, kommen Sie! Sie
schaffen das!«

Und dann spürte sie, wie der Druck nachließ. Und sie
hörte ein lautes Schreien. Es hörte sich an wie das
schönste Geräusch auf der ganzen Welt. Auch wenn der
winzige Mensch, der soeben die warme Höhle verlassen
hatte, wo es immer genug zu essen gab, wo Milch und
Honig flossen, das ganz anders sah. Wie sollte er auch
verstehen, warum zum ersten Mal im Leben etwas weh
tun musste und warum es so verdammt kalt geworden
war?

»Herzlichen Glückwunsch, Sie haben ein Mädchen
zur Welt gebracht«, sagte der Arzt. Pia sah, wie Adrian
zu dem Arzt blickte. Er hielt einen winzigen verschrum-
pelten Körper in die Luft, der alle Gliedmaßen von sich
streckte und brüllte. Sie hörte, wie die Hebamme Adrian
fragte, ob er die Nabelschnur durchschneiden wollte.
Pia lächelte, als das Blut auf sein Hemd spritzte und sich
die Hebamme entschuldigte, weil sie unsauber abge-

439

klemmt hatte. Der Arzt brachte das Bündel zusammen mit einer Decke zu ihr und legte es auf Pias Brust. Sie lächelte. Sie war glücklich. Und sie bemerkte, dass ihre Tochter nicht unbedingt aussah wie Adrian. Sie hatte dichtes, dunkles Haar. Vom Datum her gab es zwei Möglichkeiten.

Sie hielt ihr kleines Mädchen im Arm, und Adrian streichelte abwechselnd ihre Wange und das kleine Händchen. Sie lächelte Adrian zu. Es war jetzt nicht wichtig, wer der Vater war. Der Arzt schoss ein Foto mit einer Digitalkamera, und die Hebamme trat mit einem Klemmbrett neben das Bett.

»Wissen Sie schon, wie sie heißen soll?«, fragte sie. »Sie können ihn später noch ändern, aber ich brauche einen Namen für die Bändchen.«

Pia schüttelte den Kopf: »Sag hallo zu dieser Welt, Josephine«, sagte Pia und streichelte Jos Kopf.

THANK YOU

Zum ersten Mal, seit ich schreibe, habe ich Menschen zu danken, die ich noch niemals persönlich getroffen habe. Ohne Edward Snowden, die anderen Whistleblower und die Journalisten, die über sie berichten, hätte das Thema dieses Buchs niemals zu mir gefunden. Und zu uns allen. Sie riskieren viel für uns, stellen ihre persönlichen Bedürfnisse hinter das Gemeinwohl zurück. Und wie die Widmung erahnen lässt, bin ich überzeugt, dass wir ihrem Mut den Respekt zollen sollten, den er verdient. Indem wir uns engagieren gegen die Überwachungsmaschinerie, die keine Grenzen kennt. Vielleicht nicht für uns selbst, die wir in den Dreißigern, Vierzigern, Fünfzigern und Sechzigern sind. Wir haben weniger zu befürchten, unsere Kinder aber ungleich mehr zu verlieren. Jeder jugendliche Leichtsinn, jeder ihrer Fehltritte wird ein Leben lang in diesen Akten stehen: ein Selbstmordversuch, Drogenexperimente, ein dummer Streich auf dem Schulhof, die Bilder eines ersten Rauschs. Mindestens unsere Kinder haben ein Recht auf Vergessen, sonst gibt es keine Zukunft. Lasst uns das nächste Mal an sie denken, wenn wir schulterzuckend die Welt hinnehmen, wie sie geworden ist.

Danke, ganz klassisch, meiner Familie, meiner Lektorin und meinem Verlag sowie den Buchhändlerinnen und Buchhändlern, die sich für uns Autoren mit so viel Herzblut einsetzen. Und Ihnen, liebe Leserinnen und Leser! Ich hoffe, ich konnte Ihnen einige schöne, unterhaltsame Stunden bereiten. Sollte der Roman Sie zum Nachdenken angeregt haben, wäre ich ein glücklicherer Mensch als zuvor. Sollte er Sie berührt haben, schlüge ich Purzelbäume.

Herzlich,
Ihr und Euer
Ben Berkeley